大統領の密使／大統領の晩餐

小林信彦

フリースタイル

EMISSARY FROM PRESIDENT &
DINNER WITH PRESIDENT
by
NOBUHIKO KOBAYASHI

Cover illustration by Hisashi Eguchi
Book design by Daijiro Oohara

First published 2019 in Japan by
FREESTYLE, INC.
2-10-18, kitazawa, setagaya-ku, Tokyo 155-0031
webfreestyle.com

ISBN978-4-939138-85-0

大統領の密使／大統領の晩餐　目次

大統領の密使

プロローグ……は短いほどよい……13
第一章　雨に濡れても……15
第二章　猛獣狩の追憶……25
第三章　麴町番外地……35
第四章　ほおずき市の男……46
第五章　マルタの鷹か　こけ猿の壺……55
第六章　プラクティカル・ジョーカーズ……66
第七章　虚実とりまぜて……76
第八章　佃島にて……86
第九章　幻影の狩人……97

第　十　章　挫折一代男……106
第十一章　ライオンの影……117
第十二章　短くも美しく燃え……127
第十三章　百花園幻想……138
第十四章　女王陛下の情報部員……147
第十五章　バラライカの調べ……158
第十六章　Thanks for the Memories……168
第十七章　大統領の使い……178
第十八章　狼のうた……188
第十九章　奥秩父への道……199
第二十章　影の部分……208
第二十一章　意外なる結末……219
エピローグ……も短いほどよい……227

大統領の晩餐

第一章　ある物語の終り・そして発端……233
第二章　陰謀くずれる……244
第三章　餅は餅屋……254
第四章　日日是好日……264
第五章　変なおとこ……274
第六章　混戦地帯……284
第七章　ばら色の人生……295
第八章　なんか変だな？……305
第九章　大統領兇状旅……315
第十章　追う者と追われる者……325

第十一章　変化蠟人形……………… 335
第十二章　Someone to Watch Over Me … 345
第十三章　料理の道…………………… 355
第十四章　大統領の再起……………… 365
第十五章　Red Roses for A Blue Lady …… 375
第十六章　大統領独歩行……………… 386
第十七章　不況を待ちながら………… 396
第十八章　さまざまなる対決………… 407
第十九章　わが名は風雲児…………… 418
第二十章　人さまざまに……………… 428
終　章　ダイナマイトが150噸 ……… 439

『大統領の密使』あとがき……450
『大統領の晩餐』あとがき……453
二〇一九年の註／小林信彦……456
解説／法月綸太郎……458
〈特別再録〉
『大統領の晩餐』文庫版解説／稲葉明雄……464

本文イラストレーション＝小林泰彦
装画＝江口寿史　装幀＝大原大次郎

大統領の密使

「でも、このごろの若い連中は教養ってものがありませんからねえ」とオリバー夫人は言った。「あの連中の知っている名前といったら、ポップ・シンガーとかグループ・サウンズとかディスク・ジョッキイとか――そういったたぐいのものよ」

（アガサ・クリスティー「第三の女」）

プロローグ……は短いほどよい

「あの事件のことは、ぜひ、きみが書きとめておくべきですぞ」

ぼくの斜め前にいる小柄な男は、パイプに息を吹き込みながら言った。

「とにかく空前絶後、珍妙奇天烈、壮絶無比、勇壮苛烈、どんな形容詞をつらねても、足らん怪事件だからな。……ぼくは初めてきいた名前だが、オヨヨ大統領という奴が、あんな抜け目のない悪党とは知らなかった」

「しかし、文章を書くのは、大変に不得手でありましてねえ」

ぼくは答えた。

深夜放送〈オールナイト・ジャパン〉の人気者であるこのぼく——今似《いまに》見《み》手《て》郎《ろう》に、そんなヒマがあるものか。DJ《ディスク・ジョッキイ》といえば、いまや時代の花形であることを、この男は充分に認識しとらんのではないか。

「それなら、テープに吹き込んで、速記者に書きとって貰えばいい」

パイプを机のふちに思いきり叩きつけながら、中原弓彦《なかはらゆみひこ》は言った。十年位まえから映画や放送関係の雑文を書いているらしいが、知りあったのは今度の事件においてである。

「その手がありますな。喋りなら、まあ、疲れませんし」

「そうしなさいよ。この事件の経過をいちばん初めから知ってるのは、きみなのだから」

ぼくも、だんだん、その気になってきた。ぼく以外にふさわしい語り手がいない、というのは、なんといっても、泣きどころである。

「それに……」

中原はパイプの首が折れてしまったので、泣きそうな顔をして呟《つぶや》いた。

「ぼくだって、ひどい目にあったんだから」

「オヨヨ大統領についての説明から始めるのですか」

「説明をしちゃいけない……」

中原は鋭い目つきになった。

「きみの身におこったことを、ゆっくり語っていけば、いい。そうすれば、このグロテスクな事件の全貌が、おのずと明らかになる」

「なるほど……」

中原が、マリファナ煙草を吸い始めるのを眺めながら、ぼくは呟いた。

(時――一九七〇年夏……)

第一章　雨に濡れても

その日、ぼくは、最初の曲にバート・バカラックの「雨に濡れても」を選んだ。

梅雨がながびき、ぼくは疲労していた。

ディスク・ジョッキイは選曲で決るという人もいるが、ぼくは、ニュー・ロックになんかあまり興味がない。ラテンの名曲とか、マントヴァーニとか、古いところが好きだ。

ぼくは、DJなんて柄《がら》じゃないし、音楽の知識だって、ありゃしない。選曲の方は、流行の曲とリクェストの多い曲から適当にえらぶことにして、あとは喋りの面白さで勝負する。

ぼくの担当している金曜の夜中から土曜の朝にかけての時間は、裏に、「びゃーっと集まれ」のお兄さんやら、「今晩は、今晩は、今晩は、もう一つおまけに今晩は」のお姉さんやらが、ひしめいているが、そういうことは、なるべく気にしないようにしている。

夜中にスタジオに入るまえに、向いの丸の内ビルを見下してみると、たった一人、タイプを叩いている男が見えた。

猛烈社員か、無能で居残っているのかは分らないが、一時近くに、蛍光灯の下で、ひとり、タイプを叩いている男に、ぼくは共感のようなものをおぼえた。いかに人気が出ようと、サラリーマンに過ぎないぼくは、あの男と変らないのだ。

受付から電話がきた。

「今似さん……青木の奥さんから、志のだ寿司がとどいていますが……」

「分りました」

この〝青木の奥さん〟というのもフシギな人である。もう四十近いはずだが、「娘と二人できいています」と言って、必ず、黒木憲という若い歌手の新曲をリクエストしてくる。

一家の主婦が夜明けまで放送をきいているというのが、まず、フシギである。

次に、リクエストの歌手がビートルズでも、トム・ジョーンズでも、北島三郎でもなく、絶対に〝黒木憲〟でなくてはならぬというのがフシギである。

さらにいえば〝青木の奥さん〟は神出鬼没である。

受付に、志のだ寿司が届いているのなどフツウであり、おどろくことはないが、仕事のない夜にマージャン屋にいると、〝揚げたてのアイスクリーム〟が届けられたのには仰天した。

〝奥さん〟が、どうして、ぼくの所在を知ったのか、これはいまだに解けぬ謎だが、ときどき、ぼくはサングラスをかけた〝奥さん〟に尾行されているような気がすることがある。

誰も顔を見たことがない、というのもキミが悪いが、とにかく、こういう人が存在するのが現代の面白さなのか。

……スタジオに入ると、ぼくは、ゆとりのあるような、焦《あせ》るような、胸の辺りがかゆくなる変な気持で、ガラスの向うの副調整室を見た。

間もなく一時の時報——

合図《キュウ》——

いきなり、ぼくのアタマというより、ぼくの口が動き始める。

「お待ち兼ね、オールナイト・ジャパン、レッツ・ゴー！

……」

DJの現場というのは、ふつうの人がみたら、まず、キチガイに見えるのではないか。

ぶら下ったマイクに向って、笑いかけ、手ぶり、足ぶり、ときには机を叩いたりして、一種の躁状態とはあいなる。

これを朝の五時まで、つづけることを考えてごらんなさい。

「みなさん、気軽にきいて下さいよ。寝転んだり、アグラかいたり……女の子は、アグラ、かいちゃいけませんよ。……立てひざ——これなんか、いいんですよ。女の子の立てひざなんて、よござんすね、ウッシッシ……」

とんと、タイコモチである。

……五時といえば、夏なら夜が明けている。

ぼくらのために会社は、社内に仮眠所という場所を作ってくれているが、ぼくは、ここでは寝ない。

愛車の国産ムスタング（ブルーバードと呼ぶ人もいるが）を駆って、行きつけのバーモント・ホテルへ行く。

ここは千鳥ヶ淵に面した小ぢんまりしたホテルで、週に一回、ぼくが眠るための部屋をとってくれている。

この一室で昼近くまで眠ったあと、おもむろに国産ムスタングを駆って、我が家がある春日部《かすかべ》団地まで帰る。ぼくの車は、時速五十キロ以上出ないので、安全運転ばっちり、である。

さて——この早朝、ぼくがホテルに入ってゆくと、フロントの男が言った。

「今似さま、当方の手違いで、うっかり外人客を入れてしまいました。幸い、夜中に発《た》ってくれたので、いま、シーツを代えさせておりますが……」

「要するに、眠れりゃいいんです」

ぼくの頭の中には、白いカーテンが垂れ下りつつあった。

「はい、直ちに……。あ、それから、こういう物が届いておりました」

紙袋に青木の奥さんの名前があった。のぞいてみると、全国の神社の交通安全のお札《ふだ》が十何種か入っている。

ぼくは片手に紙袋をもったまま、ボーイに導かれて部屋に向った。

ボーイがドアを閉めて出てゆくと同時に、睡魔に襲われた。砂男にサンド・バッグで殴られたのだ。

……夢の中で、放送中のぼくは失語症におちいっていた。ぼくは脂汗《あぶらあせ》を流し、それでも、どうしても、自分の名前が想い出せないのだ。スタジオの小さなテーブルの上で、サロンパスを背中に貼ったケムンパスが踊っており、テーブルの向うでは、プレスリイとトム・ジョーンズがならんで腰を振っている。

「はい、次の曲は『ティコ・ティコ』!」

するど、どういうわけか、八木節が流れてきた。

(ちがう、ちがう!)

ぼくが八木節に合せて悶《もだ》えていると、大きなベルが鳴った。

ぼくは手探りで電話をつかみ、ようやく白い眠りの網を脱した。

「お早うございます。午前十一時でございます……」

女の声が明るく言った。

「分った、ありがとう」

ぼくはベッドを出ると、裸になって、バス・ルームに入った。

鏡の中にいるのは、髪の毛、やや薄いきらいはあれど、まず二枚目といえる三十代初めの男であった。こんな良い男から、どうしてあんな下品な声が出るのかというのは、今世紀の謎の一つではないかと思われる。ぼくは鏡に向って歯をむいてから、シャワーのハンドルをまわした。

「おれは、良い男だなあ……」

口に出して呟いてみる。一仕事したあとで、シャワーを浴び、肌が湯をはじき返すのをみていると、ハードボイルド小説(ただし、国産のですな)の主人公みたいな気がしてくる。

ぼくはタオルを腰に巻いて、湯気だらけのバス・ルームを出ると、

(きょうは、何を持って帰ろうか?)と考え始めた。

なにしろ、ぼくの家のタオル、マット、歯みがきのコップ、灰皿、タンブラー——そういったものは、すべて、バーモント・ホテルのマーク入りである。

それはドロボウではないか、などと言ってはいけない。記念品の蒐集である。

今似氏愛用の
国産マスタング
64000キロ
走って下取り
値段が
3万円
エンジン故障
BACHi BACHi KETKE
時計
オールナイト・ジャパン"放送風景イラスト・ルポ
今似見手郎氏
マイク
青木のオクサンのハガキ
ハガキ
せまいテーブル
タイムキーパー
レコードをまわす人
YASUHiKO

しかし、あと、持っていけるものは、椅子、戸棚、ベッドぐらいなものであろう。これでは、バッグに入らない。何か、小さな品物はないか。

……たった一つ、あった。

もったいないことだが聖書である。どこのホテルにもある赤い表紙の、ギデオン聖書。これを借りてゆこう。眠れぬ夜に同僚の放送などきかずに聖書を読む。そういう気持も、ぼくには、ある。志《こころざし》に免じて許して頂こう。

窓の外は、相変らずの雨であった。


その夜、ぼくはラジオもきかず、テレビも見ず、しかし聖書も読まずに思索に耽《ふけ》っていた。

もちろん、思索といっても高級なものではない。ポール・マッカートニーはもう絶対にビートルズに戻らないつもりなのだろうか、とか、マルクスとエンゲルスは実は同性愛ではなかったのか、といったたぐいのものである。

「パパ、電話……」

三つになる息子のひさしの声で、ぼくの思考は中断された。

ぼくはダイニング・キッチンの電話のそばに行った。

「今似ですが……」

「バイブルだよ……」

電話の向うで押し殺したような声がきこえた。

「は……」

「とぼけるな。バイブルを持ってったろ」

「は……いや……」

「大事にとっときな。お宅に行っちゃヤバいだろう。明日は出社するか?」

「あの……どちらさまですか」

「こっちの言うことだけに答えな。明日は、出社するか?」

「明日は日曜ですから。月曜には会社に出ますが……」

「よし、おれの方からジャパン放送に出向くよ。ジャパン放送は、せんのところにあるな」

「せんのとこです」

「せんのとこだと思ってた……」

電話が切られ、ガキッ、という音にぼくは危うく鼓膜を破られそうになる。

「どなたからですか?」と妻が不審そうに言った。

「分らない。イタズラだろう」

そう答えたが、イタズラとは思えなかった。少くとも、今の男は、ぼくがホテルから聖書を持ち去ったことを知っている。

まず、バーモント・ホテルの使用人ということが考えられる。

聖書の失せたのに気づいた掃除婦がボーイに言いつける。そして、ボーイが……

目的は何だろう?

――ゆすり、ではないか。

ぼくの頭には、芸能週刊誌の見出しが浮んだ。

〈人気DJ、聖書を盗む。あやまれる宗教心と弁解はするが……〉

つづいて、女性週刊誌(たとえば、悪名高い「ギャング・レディ自身」など)がこうくるだろう。

〈DJの聖書事件、かげに意外な女!〉

最後に、有名人を抹殺するおそろしい週刊誌が、こう書く。

〈この夏、つまずいた男女の愚行……その1、聖書一冊と人気をひきかえにしたあのDJ氏のその後……〉

ぼくは、すべてが終ったみたいな気がして、しょんぼりしていた。おそるおそる例の聖書をめくってみたが、別に、ふつうと変ったところはない。

いまさら、バーモント・ホテルのフロントに返すのも、かっこ悪いし……といって、持っているのも、まずそうだし……まあ、知らぬふりで通すより仕方あるまい。

とにかく、あさって、男に会ってからの話だと、ぼくは考えた。

風雨が強くなり、窓に叩きつける音がつづいた。

月曜日――珍しく雨が上った。

出社したぼくは、ずっと苛々《いらいら》していた。女学生の一団がサインを欲しがってきたが、心なしか、ぼくの手はふるえ、サインに力がなかった。

夕方、ようやく電話がかかった。

「おれだ。丸の内警察の前にいる」

「あなたは、バーモント・ホテルの方ですか」

「あたりまえよ。……じゃなくて、どうして、バイブルの消えたのが、分る?」

ぼくは窓から覗《のぞ》いてみた。

丸の内警察の前に、黒い背広に白ネクタイという、ひと昔まえのスタイルの男が立っている。面構えといい、手足の長い恰好といい、宍戸錠という俳優さんによく似ていた。

ぼくはとっさにバーモント・ホテルに電話して、こういう人相の男がおたくの使用人にいるかと訊いてみた。フロントの男は、いない、と答えた。

ぼくには、何事か分らなくなった。ぼくが名乗っても、フロントの男の声には少しも動揺の色がない。

(要するに、いやがらせだ。ホテルの部屋の向い側から見ていた団地の住人の仕業かも知れない)

ぼくはエレベーターで降りると、薄暗い受付の前を抜けて、外へ出た。

ぼくが近寄ってゆくまで、男は気づかぬ様子だった。

「……おたくが今似さんか。待ってたぜ」

浅黒い凶悪な人相の男はにやにやしながら、片手を突き出した。

「さ、バイブルを頂こうか」

「持っていませんな。それに、あんたは、バーモント・ホテルの人じゃない」

会社のロッカーに入れてある聖書のことをちらっと思い浮べながら、ぼくは居直った。

「どうしても取ろうというのなら、この中で話をつけましょう」

「ちっ、ちっ、ちっ」

男は丸の内警察の建物を横眼で見て、舌を鳴らした。

「おたくも、ブラッフをやるじゃねえか。お見それした」

ぼくは、こういう手合いに馴れていないが、弱味を見せてはいけないのは分っている。一度、金をやると、いくらでも、せびりにくる。そういう例は、いやになるほど、見ている。

「仕方ない。名前を名乗ろう。おれは、きのうのジョーってんだ」

「面白い名前ですね」思わず、ぼくは言った。「あしたのジョーなら知ってますが……」

「きのうのジョー。名前通り、過去に生きる男よ。この恰好で分るだろう」

「十年まえの宍戸錠のスタイルですね」

「ずばり、だ。……おれは、映画も、テレビの深夜映画しか見ねえ。E・G・ロビンソン、ボガート、ジョージ・ラフト、ぐっと下って、ダン・デュリエ。いかすぜ」

「けっこうな趣味ですね。ヴィンセント・プライスは、いかがですか」

「あれも、いい。ちょっと下手《げて》だがな。……ところで、バイブルだが、なんなら買いとってもいいんだ」

「せっかくですが、ない物はないというわけで。……じゃ、ジョーさん、さよなら」

　ぼくは急いで社に戻った。要するに、大したことはなかったのだ。

　一時間ほどして、スポット・ニュースを終えて出てくると、女の子が、

「おたくから電話」

　といって送受器を投げてよこした。

　危うく受けとめたからいいが、ぼくの美貌に傷がついたら、どうするつもりだろう。

「もしもし……」

　妻の声が、何か急迫したものを告げていた。

「夕方の買物から帰ってきたら、家の中が、めちゃめちゃに荒らされているの……」

「ひさしは、大丈夫か」

「ええ、それは……」

「眼を離すな、誘拐に気をつけろ。それから、警察に電話しなさい」

「もう、しました……」

　ぼくのまわりが急にあわただしくなったようであった。早く帰る、と言って、ぼくは電話を切った。

夕刊が机の上に来ていた。ニクソンがカンボジアでの作戦成功を述べ、日本政府は対米経済折衝に苦慮し、赤軍派の幹部が一人つかまっていた。

三面に、若いアメリカ人の死体が横浜港に浮いていたという記事が出ていた。気になるのは、その男が土曜日の午前一時にバーモント・ホテルを出たきり、消息を絶っていたという一行であった……。

第二章　猛獣狩の追憶

翌日、出社する前に、ぼくは年上の友人といっていい南《みなみ》洋一《よういち》を尋ねることにした。

南は、いまこそ、テレビの「四十七人の刑事」というアクション物の脚本家として忙しいが、つい、このあいだまで、ぼくの社の小さな番組の台本を書いていた男だ。おそろしく不器用で、これでは、とうてい、やっていけまいと思っていたが、冒険、スリラーとなると眼つきが変ってくる性癖を生かすチャンスに恵まれて、急に忙しくなった。

「……うむ、南じゃが……。今似君か、今日はちょっと……いよいよ四十七人の刑事が殺し屋《キラー》の屋敷に討入りするところでな。書くまえから、ぞくぞくしておる」

「お願いです、三十分でけっこうです」

ぼくの口調に南は驚いたようだ。

「どうした……とうとう細君と別れるのか?」

「ちがいます、実は……」

かくかくしかじかときいて、南の声が変った。

「きみ、そのアメリカ人のことを、バーモント・ホテルに確かめたか?」

「確かめました。トム・コンウェイという青年で南ヴェトナムから金曜に来日したのです」

「それで夜中にホテルを……」

「ええ、慌《あわ》てて出て行ったそうです。フロントでは、それしか分りません」

「あとの足取りは、どうかね？」

「うちの報道部で訊いてみたのですが、これまた、全然、分りません」

「拉致《らち》されるということも、考えられるね。とにかく、きみ、すぐに来なさい」

ぼくは国産ムスタングを上野に向けた。

こんな場合の相談相手として南は悪くないと思う。

ぼくの友人・知己は、いずれもマスコミ稼業で、時間に追われ、とにかく、ひとの話に耳を傾けてくれそうなのは、南をおいて、ほかにない。

——南の本名は、田中一郎とかいう平凡なものだが、放送作家として出発するに当り、〈南洋一〉というペン・ネームをつけたのである。

ぼくは五つほど下のせいか、よく知らないのだが、むかし、南洋一郎《みなみよういちろう》という少年向けの猛獣狩小説の作家がいたらしい。田中一郎はその作家によって〝小説を読むたのしさ〟を知ったとつねづね語っている。

これは、ぼくの独断だが、ある人が最初にどんな小説を読んだか、ということで、人生のコースがかなり変るのではないか。田中一郎の場合には、無垢な魂（かどうか分らないが、いちおう、そう言っておこう）に、南洋一郎氏の一行一句が刻みこまれたかのようであり、それが彼の冒険への情熱の源泉になっているようでもある。

従って、南洋一は、動物のことにくわしい。

海狸《ビーバー》をどう手なずけるか、とか、アフリカ象とインド象の見分け方とか、オラン・ウータンのつかまえ方とか、そういう、用でもないことにくわしい。

彼がユニークなのは、それ以外のことが、あっけらかんと欠如している点で、まあ、アクション物の作家にでもならなかったら、使い道がないだろう。

近ごろは弟子が二人いて、金まわりもいいらしいから、そろそろ念願の猛獣狩とやらに出かけたらどうですか、と、ぼくはしばしば水を向ける。

そのたびに彼は噎《む》せかえって、

「いや、もう、キリマンジャロはハイヒールで登れるそうだから」

とか、

「タンガニーカ湖の辺りも、スーパー・マーケットが出来たらしい」

と言いわけがましく呟くのだが、ぼくの勘では、彼は単に臆病にすぎないのである。

不忍池《しのばずのいけ》の近くにある、大きな南邸に近づいて、ぼくは驚いた。

空襲を免《まぬが》れた赤レンガの塀に、「駐車禁止」「立小便おことわり」の札があるのはともかく、白ペンキで――

「ご注意！　猛獣が水を飲みにきます」

「手負い獅子が徘徊しています。夜は気をつけて下さい」

と、殴り書きしてある。趣味とはいえ、ちょっとどうかと思う。

車を停めると、鉄格子の門の脇にあるインターフォンのブザーを押した。

とたんに、インターフォンから低くジャングル・ドラムが流れ始めた。

この家は南の祖父の代からのもので、このあいだまで荒れ果てていたのだが、すっかり、手入れをしたようである。それも、かなり、変な風にだ。

玄関の脇に巨大なトーテム・ポールが立っている。その中の顔の一つが南にそっくりなのである。

突然、槍をもった土人が、トーテム・ポールの背後からとび出してきたので、ぼくはびっくりした。そいつは、裸で、腰に赤い布をまき、羽根飾りを頭につけている。

「逃げないで下さい！」

土人が叫んだ。南の助手である大男であった。

「好きで、こんな恰好をしているわけじゃないのです。こうしないと、先生が、破門するとおっしゃるので」

「しかし、きみ……」

「アブダラと呼んで下さい。さもないと、先生が気分を悪くされるのです」

「アブダラ君、きみ……」

「君《くん》をつけないで、ただ、アブダラとお呼び下さい」

「きみがアブダラだとすると、もう一人の小さな人は……」

「あれは有島というのですが、今はアリという名です。二人とも、我慢しているのです。われわれが売れっ子になる日まで、耐えがたきを耐え、忍びがたきを忍び……」

読者のために註を加えておくと、いまや、あらゆる世界から姿を消したかに見える徒弟制度は、テレビ、映画の、シナリオの世界にだけ残っているのである。

「では、案内してくれ」

「はい、旦那《ブワナ》……」

アブダラは鉄格子の錠を内側から外した。

「旦那《ブワナ》、草むらに足を踏み入れないようにして下さい。あちこちに熊罠《わな》がしかけてあるので、危いです」

「そりゃ、本当に、危いな」

「このあいだ、百科事典のセールスマンが強引に入ってきて、足をはさんじゃいました。片足、切断したようです」

玄関に入ると、かたわらの籠の中のオウムが、キ、キッ、と鳴いた。

「きれいなオウムだね」

「しーっ、犀鳥と言わないと先生に叱られます」

応接間に足を踏み入れて、また、びっくりする。

南の祖父母の写真が飾ってあったところには、土人のお面らしきものがならび、そのほか水牛や豹の首が壁からはえているのだ。

この家の主人は、ヘルメットをかぶり、旧式のライフルを持って、正面の、一段高いところにある籐椅子に凭《もた》れている。その脇にすわったアリは、大きな団扇《うちわ》で主人をあおいでいる。

「こりゃ、仮装パーティーですかね」

ぼくがからかうと、

「頭《ず》が高いぞ」

南がきびしく言った。

「虎の皮の上にすわって、話しなさい」

おそれ入ったぼくが腰をおろし、あぐらをかくと、アブダラがバナナとも何とも知れぬ果実（マンゴとかいうものだろうか）を運んできた。

毒気を抜かれたぼくは、話せといわれても、すぐに言葉が出なかった。

「水、水を頂けますか」

「ヴィクトリア湖の水がいいか、チャド湖のがいいか」

「どちらでも、けっこうです」

どうせ水道の水じゃないか。

大兵肥満、八十キロはあるという南は、ヘルメットから流れ落ちる汗を拭《ぬぐ》いながら、

「さっきの話は面白かった」と言った。

「あれだけきいても、ぼくの持って生れた冒険家の血が湧き立つようだ。コンゴで〝悪魔の使い〟といわれた例の犀を射止めた時の興奮がよみがえってくるぞ」

「〝例の犀〟って、あなた、アフリカへ行ったことがないでしょう」と、ぼくは言った。

「些細なことだ。ほんの些細なことだ」

南は呟いた。

アブダラがぼくの前に水をうやうやしく置いた。

「北海道で〝恐怖の火〟と呼ばれた人食い熊を殺したときの気持も、こうであったぞ」

南は壁の一角を指さした。そこには、大きな熊の死体に片足をかけているハンター姿の南の写真があった。

ぼくは驚いた。南は、本当の勇者だったのか！

「だまされちゃいけません」

アブダラが耳打ちした。

「この春、北海道へ行ったとき、アイヌ部落名物の熊に自動車をぶつけて殺してしまったのです。えらい賠償金を払って、ことをすませたのですが、ほんの十秒位のあいだに、あの写真をとったのです。シャッターを押したぼくは冷汗ものでした」

「アブダラ、何を呟いておるか」

南は荘重に言った。

「はっ」

「どっちの水を持ってきた」

「ヴィクトリア湖の水です」

そう答えてから、ぼくに、「飲まない方がいいですよ。明治五年に掘ってから一度も井戸替えをしていないのですから」

と囁《ささや》いた。もう少し早く言ってくれればよかったのに……。空になった杯を眺めながら、ぼくはそう思った。思いなしか、胃の辺りがただれるようであった。

「ぼくの推理では、ですな」

「もはや、推理の段階ではないよ、今似君。きみはポケット・ミステリイのたぐいを読みすぎた。今は、アクションの段階だ。……その、きのうのジョーとかいう男をつかまえて、泥を吐かせれば、すべてが解決する。ぼくの、この偉大な冒険家のライフルと、ナイフ、それに水牛皮の楯がものをいう秋《とき》が遂にきた」

南は立ち上ると、ライフルをぼくに向けて構えた。

「黒豹体験が明瞭になった日に、事件が舞い込むとは、天のお告げだ。アリ、アブダラ、おれにつづけ！」

「ははーっ」

二人は平伏した。

こんな風に、一方的にエキサイトされても困る、とぼくはつくづく思った。とにかく、今日の南は、おかしい。いや、いつもおかしいのだが、今日は、特に、おかしい。

「……南さん、黒豹体験て、何ですか。戦争体験とか安保体験というのならきいてますが……」

「黒豹体験は、疎開体験や安保体験より、さらに根源的なものである。すなわち、ぼくにとって黒豹とは何かという問いかけなのだ。これなら、分るだろう?」

「分るものですか。ブラック・パンサーに関係あることでしょうか」

「ちがう、ちがう。食肉目ネコ科の獣としての存在それ自体をさす」

「わざわざ、ややこしい言い方、しないで下さい」

ぼくは思わず言い返した。

「……きみにも分ると思うが、ぼくがテレビ界において偉大な存在となった遠因は、南洋一郎先生の一連の名著――『吼える密林』『緑の無人島』『決死の猛獣狩』などにあると、ぼくは、かたく信じていた……」

「それは、たびたび、伺っています」

「ところで、きみは、上野動物園の黒豹脱走事件を知っているか」

「いえ……」

「動物園の黒豹が夜中に檻の屋根の放射状の部分から脱走したのだ。それがラジオで放送されたときのショックは大きかった。黒豹が東京のどこかにいる！　この恐怖が分るか、きみ」

「はあ……それで、つかまったのですか？」

「あたりまえだ。東京市民には警報が出される。警察や警防団が上野で山狩りをする。……黒豹はマンホールの中に隠れていた。奴も、やるじゃないか、ええ！……ぼくはその写真を新聞でみた」

「信じられないことですな」

「しかり、鉄棒と鉄棒のあいだが、規格より三センチ、ひろかった。それだけで逃げてしまうほど、すばしっこい奴なのだ。……奴は、いまの国立美術館前のマンホールにひそんでいたのだが、池をへだてて、こんな近くにいたぼくの身になってみろ。夏の日の午後を黒豹の幻影に怯《おび》えて過した、しめつけられるように重い時の歩みではあったぞ」

「いったい、いつのことです？」

「そこだ！　昭和十一年七月二十五日の出来事だ」

「それじゃ、ぼくは、生れてませんわ」

「ここが問題なのだ！　ぼくは、永いあいだ、この事件を、南洋一郎先生の名著に触れたあと、あるいは並行したころのことと思い込んでいた。ところが、今日、動物園に電話して、古い関係者にきいた挙句、昭和十一年と分った。……このことの重さが分るか」

「いいえ」

「昭和十一年の夏には、ぼくは四つになっていないのだ。つまり、三歳と何か月のぼくは、まず、黒豹の幻影にふれたのだ」

「なるほど、黒豹――南洋一郎――の順だったというわけですな」

「ぼくは怯えた。その恐怖が、いまのぼくを作ったのだ。……分るか、黒豹は蛇みたいにトグロを巻いて隠れていた……分るか！」

「分りますよ。そんなに怒鳴らないで下さい」

「む、む……黒豹を見たい気持がムラムラと湧いてきたぞ。

アブダラ！　彼女を呼べ！」

「はっ」

アブダラは柱の紐を引いた。

鳴子がガラガラ鳴り、ぼくは庭を見た。初めて気づいたのだが、庭にニッパ椰子の屋根の小屋が出来ている。地上二メートルはあろうかと思われるそこの戸をあけて腰布《サロン》一枚の混血らしい色の黒い女が現れた。

「恋人のムーンフラワーだ」

南が誇らしげに言った。

「ゴリラに犯されそうになったところを、ぼくが助けてやったのじゃ」

彼女はゆっくり梯子《はしご》を降りて庭を横ぎってきた。

池の表面がざわめいたかと思うと、小さなアリゲーターが頭を浮べた。

「ぼくが、しとめる」

南はライフルを構えると、轟然、アリゲーターめがけてぶっ放す。あわれ、アリゲーターは鮮血を吹いて腹を見せた。

「一発だ」

南は銃をおろすと、

「アマゾン以来の狩であった」

ムーンフラワーはゆっくり入ってきて、壁ぎわに寄り、腰布《サロン》を床におとした。

ぼくは困ってしまった。ストリップは鶴見で凄いのを見てから、六年ほどゴブサタしている。しかも、真昼間というのが、いけない。

南は椅子におさまったまま、リモコン装置のスイッチを押す。黒いカーテンがするするとしまり、映写機が床から迫《せ》り上ってくる。アリがその傍《そば》に寄った。

古い映画の断片らしいが、細くて長い黒豹が、彼女の腹部にうつり始めた。こういうコトには驚かぬようにしているのだが、突然というのが弱い。

南は陶然としながら、

「黒豹め……黒豹め……」

と呟いている。

フィルムが切れたところで、

「そろそろ、いいですか」

とぼくは言った。

「おお、きみ、まだ、いたのか」

「冗談じゃない。……正直な話、ぼくは例の殺人事件だって、どうでもいいと思っているのです。……ただ、脅迫にはマイるのです。しかも、あの連中は、しつこいときいている。……ジョーは、必ず、また、やってきます。そのときに、話をつけてくれる人が欲しいのです」

「そいつは、やくざだろう。おれはダメだよ。やくざ、こわい、こわい、だもの」

南は真蒼になって、傍にきたムーンフラワーにしがみついた。

「しかし、あなたは勇者でしょう」

「ぼくが相手にするのは猛獣だけ。人間——とくに、やくざは、いかん」

南はヘルメットで顔をかくしてしまった。

「呆《あき》れました。がっかりです」

ぼくは立ち上った。

「待て待て。そう、せっかちになるな。きみの希望にぴったりな男が、いる」

「ほう……」

「きみのところの姉妹会社のジャパン・テレビな……あそこに細井忠邦《ほそいただくに》ってディレクターがいるだろ」

「……ハレンチな番組をつくるので有名な、あの細井さんですか」

細井忠邦といえば、「脱いで脱がせて大合戦」という題名の番組で、昨年、毎朝新聞の攻撃を受け、居直った態度で、かえって男をあげてマスコミの名士になった、フシギな人物である。

名前は、汚職をする老中か、悪い旗本みたいだが、なかなか、しゃきっとした性格らしく、毎朝新聞の社会部が〝社会正義〟をふりまわして攻撃するたびに、しつこくやり返し、孤立した戦いぶりが、世人に好意を持たれた。べ平連の週刊誌すら、彼の番組を〈解放区の茶の間への突出〉と評価していた位だ。

「あの人に、そんなこと、出来るのでしょうか」

「きみ……細井は、京都で鳴らした硬派だぜ。しかも、大学では空手部のキャプテンだった男だ。局に出入りするザーヤク（やくざ）さえ、彼に追われると、イチコロだ。なんなら、すぐに紹介してもいいよ」

「でも初対面の人に、そんなこと、頼めないですよ」

「いや、そういう常識は、彼には通用しない。彼が乗れば、この話は成立だ」

「旗本退屈男みたいですなあ」

「昭和元禄退屈男だよ。なにしろ、神経がタフでね。……彼については、途中で話をする」

南は立ち上ると、アリに外出用の服を命じた。

「きみの車で、行けるか」

「はあ、例のムスタングですが――」

「あれ、下取りが三万円てのは、本当かい」

「ええ、そうです」

「ふーむ。……おい、アブダラ、ジャパン・テレビに電話しろ。ムーンフラワー、こんな時間に、なんという恰好をしている。小屋に戻って、南洋一郎先生の御本を読みなさい！」

第三章　麴町番外地

「つけられてるんじゃないか」

南は苦しそうな姿勢でバック・ミラーを覗いた。

「おどかさないで下さいよ」

「大丈夫だろうな。きみの団地を出るときから尾行されてるなんてことはないだろうな。突然、仕組まれたダンプ・カーがとび出してきて、あの世行きなんてのはイヤだぜ」

「大丈夫ですよ。それより細井さんの話を、もっと、きかせて下さいよ」

――いやはや、麴町のジャパン・テレビまで行くあいだにきかされた細井忠邦の話は、ぼくはかなり興味深かった。中でも、セネガルから黒人女を連れてきた一件がふるっている。「これがハプニングだ!」という番組がジャパン・テレビにあり、内容・視聴率ともに不振で、ダウン寸前。そこでピンチ・ヒッターとして細井が起用された。細井はウームとうなって、突然、黒人の女を呼べるだろうか、と言い出した。少々カネがかかりますよ、いいですね。

どういうわけか、西アフリカのセネガルが候補に上った。細井は、セネガルの女を三人つれてきて、テレビで、日本の男と見合いをさせるというのである。

ところが、細井がアフリカに対してもっているイメージたるや、せいぜい「冒険ダン吉大遠征」程度で、しかも飛行機が直行できず、帰りにローマで一泊しなければならぬときいて、あたまを抱えた。(裸の女を三人つれて、ホテルに入るのは、どうしたらよかろう? 槍でも持っていたらどうしよう?)

さしもタフな神経の細井も、出発前夜は寝られなかったという。

セネガルに行ってみると、住宅は小屋程度だが、女たちは裸どころか原色の布を身体にまき、フランス語で会話を交す。細井は安心して日本に連れかえった。

一流のホテルに泊めたところが、彼女たちはメロンばかりたべている。セネガルではメロンが安いらしいが、東京ではそうはいかず、勘定はベラボウな額になってしまった。

——「脱いで脱がせて大合戦」がヒットすると、細井は重役室に入って、

「ぼくを部長にして下さい」と言いだした。

重役はびっくりして、

「そんな、きみ。そういうことを言ってきたのは、きみが初めてだ。エラくなりたいか」

「なりたいですとも」

「ふむ……ま、いいじゃないか、ならんでも」

「冗談じゃない。なりたいよ。現に、おたくだってなってるじゃないの」

——その細井も、かつてはニュースやドキュメンタリイのバックに流す曲をえらぶ仕事をさせられていた。そのころの彼は、チコ・ハミルトンが好きで、えらぶのはどれもチコ・ハミルトンの曲。少しはちがうのを流せと言われて、天皇陛下のうつる画面のバックに「枯葉」を流して、左遷された……等々。

国産ムスタングを局の脇でとめると、ぼくらは建物の中に入った。

「細井さんに会いたい。約束ずみだ」

南が言うと、受付の女の子は、

「只今、記者会見中ですので、よろしかったら、デスクの方でお待ち下さい」と答えた。

「春からの番組が沈没しかけたので、また、助っ人《すけと》をたのまれたのだろう」

呟きながら、エレベーターに乗った南は、

「記者会見を覗いてみるか」

とぼくに言った。

……五階の会議室は外まで人が溢《あふ》れている。細井忠邦が何かやるというだけで、これだけ人が集るとは大したものだ。ぼくらは記者たちをかき分けて中に入った。

コーラが林立した細長いテーブルの奥に、瘠《や》せて小柄で、しゃれたサングラスをかけた男がいた。髪をＧＩカットにしている、といいたいが、むしろ、やくざ風の刈り方という方が正確だ。

「まだ、質問がありますか」

削いだようにこけた頬を引攣《ひきつ》らせて笑った。

「今度の番組の狙いですが……一口に言うと、どういうものでしょう?」

メモを手にした記者の一人が尋ねた。

細井は、にやっとして、

「ヤボなこと、言わないで下さいよ」

と言った。

何という声だろう。絞り出すような、すり切れたような、奇妙なものである。顔は凄味があるが、その声には愛嬌があった。

「ますます、一般の皆さんに楽しんでもらえて、会社に利益をもたらす番組をつくる。――こんなこたあ、当り前なんだ。体制も反対制もありゃしねえよ」

記者席で笑い声がおこった。

「視聴率万能の、いまのテレビ界に、細井さんのご意見を一つ」

「あのね……おたくたちとか評論屋が、視聴率万能はいけねえっていうでしょ。こりゃ言ってみりゃ、商売よ。そういう商売は、憲法で保障されているんだ。――しかし、ですよ、局の内側の人間で、そういうことを口に出来るのは、視聴率を稼げた奴だけよ。わけの分らないドラマ、歌謡番組、貧乏ったらしい社会派番組、そういうのを細々とつくってて、視聴率万能反対もないもんだ。そんなのは負け犬のなんとか、ゴマメの歯ぎしりよ。本当に視聴率のこわさを知ってるのは、ばか当りした番組をつくった者だけだよ」

うーむ、とぼくは唸《うな》った。

これは、やっぱり、めったにいない人物だ。これだけドギツい言葉をならべて、不快感をあたえないばかりか、暖かみを感じさせるとは人徳ではあるまいか。

「今度のも、やはり、低俗なんですか？」

「なんだ、また、毎朝新聞かい。（爆笑）……おれは何も作りたくて、作ってんじゃねえや。大衆の程度に合せて、わざわざ、作ってあげてるの。わかる？　言ってみりゃ、社会事業みたいなもんですよ」

「しかし、やはり……」

「がたがた言うなよ。おれなんか苛《いじ》めるひまがあったら、公害とか安保とか、やるこたあ、いくらだってあるだろ。……そりゃね、ある一点だけとり出せば、おたくは正しいよ。しかし、正しいってことはつまんねえってことですよ。『プラハのなんとか四重奏団が来日しました』――こんなのばかりじゃ、人生、おしまいよ。……だいたい、低俗、低俗って叫ぶ中に、名前のある人はいないいじゃないか。新聞が良識というベールに隠れて、企業の妨害をやってるだけじゃないか」

「しかし……」

「しかしも、かかしも、ないのよ。野球拳のオークションで集めた金を交通事故の遺児に贈るのを、おたくの新聞は〝偽善〟だなんて書いてたけど、何もしないよりはましじゃないか」

細井はさっと腕時計を見た。

「最後に一つ――細井さんは、テレビをごらんになりますか」

「見ません」

細井ははっきり言った。

「テレビは、一切、つけさせません。おれは、本を読む方が好きなんだ。戦争の本とか、英雄伝がいいねえ。ナポレオンやビスマルクの伝記なんか、ことにいい。おれ、停年になったら、出版屋をやりたいねえ」

「ありがとうございました、この辺で……」

広報係りらしき男が挨拶した。

今似見手郎
YASUHIKO

ぞろぞろと立ち上る男たちに細井は声をかけた。

「おれ、ただのディレクターじゃないからね。プロデューサー・アンド・ディレクターだ。そう書いてよ」

細井は薄笑いを浮べながら、タバコをくわえて、

「お待たせ」

「言いたいこと、言ってるねえ、あいかわらず」南が言った。

「しかし、このごろ、あんた、スターだし、誰もあんたを攻撃しないじゃないの」

「いま、低俗なんて言ったってニュースにならないもの。あれは、みんな、言う奴の売名行為だからね。……さっきの話の人、そちら?」

「今似さん。このごろ、評判の人だ」

「きいてますよ。おれ、深夜放送、好きだもの」

ぼくは嬉しくなった。

「本当ですか?」

「ええ。ああいう層をテレビは逃がしているな、と思いながらきいてます」

「おそれいります」

「なんか、ヤー公（やくざ）にカシオド（脅迫）されてるんですって……」

「はあ、やくざだと、思うのですが」

「ふーむ、パーラーにでも行って、話、うかがいましょうか」

「でも、お忙しいでしょう」

「デスクに戻りましょう。電話がやたら、くるのでね」

ぼくらはエレベーターで三階におりた。

ぼくの話をきき終えた細井は、ヘッドホーンをいじりながら、

「その聖書、早く返しちゃった方がいいですね」

と言った。

「それ、今、持ってますか」

「アタッシェ・ケースに入ってます」

そこに、よオ、よオ、と言いながら、黒眼鏡をかけた末野珍平がきた。

「次の選挙、出るのか？」

細井はかみつくように言った。

「出るなら、おれ、応援に行くよ」

「いいよ、いいよ」

中国文学研究家でテレビ・タレントの末野は、照れたように笑った。

「あんたがくると、落ちるような気がする」

「善い子になろうとすると、人気、落ちるぜ。本当だよ」

「分った、分った。……じゃ、また」

末野は逃げ腰で去って行った。

「細井さん、視聴率、出ました」

若者が横から言った。

「いくつだ」

「二十一・六（パーセント）です」

「まあまあ、だな」

「そう思います」

「よし、裏（番組）は、どうだ？」

「軒なみ、落ちてます」

「ざまみろ」

「細井君、ちょっと」上役らしい男が囁く。

「何ですか」

「内緒の話」

「じゃ、ぼくの耳の傍で喋って下さい」

「…………」

「そりゃ、ぼく、きいてないですよ。責任とれんですなあ」

「だろ。おれも知らなかった……」

「細井さん、お電話です。コントさんの事務所から……」

「すいません。あとで、そちらのデスクに、行きます。……はい、細井です……」

これでは、とうてい、話ができないとぼくは思った。新番組を入れて週に五つ番組を持っていると、こんな風になるものか。火を吹く忙しさというのは、まさにこれだ。

電話を置いた細井は、聖書を眺めながら、

「ヤクじゃねえだろうなあ」と呟いた。

「ええ、南さん？」

「麻薬かい」

南はこわごわ言った。

「ぴんときたのは、それだがね。……つまり、今似さんの前に部屋にいたのは、運び屋じゃねえかと思うんだ」

「トム・コンウェイって奴が、かい」

「そうよ。テルホ（ホテル）ってやつは、客が出ると、タオルからシーツまで、全部、代えるわな。部屋から動かさないものは、聖書だけといってもいい。つまり、殺されちまった運び屋は、聖書に何か残していったのじゃないかね？」

「そうだ！」

南はらんらんと眼を輝かせて叫んだ。

「ぼくも、初めから、そう睨《にら》んでいたのだ」

「ジョーって奴は仮名だろうが、その、〝何か〟を取りに行ったんだ。そうしたら、聖書ごと、なくなっていた」

「冴えてるぞ。よく、それだけ頭が働くな」

「セコい世渡りやってりゃ、こうなるよ。それにバーモント・ホテルは、外人の旅芸人とかそういうのが多いし、まともな外人じゃないことが目立たねえとこだよ。……今似さん、フロントに、あんたのあとに泊った奴の名前と、そいつが宿帖を見て行かなかったかどうか、きいてごらん」

ぼくは、まったく、デクノボーもいいところだった。傍の若者がダイアルをまわしてくれた送受器を受けとって、その通りの質問をした。

「はい……二世風の方で、サインは……ジョー・イエスタデイ。それから、強引に、自分より前に部屋にいたのが今似様であることを確認して行った様子です」

……やっぱり、そうだ、とサングラスの奥の三白眼をむきながら、細井は、ひとり頷《うなず》いた。

「いよいよ、冴えとる。きみのアタマ、ぼくの胆っ玉、それに今似君の……なんだろう、――この三つがそろえば恐いものはないぞ」

南が大声で言った。

「それなら、このまえ、セネガルへ行くとき、いっしょに来てくれりゃ、よかったんだ」

「そりゃ、きみ……」

「今似さん……この男ときた日にゃ、蛮地は疫病が流行ってるだろうなんて、ブルっていたんだよ。いまどき、疫病なんて、そうないよ。予防注射して行くんだしね」

「だが、きみだって、食人種に食われたらどうしよう、ってボヤいてたじゃないか」

「あれは、シャレというものですよ」

細井は聖書をパラパラと見たり、背の部分に触ったりして、

「ヤクじゃないね。何か、ほかの物でしょう」

「暗号ってことは、ないでしょうか」とぼく。

「さあて、そうなると、こっちには、もう分らんがね。……とにかく、この本が、くさい気がするな」

細井は投げ矢《ダーツ》をもてあそびながら答える。

「細井さん」

芸能プロの者らしい蝶ネクタイの男が汗をふきふき現れた。

「うちの新人なんですが。ひとつ、よろしく……」

男のうしろにいる、十七、八の女の子が、よろしくお願いしまーす、と言った。

「へーえ」

細井は無遠慮に眺めて、

「ダカハ(裸)、いいかい?」

「そりゃカンベンして下さい」

「じゃ、何が出来るんだ」

「目下、演技の勉強を、いろいろ」

「けっ、新劇の研究所、行ってるわけでもあるまいに」

「歌の方も、やっております」

「どうも、おたくのタレントは中途半ぱだよ。芝居なら杉村春子、歌なら美空ひばり、この辺を基準にして欲しいね」

「ありがとうございます」

「礼言われる筋合いはねえんだ。……夏だから、ダカハは要《い》るよ。お姉さん、何が出来るの」

「ゴオゴオを少々……」

女の子は細井を見つめて言った。

「じゃ、早い話が、ゴオゴオ・ガールだ」

「へ、へ……そこを、もう少し……コメディの女中とか」

男が口をはさむ。

「演技を安易に考え過ぎるよ、おたくは。評判悪いよ、最近……」

「こりゃ、細井さんにかかっちゃコテンパンだ。そういうところが、また、人気のもとなんでしょうな」

「ヨイショ（おだてること）をやるなら、もう少し、うまく、やって欲しいねえ。……とにかく、写真と履歴書、置いてってよ。用があったら、電話するよ」

「……今度、銀座でいちど、パーッと……」

「駄目だよ、汚職は。おれ、酒、ダメなんだ」

「じゃ、もう一つの方ですか」

「うるさいねえ。趣味は、し、ご、と……」

男が行ってしまうと、

「ああいうのが多くて困るんです」

細井は苦々《にがにが》しげに言った。

「じゃ、ぼくらも失礼しようか」

南が立ち上りかけたとき、

「三人とも、動かないで貰おう」

という声がした。

ぼくのうしろに人のいる気配がする。

「そのサングラスの兄さん……手にしている聖書をこっちに貰おうか」

細井の眼の動きから見て、相手は複数らしかった。

「用があるなら、廊下に出よう。ここは、仮りにも仕事場だ」

細井は聖書をデスクに置いて立ち上った。

「かっこいいこと言うじゃねえか。サラリーマンにしちゃ出来上ってるぜ」

ふり向くと、黒シャツの逞《たくま》しい男三人と細井がエレベーターの方へ歩いてゆくのが見えた。

四人の姿が見えなくなったとたん、——うっ、ぎゅっ、という、詰るような声がし、庖丁で生肉を叩くような音がつづいた。

細井がすぐに現れた。

「まるで苧殻《おがら》だ、やつら」

腕についた血をクリネクスで拭きとると、若者二人に、

「いつもと同じに、駐車場へ捨てとけ」

と言った。

「なんだ、ビクビクするな。向うは意識不明だぞ」

二人は走って行った。

「いまの二十代の奴らってな、これの経験がねえのかなあ」

「ないんだなあ。おれも、よっぽど、やってやろうかと……」

細井のひと睨みにあって、南は沈黙した。

「こうなると、いよいよ、この一冊を大事にしなきゃいかんと分ったろ、今似さん」

「は、はい」

ぼくは足がふるえて、腰が立たなかった。

「警察に届けるか、ホテルに返して、縁を切るんですな」

「は、考えます」

「しかし、どこの組の奴らだろう、知らねえなあ」

「知らなくて幸いよ」


ロッカーの蔭から首を出した、きのうのジョーが、にっと笑った。右手に黒い拳銃を握っている。

「細井さんとやら、手を挙げて貰おうか。おれの手にあるのはワルサーという、ちっとは知られた玩具だ。さあ、黙って聖書をよこしな……」

第四章　ほおずき市の男

「次に起ったことは映画の一場面のようだった」という文章を、アラゴンの小説で読んだことがある。

ところで――

次の瞬間、起ったことは、映画の一場面のようであった。ジョーが右手をおさえ、拳銃が床に落ちる。血塗《ちまみ》れの手の甲に、投げ矢《ダーツ》が刺さっている。すかさず、細井は靴の先で拳銃を蹴りかえした。ぼくらの背後で拳銃が何かにぶつかる音がした。

凄まじい眼で細井を睨んだジョーは、あっという間に、身をひるがえして廊下に消えた。細井は拳銃をひろい、すばやく弾丸を抜きとると、黒光りするやつを、黒板に〈忘れもの〉とある、その下に置いた。

ほんの数秒のこととはいえ、まわりにいる人たちが誰もこっちを見なかったのはオドロキである。テレビ局が、うちの会社などとちがうのは、こういうところなのだ。もっとも、先週の視聴率を示す黄色い表を睨んでいては、ほかのことなんかどうでもいいのだろう。

「リハーサルなら、ほかでやれえ！」

と声をかけた男が一人いたが、細井を認めて、首をすくめた。

「とにかく、早いとこ、ホテルに返すことですよ」

細井は忌々《いまいま》しそうに手をはたきながら、そう言った。

ぼくは心から細井に礼を言い、南と別れて、国産ムスタングをぼくの社に向けた。

ぼくの机の上には、リクエストの葉書が山のようになっていた。ぼくあてだけで、週に一万通くるのだから、こいつに眼を通すのは大仕事だ。

ごくふつうに「……の……をリクエストいたします。山本太郎」といった葉書、これがもっとも望ましく、そして、今は、そういうフツウのがかえって目立つのだが、どれもこれも、サイケ調、劇画調イラストでくる。

裸の男と女が抱き合っている絵で、辺見マリの「経験」をお願いします、と書いてあるのはいいとして、永井淳子(十二歳)というのは、いささか、どきっとし、これでいいのか、と思うね。

葉書いっぱいに黒いガイコツ、リクエスト曲なし——こういうのも、キビが悪い。おそらく凝《こ》って描いているうちに、曲名を書きおとし、そのまま、えいっと、出してしまったのだろう。

銭ゲバの漫画の下に「波止場女のブルース」なんて、まったく関係ない曲名が書いてあるのもある。

とにかく、総じて、イラストはうまくなっている。こんなことだけ、うまいんじゃないかという気もする。学校の図画の時間も、やっぱり、ピーター・マックス風や水木しげる調で迫るのかなあ。

青木の奥さんは、やっぱり、黒木憲の新曲を、と希望している。これは字もうまく、オーソドックスなリクエスト・カード。だいたい、絵がうまい分だけ、字が下手になっている傾向があるようだ。

とにかく、ひとより目立とうというのが目的だから、横書き(これは読みづらい)、斜め書き、さまざまで、分厚い板みたいなのでくることもある。これでも葉書の扱いになるのかしら?

当世のティーンエージャー気質を知りたい方は、ぜひとも、これらの葉書を参考資料になさることだ。——はっきりいえることは、みんな、冗談がうまくなっていること。くそまじめ文化も困るけど、こんな、洒落《しゃれ》や冗談ばかり、うまくなって、いいのだろうかと心配だ。もっとも、深夜放送の影響だろうと言われりゃそれまでだけど。

……百五十通ばかり見たぼくは、視界がチカチカして、思わず、眼をつむる。ひき出しから眼薬を出して、両眼に点滴すると、表面だけ、腫れがうすらぐような気がした。

（とにかく、厄介のもとは、返してしまおう……）

そう呟いたとき、電話が鳴った。ぼくは右手をのばした。

「今似さんで、いらっしゃいますか」

なめらかではあるが、外国人の抑揚をもった声である。

「わたし、イワンノバカです」

「バカ?……からかわないで下さい」

「からかう、ちがう。イワンと申す者の部下です」

なんだ、イワンの部下か。

「何か、ご用ですか?」

「あなた、バイブルをお持ちでしょう」

またか――ぼくは、うんざりした。

「持ってないと言っても、バレてるでしょうから申します。たしかに、手もとにあります。しかし、今、これから、バーモント・ホテルに返しに行くつもりです」

「待って下さい……」

電話の声は急《せ》き込むようだ。

「あなた、おそらく、何も、分っていない。そのバイブルの表紙をあけて、ごらんなさい」

ぼくはアタッシェ・ケースから聖書をとり出した。

「あけました」

「そこに、ホテルのレッテルがありますか」

ふつう、ホテルの聖書には、ホテルの名がゴム印で押してある。――が、外人客の多いバーモント・ホテルは、ステッカーというのか、レッテルというのか、白いホテルの横長の絵が貼りつけてあるのだ。

「……ありますね?」

「ええ」

「よろしい。それなら、そのレッテルを売って下さい。千ドル――つまり、三十六万円、出します。……間違っても破かないように。バイブルごと、持ってきて下さい。われわれがはがして、バイブルの方はお返しいたします……」

うーむ、とぼくは唸った。

聖書は、ちゃんと返せる。しかも、千ドル、ただで貰えるのだ。これは、危険はあるにしても、魅力的ではないか。

いや、絶対に魅力的だ！

「……でも、なんだか……」

「こわいですか」

乾いた声で笑った。

「ええ。……やっぱり、やめた方が……」

「……なにも、こわいことも、危険なこともありませんよ。まったくのビジネスです。……でも、それが、きのうのジョーの手に入ると、私どもとしても、あなたに手荒いことをするかも知れませんね……」

「そりゃ、よけい、困る……」

「でしょう……。こうします。こわいことのない証拠に、明日、浅草のほおずき市にきて下さい。浅草寺《せんそうじ》の本堂のまえで、午後二時、お待ちします」

「でも……」

「分ってます。あなたの顔、スタイル――週刊誌のカラー・グラビアで見ておりますから」

「……とにかく、お目にかかって……」

「考える――それで、けっこうです。私ども、暴力団、ちがいますからね。では、二時丁度《ツウ・オクロック・シャープ》に……」

電話は切れた。

とにかく、ぼくは、非常にまずい立場にあるらしいと感じた。

ギデオン聖書――というよりも、ホテルの名を記したあのレッテルを、ジョーたちと、イワンという男を中心とする複数の連中が狙い合っている。その谷間みたいなところに、ぼくは落っこちたのだ。一組ならともかく、二組がもつれて、ぼくの家庭まで迫っているというのが困る。

丸の内警察に行くか、細井忠邦の手をわずらわすかだが、後者は、忙しい人なのがヨワい。今日の件で、すでに大いに迷惑をかけている。

警察――これが妥当だが、とにかく、ほおずき市まで行ってみようとぼくは考えた。その結果、さらにまずくなったら、警察をたのむ手だ。

そう考えると、あとのリクエスト・カードが読めなくなってきた。手がふるえる。落ちつかない。

ばらばら見ていると、「きのうのジョー」という名前がとび込んできた。リクエスト曲名は「皆殺しの歌」だ。

これはハイティーンのいたずらか、それとも、あの男か。

……どうも、あの男みたいな気もする。胸がかゆくなってきた。息がつまりそうだ。

ほおずき市は、七月の九日、十日に市が立つ。

DJをやっていると、年中行事の知識が要るので、こんなことを憶えているのだが、もとは七月十日の〈四万六千日《しまんろくせんにち》〉に発する。

桂文楽が「船徳」のなかで、

「四万六千日、お暑い盛りでございます」

という、あの日である。

この暑い日（といっても、今のこよみでは梅雨のときが多い）にお詣《まい》りすると、百二十六年分のお詣りと同じご利益がある、というのは、PRとしても抜群だな。

むかし、観音さまのある浅草寺本堂で、雷除《よけ》のお札《ふだ》を売ると、夜も明けぬうちから近郷近在の人が押しかけ、その縁日《えんにち》に社前で、千成ほおずきを売ったのが大当り、毎年、宵祭の九日から市が立つようになった——と、何かの本にあったと思うが、いまや、もう一日くり上って八日の夜から市が立つ。クリスマス・イヴ前夜祭のたぐいである。

……ぼくは、仲見世入口脇のおこし屋のそばのサテライト・スタジオから何回か、ほおずき市の実況中継をしたことがあるが、梅雨が上らんとして明けやらず、細い雨にけむって……という日が多かった。

今日も、また、そう。

おこし屋の繁昌を左にみて、赤い門をくぐる。

いかにも〝善男善女〟といった感じの連中が歩いている。東武電鉄、ただいま降りましたというスタイル——日焼けした顔に仕立ておろしの真白な浴衣、このアンバランスの妙は、浅草でなければ見られぬ。

ところどころにしゃがみこんで扇子を使っている。ぼくの眼には、そのむかし、無慈悲に、ぼくの親たちから衣類を召し上げ、若干の米を下され給うた人々のイメージがW《ダブ》るが、それはいうまい。

境内で焚かれる護摩《ごま》を、お湯でも浴びるみたいに、手で顔や肩にかけているひとかたまりがある。善哉、善哉。

ぼくは暗い本堂に十円玉を投げ込み、さて、と大きな赤提灯に眼をやった。

重い雨滴が顔にはじける。めざす、というのか、めざされる、というのか、その男の姿は見当らない。

腕時計を見ると、二時少しまわっていて、これは、かつがれたか、と思った。南あたりのいたずらかも知れぬ。やれやれ。雨に濡れるも、こちゃいとやせぬ——バート・バカラック先生作曲の歌を口ずさみながら本堂の中を見渡すと、眼の前でフラッシュの閃光が炸裂した。

ぼくは、よろけた。ようやく眼が馴れたとき、カメラを首の下にさげた白人が立ちふさがっているのに気づく。

「今似さん……」

どこの国の青年か分らぬ、しかしスエーデン製の妖しきうつし絵で見かけたような金髪の男が笑っていた。

「バイブル、お持ちですか?」

ぼくは右手のアタッシェ・ケースを動かしながら、頷いた。

「混んでますね。ほおずき市に入りますか」

ぼくは、また、頷いて、段々を降り、左手のほおずき市に入った。

小雨の下、水色のなかに濃緑と赤の帯がつづいている。一日目のせいか、売り声もあまり大きくなく、余裕がある。千成ほおずき三百円、丹波ほおずき五百円、は、いささか値上げ気味だ。市《いち》の裏手に、大正初年からあるような休憩所があり、ひとけもない。

「あそこが、いいでしょう」

男の言葉に、ぼくは従った。すべては夢の中みたいだ。汚れた木のベンチに腰をおろすと、男は右手を出した。

「さあ……」

「待って下さい」

ぼくは言った。

「売るかどうかは、お目にかかってから決めると言ったはずだ。……いいですか。このレッテルの中身が何か、ぼくは知らない。知らないで、売ることは出来んですよ。……これが、あなた方にとってだけ価値のあるものなら、ぼくは売ってしまう。しかし、ぼくにも関係のあるような何かも知れない。そうだとすると、ぼくは売れませんよ。どうでしょう？」

「きみは、この中に入っている物を知りたいのかね」

男は苦笑した。

「知ったら、きみの方から手離すと思うのだがな」

「それならなお、いいじゃありませんか」

男は溜息をついた。

「……どうしても、ききたいかね？」

「はあ」

「じゃ、ヒントだけでも、やるか」

男は鼻をこすった。

「きみは……」

ぷしゅっという音がして、男は眼を見ひらいたまま、ぼくの方によりかかってきた。

「どうしたんです……暑さ当りですか？」

抱き起そうとする右手にべっとりついたものがある。

ぼくがとびのくと、男は地面に倒れ伏した。背中に赤いものがひろがっている。

とっさに、どうしたらいいか、分らなかった。

幸い、ぼくを見ている者はいない。ここは市《いち》の蔭、盲点にあたる部分なのだ。

（一つ、もよりの交番にかけこむ。一つ、このまま、逃げる……）

ぼくは、あとの方の答えに丸をつけることにして、ベンチのアタッシェ・ケースをとり上げた。

「消音銃《サイレンサー》らしいね、おじさん」

ベンチの向う側に混血児らしい男の子が立っていた。汚れたランニングに半ズボン――いまどき珍しい浮浪児姿である。

「見てたのかい？」

「悪いけど、この裏側で、話もきいちゃったよ。雨がいやだから、凹みにもぐり込んでたんだ」

「分った。ここは見逃してくれ」

「誰にも言わないよ。でも、小父《おじ》さん、この男を抱きかかえたとき、左手の指がそいつのボタンに触ったみたいだぜ。指紋、ふいといた方が、よかないかい」

ぼくはびっくりした。確かに、そうなのだ。あわててハンカチを出すと、ボタンの指紋を拭《ぬぐ》いとった。

「わりに近くから射ったんだ。変な気配に起き上ったとたん、弾丸がきたみたいだ」

「きみは勘がいいんだね」

歩き出しながら、ぼくは言った。

少年は、ぼくのうしろからついてくる。

「浅草は長いのかい」

「昨日、きたばかりだ。東京は広いねえ。それに、悪い奴も多いな」

ぼくは少年のしなやかな歩き方をたのもしく思った。浮浪児のわりに優雅なところがある。

「おかげで助かったよ」

「そうかい。じゃ、小父さん、ホットドッグとアイスクリームでも、おごってくれないか。ゆうべから何もたべていないんで、少しふらふらするんだ」

ぼくは、少年の頼みを無視するわけにはいかなかった。雷門《かみなりもん》を出たすぐ右のところの、ここらには珍しい小ぎれいな喫茶店に入った。

ソフトクリームが運ばれてくると、

「こりゃ手抜きもいいところだ」

と少年はヌカした。

「ソフトクリームにチョコレートが半分混《まざ》ってて、もっと盛り上っていなきゃ。それに、コーンがこんなに湿ってちゃいけない。もっと、ぱりぱりしてなきゃ。これじゃ歯を立てたとき、ぐにゃっとくる」

うるさい小僧だ、とぼくは思った。

「ホットドッグだって、ソーセージが細すぎる。それに、ケチャップが多くて、マスタードが少ない。ソーセージも、表面の皮がもう少し焦《こ》げていなきゃ」

「ぜいたく、言うな」

ぼくは思わず言った。

「きみは、どこの人間だ」

「九州の先の方からきたんだ。鈴木ボンドっていうの……よろしく」

「待てよ」

　ぼくは、少年がたべものにうるさい理由が分った気がした。

「ひょっとしたら、きみ、『007号は二度死ぬ』の終りで、ジェームズ・ボンドと、海女のキッシー鈴木のあいだに生れた子供じゃないか」

「ひょっとしなくても、そうさ」

　少年は薄笑いを浮べて、

「お袋は死んだんだ」

「それは、どうも……。……しかしだね、それだったら、ジェームズ鈴木とか、いうんじゃないか」

「鈴木ボンドの方が語呂がいいからね。……小父さん、いま、ドアのところにいる男、知り合いじゃないのかい」

　ぼくは横眼で黒みを帯びたガラスのドアを見る。きのうのジョーがいまにも、入ってくるところだ。

「こりゃ、いかん。逃げよう」

「こういう時は、こうするのさ」

　ボンド少年の手を離れたソフトクリームは虚空を横切ってみごと、ジョーの眉間《みけん》に命中した。

第五章　マルタの鷹か　こけ猿の壺

呆然としたウェイトレスの横をすり抜けて、ぼくらは裏口から飛び出した。

（こんなばか騒ぎは、もう、ごめんだ！）

つくづく、そう思う。おそらく、ほおずき市の男を殺《や》ったのは、ジョーか、その一味だろう。宝物のうばい合いなんて、ダシール・ハメットか、林不忘の古典で沢山だ。だいいち、こんな話は、もう古い！　ぼくは、一挙にカタをつけることにした。

「おい、二人で交番にとび込むんだ！」

そう叫ぶと、近くの交番めがけて、まっしぐらに突進する。

埃《ほこり》をかぶった赤い電球の下に、眼尻の下った、しかし身体だけはやけにいかつい巡査が立っていた。ぼくとボンド少年が殆《ほとん》ど同時にとび込むと、挙手の礼をした。

「あの……」

と声をかけながら、ちらり、ふり向くと、さすがのジョーもたじろいでいる。

「なにか、用かね？」

巡査はやさしく笑いかけてくる。

「ほおずき市なら、この奥だよ」

「分ってますよ。それより、ぼくら二人を、ここに留置して欲しいんです」

「そりゃ、駄目《だみ》だ」

巡査は、また、眼尻を下げた。

「それでなくても、ほおずき市で忙しいのに、何もしねえ者を、ひっくくれるか」

「それじゃ、このアタッシェ・ケースをあずかって頂けますか」

「あに、こくだ、おめえさんは。ここは、一時預りでねえすよ。交番ですよ」

（仕方ない……）

是が非でもタイホして貰わなきゃ、背中に小さな丸い穴があくのだ。ぼくは、巡査の片方の靴を、いやというほど踏んづけてやった。

「しっかりしろ、よろけるでねえ」

先方は片手でぼくをつかみ上げる。そのタフなこと、フランケンシュタイン博士のモンスターも、かくやとばかり。

「坊や、この男ぁ、真昼間っから、ふらついてるだ。酒でも飲んでるかね」

「正気ですよ、お巡りさん」

ボンド少年が言う。

「いんや、正気じゃねえ。正気なら、こんな真似、するはずはねえだ」

ぼくは、かっと、なった。とにかく、捕えてくれなきゃ、困るっていうのに！

「税金泥棒！　体制の手先！」

それから、思いつく限り、イモ、サバ、三流、ドジ、マヌケ、青ビョータン、カサッカキ、犬殺し、ｅｔｃ、ｅｔｃ……ここに書けないような言葉まで口にした。かっとなった相手が警棒で、がん、とやってくれるのを期待しながら。

「暑いから、無理ねえなあ。……坊や、日陰につれてってやれ。……おらの村の水車小屋の爺いが、発狂したのも、こんな日だで」

相手は問題にしていない。

「小父さん、ジョーが上着のポケットの中から狙ってるぜ」

ボンド少年の囁きに、ぼくはいよいよ焦って、

「助けて下さい。殺し屋に狙われてるんです！」

と泣き出した。大藪春彦の小説なら、そろそろ失禁するところだ。

「あに、こくだ。……いま、ひとの悪口言ったかと思うと、今度は泣き出す。……分った……」

「分ってくれましたか？」

「われぁ、泣き上戸だなあ」

ぼくは、がっくりきた。

あとは、実力行使あるのみだ。いきなり、机の上の文鎮を手にとると、窓ガラスに叩きつけた。

「やってくれるでねえか」

相手は、にやにやしている。

「でもな、おら、山谷の交番に三年いたから、こんなことじゃビクともしねえ。それに、あのガラスぁ、ひびが入ってたから、丁度、いいだ」

ぼくは彼の腰の拳銃に手をのばした。こうすりゃ、いくらなんでも、犯罪になるだろう。

「はっはっは、こんなものが珍しいか。タマは抜いてある。遊びたかったら遊べ」

ぼくは根負けしてきた。

「きみ、記憶力はいいかね？」

少年にそっと訊いた。

「ばっちりさ」

「よし、この本を、これから言う電話番号のところに、とどけてくれ」

南の家の番号を言い、少年が復唱する。

「いくら、くれる？」

ぼくは千円札を彼の手に押し込んだ。

シャツの下に聖書をかくした少年は、あっという間に人混みに消えた。

「これさ、暑さ当りの男、おまえ、なに、やっとる？」

「……この男、てまえの連れでございまして……ひきとらせて頂きます」

突然、きのうのジョーが入ってきた。帽子を胸に当てている。

「どうも、ご迷惑おかけしまして……はい、じゃ、行きましょうね」

「いやだあ。お巡りさん、この人、悪いんですよ」

「こわくないのよ。松屋の屋上で、二十円入れると、ぴょっこん、ぴょっこんのお馬、乗りましょうね」とジョー。

巡査はにこにこ、手を振っている。神も、仏も、観音さまも、ありゃしない。

「おとなしく、この車に乗るんだ」

ジョーは凄まじいポンコツ車を指さした。ぼくの車だって、これにくらべりゃロールス・ロイスだ。

「これ、走るのか」

「当り前だ。黙って乗ればいい」

ジョーは自尊心を傷つけられたように呟いた。

ぼくはすべてを諦めた。身体に穴があく前に、交通事故であの世行きかも知れない。

「逃げようとすると、熱い弾丸《たま》がきみの内臓にくらい込むぜ」

ジョーがアクセルを踏もうとしたとき、いまの巡査が顔をのぞかせた。

「駐車違反だ。免許証を見せろ」

「へえ……」

「これは保険証じゃないか……免許証を見せろ」

車がいきなりスタートし、ぼくはのけぞった。鋭い銃声とともにリア・ウインドウが砕けた。つづいて、ぎりぎりという厭《いや》な音が、ぼくの尻の背後でした。

「パンクだ」

ジョーが言った。

「あのお巡り、わりにいい腕前だな」

「ありがとう」

フロント・グラスに巡査の顔が上下さかさまに貼りついていた。

「免許証を見せなさい。そうすれば、見逃してやる」

「いやなこった」

「では、真上から射ち抜くぞ」

これは解剖学的見地からみても、好ましくなかった。

「ジョーさん、もっと、スピード出ないのか。振り落しちまえ」

「おまえは、どっち側の人間なんだ」

YASUHIKO

ジョーは呆れ顔でぼくを見る。

「安全な側の人間だよ。これじゃ、歩いた方が早いくらいだ」

「免許証……」

屋根の上から声がきこえる。

「よし、ぼくのが、ある」

ぼくは免許証を逆さまにして、フロント・グラスに提示した。

巡査はゆっくり読んでいたが、

「よろしい……」

と呟いて、すっと消えた。

「どこ行ったんだ?」

ジョーは真正面を見つめたままで尋ねる。

ふり向くと、ちりまみれなる街路樹に片手でぶら下っていた。まるでターザンだ。

龍土町まできたとき、車は狭い道に入った。

スペイン風というのか、模様を描いた鉄の門、その奥に白いヴィラが見えた。玄関までの道の両側には真赤なサルビアの花が咲き、いまどきにしては豪華な家だ。

ジョーが門の脇のボタンを押すと、男が鉄の門をあける。

ぼくは降ろされて、玄関まで歩かされた。ちらっと見た表札は〈張念天《ちようねんてん》〉と読めた。

「アタッシェ・ケースを、しっかり持ってろ」

ジョーが言った。

天井の低いサロン正面の椅子に、フウ・マンチュウ博士の従兄《いとこ》みたいな中国人がゆったりと腰かけている。

「例の男を連れてきました」

「ご苦労……」

頷くと、片手の指をぱちりと鳴らして、ぼくにさいそくする手つきをした。

「さあ、バイブルを出しなさい」

ジョーがやさしく言う。逃げも隠れもできないという空気だ。

ケースが空《から》であることを知ったときの連中の怒りをぼくは察することができた。さよう、そして、推察は間もなく現実となる。……ジョーの赤い顔、中国人の蒼い顔……それからバス・ルームでの、冷水に顔をつける原始的な拷問のくり返しだ。黒いタイルが揺れている水の中に、何度も、何度も、顔をつけさせられて……


気がついたとき、ぼくは南の家の応接間に寝かされていた。南とボンド少年が傍にすわっている。

「麻布警察から局に電話でね、……きみは、びしょ濡れになって道に寝ていたのだ」

「ばかな……」

ぼくはそれだけ言うと、あとをつづける気を失った。自分でも現実かどうか信じられないのだ……

「象の墓場を見つけた時は、どうするんですか?」

少年の声がきこえる。

「そこだ……」

南は重々しく言った。

「今までは、沼の中に潜って探したのだがね。ぼくが考えたのは、ちがう。大型ポンプで沼の水を吸い上げるのだ。最後には、象牙の山が自然のままであらわれる、という寸法だ」

「すばらしいですね」

……次に気がついたときは、少年が身上話をしていた。

「親父は、まったく、自分が、英国の秘密情報部員だったことを忘れていたのですね」

「そうだよ、きみ。ぼくが知っている限りでは、自分の名前がジェームズ・ボンドであることすら知らなかった。ただ、〝ウラジオストック〟という地名だけが彼をロシアに導いて行った……」

「ぼくが生れたのは、そのあとです。……だから、ぼくは英国人が嫌いなのだ」

「まあ、落ちつきなさい。……きみの勇気は、あきらかにジェームズ・ボンド氏の血をひいていることを示している」

「でも、母はあの男に棄てられたのですからね。確かなのは、そのことだけです。ぼくは、日本人です。英国情報部員なんて、見つけしだい殺してやる……」

「血の気が多過ぎるな」

そう呟きながら、ぼくが起き上ると、二人は両側からかかえて、椅子に腰かけさせてくれた。ぼくは南のでかいパジャマを着せられている。

「あれから、どうしたのです」

少年は妙にていねいな口調で言った。もとは、しつけのよい子だったのかも知れない。

「……うむ、例のものは、大丈夫かね?」

「大丈夫。ムーンフラワーの部屋に隠してある」

南が胸を叩いてみせる。

「よかった。……もう、意地でも、あのレッテルはひとに渡さん。こんな目に、生れて初めて、あったのだからな」

怒りで耳がずきずきしていた。頭にくる、というのは、まさにこれだ。たとえ、マルタの鷹だろうと、こけ猿の壺だろうと、柳生武芸帳だろうと、誰にも渡すものか。

「よっぽどのことが、あったな」

南は同情的に言った。

「雷門での活躍は、坊やからきいたぞ」

「気違い沙汰だ。……しかも、この筋書を書いた奴が、どこかで嗤《わら》っているというのが、腹立たしいのだ」

「きみをひどい目にあわせたのは、ジョーか」

「いや、奴よりも、張念天だと思う」

「チョウネンテン? けったいな名前だな」

「だって、標札にそう書いてあったもの」

「そいつが、ジョーのボスか?」

「……だと思うね。つまり、張という男とイワンという男が、例のものを狙っているわけだ」

「中ソかね。出来すぎているな」

「そうとは限らない。どっちも、中ソと直接、むすびつくとは思えないがね」

「殺されたのは、イワンの手下だったね」

「そうだ。……とにかく、ぼくは、あのレッテル――二枚の紙を貼り合せてあるらしいが――のあいだにある何かの正体をつきとめるまで、死んでも手離さんぞ」

「そう悲壮になりなさんな。ぼくと、この坊やと、細井が、ついている」

南は、冷たいコーヒーをぼくの前につき出した。

「きみ、連れていかれたのは、野原か、マンションか」

「個人の家だ。それも、かなり、豪華なものだぜ」

「そこで、何か、敵の正体をさぐれるようなヒントを得られなかったか?」

「ヒントねえ……とにかく、その家は、すぐ、分る。あとは、ねえ……」ぼくはコーヒーをお代りした。

……拷問の前だか、あとだかに、何か、お経のような合唱をきいた気がするのだ。そいつは……もう、ちょっとで、釣り上げられそうで、駄目なのだ。……そうだ……うちの放送に、関係あるような気がする……ビバ・ヤング……ちがう……ビバ……ビバ、オヨヨ、だ。……ビバ、オヨヨ……

「ビバ、オヽヨヽヨヽって、何だ?」

南は途方にくれた。

「細井にきいたら、分るかも知れん」

ぼくは首を振った。とにかく、これは国内の何とか組とは関係ないことだ。


その夜遅く、帰宅したぼくは、聖書からレッテルをはがし、ハード・カヴァの「不思議の国のアリス註釈」の表紙裏に貼りかえた。

翌朝、バーモント・ホテルに寄ると、フロントに顔を見せて、

「このあいだ、うっかり、こいつを持ち帰ったんだ。返しておくよ。ごめん……」

と、眼をぱちくりさせるマネージャーに、ギデオン聖書を返した。

そして、ティー・ルームで、お堀の白鳥を眺めつつ、コーヒーを一杯のみ、再び、国産ムスタングに乗って、出勤である。

一週間は早いもの、明日は、もう、ぼくの担当の夜がくる。

今日こそは、リクエスト・カードの整理を、と思うが、なにか手につかず、遂に丸の内警察に出向いて、ほぼ、実際におこった通りのことを打明けた。(レッテルのことだ

けは別だ。)

ぼくの周囲は騒然としてきた。パト・カーに乗って龍土町の屋敷へ行くのが最初の仕事だったが、そこは、まったく空っぽであった。外交官か何かの留守宅らしい。――が、これは、ある程度、ぼくの予期したことであった。

次に、ほおずき市につれて行かれたが、こちらでは、意外なことがあった。射殺屍体など、まるで、ありはしないのだ。ただ、例の巡査が、ぼくの狂態と連れの男の存在を証言してくれただけだ。

結局、夕方までかかって分ったことは、ぼくのいう意味での〝事件〟というものは影も形もなかったということである。ぼくは狂人とはいえぬまでも、被害妄想狂みたいに扱われて、終った。腹が立ったが、仕方のないことでもあった。

社に戻ると、ぼくあてに何回も、電話がきていたという。女の子が、

「チャンさんなんて、知り合いがあるの?」とからかった。

(張だ!　奴は、やっぱり……)

電話がきたのは九時過ぎであった。

「……きのうは、失礼した。ちょと、かと、なたよ。(一寸、カッとなったよ、と言うのであろう)……あなた、怒る、ないよ。わたし、一万ドル出すのこころよ。物価上るのとき、一万ドル、わるくない。……急ぐない。ゆくり、考えなさい。また、てんわ、するよ。よろしね……」

ぼくは、もう、一万ドル欲しいなどとは考えなかった。ただ、何だか分らない奴らのしっぽがつかみたかった。そして、この手で、そいつの頭を水の中に突っ込んでやりたいのだ。

「ただ、レッテルの中身、あけてみたら、命、あぶないよ。それだけ……ビバ、オヨヨ!」

電話が切れた。

外は、また、雨が降り始めていた。

現在も、ぼくは、何人かの男によって、監視されているのかも知れない。その手先は、あるいは、(まさかと思うが)この部屋の中にいるのかも知れない。

電話が鳴るごとに、ぼくは、ビクッとする。

リクエスト・カードに、「読み上げないと、おまえを殺すぞ」などと書いてあるのが、妙に現実感をもって応える。

(張の言うことをきくのはいやだが、しっぽはつかみたい。……命が安全で、なんとか、正体をあばいてやる方法はないものか……)

ぼくは紙コップを外すと、ボタンを押して、お茶を出した。いつも熱いお茶が出るのは、どういう装置になっているのだろう。

ぼくのデスクの電話が鳴った。

反射的に紙コップをすてて、とびついた。

「今似さんですな……」

守衛の声だった。

「青木の奥さんから、志のだ寿司が届いてます」

第六章　プラクティカル・ジョーカーズ

張《チャン》からの申し出をきいて、ぼくが、どのような手を打とうとしたか？　その話に入るまえに、少々、脱線することをお許し願いたい。

——というのは、張の電話を受けたぼくが、南の家にその件を話しに行ったとき、南と、それから彼の家に居ついてしまったボンド少年、南の助手のアリとアブダラのあいだで、〈いたずら《プラクティカル・ジョーク》〉ということについて話に花が咲いたのである。

「およそ、この世の中で、最高のいたずらは何だろう」

と南が言い出したのが、始まりだ。

「他人を傷つけずに、あっというような冗談事をやった奴は、誰だろう？」

「それは、例の〈犀の足跡〉でしょう」

アリが言った。

「〈犀の足跡〉って何だ？」

動物狂の南は、のり出した。

「アメリカの天才的ユーモリスト、アレン・スミスの『とてつもないいたずら者』（『いたずらの天才』の題で邦訳されている）の中にある有名な話です」

「知らんぞ。きかせろ」

「はあ。……ある男が友人の家にある、犀の足を切って作った大きな紙屑籠に眼をとめたのです。それを借りていって、雪の日に、白くつもった雪の上に犀の足跡をつけていったのですね。……夜があけると、コーネル大学の動物学の教授たちは大さわぎ。それが犀の足跡であることは間違いないのですから。……足跡は大学構内から外へ出て、ビービー湖の氷の上を歩き、大きな穴の中に消えていたのです。犀の重みで氷が割れたと考えるのは、きわめて自然なことでしょう。……ところが、この町では、湖の水を飲料にしていたのです。町の人口の半分が水道の水を飲むのをやめてしまい、思いきって水を飲んだ男は『確かに、犀の味がする』と言ったそうです」

「なかなか興味深いぞ」

南は言った。

「こういう、いたずらの例もあります」とアブダラが口を切った。「Tという人気コメディアンは非常にせんさいな人間でして、ものに動じまい、と心がけているのです。そこで、彼の新居が完成したとき、お祝いに出かけるのに、テレビ作家のK氏はタキシード、役者のNは真っ裸で、K氏の車に乗ったわけです。さすがのTも、これなら仰天するだろう——。ところが、ドアをあけたT氏は、裸のNを見ても、顔色一つ変えないのですね。応接間に通される。さすがに、N氏も、落ちつかなくなってくる。うちの人がお茶をもってくる。Tは平気で世間話をしている。Nは、マイって、『あの……なにか、着るものを貸していただけませんでしょうか?』……」

「その新居が焼けたとき、T氏は焼け跡で麻雀をやっていて見舞客を驚かせたそうです」とアリがつけ加えた。

「これは、無意識のいたずらですがね」とぼく。

「ぼくの高校に一卵性双生児がいたのです。親でも、ときどき、まちがえるぐらいだから、むろん、ぼくには分らない。初めて会ったとき、廊下の向うから、きわめて特徴的な走り方で走ってくる奴がいる。それから十メートルぐらい行ったら、また、同じ奴が同じ恰好で走ってくる。ぼくはまったく混乱して、これは、どういうことになったのだろうと思いましたね」

「そういうことは、あるんだ」

南が頷いた。

「ぼくも双生児を知っていた。ところが、その一人が、早大と東北大を受験して、早大の入試の日と、東北大の身体検査日がW《ダブ》るのだな。窮余の一策、双生児のもう一人が身体検査の身代りになって、パスしたね」

「いたずらといえば……」

ぼくはウィスキーを飲みながら言った。

「高校のころ、こういうことがあったのです。出席簿と鉛筆を銅線で天井に吊ってしまったのですな。先生が困りましてね。『出席簿をどこへやった！』と叫ぶと、それが先生の眼の前に、すーっとおりてくる。『鉛筆がないぞ！』というと、鉛筆が、すーっと下ってくる」

「そううまくいけば幸いだがね……」南が言った。

「ぼくが高校のころ、教卓の中にかくれていて、授業が始まったら、急にそれをガタガタとゆすぶって教師をおどろかせようとした奴がいた。……ところが、教師といっしょに、校長につれられた文部省の役人が来ちまった。さあ、大変、まさか、あやまって出てくるわけにはいかないし、とうとう、一時間、そこにちぢこまっていたものだ」

「これも、高校時代の話ですがね」とぼく。「地学の実習で、三浦半島に石を採りに行ったことがあるんです。……ぼくら、前もって、学校の標本室から貝の化石を盗み出しておきましてね、袋に入れて持っていったのです。……岩石の採集が終ったあとで、あの辺では高いT山に登ったのですが、そこの頂上で、ぼくらは、貝の化石を見つけたふりをして、地学の先生に見せたのです。先生は、びっくりしましてね、『ここまでが海だったなんて信じられない！』と叫んでおられましたね」

「こういういたずらもあります」

アリがおそるおそる言った。

「ぼくの知り合いの映画評論家が結婚したんですが、そのときのホテルの手つづきを、友人がやったのですね。さて、第一夜が暮れようとする。評論家は、心わくわくしている。ベッドにも入ったのでしょう……すると、ノックの音がする。鍵をあけてみると、ボーイが、コーラを持って入ってきたのですね。評論家は、それを、ホテル側の心づかいと思ったのです。……ところが、十五分たつと、また、とんとん、コーラ、です。……三、四回くり返されて、遂にその男はマネージャーに文句を言ったわけですが、マネージャーの曰く、『えっ、新婚旅行とは存じませんでした。ご連絡では、あなたはコーラ中毒とかで、夜中には、十五分おきに、コーラをお運びしないと、禁断症状をおこして死ぬからというお話でした……』」

「それは、なかなか、いいや」

ボンド少年が評した。

「少し、デキすぎてるけどね」

「これは本当のお話ですが……」

アブダラが、その名の通り、脂汗をだらだら流しながら言った。「私の知り合いで、お金持の老人ですが、歩くのも、やっと、という……しかし、水に入ると、ナントカ流の達人という方がいるのです。ある夜、いたずら者が（私と考えられても、けっこうですが……）老人をプールサイドにつれ出したのです。それはある温泉ホテルのプールで、老人は休養に来ていたのですね。……ところが、この老人、八十九歳で、もう、羞恥心も何もありゃしない、海水パンツはおろか、ふんどしだってしていないんです。いきなり、浴衣をぬぐと、水にゆっくり入って、潜っていったのです。……もちろん、泳いでいた女の子たちはびっくりしました。みんな、上ってしまったようです。老人ひとり、キモチよさそうに泳いでいました……」

「つまらん」と南が言った。「そんなの、いたずらじゃないよ」

「まだ、先があるんです……このプール、実は厚いガラス越しに地下のレストランから眺められるようになっているのです。紳士淑女は、プールで泳ぐ若い男女を見ながら、ステーキや舌平目をたべ、恋を語るわけですが……この老人が抜き手をきって、海藻にしては白すぎる何かをゆらゆらさせていたら、どういうことになるでしょうか？」

一同はげらげら笑った。それから、南が自分の体験を語り出した。

「十年ほどまえ、モダン・ジャズ・ブームというのがあったね。……このとき、〈ファンキー〉というコトバが流行ってね。モダン・ジャズの方で、〝いかす〟っていうイミかな。……週刊誌が、モダン・ジャズにしびれている連中に〈ファンキー族〉という名称をたてまつったことがある。むろん、〈太陽族〉、〈月光族〉、その他、もろもろの〈族〉と同じで、実体はありゃしない。……そのとき、ある週刊誌記者が〈ファンキー族〉について取材したいが、どこにいるか、ときいてきた。『そんなものは幻想です』と言おうとして、ふと、いたずら気が湧いたのだよ」

南は、にやり、と笑った。

「……それから、友人の翻訳家に、有名なモダン・ジャズの喫茶店に先まわりして貰っておいた。この友人は一九二〇年代のアメリカ文化の愛好家で、モダン・ジャズとはまったく関係がない。……さて、ぼくは、くだんの記者を案内してゆく。記者は、ぼくに答え方を言い含められている友人にいろいろ質問する。……

『ファンキー族であるあなたは、たとえば、どういう女優が好きですか?』

『栗島すみ子、アラ・ナジモヴァといったところでしょうか』

『……ずいぶん、古めかしいですな』(これらは、ぼくの生れるまえのスターの名であった!)

『ファンキー族とは、そういうものです』

『あなたは、よく、こんな騒々しいところで原稿が書けますな』

『モダン・ジャズこそ、すべてです! アート・ブレーキーのドラム・ソロをきくと、一晩で八十枚は訳せます』

(その友人は一晩に八枚もゆかぬ遅筆ぶりで有名な男だった!)

……このインタビューはそのまま記事になって、『これがファンキー族だ!』というタイトルがついていたね。マスコミってのは、こんなものさ」

「少々、ハイ・ブラウすぎるお話ですな」ぼくは批評した。

「……ぼくのいたずらは、ちょっと、ちがうんだ」

ボンド少年が語り出した。

「ぼく、サーカスで象の飼育係りをしていたことがあるんです」

「うらやましい」

南が嘆息する。

「そのとき、ぼくになついている子象がいましてね。ぼくは、ある夜、そいつに桃色の塗料をぬって、夜の街をひき歩いたんです。……これは面白かった。中でも、酔っぱらいの反応は、すごいものでした。考えてみたら、桃色象《ピンク・エレファント》が見えるのは、アル中の徴候っていわれますからね。……ぼくは思いきって、象をアル中患者用の病院につれて行ったのです。……大変でした。院長は象を見つめると、自分の腕に太い注射をうつし、婦長さんはやけ酒をあおるし、退院しかかった患者は、すたすたと元のベッドに戻ってしまうし、大混乱です。……そのうち、象が中庭の池に入って、塗料が全部、落ちてしまうと、また、大さわぎ。患者たちは中庭に出て、『なおったぞ！　ばんざい！　ばんざい！』って喜ぶし、まったく、ゆかいな一夜をすごしたものです」

「こりゃ、ひどい」

アリとアブダラが叫んだ。

「ボンド君のセンス・オブ・ヒューモアは、あくが強すぎる」

「これは、いたずらとはいえないがね」

南がとりなすように言う。

「テレビの初期には、ミスが多かったねえ。三十分の音楽番組を、まちがえて、十五分で終っちゃって、仕方なく、あとの十五分を演出家が落語をやってつないだことがある」

「有名なのは、仏像事件ですな」

ぼくが言った。

「何ですか、それは！」

アリとアブダラが叫ぶ。

「あるスリラー番組でね。泥棒が金庫の中の金無垢の仏像を盗み出すシーンがあったんです。当時は、ヴィデオ・テープなんてなかったから、なま放送。やり直しがきかない。……さて、泥棒になった役者が金庫をあけたら、これはしたり、仏像がないのですね。小道具係りが置くのを忘れたんです。びっくりしたのは役者でさあ。ここで、ひっこんじゃストーリーにならないから、うろうろしていると、横から、にゅっと手が出て、仏像を手渡した……」

一同は大笑いした。ぼくにとって、他人を笑わせたときほど嬉しいものはないのだ。

「テレビといえば、青島幸男さんだったか、自分の車のうしろに巨大なねじをつけていたそうですね」

アリが言った。

「みんなが、その車を見ては、こんなねじで走るのだろうか、と首をかしげるのを見て、げらげら笑っていたそうです」

「ある放送作家は、駐車禁止の標識を作って車につんでいるそうです」とアブダラ。

「自分の車をとめると、標識を横に立てる。警官がきて叱ると、それを折り畳んでトランクに入れ、黙って走って行ってしまうんです」

……こういう話をしていては、いつまでたっても、きりがない。

ぼくだけは途中で失礼することにした。

帰り道で、ぼくは、アレン・スミスのことを考えた。

アレン・スミスはアメリカ全土から、実際にあったいたずらを集めたわけだが、えらびぬかれただけあって、秀抜なのが多い。

パーティーの晩に、トイレの水の中に金魚を入れておくと、ご婦人の誰もが水を流せなくて、全員が、生理現象から、ぴょんぴょんとび始めるというのなどは傑作だ。

それから、これはアレン・スミスの本じゃない、何かの小説かな。トイレの壁に女性のヌードが描いてあり、しかも、カンジンのところにおおいがかかっている。そうなると、よけい、見たい。ちょっと、おおいをつまみ上げると、当人には分らないが、別室のブザーが鳴るしくみになっており、それ、また、やった、と一同が笑い崩れる。

……アレン・スミス……

ぼくは少年のころ、彼について書かれた記事を、日本語で読んだことがある。いらい、「いたずらの天才」というポケット・ブックの形での翻訳が出るまで、そして、それっきり、彼については何も知らない。

……新聞記者、インタビューの名人といった過去をもったスミスは、一九四四年にハリウッドへ行って脚本を書くことになった。

そのとき、スミスをおどかしたのは、有名なユーモリストのロバート・ベンチリイである。

「ぼくは、作者としてハリウッドへ行ったのに、役者になっちまった」

とベンチリイは言ったそうな。

「一行の台詞《せりふ》が採用されるまでに、およそ十四本の筋書を書いた。その一行すら、もとのままでは、使われなかったのですぞ」

「じゃ、どうしたら、いいんです」

スミスが白けると、相手のいわく、

「あそこで暮す秘訣は二つ――①決して人をこわがらせぬこと。②いついかなる悲運に陥ろうとも、〝木曜日〟のおじさんを心に描き、すべてはその人のためと、こらえること――(〝木曜日〟は給料日である)」

そして、スミスはハリウッドへ行った。

あとの記事は憶えていない。ただ、一つだけ、子供心にも焼きついたのは、ある脚本家が八年間、パラマウントのライターズ・ビルのエレベーターのボタンを押してから、ぱっと指を突き出して、扉が合わさるまえに、すっとひっこめる遊びをつづけていたことだ。

「ざまあみろ、また、勝ったぞ!」

ある日、指の骨が砕け、ゲームは終った……と、スミスは書き残していた。

なんという荒廃!

ぼくが、アレン・スミスの名に触発されて、むかし、読んだ記事を想い出したのは、ユーモリストとは、なんと心やさしく、悲しいものかと考えたからである。


一夜明ければ、ぼくの忙しい日である。

今年は、名前が知られ始めたおかげで、放送の終えた朝、関西に飛んでサイン会やら、終戦記念日、これまた、ぼくの担当になるので、何かに追いかけられているようだ。

そのほか、テレビ出演の依頼、映画会社からの交渉、レコードを出さないかという話などが、次々に持ち込まれている。

　それに……そうだ、張からの一万ドルの話――これを考えなきゃ。

　一万ドルといえば、ざっと三百六十万円――あのときは、かっとしていたから蹴るつもりだったが、やや冷静になると……少々、惜しくもあるような……いやはや、われながら情けない。

　肩を叩かれて、みると、細井忠邦がにやにやしているではないか。

「ちょっとYホールへ来たついでに、寄ったんですがね……」

「御食事、なさいませんか」

　ぼくは細井を山水楼に案内した。

「どうです？」

　メニュを見ながら、彼は白い歯を見せた。

「片づきましたか？」

「いや、それどころか……」

　ぼくは、あれからのことをすっかり、話してきかせる。

「これは、今似さん、何か、からくりがありますぜ」

　細井は冷えた麦湯が歯にしみる、とこぼしながら、無邪気に笑った。

「あなた、レッテルの中身を、なぜ改めないんです」

「だって、中をみたら、命を保証しないっていうんですから、おだやかじゃないスよ」

「なにか、ちらっとでも、見られるといいんだけどねえ。そうもいかねえか。……しかし、あなた、一万ドルに動揺してるんでしょう……」

　細井は、けっ、けっ、と笑った。

「……いや、当然ですよ。われわれは、経済成長にとり残されているからね。――だって、ぼくがですよ、本給七万二千円てな、どういうわけです？　ちっとは、世間様に知られたぼくが、ですよ」

「そんなに安いのですか！」

「そうですよ。大学出の若いのが、何もしなくて、四万も五万も初任給とるっていうのに、ですよ。世の中、狂ってますよ。……ぼくだったら、一万ドルから、せり上げていくね。だいたい、ヒマがありゃ、お手伝いしたいぐらいですよ」

「あなたが、手を貸して下さりゃ、百人力なんですが……」

「なに、今似さんでも、大丈夫ですよ。世の中、まともじゃないんだから、こっちも、まともじゃ、ダメなんだ！」

その時、レジの女の子が、今似さん、緊急のお電話ですと声をかけてきた。

第七章　虚実とりまぜて

「なんだ、どうしたんだ……」

ぼくは、鼓動がはげしくなるのに耐えながら、電話の向うの女子社員にたずねた。

「お客さんです」

「男か、女か」

「男の方《かた》です」

「なら、またしとけ」

「でも、お急ぎのようです」

――張《チャン》の使いかも知れない！　さあ、どうしよう……

「どんな男だ」

「なんだか、中年のヒッピーみたいな人ですよ。今似さんに、ぜひ、あいたいとおっしゃって……」

「よし、すぐ、帰る……」

そうは言ったが、少し、待たせてやろうと考えた。じらすだけ、じらして、値を吊り上げてやろう。

「なんですか？」

細井は、怪しむ眼つきをする。

「別に……。注文は、おすみですか？」

「いや。どうも、中華のメニュは分らねえ」

ぼくは、適当に見つくろって軽い食事を注文した。

「今似さん、顔色が悪いよ」

「そうですか。……大したことは……」

「隠しなさんな。一万ドルの件で、向うが動いてきたんじゃないのかい？」

ぼくは、細井の決して人を信じようとしない眼を見た。

「……あなたには、かなわない」

「なになに……」

細井は唇を歪《ゆが》めた。

「困ったときは、電話を下さい。ぼくが必要な時がくるかも知れませんぜ……」

ひとめ見て、こいつは張の使いでも、イワンの部下でもないと思った。

その男は、背中を丸めるようにして、メロン・ジュースを飲んでいた。〝中年のヒッピー〟とは、うちの女の子にしては、よくぞ言った。

髭《ひげ》のはしをジュースに濡らしながらぼんやりしている男は、ぼくが、

「今似でございます」

と名のると、いきなり立ち上り、ふるえる手で名刺を出した。

「ぼ、ぼく、今似さんのファンです」

名刺には〈中原弓彦〉とあるだけだ。

このくらいのとしで、ぼくのファンというのは珍しい。精神年齢が二十は遅れている。

中原は、インタビューにきたのである。――ファン層はいくつぐらいとか、ジャパン放送の熱狂的なファンの生態、DJとしての心がまえ、など、ありきたりの質疑応答の次第は、すべて、カットさせて頂く。

「熱心なファンがいます。リクエスト曲名を沢庵石にマジックで書いてくるものもありますよ」

「へえ！」

中原はメモ用紙に〝沢庵石〟と書いた。

「それを送ってくるのですか？」

「受付にあずけていったのです」

「迷惑な話ですな」

「でも、近頃、あの石も、なかなか手ごろなのがないそうです」

中原は、〝入手困難の由〟と書きそえた。

「曲で申しますと、バート・バカラックとフランシス・レイが一般に好まれておりますね」

「そういえば、バカラックの奥さんは、アンジー・ディッキンスンだそうですな」

と中原は言った。

「アンジー？」

「ほら、『リオ・ブラボー』で、ジョン・ウェインの恋人になった女優ですよ。脚のきれいな……」

「はあ、はあ。あれが、バカラックのかみさんですか。にくい、にくい、ですね」

「二人の間に、女の子が生れたそうです。四年まえですが」

あくまで現実的なことをいう男だ。なんとなく、白けムードになる。

そのとき、「センチメンタル・ジャーニー」が流れてきた。歌っているのは、アップル・レコードの、リンゴかわいや、かわいやリンゴ・スター。

「あの歌を初めてきいたころは、ぼくにも夢があったのですがねえ……」

中原は呟いた。

「ドリス・デイが歌っていた。レス・ブラウンの楽団がバックだったな……ジョン・ペイン……モーリン・オハラ……」

何を言ってるのか分らない。ぼくは、時計を見るふりをして、忙しいのだということを示した。

リンゴの歌の、最後に、声が遠くなってゆくところで、男は、

「ぼくの探偵になる夢は消えた。ホームズの勘とポワロの脳細胞と、フレンチ警部のしつようさを兼ねそなえた天才も、あたら、ムダになっている……失礼しました……」

そう呟いて、立ち上った。

「待って下さい……」とぼくは言った。

「あなたは推理力があるのですか……」

不遇の天才の悲しみに似た微笑を男は浮べ、首をふった。

「ちょっと、ちょっと待って下さい……」

ぼくは慌ててコーヒーを二つ注文すると、男をもう一度、椅子にすわらせた。

「あなたに、きいて欲しい話があるんです」

「なるほど……」

中原は、マンゴ・ジェリーの「イン・ザ・サマータイム」の終りの排気音に顔をしかめながら呟いた。

「そのレッテルというのを、拝見できますか？」

「よろしいですとも」

すべて打ち明けたからには、是非もない。

ぼくは、同僚のロッカーからマーティン・ガードナーの「アリス註釈《アリス・アノテーテッド》」を持ってきた。

「ひゃあ、横文字ですなあ。あなた、これ、読めるんですか」

「よくは分りませんがね。……いつか、ひまができたら、辞書をひきながら読もうと思っていて、なかなか……」

そのとき、スタジオの方で鈍い爆発音が起った。部屋の奥は黒い煙に包まれて何も見えない。

「スタジオには、誰もいないはずだ！」

という声がする。

「変な男が入って行ったぞ」

という別な声。

「今似君、丸の内警察に電話して……」

ぼくは、直ちにダイアルをまわす。

「大したことはない。なかを焦《こが》しただけだ」

「赤軍派だろうか……」

「いや、黒ずくめの男だったぞ」

――きのうのジョー！

とっさに、そう閃《ひらめ》いた。

やがて、警察の連中がのり込んでくる。

「すばらしい！　事件だ」

中原が眼を輝かした。

「まあ、落ちついて」

ぼくはテーブルの上の本をひらいて、レッテルを示した。

「これが、一万ドル？」

「……というのですがね」

「ひゃあ！」

中原は感嘆した。

「しかし、それが手に入るまえに、今似さんの命が、パーってことになりませんかな」

「大いにあり得ることです」

「なるほど……」

中原は考え込んでしまった。

「……今似さんの立場は、イソップのほら吹き少年みたいなものだ。……誰も、警察さえ信じてくれないのに……」

「そうなんです」

「今似さん、一万ドルよこすという連中を信じられますか」

ぼくは首をふった。

「それに……ビバ、オヨヨっていうのが気になる。オヨヨ……」

「何かご存じですか？」

おそるおそる、きいてみる。

「……知ってるってほどじゃありません。……たとえば、マフィアの大親分のマイヤー・ランスキーの噂ていどです。……ただ、オヨヨ大統領というのは、したたかな悪党だときいています……」

「大統領？……」

「自分で、そう称している気違いです。半神《デミ・ゴッド》のつもりでしょう……」

「……じゃ、張の背後にいるのはその大統領だ！」

思わず、ぼくは叫んだ。

「今似さん、この際、一万ドルよりも命が大事ですぞ」

「……でも、警察は……」

「彼らは目に見えない物は信じない。しかし、オヨヨ大統領は〝見えない物〟なのです」

「じゃ、どうしたら、いいんですか？」

ぼくは「アリス註釈」をデスクにしまい込みながら、たずねた。

「……そうですな」

中原は口髭をひねって、

「やはり、あなたの武器を使うのですな。深夜放送をきいている無数の人々に、あなたの身が危いことを話すのです。自分はオヨヨという悪党に狙われている！　自分が持っている何かをオヨヨが狙っている！　すべて、ぶちまけなさい」

「レッテルのことも、ですか？」

「あなたは、どうなのです？　あなた次第ですよ」

「それが、どうも……」

「では、ある本としたら、どうです。自分は、たまたま、ある本を手にした。それが、いろいろな奴に狙われている」

「それじゃ、まるで、劇画ですよ」

「しかし、ふざけたことばかり言っているあなたが、真剣に訴えたら、ひとはそう思うでしょうか。深夜放送ファンは、あなたを兄、恋人の代りとして考えているのですよ。恋人に迫る悪の手――これを笑うひとが何人いますかね」

「うーむ。たしかに、ぼくが風邪をひいたって喋ると、全国からクスリが、どっと、きますな」

「あなたは三枚目を演じているけど、声だけの三枚目は二枚目の裏返しなのですよ。元気を出しなさい。失敗して、もともとじゃないですか」

「うーむ……」

もう一度、ぼくは唸った。


……えらい騒ぎが起った。

放送の翌日、まず、スポーツ紙の一部が、

「人気ＤＪに脅迫の黒い手」

「奇妙な事件でしたと、今似の訴え」

「悲鳴をあげた人気者」

――といった見出しで、大きく報じた。番組が始まって、一曲終ったとたんに、ぼくは、べらべらっと喋ったのだ。局の電話は鳴りっ放しで、線が熱くなった。

ぼくは次の夜のテレビ番組にひっぱり出され、司会者に次々に質問された。

「あなたは、ここで拷問を受けたのですか？」

とたんに、例の屋敷がスライドで、ぱっと現れる。

「はい……」

「みなさん……」

司会者は赤ランプのついたカメラに向って言った。

「今似さんは、何か、国際的な陰謀にまき込まれたような気がします。ところで、問題の本を、お持ちですか？」

「いえ、それは……」

警察がきて、持って行きました、と、ぼくは答えた。

それは本当だった。但し、警察に渡したのは、何の関係もない「キャッチ＝22」という翻訳小説である。「アリス註釈」のレッテルは、ぜったいに渡せないという決意に変りはない。

「では、ここいらで、専門のスパイ評論家のご意見をうかがいましょう。……先生、ずばり、いかがでしょう？」

「日本ぐらいスパイ活動のさかんな国は、ありますまい。スパイ天国といってもいいくらいです。今似さんのような事件は、あちこちで起っていることです」

「失礼ですが……」

となりの麻薬評論家が口をはさむ。

「私は、これは、典型的な麻薬ルートの事件だと思うね。麻薬取締官は何をしとるかね」

「麻薬では、ありませんね」

とスパイ評論家はきせるを気障《きざ》にくわえながら言った。

「あなた、失礼ですが、古い日活映画の見過ぎですな」

「何を言うか」

麻薬評論家が、かっとなったところで、惜しくもCMが入った。座頭市がアンプルの薬を飲んだとたんに眼をあけ、芸者らしい女が「弱いあなたって、いや」と色っぽく言った。

司会者は、乱気流状態になってきたので嬉しそうであった。

が、カメラが戻ったときは、スパイ評論家も麻薬評論家もすましてしまったので、ショウとしての効果は、半減した。

——こうして〝事件〟の輪は、どんどん、ひろがってゆく。

意地の悪い週刊誌が「落ち目のDJ、苦肉の人気挽回策か」と書いたが、このくらいでは、もう、止らない。〝国際的陰謀にまき込まれたDJ〟という幻影《イメージ》が、どこまでもふくらんでゆく。

アメリカの有名な雑誌 Reader's Disgust がぼくの手記を買いにきた。公害反対の署名を求められた。ある党が選挙に出ないかと打診してきた。——何が何だか分らないや。だが、こうなりゃ、敵さんも、めったに手を出せまい。

警察は「キャッチ＝22」には、怪しいところがない、と返してきた。

中原の名刺にある事務所に電話すると、本人が出て、

「その後、どうです?」と言った。

「張とか、イワンとかいう連中は、どうしました?」

「何も接触がないですな」

「びっくりしたのですよ。けっこうなことだ」

「おかげさまで。……でも、これで、すむとは思えませんな」

「どうでしょうか」

「そういえば、このあいだの爆破事件ですが……やはり、ぼくを狙ったみたいですな。あの時刻に、あそこでスポット・ニュースをやる日もあるのです。はっきりは、しないのですが」

「ふーむ、こわいことだ。とにかく、ぼくがあなたにアイデアを吹き込んだなんてことは、まちがっても言わんで下さいよ」

「それは、大丈夫です」

一方、南からは、遊びにこいとさかんに電話が来ていた。だが、ぼくはなかなか行けなかった。理由は簡単、仕事がふえたのである。DJ仲間が二人、ジャズ・フェスティヴァルの取材で渡米した穴うめを、のこりの四人が分担することになったのだ。夜以外に、ショウ・ウインドウの晒し者になる西銀座サテライト・スタジオの仕事もある。それら、スパイ事件の男だというので、女学生だけじゃない、勤め人までがガラスの向うに黒山になる。放送が終ると、サイン、サイン、サイン、サイン攻めである。

……だが——

人の噂も七十五日どころか、いまや、七・五日がいいところだ。

ぼくのまわりも静かになり、国産ムスタングに楽書きされることもなくなった。

その夜は、仕事もなく、ぼくはマージャン屋にでも、足を向けようかと考えていた。

青木の奥さんからのプレゼントである鈴虫がデスクの下で鳴いている。ぼくは食堂から貰ってきたうす切りの胡瓜を竹カゴの中に入れてやる。

電話が鳴った。

「へいへい」

気楽に答えると、

「今似さん?」

と外人特有の、妙に早口の日本語がきこえた。

「は……」

やや緊張する。向うの声をテープにとれるようにしておくのだった!

「わたし、イワン……イワン・フレイミンクといいます……」

「え!」

「おどろかなくてよろしい。あなた、大分、さわぎましたね。それもよろしい。とにかく、例のもの——分ってるね、とぼけるなよ——十万ドルで引きとります。色々あったことは、ぜんぶ、これで忘れよう……」

十万ドル——三千六百万円! 春日部団地から出られる!

「とにかく、そっちさえよければ、明日、佃島《つくだじま》の住吉神社、カツオヅカの前で待つ」

「カツオヅカ?」

「魚のカツオよ」

鰹塚——とでもいうのか。

「入って右に、大きな石がある。それよ。……そこで待つ」

「…………」

「警察を呼べば、何が起るか、分るね」

「は……」

「むっ、この電話は盗聴されとる。じゃ、午後一時に……」

電話はあわただしく切られた。

第八章　佃島にて

吉本隆明の詩に「佃渡しで」というのがあって、ぼくは永いこと、この詩を好んでいる。

　水に囲まれた生活というのは
　いつでもちょっとした砦のような感じで
　夢のなかで堀割はいつもあらわれる

というところが特に好きなのだ。

奇妙な話だが、ぼくは旧日本橋区の生れのくせに、佃島に行ったことがない、いや、その位置すらよく分らないのだ。

　ばかな話だが、あまり、近いと、こういうことが起るのではないか。

「佃島ってどこだい？」

　と訊くと、同僚は長い顔をさらに長くして、

「おいおい」と言った。

「すぐ近くじゃないか、何を言ってるんだ」

　むろん、東京オリンピックの年に、佃の渡しが廃止され、九十億だかかけて佃大橋が完成したことぐらいはぼくだって知っている。

「築地のちょっと先を左折して、聖路加病院の前を通ると明石町だ。そこに、橋があるよ」

「車で渡れるかい」

「おい、吊橋じゃないんだぜ」

同僚は呆れた。

「ちょっと行ってくる」

「例の大統領とやらの事件か」

「まあ、そうだ」

「ありゃ本当の話かい。密書か何かを奪い合っているってのは……」

「密書？」

「週刊誌に書いてあった」

「活字だから、信用するというのか」

「そうでもないけど……」

「実は、おれにも何だか分らないんだよ」

ぼくの車に乗っているのは、南洋一とボンド少年、それに怯えている中原だった。

ここは、どうしても、細井先生をたのみたかったのだが、東京にいないのだ。なにしろ番組が週五本では話にならぬ。ようやく旅先の細井をつかまえて相談できたが、そのとき、ふと中原の名を口に出してしまった。細井は忙しくて、めったに会うことはないが、彼とは旧知で、話も合うと言った。あの人ならいいでしょう。そこで、中原をひっぱり出したというわけ。

……佃大橋までの交通渋帯は、ゴダールの映画の有名な一場面のようであった。アントニオーニ風に荒涼とした大橋の左前方には、水色のクレーンがいくつも見え、その向うに珍しくもパゾリーニ風の蒼空がひろがっていた。

「おい、つけられてるような気がする」

南洋一が巨体をふるわせながら言った。

「またですか」

「南さん、ライフル銃を忘れましたね」

ボンド少年がからかう。

「ぼくは人間を撃たんのだ。猛獣、それも、凶悪なやつの眼と眼の間を撃抜くのだ」

「住吉神社って、どこいらかな」

とぼく。

「神社なら樹木があるでしょう。右の方は月島だから、左側の、あの高い木の辺りじゃないですか」

中原が言った。

橋を渡りきった左手に、ほんの一部ではあるが、ぼくの知らない、しかし、何かの絵で見たような、明治の町なみがあった。

国産ムスタングをとめると、ぼくらは、のれんがボロボロになった佃煮屋の前を歩いた。

一軒、一軒の建坪はせまいのだが、妙に、ひとをほっとさせるものがある。工場群の中に、ぽつんととり残されているのは奇蹟的でもあり、あわれでもあった。

ぼくは二軒目の佃煮屋に入って、きゃらぶきと浅蜊《あさり》を求めた。

「お水、自由にお飲み下さい」という札の下にコップがある。南は冷却装置の水を十五杯も飲んだ。こういう心づかいも、いまでは、珍しい。

江戸時代から行楽地だったのだから、人をもてなすのには馴れていようが、そうした気持がこういう時代でも変らないのは興味深い。

細い格子戸の前にすわった子供が缶入りのコーラを飲みながら漫画週刊誌を読んでいる。ぼくの内部の時の感覚にひずみが生じた。そして、こうした町に生れた子供が、果してしあわせかどうかを考えた。

「鳥居がある！……」

ボンド少年が叫んだ。

住吉神社であった。

境内には人影がない。狭いから、鰹塚はすぐに分った。うす茶色の大きな石に、そう刻んである。カツオブシを半分に切って立てたような、そんな形をしている。

「少し早すぎたようですな」

中原が呟いた。

「佃島の人というのは、もとは、大阪の佃村からの移民だわな」と南が言った。

「あれはたしか、家光のときだろう。それが、もっとも東京らしい人たちの残りと見られるようになったのは、皮肉だな」

「でも、江戸の人間は殆どが移民じゃないのかね」

原文略。
（訳）あなたには何のIKONもないのですけれどだまって見ていてはTOSEIのGIRIが立ちませんので（一方的ではあるけど）死んで（あなたに）もらいます
（注）要するに殺すぞの意
〜やめて
今似見手郎
由井不発
YASUHIKO

とぼく。

「いや、佃島の漁師の当時の漁法は関西流にえげつなくて、江戸の原住民の漁師ともめたらしいよ。町奉行所がショバぎめをしたり、大さわぎだったらしい」

きこえるのは油蟬の声だけであった。川風は快いが、やや臭う。

「諸君……手を挙げて貰おうか」

鰹塚の裏側から、巨大な男が、手の中に入ってしまいそうなピストルを持って現れた。

「金は用意してある。まず、その本を見せて貰おう」

ぼくは仕方なく、本を手渡した。レッテルをよく改めた彼は、

「張《チャン》の手に入らなかったのは、けっこうだ」

と言い、太い指でレッテルの真中辺を押してみた。

「この情報だけは逃せないのでな。よし、まちがいない……」

――イワン・フレイミンク、手を挙げて貰おうか！

どこかで鋭い声がした。

――指を一ミリでも動かしたらぶっ放すぞ。こっちは二人だからな……。

首をめぐらすと、修理中の神楽殿《かぐらでん》に、気味が悪いほど肥《ふと》ったちょび髭の巨漢と、やせた二枚目の、二人の男がいた。

巨漢は、二重顎の下に、脂で光ったネクタイをしており、歩くごとに床がみしみしと鳴る。

「きのう、盗聴したのは、われわれだ」

巨漢は、大きなげっぷをすると、

「おい、マクラレン、そいつのピストルと本をとりあげろ」

マクラレンと呼ばれた二枚目は、上役への反抗的な眼つきをおさえながら叫んだ。

「フレイミンク、拳銃をすてろ！」

小さな砂煙が上った。

「よし、本は、イマニ氏にかえせ」

ちょび髭の巨漢は、命令することが嬉しくてたまらぬように言った。

マクラレンは丁寧に本をかえしてくれた。

「マクラレン、そのピストルをひろえ」

「失礼ですが、あなたも少しは体をお使いになったら……」

「わしが、かがめないのは知っとるだろう」

「はい……」

マクラレンは拳銃をひろい、怪ロシア人（彼すら、もう一人の巨漢にくらべると、ふつうサイズに見えた）の身体検査をして、

「大丈夫です」と言った。

「しからば、わしのお出ましじゃ」

巨漢の言葉にマクラレンは溜息をついた。

故チャーチルと故チャールズ・ロートンを足して2で割り、やや若がえらせたような巨漢は、フレイミンクの傍に寄ると、拳銃の先で背中を突つき、歩くように命じた。

「川だ。川に向って歩け」

「殺さないでくれ」

イワンは顔をくしゃくしゃにした。

「殺すものか」

高い堤防の鉄柵をあけ、階段を登ると、

「この船にのれ」

男は嬉しそうに言った。

ぼくらのところからは、川面が見えない。だが、それがボロ船らしいことは、イワンの反応から分った。

「早く、のれ。……よし、マクラレン、船のロープを外せ」

イワンの叫びが遠くなるのを、男は満足げに見守っていた。

「さて、われわれの次の仕事は、イマニ氏との取引である」

とんでもないことが起った。

ボンド少年が、どこに隠し持っていたのか、拳銃を出したのだ。中原が体あたりしなかったら、二人の男は水中に転落していただろう。

「離せ、離してくれ。こいつら英国の情報部員だ！」

ボンド少年が叫ぶ。

マクラレンは、少年の拳銃をひろいあげると、

「おっ、これは……」

「どうした?」

二人の英国人はトワイニング紅茶のCMみたいに顔を見合せた。

「これは、亡くなったジェームズ・ボンド卿御愛用のベレッタのようですぞ」

「わしも、そう、思う」

巨漢はキミ悪そうに少年を見た。

「きみは、ボンド卿の遺児かね。そうだとしたら、大きな収穫だ」

「大英帝国、くそくらえ」

ボンド少年が走り出した。南がよたよたとあとを追う。

中原も走りかけて、

「今似さん、まだ売っちゃいけない」

「分ってます」

ぼくが頷くと、中原も去って行った。

「ベレッタは、きみにお返ししておく」

男は、弾丸を抜くと、ぼくの胸にそいつを押しつけた。

「トレヴァー・スマイリー」

男は無愛想に自分の名を呟くと、ぶつ切りのタコを口にほおばった。

「どこの所属かは、言う必要もあるまい」

「あの……その魚を召し上ると……」

マクラレンがおそるおそる言うと、

「うるさい」

スマイリーは怒鳴った。

「腹が減っていれば、何をたべようと勝手だ。タコのどこが、いけない」

マクラレンは吐き気をおさえるだけで懸命なようであった。

「この旦那ぁ、外人のわりに何でも召し上るねえ」

鮨屋の親父は感心して言った。

八丁堀の「江戸幕」は、先祖が八十七番所の江戸屋幕兵衛という捕物の名人だったそうだが、いまや鮨の方が有名だ。うまくて、安くて、親父がぶらない、と三拍子そろって、店の中は、いつも混んでいる。

そのカウンターの三分の一ぐらいを、一人の外人が占領してしまったのだから、奇観である。

場所をとった代りに、よくビールを飲み、よく食うから、店にそう迷惑はかけていない。

気の毒なのはマクラレンで、ビールは飲めるが、ショウガを口に入れて眼を白黒させ、ワサビで失神しそうになる。

スマイリーの方は、名とは正反対の仏頂づらで、ウニ、イクラ、カツオ、光りもの、アナゴ……と何でも食べる。

「ウナギは、ないかね」

スマイリーは言った。

「丸ごと、煮たやつ」

「うちは、やってませんので」

「そうか……。あのぶつ切りがうまいのだが……」

今度は、ぼくが吐きそうになる番だ。

マクラレンは諦めて、ビールを飲んでいる。

「さっきのサーモンとキドニイ・パイは量が少なかったしな。ロースト・ビーフも、もう少し欲しかった」

とスマイリー。

「そのあとで、帝国ホテルのパンケーキを五種類、召し上ったでしょう」

「マクラレン、部下のくせに口が過ぎるぞ」

「しかも、ニンニクの匂いがするのが不思議です」

「おまえが報告書を書いとるあいだに、わしは情報蒐集のため、ある男に会った。そこで水ギョーザというものをたべ、別な店で馬肉の刺身をたべた」

「それは、ひどい。また肥りますよ」

「百十キロよりはふやさんようにしている。……ちょっと、この卵を焼いたのを、少し、くれたまえ」

「野菜は、ありますか」

マクラレンがきいた。

「キュウリ、山ゴボウ……ですな」

山ゴボウをくわえたマクラレンは、ひどく神秘的な顔をした。

「とにかく、ＣＩＡが出しゃばり過ぎる。われわれは、何としてでもＣＩＡの鼻をへし折ってやる必要がある」

ビールの泡をチョビ髭につけたまま、スマイリーが言った。

「そもそも、わが先祖がアメリカの独立を認めたのが、いけなかったのだ」

「今さら、仕方ないですよ」

マクラレンは山ゴボウをそっとスタンドの下に捨てながら言った。

「今似さん、例のものを売って貰えんかな。金はイワンと同額を出す。プラス・アルファを考えてもよい。……わしが暴力的態度に出んうちに、態度を決めて貰おう」

「おどしはいけません。紳士的に、紳士的に！」

マクラレンが囁く。

「分っとる。万博会場でテキサスの田舎者の尻を蹴とばしたときに分った」

「あの男は強かったですなあ！」

「嬉しそうな顔をするな」

スマイリーは威厳をもって注意をあたえた。

「いったい、このレッテルの中には、何が入っているのですか」

ぼくは改めてたずねた。

「ゴロツキならともかく、あなた方までが騒ぐには、大きな理由があるはずですな。それを知りたいのです。ぼくは拷問されてるのでね、その恨みが大きいのです。そのためにこれを手離さないのです」

スマイリーが咳きこむと、二人とも沈黙してしまった。

中身に触れると、殺されたり、不意に沈黙してしまうのは、なぜだろうか。ぼくが突然、これを燃してしまったら、どういうことになるだろうか。

「とにかく、われわれに必要なものなのです」

マクラレンは端正な顔に微笑を浮べながら言った。

「正直にいって、われわれの組織も、ボンド卿亡きあと、落ち目の一途を辿っておりましてね」

「〝われわれは米ソのあいだで娼婦のように生きてゆくよりない〟と言った、おたくの若いスパイもいましたな」

「ビートルズの一派め！」

スマイリーが吐きすてるように言う。

「みんな髪を長くして、マリファナを吸えば当世風の反抗と思っとるらしい」

「今の状態では、いかんのです。われわれは、どうも、のんびりし過ぎていた。気がついたら、極東の情報屋はあらかたCIA側になびいていたというのが実情です」

「さっきのイワンというのは、ソ連のスパイでしょうか」

ぼくがきく。

「うちのリストには、のっとらんな」

スマイリーはビールをさらに胃袋に流し込みながら呟く。

「あれは白系じゃないか」

「分りません」

「すぐ調べろ。出身地、その他を洗い出せ」

「承知しました」

「もう一杯、飲んだら出よう」

スマイリーは、臭いげっぷをした。

「ボンド・ジュニアを、どうしますか」

「その問題があったたな」

「あれは、たのもしいですよ」

「おそろしい餓鬼だ。日本に遺児がいることは、うちの上層部も気にしておった。あいつはタフそうだが、われわれに悪意を抱いておるな」

「はあ」

「次から次へと、わしに責任のかかることばかり起る」

スマイリーは隣の人のビールをそっと自分のコップに注いだ。

「いつになったら、ドーヴァーの白い崖を見られることやら」

「今似さん……こちらからも、連絡いたしますが、そちらも、もし気が変ったら……」

マクラレンは小さな名刺をくれた。

「ここに電話を下さい。合言葉は〝オノ・ヨーコばんざい〟です」

日本人向きに作った、見えすいた合言葉だと思った。

「〝ジョン・レノンは気の毒〟というのは、どうでしょう」

とぼく。

「まあ、そう言って頂けると嬉しいですね」

「〝ジャック・ブキャナンに乾杯〟というのはどうかな」

スマイリーがひとりごちたが、ぼくには何のことだか分からない。

「では、〝ジョン・レノンは気の毒〟というサインをお待ちしています」

マクラレンの声に、スマイリーは、コップを持ってない方の指でVサインを作ってみせた。

第九章　幻影の狩人

MI・6（英国情報局第6部）に属するらしい二人組と別れたぼくは、人々の憧れの目差し――メザシではなく、マナザシと読んで欲しい――を国産ムスタングに集めながら、局に戻った。

戦前のビルであるジャパン放送は陰気な建物だ。二階の応接室の古風なシャンデリアの下に、まだ怒っているらしいボンド少年と南が待っていた。

ぼくはベレッタを少年に返しながら、

「中原氏は？」

「仕事とかで帰った」

南は呟くように言った。

ドーヴァー海峡の向うからきた巨漢に接したあとでは、南がなんだか小柄に見えた。

体重でくらべると――

南……八十キロ
イワン・フレイミンク……九十キロ（推定）

スマイリー……百十キロ
というところで、やはり、あの英国人は圧倒的にデカい。

「でーぶ、でーぶ、百貫でぶ。電車にひかれて、ぺっちゃんこ」

という囃し言葉がぼくの子供のころに流行ったが、スマイリーならば、都電なんかこわれてしまうだろう。

「どうも、勝手なときばかり、助太刀を願って……」

ぼくが詫びると、

「まあ、仕方がない」

南はひとり頷いた。

「このあいだから、きみに電話していたのは、ぼくの新しい体験をきかせたくて仕方がなかったからだ」

「ほう……」

ぼくは「アリス註釈」を両手で抱えるようにして、

「お仕事の方で手一杯と思っていましたが……」

「それはそれ、これはこれ。……忘れては困る。ぼくの人生の目標は、あくまで猛獣との戦いにある」

「それはもう。耳にたこができています」

ぼくは電話で、冷しコーヒーを注文した。

「それを実現したのだ。半ばではあるが……」

南洋一は、きびしい表情で答えた。

「どこでですか？」

「きみ、熱海のジャングル・ランドを知ってるか」

「まえに、取材で行ったことがあります」

それは実に莫迦《ばか》らしいところであった。巨大なドームの中は常に三十何度かに保たれ、熱帯樹があり、ワニのいる池があり、プールはボタン一つで大きな波が立って、サーフィンができる。動物も何種類かいたようではあったが——

「うむ。あそこの黒豹が逃げ出したのだ」

「えっ」

そんなことはきいていないぞ。

「これはあのレジャー・センターの主人と、ぼく、アリ、アブダラ、それにボンド君しか知らない」

「それで？」

「ぼくが、まえに泊って、主人に、例のコンゴでの冒険など話してきかせたのでな。事件が起ると同時に、主人が電話をかけてきた。なんとか内輪で、捕えるか射殺してくれとな」

「……でも……あなたはアフリカへ行ったことなんか……例のコンゴといっても……」

「話の腰を折らんでくれ」

南はうるさそうに言う。

「ぼくらは、直ちに、新幹線で狩猟《サファリ》に出かけた……」

以下――南が少しずつ語り、ボンド少年がそれをまぜっ返すのを、一つ一つ記していては、きりがないので、ぼくが、なるべく客観的に語ろうと思う。

ジャングル・ランドにつくやいなや、旧式ライフルをかまえた南は、こっそり空《から》の檻に近寄り、

「分った！　逃げたのは黒豹だ！」

と叫んだ。

そのことで電話したのだし、檻のまえに「くろひょう」と書いてあれば、これは当然の言葉だったが、主人は、いちおう、南の〝明察〟に驚くふりをしてみせた。

主人の話では、ここの猛獣（といっても、黒豹とオラン・ウータンだけだったが）は、ひどく無気力になっているというのだ。彼らは素早い獲物を狙うから猛獣らしいので、飽食すれば、おのずとダラけ、怠惰になる。そればかりか、人工的環境にいるためにオラン・ウータンは不眠症になり、黒豹は糖尿病でやせ細っていた。だから、鉄格子のあいだを抜け出られたのである。

黒豹はドームの中のどこかにいるはずだった。アロハ姿の従業員たちは黒豹が町に出た様子はないと証言した。たしかに、ドームの出口から、街路への出口のあいだには、宴会場やらゲーム・センターがあって、黒い動物が通れば誰かが見つけるはずなのである。

アリとアブダラは太鼓《トム・トム》を鳴らし、少年は主人に借りたライフルを手にしていた。

〝偉大なる〟南の眼は、怪しい唸り声とともに木の向うに動く黒い毛をみとめた。彼の指の動きはすばやかった。銃声と同時に黒い羽毛がとびちった。

それは黒豹の声をおぼえた九官鳥であった。不幸な鳥は〈おけさ節をうたうキュウちゃん〉として知られていたのだが、ここに第一の犠牲となったのである。

「あれは、アブダラのせいだ」

南は呟いた。

「やつが、出た！　と叫んだのが、もとだ」

「ちがいます。彼は恐怖から声も出なかったんですから」

と少年。

……泡をくった南は、急にまっくらになったので、いよいよ、あわてた。アブダラが恐怖から背中を壁に深く押しつけ、スイッチを切ってしまったのである。

南は九官鳥のなきがらを手にしたまま、どうしたらいいか、分らずにいた。そして、そこにあらわれた主人に彼は深く頭を下げた。

ところが、それは、銃声に怯えて檻を破ったオラン・ウータンであった。ボンド少年が注意すると、南は数歩下って、ぶっ放した。

南の一弾は、はるかにそれて、ワニの檻の錠を吹っとばした。

それから電気がつくまでは、何が起ったか分らない。ようやく明るくなったとき、黒豹は檻の中に戻っており、オラン・ウータンは主人を抱えてサーフィンをしていた。ワニの群れは宴会場の方に押し寄せていた。

「……黒豹には、逃げる気など、なかったのだ。つまり、マイ・ホーム主義だな」

「ワニにも猛々しいところがなかったですよ」

と少年が言った。

「芸者がウチワで扇《あお》ぐと、また、ぞろぞろ逆戻りです」

「失神した主人が、第二の犠牲さ」

南は苦々しげに言った。

「あんな狩猟《サファリ》ってあるものか」

「それで、おしまいですか?」

ぼくは、がっかりした。

「きょうの佃島の方が、ややサスペンスがあったような気がしますが……」

「まだ、あとがある……」

「とにかく、主人が一晩泊れっていうので、泊りまして」

「翌朝だ。……熱海の先に、大きな製材所がある。南方から運んできた材木を置くところがあって、そこにコブラが出た」

「それは新聞で見ました」

ぼくは頷いた。おそろしいことだが、輸入した材木の中に毒蛇のコブラがひそんでいたのである。

「偉大なる南洋一の名を伝えきいた村人が、助けを乞うてきた」

「いや、こちらから押しかけたのですよ。コブラ退治を手伝わせろって……」

「とにかく、コブラはこわかった」

南は運ばれてきた冷しコーヒーを飲んだ。

「あんな狩も珍しいな」

「南さんたら、アリとアブダラを先に歩かせるんです。嚙《か》みつかれたら困るって……」

「きみ、そんなことは……」

「そうですよ。……ぼくが、うしろから襲われたら、どうしますって言ったら、この人、狡《ずる》いんです。二人の間に入っちゃったんです」

「こまかいことは、いいじゃないか。……ポイントに触れたまえ。勇者としての、ぼくの一面に……」

南は苛々して言った。

「とにかく、暑い日でしてね。みんな、ぼうっとしちゃったんです」

「なるほど……」

「南さんたら、空に向けて一発撃って、コブラは吾輩を恐れて逃げた！——なんて叫ぶんです。そのとき、村の人が、もしもし、旦那の足の下にいるのはちがいますか、と言いました。みると、南さんの大きな靴が、ちょうど、コブラの頸部を踏んづけているんです。コブラは嚙みつくに嚙みつけない、南さんはブルブルしちゃって動けない……」

「そこが素人目だ。ぼくは、意識的にやっていたのだ」

「アブダラが銃を逆手にかまえて、がんとやると、南さんの爪先を殴っちゃったんです」

「それで？　どうしました？」

「南さんはひっくりかえる。ところが、靴から出た釘がコブラに突き刺さってるから、コブラもいっしょに南さんについていっちゃった」

「苦肉の策だよ」と南は言った。

「忍法・こぶら返し」

「南さんが靴をぬごうとすると、そこにコブラの毒牙がある。だれも、南さんに近寄れない」

「…………」

「ぼくが、母の形見のベレッタを使ったのは、そのときです」

「コブラの頭が吹っとんでな。まずまずの腕だったぞ」

「けっこうでした……」

ぼくは、ほっとしてストローに唇を近づけた。

「ああいうのは、本当の狩とはいえない。生きるか死ぬかという、あのエクスタシーに欠けておる」

南は不満そうだった。

「北海道で登山者が熊にやられたのは、その日のうちだ」

「ぼくらは、ジェット機で北海道に飛びました」

「熊狩りは十八番でしたね」

ぼくはおだてにかかる。

「むむ」

「事件現場の近くにテントを張って粘ったんですよ」

ボンド少年が言った。

「で、熊は出たんですか?」

「出たとも。物凄いやつが……」

「子熊ですよ」

ボンド少年が反論した。

「犬ぐらいの奴です。……ぼくらが見ていると、南さんは死んだふりをしているんです。息をとめてるから、苦しいですよ。子熊はなんだか分らないから、ぼんやり見ている。南さんが、フウッと息をすると、子熊は一目散に逃げちゃいました」

「次に、ぼくは、すばらしいことを考えた」

「へえ?」

「熊の皮を借りてきたのだ。これをひっかぶって銃をかまえている。『平原児』のゲーリー・クーパーのやり方だ。テキは、仲間だと思って、くるだろう。そこを、一発で……」

「と思いきやです。いきなり、弾丸が岩にはじけましてね。村人の乱射乱撃です。この人は、熊の皮、すてちゃえばいいのに、かぶったまま、うろうろしてるんです。とうとう、足を踏み外して川に転落です……」

「狩の初歩も知らん奴らが相手だからな」

南はあわれむように笑った。

「どうしました?」

「皮は流れちゃったよ。ぼくは村人に助けあげられた」

「……こっちは、また、大騒ぎです。でかい熊が現れましてね。それはホンモノだってぼくが言うのに、アリとアブダラは皮をはがそうとして毛をひっぱってるんです。熊は怒って立ち上りました」

「そこを、ぼくが一発で、しとめた」

「うそです。川からよじ登ってきて、転んだとたんに、銃が暴発したんじゃないですか」

「回転レシーヴ撃ちというやつだ。十五年も修業したのだぞ」

「暴発ですよ」

「きみは知らんのだ。一見、暴発と見えるところが実は名人芸の極致でな」

「でも……」

「今日は、すみませんでした」

ぼくは口をはさんだ。この調子で続けられては、きりがない。

「まったく、勝手ばかり言って……」

ぼくは、南にもう一度、頭を下げた。

「二度と、ご迷惑をかけないようにいたします」

「十万ドルで誰かに売っちまえよ」

南は言った。

「その金で、アフリカへ狩に行こう」

「ぼくは、あの英国人たちをぶち殺してやりたかった」

ボンド少年は口惜《くや》しそうに言った。

「あの中原って人さえ邪魔しなかったら……」

「まあまあ」

南がなだめる。

「仇討ちって時代じゃない。やたらに物騒なもの、出さないでくれよ。ぼくが警察に挙げられちまうから」

電話が鳴った。

ぼくに面会人だという。

「こっちに、来て貰って下さい」

夏休みになると、地方から上京した少年少女が遊びにくる。彼らの応対も、サラリーマンとしてのＤＪの仕事のうちである。

「忙しいんだね」

南が言った。

「ぼくは秋からのレギュラー番組がないので、本当は狩どころじゃないのだ」

「『四十七人の刑事』は終るのですか」

「終り。ああいうのは、もう、お呼びじゃない。……ホーム・ドラマと歌番組ばかりになるね」

「どういうことです？」

「日本のテレビ局は、自分のところで番組をつくり、電波にのせていた。これからは、この二つの仕事がばらばらになるのさ。……それが本当のあり方なんだけれども。過渡期として混乱するわな」

「なるほど」

「過渡期には、なるべく、金のかからない、安全なものを作ろうとする。しぜん安上りのショウ番組が多くなる」

「細井さんは、どうなります？」

「ああいう一匹狼は、これからやりよくなるだろう。番組が外注になると、サラリーマン的なディレクターは駄目になる。乱世向きの、しかも才能のある奴が勝つ」

「じゃ、彼は、むしろ、いいんですな。高校のとき、露天でバナナを売ってたっていうから、どうみても、乱世向きだ」

「ぼくはダメだな」

南が呟くように言う。

「なぜです？」

「ぼくはサラリーマンでもないし、乱世に生きるバイタリティーもない。テレビ界の売れっ子なんて、はかないぜ。波がひくように仕事がなくなると、おしまいだ」

「あなたが、アブれるのですか」

「ああ……ホーム・ドラマを書かされたこともあるが、銭湯の中で老人とワニが格闘する場面を書いて、没《ぼつ》になった」

「歌番組は、どうです？」

「人気歌手がゴリラに襲われて、ドレスをずたぼろにされると書いて没だ」

「どうして、そう動物が出てくるんですかね」

ぼくは呆れた。

「ふつうに書けないのですか。もっとヒューマンな感動に溢れたものが書けないのですか」

「動物が出ないと、イメージが発火しないのだな。……ぼくが、本当にやりたい仕事は日本ではできない」

「はあ」

「ターザンなんだよ、本当に、やりたいのは。それも現地ロケで……」

「そりゃ、ハリウッドでも、今はムリでしょう」

「そう。……だから、ぼくは幻影の城に閉じこもる……」

「小父さん、お客さんらしいよ」

ぼくはふり向いた。

レイ・チャールズ風の黒眼鏡をかけた、蒼白い青年が着流しで入ってきた。

ぼくは何か冷気を感じた。

「あなた、眼が見えないのですか」

「今似さんですね」

青年はさみしい声で言った。

「無明の闇から参ったのです。あなたの声を肌でたしかめたくて……」

青年はゆっくり、ぼくの方にすすんでくる。

「何ですか。何の用ですか」

「その声は、たしかに今似さんだ」

青年の蒼白い頬が引きつった。笑ったのだろうか。

南も、ボンド少年も立ち上ると、壁の方にまわった。少年がベレッタの弾丸が抜かれているのに気づくのが見えた。

「ぼくの好きな今似さん……」

青年は呟き、匕首《あいくち》をそろそろと抜いた。

「死んで貰いましょう……」

第十章　挫折一代男

告白するが、ぼくは、いわゆる、やくざ映画の、ファンである。

すべてを失った主人公が、闇の中を死に急ぎ、悪玉に向って、カッコよく、「死んで貰いましょう」――とたんに、真白な障子に赤い血がびゅーっとはねる、あの瞬間のダイゴ味というのは、ちょっと、代るものがあるまい。

というのも、ぼくは、自分が、気に入らぬ人間を現実に、ぐさっ、とやれぬことを知っているからだ。ぼくには、そんな度胸はない。

だが、こっちが、そう言われる側にまわるとは、ゆめにも思わなかった。いったい、ぼくが、何をしたというのか。


「ちょっと、待って。きみ。話し合おうじゃないか」

ぼくは叫んだ。

「話すことはありませんよ」

青年は優しい声で言った。

「あなたの腹に、この匕首が刺さる。それで、ぼくのドラマは完結するんです」

「待て。きみは、何のために……いや、誰にたのまれて、ぼくを刺しにきた?」

ぼくは南に眼くばせした。警備の人を呼べ、というサインだ。

「壁ぎわに、二人、いますね。動かないで貰いましょう」

その勘の鋭さに、ぼくはふるえ上った。

「あんた方、このぼくに、逆らおうってんですかい?」

「きみ……とにかく、物騒なものを捨ててくれ。対話が必要だ……」

ぼくは、手に持った「アリス註釈」の本を、防ぐようにかざしながら言った。

「誰にたのまれたって?……ぼくを殺し屋か何かと思ってるんですか」

「ちがうのか?」

「低俗な……。テレビのアクション物の見過ぎですね」

南洋一がずっこけた。

「理屈をつければ、いろいろ、あります」

青年は匕首の刃をいやな形に構えながら言った。

「たとえば、ぼくは、今似さんの放送をきいていたために、三年間つづけて大学入試に失敗しました。しかも、そのあいだ、ぼくの出したリクェストの葉書は、一枚も読まれなかった……」

「それで、ぼくを殺すのか?」

「いや」

青年はにじり寄ってくる。

「ぼくは深夜放送の持っている欺瞞的性格に気づいたのです。受験生に向って〝生きる勇気をもて!〟とか〝弱い奴は死んでしまえ!〟と叫ぶあなた方。しかし、あなた方は、深夜放送をきいている若者の多くが、自殺すらできない弱者ばかりであることに気づいているはずです」

「おい、それはないぜ」

ぼくはすかさず言った。

「ぼくはそんなことを言わないぞ。ぼくの放送は、そういう人生相談的要素をまったく排除しているつもりだ。きみが、本当にぼくのファンなら知っているだろう……とにかく、ぼくは気楽にきいて貰えばいいので……」

「知っています」

青年は答えた。

「たしかに、あなたには、人生相談屋や営業反体制のいやらしさはない」

「ありがとう」

ぼくは時間を長びかせようと思って懸命だ。

「こっちは、ただもう、くつろいできいて貰えばいいんだ。〝あなた起きてる、ぼく起きてる。あなた聴いてる、ぼく喋ってる〟——この精神だな」

「それは一種の思考停止ではないですか」

「そう言ったら、ミもフタもない」

「たしかに、あなたのDJは、若者相手のえせ人生案内役たちへの批判としての意味はあった。……しかし、あなたが人気者になると同時に、そういう意味は失われた。あなたは、別な意味で、資本の論理の体現者となったのです」

「だから、殺しにきたのか」

「待って下さい。そう単純ではありませんよ、ぼくも……」

「きみの言いたいことは、ぼくが体制内の人間ということかい」

「それは初めから分ってたことです」

「じゃ、何が言いたいんだ」

「とにかく、あなたは人気者になることによって毒を失った……」

「待てよ。ぼくには、最初から毒なんかない。人気ったって、会社が必要からデッチ上げたものだ」

「あなたは、なぜ、それを拒否しないのですか」

「おい、おれは家族持ちのサラリーマンだよ。あの深夜放送だって、四時間やって五百円貰うだけだ。会社の命令を拒否するなんて、できない相談じゃないか」

「そうですか」

青年は冷ややかに笑った。

「あなたは、それだけの人だったのですか」

「ああ」

「ぼくは、あなたに、——たとえば、自動車のCMのあとで、排気ガスによる大気汚染反対キャンペーンを反語的にやって欲しかった」

「そんなことが、できるものか」

「そういう人だということはよく分りました」

「とにかくね」

ぼくは、びくびくしながら言った。

YASUHIKO

「深夜放送なんかきかずに、勉強して、大学に入りなさい。それが大切だ……」

「あなたは、いつから、そういう甘い言葉を吐くようになったのですか」

「オン・エアじゃないから言うのだ。これが現実的判断というものさ」

「ぼくはすでに解体された大学になんか入りたくない。失明してから、とくにそう思います。人類はどうせ公害で亡びるのだ」

「じゃ、きみはどうしたいんだ」

「死にたいのです」

青年は、はっきり言った。

「ぼくが生きるに価いしない世の中だと思うのです」

「で、ぼくはどうなる?」

「今似さんもいっしょに死ぬのです」

「待ってくれ」

ぼくは慌てた。

「その方の趣味はないんだ」


「カンちがいしないで下さい。心中しようというのでは、ありません」

「じゃ、何故、ぼくを?」

「無動機殺人です。みんなが、そのイミを考えるでしょう。イミなんかない。強いていえば、宇宙の意志です」

「きみはSFのファンか」

「ふふ……」

青年は再び冷笑した。

「いいかえれば、カルマということです。業《ごう》ともいえましょう」

ようやく分ってきた。こいつは中里介山の大長篇小説の読み過ぎなのだ。

「ひょっとしたら、きみは大菩薩峠からきたんじゃないかね」

「そうです」

青年は少しも動じないで言った。

「赤軍派かい?」

「ちがいます。しかし、あそこに駈けつけて失明したのです」

「爆発か？」

「いえ、機動隊のガス弾の水平撃ちでやられたんです」

「失礼だが……」

南が口をはさんだ。

「苗字は机というんじゃないだろうね」

「由井です。由井不発《ゆいふはつ》と申します。……では、覚悟……」

刃先が上衣をかすった。よほど切れるらしく、布がぱっくり口をあけた。

青年はさらに突いてきた。眼が見えぬわりに素早い動きだ。

「血だ……血の匂いがする……」

青年は嬉しそうに呟いた。

ぼくは壁ぎわに追いつめられていた。あと五ミリでぼくの下腹部というところで、匕首が斜めに飛んだ。ボンド少年の投げたベレッタが彼の手首に炸裂したのだ。

少年は短刀とベレッタをとりあげると、

「弾丸が尽きたときは、こんな風に投げつけるんです」

と笑った。

「西部劇ではずいぶん見たが、本物は初めてだ」

ぼくは少年の肩を叩いた。

「殺せ、殺してくれ！」

由井という青年がわめいた。どうしてこう性急なのだろう？

「ふーむ……」

と南が溜息をついた。

「そうすると、あなたのお母さんは、あくまであなたが由比正雪の子孫だと、おっしゃるのですな」

「はい……」

ようやく冷静さをとり戻した青年が頷いた。

由比正雪のことは、白井喬二の「兵学大講義」という小説で読んだおぼえがある。いや、直木三十五の「由比根元《ゆいこんげん》大殺記《だいさつき》」、山本周五郎の「正雪記」もあった。しかし、もう、ずいぶん、まえのことで、慶安年間の反逆者という知識しか、いまのぼくにはない。

「それは、一種の幻想でしょう」

ぼくは水をさした。

「要するに、きみは、自分の挫折を家系的なものとしてイミづけようとしているだけだ。きみが、大菩薩峠での軍事教練に間に合わずにずっこけた上、失明したのは本当に気の毒ですが、挫折というようなコトバは使わない方がいいんじゃないかな」

「そうだ」と南が受けて、

「代々、挫折の家系というような発想は、ちょっと、ついていけないなあ」

「不発なんて名前をつけたお父さんも、いけない」

「父はぼくが子供のころ、血のメーデーとかで、アタマを警棒で殴られて、それいらい、少し、おかしいのです」

「不運ですな、まったく……」

南が呟いた。

「つまり、生き甲斐がないということかな」

とぼくが言った。

「それなら、ぼくにも分らないでもない」

「けっ！」

ボンド少年がわらった。

「殺しにきたのなら、ひと思いにやりゃいいんだ。リクツをつけてやらねえってのは、いやだね」

「死にたいんだ。こんな状況の中で、どっ白《ちら》けた顔で生きているのは耐えられない」

由井不発が叫んだ。

「困ったな。ぼくは七時から仕事があるんだ。どうしよう？」

「とりあえず、うちに来ないかね。由井君が思っているほど、世の中、泰平でもないことが分るはずだ。日常というやつは、手負い獅子よりタチの悪い相手でね」

南が珍しく、おとなっぽい意見を述べた。

「重ねがさね、すみませんが、そうして頂きましょうか。ぼくの国産ムスタングで送りますよ」

ぼくは恐縮して言った。

「うむ、由井君には、ぼくがハンターとしての生き甲斐を教えてやろう」

「せっかく、ジャパン放送にきたんだから、由井君のリクエストにこたえよう」

とぼくは職業的に言った。

「何か一曲、リクエストしたまえ」

「若山富三郎の歌を……」

由井が小声で言った。

不忍池に近い南洋一邸に車をつけて、ぼくはびっくりした。

いや、びっくりしたのは、ぼくより、南の方だ。

門が開けられ、庭の草花が、めちゃめちゃにされている。トーテム・ポールの下に、アブダラが倒れている。

「むっ……殺気……」

由井がひとりごちた。

南が抱きおこすと、アブダラの顔は原形をとどめぬまでに赤黒く腫れ上っていた。めったに見られぬ色彩である。

「どうした、しっかりしろ!」

「申しわけありません。……ムーンフラワー様が……」

「え?」

「さらわれました……きのうのジョーとかいう男にひきいられた一団がきまして……」

「むっ……生き甲斐……」

由井が呟いた。

南はアブダラを突き放した。アブダラの後頭部はトーテム・ポールにぶつかって虚《うつ》ろな音を立てた。

ぼくらは靴のまま、家の中になだれ込んだ。

「アリが、いない。アリは、どうした?」

「ここです……ここにあり……」

壁から声がした。

水牛や豹の首とならんで、アリの顔が壁からはえている。

「おまえ、どうして、そんなところにいる?」

「ここに吊るされました。おろして下さい」

「ムーンフラワーは、どうした?」

「入浴なさっているところをさらわれました」

「じゃ、裸か?」

「はっ、バスタオル一枚で……」

「うひ、うひ」

ボンド少年が笑った。

「助けてくれえっ」

庭の方で声がする。きき馴れない濁声《だみごえ》だ。

「南さん、そこの壁に刀がありますね」

由井不発が低い声で言う。

「よく分るな。日本刀から蛮刀まで、色々ある」

「日本刀、斬れますか」

「研がせたばかりだ」

「貸して下さい」

「おい、きみ」

「居合いの心得があります」

「ここでは人殺しをしないでくれ」

「宇宙の意志です」

由井は日本刀を手にすると、床を突きながら、足早に戸外に出た。ぼくらも、あとを追う。塀ぎわの熊罠に黒ずくめの男が片足をはさまれていた。

「あいつ、ジョーの手下だ。このまえ、ジャパン・テレビにきた男だぜ」

南が言った。

「この罠を外してくれえ！」

男は吠えた。

「ものすごーく痛い。なんでも喋るから自由にしてくれ！」

「おどりゃーっ！」

奇妙な声とともに由井の右手が動いたように見えた。

それはまったく一瞬のことだった。男は、片足首を頑丈な熊罠に残したまま、前のめりに倒れた。

「いかん、おれは血に弱い」

南は顔をおさえた。

「救急車を呼ぼう」

とぼくは言った。

「迷惑なことをしてくれたぞ」

「宇宙の意志です」

と由井は呟く。

「あればっかりだ」

とボンド少年。

ぼくは急いで屋内に戻ると、一一〇番に電話しようとした。

そのとき、ベルがけたたましくなった。

「はい、南ですが……」

「……今似さんかい……」

ジョーの声だった。

「あ、あんたか。大変だ。いま、あんたの部下が……」

「あんな奴、どうでもいい。それより話はレッテルだ。レッテルをはがして、封筒に入れてこい。それと、女《なおん》を交換する」

「待て、待て……」

ぼくは、イワンや、スマイリーたちの脅迫を想い出して、叫んだ。

「うるさい。文句いうと、女《なおん》はコマギレだぜ」

「じゃ、どうしたらいい?」

「明日の夕方……場所は自然動物園のライオン・バスの中だ。動物園のしまる、ぎりぎりの時刻に、バスの乗り場のある地下道に来てくれ」

電話が切れた。

「どうした、一一〇番は……」

南が入ってくる。

「まだです。でも、ムーンフラワーさんを取返せる目星がつきました」

ぼくは手短かに話した。

「じゃ、きみはあのレッテルを……」

「手離します。ぼくがつくったトラブルですからね」

「ライオン・バスとは敵も考えたな。あの中なら、ごまかしがきかん。ボンド君は……」

「もちろん、行きます」

少年はベレッタに弾丸をこめながら言った。

「ぼくも……」

由井不発が呟く。

「きみは、いけないよ」

「待て待て、今度だけは人数が多い方がいい」

南が言った。

「悪いが、中原氏にも、きて貰おう。推理マニアもいた方がいい」

「あれは頼りない。細井さんがいればなあ」とぼく。

「そうだ、一一〇番が残ってた」

「ライオンか」と南が唸った。「ライオンの群れが待っているのか」

第十一章　ライオンの影

自然動物園は東京の西の外れにある。

さすがに、ここまでくると辺りに緑が多いが、それでも公害をまぬがれるとは思えない。

「今似君は、大島正満博士の『動物物語』や『動物奇談』を読んだことがあるかね」

「ありません。何です、それは」

「右手に南洋一郎、左手に大島正満というようなものだ。ぼくの動物についての知識の基礎は、この二冊から得たところが多い。昭和初年の偉大な啓蒙家だ。いまは、ああいう本があるまい」

南は立ち止ると、ふたこぶらくだの子を惚れ惚れと眺めた。

「しま子（1970年5月8日生れ）」という札が出ている。

「入口でライフル銃をとり上げられたわりには元気ですな」

ぼくがからかうと、

「動物園で働く人が、ぼくは好きなのだよ」

と南は答えた。

「上の方に黒熊がいるぜ」

ボンド少年がはしゃいだ。

「中原さん、見にいこうよ」

「ぼくは、もう、疲れた。日本熊なんか見てもしようがない」

中原はすでにバテた声を出した。

「よかったら、見といで」

と南。

「むっ……殺気……」

由井が低く言った。

「きみの声をきくと、ぞっとする」

南がこぼした。

「ぼくは、いま、心の中で、このふたこぶらくだと交《まじわ》っているのに」

「獣姦で幼児姦だ」と中原が評した。

「ばかな。精神的なものだ」

南が怒る。

「でも……確かに殺気が……」

由井はこだわった。

「早くライオン・バスの方へ行こう」

ぼくはそう言って、道を右に折れた。登りかげんのだらだら坂の右下の方に、猪の群れがいた。南すらここにくるのは初めてだそうだが、夏の日ざしの下で、動物たちはへたばっているように見えた。

「南さん、やはり、本当のナイロビへ行きたいでしょう」

「うん……この程度の自然では、動物たちがかわいそうだな」

「回教の寺院みたいなのが見える……あ、あそこにライオンがいる」

「出たか」

南が緊張する。

「なに、犬ころみたいにゴロゴロしてるだけです」

中原が呟いた。

「そういえば、ここのライオンは飽食して、ダレてるので、子供たちが幻滅するらしい」

南は悲しげに言った。「そこで、電気仕掛の兎を走らせたらどうかとか、いろんな案があるようだ」

「上野のライオンは猛々しいですがね」

「あれは狭いところに閉じこめられて、苛々しとるのだ」

チンパンジーの黒い一群を左に見ながら、ぼくらはライオン・バスの乗り場である地下道にもぐった。

そこの覗き窓（鉄格子がある）から眼の高さにライオンが寝そべっているのが見える。

〈お尻を向けたら放尿にご注意下さい〉という札が眼についた。

暗い地下道には、約二十匹のライオンの名とその特徴が書いてある。

「今似さんですな」

この暑いのに黒ずくめ姿の男が近づいてきて、こう言った。

「そうです」

「こちらに、どうぞ」

ぼくらはライオン・バスの入口まで案内された。

運転手のほかには誰もいないようだ。バスの中は冷房がよく利いている。

「ムーンフラワー！」

南が叫んだ。外側に向いた二列の席のあいだの通路に、バスタオル一つの彼女が転がされている。

ドアのしまる音がした。

「みんな、手を挙げてくれ。……今似さんは、レッテルの入った封筒をこっちにくれ。間違いがないかどうか改める」

ぼくは言われた通り、黒ずくめの男に封筒をさし出した。

正面の鉄扉があき、バスはライオンのいる方へとゆっくり動き出す。

「兄貴、まちがいはねえようです」

「よし……」

運転手の帽子をかぶった、きのうのジョーがこっちを見た。

「運転を代ってくれ」

「へい」

ジョーは胸に赤いバラを差して、ひときわ気どっていた。

「おっと、そこのサングラスの若いの、ふところのものを出して貰おうか」

由井はしぶしぶ匕首を出した。

「よし、これで物騒なものは、なさそうだな」

　ジョーは匕首をベルトにはさむと、片手に拳銃を構えたまま、歯で封筒の端をちぎり、レッテルを日にすかした。

「間違いなさそうだ……よし、女《なおん》はつれていけ。悪戯なんかしてねえぞ」

「取引成立ですな」

　とぼく。

「そういうこと……」

　突然、ぼくらはよろけた。バスが暴走し始めたのだ。

「ばかやろ、どけ！」

　運転席の男はハンドルにしがみついたまま、ふるえている。雄ライオンがのけぞるように身をかわすのが眼に入った。

「おれがやる、どけ！」

　コンクリートの壁が、みるみる、近づいてくる。ぼくは椅子にしがみついて眼をつむった。

　凄まじい衝撃とともに、ぼくは車体後部に吹っとんだ。誰かの体にぶつかり、ぼくの腰骨が鈍い音を立てた。


　立ち上ったとき、運転席の男がフロント・グラスに首を突っ込んでいるのが見えた。首と胴体は皮一枚でつながっているに過ぎなかった。

　——ここでみなさまにライオンの声をおきかせいたします……

　ショックでテープがまわり始めたらしく、女の声が言った。

　——ウォーッ！

「このバスは爆発するぞ」

　ジョーが鋭く言った。

「外へ飛び出すのだ」

「しかし……ライオンが……」

「ここのライオンは、おとなしいんだ。それより火がまわっている」

　ジョーはドアをこわし始めた。

「スイッチがあるよ」

　ボンド少年は死体の横のスイッチを押す。さっとドアが開いた。

「逃げろ！」

ぼくらが転げ出たとたん、バスは火に包まれ、次に轟音とともに宙にとび散った。

「いけねえ、ライオンがくる……」

火と爆発音で野性にかえったのか、あちこちにいたライオンが遠まきに集ってくるのが見えた。

「武器は、いくつ、ある？」

とぼく。

「ジョーさんの拳銃と匕首だけか」

「ぼくのベレッタがある」

ボンド少年が言った。

「そんなものが、あったのか」

とジョーは驚く。

「うへ、すげえ雄ライオンがくるぜ」

「樺島勝一画伯の絵にそっくりだ！」

と南が感動したように叫んだ。

「二十頭対七人。ライフルはなし。南さん、どうする？」

とボンド少年。

「園丁は、どうした」とぼく。

「みんな縛っちまった」

ジョーが弾丸を改めながら言った。

「われわれだけで戦うより仕方がないぜ」

「南さんは狩のベテランでしょう」

と少年がしつこく迫った。

「こういうときは、どうするんですか」

「ぼくはライオンを殺すよりは、殺された方がいい」

と南が答える。

「さっきから、こんなバカな人工的自然の中でライオンを飼う必要がどこにあるかと思っていたんだ。……見ろ、あの薄いたてがみ。まるで剝製のライオンだ。あの顔には悲しみが溢れとるぞ」

「剝製のわりには元気だわね、ほら、はねてるじゃない」

ムーンフラワーが言った。

「あれが、ライオンの悲しみの表現だ」

「まさか」

「大島正満博士の本にあったぞ」

「南さん、どうします」

中原がふるえながら、きいた。「あっ、ぞろぞろ、こっちにくる」

「木へ登るのだ」

南は雄々しく叫んだ。

「ライオンは木に登れないと、大島博士の本にあった……」

言い残して南は手近な木に登り始めた。

そのとき、ライオンが押し寄せてきたので、ぼくらは後退した。ジョーは空に向けて威嚇射撃をする。

ぼくらがかたまっている壁ぎわから、木の上に小さくなっている南が見えた。ところが一頭の牝ライオンが近づいてゆくと、木に登り始めたのだ。

「助けてくれ!」

南は悲鳴をあげた。

「大島博士が間違っていたのか、南さんの記憶が間違っていたのか?」

とぼく。

「むろん、あの人よ」

ムーンフラワーがきめつけた。

「なんとかしなきゃいかん」

ぼくが呟いたとき、南はズボンのベルトを木の枝にかけてターザンのようにぶら下り、体をゆすり始めた。

おそらく塀を越して外へとぶつもりだったのだろう。だが、目方があるので、手前の池に落ちてしまった。

ライオンは、池の真中の小島に這い上った南をとり囲んで唸り始めた。

「どうみても、南さんの助かる率はゼロだな」

中原が妙に客観的に言った。

「南さんが八つ裂きにされて、次は、われわれだぞ」

「ジョーさん、匕首を返してくれ」

不意に、由井が言った。

「どうする?」

「南さんを助けてやる。ぼくは、どうせ死ぬ身ですから」

「おいおい」

さすがのジョーが驚いた。

「止めないで下さい」

由井は匕首を受けとると、じっと考え込んだ。

「何を考えてるんだ?」

「殴り込みの前は、必ずこうやるんです」

由井はライオンに向って歩き始めた。

「いい根性してる」とジョーが言った。「ああいうのを部下に持ちたかった」

由井は走り出した。

気づいた雄ライオンが前足の爪にひっかけようとするのを、ひらりとかわして、池の中に飛び込んだ。

たてがみのすり切れた別な雄ライオンがとびかかり、由井の左腕に牙を立てた。由井は苦痛をこらえながらライオンの心臓を一刺しした。

雄ライオンが倒れると同時に、他のライオンがいっせいに青年にとびかかった。びっこをひいているライオンもいた。由井の姿は見えなくなり、やがて池の水が赤くなり始めた。

南がこっちに走ってくる。脂汗をかき蒼白になっている。

「あの若者は、すごい」

彼は言った。

「『唐獅子牡丹』を歌いながら死んでいったぞ」

「次は、こちらの番だ」

ボンド少年が呟いた。

「中原さん、何か逃げる手は、ないですかね」

ぼくは神経が参りそうなのをこらえながら言った。

「人梯子を作ったら、どうです」

「なるほど」

「しかし、六人のうち、残る二人は犠牲になりますな」

「ぼ、ぼくは逃げますぞ、犠牲になるのは、いやだ」

南が卑怯未練に叫ぶ。

……ライオンは肉塊を奪い合っていたが、一頭が吠えると、急にこっちに走ってきた。

「もうダメだ」

ぼくは眼をつむった。

そのとき、ぼくの前に落ちてきたものがある。

そっと眼をあけてみると、志のだ寿司の包みであった。

（青木の奥さんだ！……）

　高いコンクリートの塀の上に指輪をはめた白い指が見えた。

「奥さん！　青木さんですね！」

「助けて貰いたいのでしょう」

　奥さんの声はシネラマのスピーカーからきこえるキリストのそれのようであった。

「はあ……でも、よく、ここが……」

「ほ、ほ……」

「あの……」

「縄梯子を用意してありますわ」

「急いで下さい、ライオンが……」

「今週、黒木憲の新曲をかけると約束しますか。さいきん、黒木憲が、かかりませんよ」

「かけます、かけます」

　とたんに縄梯子がするすると降りてきた。

「さあ、レディ・ファーストです」

「でも、あたし、バスタオルだけだもの」

「何言ってる。早くしろ」

　南が叫んだ。

　ムーンフラワーのあとから、ぼくは上を見ないようにつとめながら登った。

　地上に立つと、青木の奥さんの姿は、すでになかった。最後に登ってきたボンド少年は手早く梯子をまき上げる。

　ほっと一息ついたときには、ジョーの姿もどこかに消え、ぼくは遺体収容をたのむために、近くの園内連絡電話を探しにかかった。

　由井不発の肉体は無残にも大きめのビニール袋に入るほどしか残っていなかった。

　それを車のトランクに入れると、ぼくらは、ぼくの国産ムスタングで都内に向った。

「ジョーの奴、どこへ行った……」

　南が呟いた。

「不発が死んだのは、奴のおかげだぞ」

「でも、あの人は、望みが、かなったんだから」

　とボンド少年。

「パパ、新宿でマキシ買って。いくら夏でも、風通し、よすぎちゃって」

「うむ……」

「中原さん、いったい、張《チャン》と、その背後にいるオヨヨ大統領の狙いは何でしょうか」

ぼくが言った。

「分りませんな、これだけの材料では」

中原が答える。

「あなたの推理力と南さんのハンターぶりは、いい勝負みたいですな」

「なに、このライフルさえあったら……」

南は、返して貰った旧式ライフルを撫でながら昂然と言った。

「ライオンだ！」

ボンド少年が叫んだ。

正真正銘のライオンが畑の中からこちらを窺《うかが》っている。

「南さん、撃て撃て」

南は車から転げ出ると、数発、ぶっ放した。

ライオンが倒れると同時に、南のあたまに棍棒が当り、彼は失神した。

「きのう、デパートで買ったばかりのケニア産の剝製を傷ものにしやがって」

土地成金みたいな老人が叫んだ。

「二百万円もしたんだぞ。あんな穴、あけくさって、どうしてくれる……」

「待って下さい」

ぼくは名刺を出した。

「必ず、お詫びに参上します。今日は、不幸のあとで、取り乱しておりまして」

老人はカマボコ指輪を光らせながら、

「ゼニじゃねえ。あんなライオンは、めった、手に入るめえがよ」

そのとき、がばと起き上った南は再び、ライオンに向けて乱射乱撃し始めた。

ああ！

「……みろ、ザンバだ……アリ、アブダラ、おれにつづけ！　おれは勇者だ。南洋一だ。殺せ、殺せ！」
　みるみる、ライオンは黒くなり、それに比例して老人の顔は怒りに赤くなった。

第十二章　短くも美しく燃え

一行を南邸にとどけると、ぼくは仕事の都合で社に戻った。

デスクの上には、リクェスト・カードの山と、ファンからのプレゼント、伝言のたぐいが、ごちゃごちゃになっている。メッセージの中には、連絡が欲しいというマクラレンからのもあったが、無視することにした。

ぼくはぼんやりデスクに向ったまま、ついさっき、ライオンの牙を逃れてきた、と語ったところで誰が信じるだろうか、と考えた。動物園では、あの大不祥事を〈善処する〉と言っていた。つまり、もみ消してしまうのだろう。

夕方の「ミテロー・ポップス」のために、ぼくはスタジオに入った。一時間の生《なま》放送である。

このごろ、ぼくのスケジュールは前にも増してきつ
くなってきた。

ぼくはタレントではなく、アナウンサーだから、給料のうちの仕事はやらねばならぬ。これは当然だ。

しかし、アナとしての仕事以外に、「ミテロー・ポップス」とか「オールナイト・ジャパン」みたいなタレント性を要求される番組に出て、しかも、へたなタレントよりも人気が出てくると、自他ともにへんなことになってくる。

〈けっ、見手郎の奴、ちょっと、人気出たと思って、デキ上ってやがる……〉

（一社員のくせに、スターぶりやがって……）

と、これはまわりの嫉妬。

（けっ、並よりいい仕事してるのに、給料が、無能な奴と一律かチョボチョボってのは、どういうこった。上役はメクラかよ）

これは、こっちの独りごと。

これも、もとはといえば、ジャパン放送の偉い人がケチだからだ。

よその深夜放送をみると、必ず本職のタレントさんが入っている。

どんな二流タレントでも、プロであるからには、ぎんぎらぎんでやる。それがアナウンサーに影響しないはずはなく、刺激を受けて、アナも生き生きとし、番組全体が、はつらつとしてくる。

うちは、アナウンサーだけでやるシステムだ。——というのは、タレントを頼むと、高いギャラをとられる、と会社が思い込んでいるフシがあるからで、要するに、ケチなのである。

ぼくなんか、素人のやけっぱちというところだ。批評家にいわせると、ムラが多く、八十点の日と五十点の日とあるという。プロというのは、つねに七十点はとる人だそうだ。

だから、社には、ぼくを含めてタレント性のあるアナウンサー、プロデューサーが何人か、いる。この数人を、会社はフルにこき使うという寸法だ。

それなら、会社をとび出して、フリーになれば、いいじゃないか、という声がきこえる。

ところが、そこまでの自信はないのですよ。フリーでやるとなると、話は、まったく別だ。ぼくは、並のアナではないが、下品な言葉でいう〈ゼニがとれる〉ほどのタレント性はない、と自分で分っている。フリーになったものの、お呼びがないというのでは、困るのよ。

これというのも、すべて、〝深夜放送〟がブームになったからだ。三年まえ、こんなものが始まったときは、正直、えらいものを引き受けちまったと思った。だいいち、きいている人がいるのかいないのか。リクエストの葉書だって、パラパラと淋しかった。

内情は、今だって、ちっとも変ってはいない。だが、社会からのスポットの当り方がちがう。だいいち、ぼく如きが、週刊誌のカラー・グラビアになるのだ。こっちも、娑《しゃ》婆気《ばっけ》があるから、悪い気はしない。

だが——死んだ由井不発の言葉でいえば、ここに資本の論理があるわけだ。悪い気がしないから、タレントになったようなつもりでもりもり働く……これが経営者の思う壺だ。体をこわせばポイで、次のスターをでっち上げにかかる。

某プロダクションの搾取がひどいというが、悲惨なのは、むしろ、われわれパーソナリティーではないか。会社が〝深夜放送〟によってどのくらい稼ぐか、CMの数をかぞえてみるといい。

一曲ごとにCM一つである。しかも、局と局の争いは日増しにエスカレートしてゆく。テレビが視聴率競争をするというが、ここだって食うか食われるかだ。従って食い合いのはげしい時間帯に、人気パーソナリティーを放り込んでゆく。よくきいてごらん、同じアナウンサーが、ひる、夕方、夜、夜中と現れる。喋るのが好きで入った道とはいえ、これはきびしい。

マスコミの人気者になるのは、あるベルト・コンベアにさえのれば、あとは簡単だ。むずかしいのは、その人気を持続させることですよ。


ぼくが南の屋敷に寄ったのは夜で、ボンド少年とムーンフラワーは庭に薪を積んで、火葬の準備をしていた。

「……群がるライオンは、おれの眼光におそれをなして、近づいてこられなかったぞ」

まだ腫れのひかぬアブダラとアリに向って南は語っていた。

中原は応接間の隅の椅子で、ウィスキーを飲んでいる。

「ばかばかしくって、しらふじゃいられない」

と中原が言った。

「まるで出鱈目を並べてる」

「癖ですからね」

ぼくは言った。

「ところで、あなた、あのレッテルの中身は何だったと思います?」

「まあ、何でもいいじゃないですか……どうせ、とられちゃったんだから」

「でも……」

ぼくは呟いた。

「英国人は十万ドル・プラス・アルファを出すといっていたのですからなあ」

「ふーむ」

中原は大いに興味が動いた風であった。

「十万ドル以上ですか」

「ええ」

「……惜しいこと、しましたな」

「まあね。……マイ・ホームを買う夢はパーですよ」

「オヨヨ大統領は喜んでいるでしょうねえ」

「まあね」

そのとき、ボンド少年がとび込んでくると叫んだ。

「旦那《ブワナ》、火葬の準備、できた」

「よろしい」

「よろしいって、火葬には正式の許可がいるんじゃないですか」

中原は叫んだ。

「やかましい!」

南が一喝した。

「ジャングルの支配者はわしだ」

「由井の家族を探さなきゃ」

とぼく。

「それは今似君に任せる。今似君が深夜放送で呼びかければいい」

「ひとを場内呼び出し係りみたいに思ってるんだから」

「文句あるか!」

「いえいえ」

「旦那《ブワナ》、細井さんから電話です」

南は床を踏み鳴らして電話口に立った。

「うむ……なに、東京に帰ってきた。そいつは都合いい。

BALALAIKA
YASUHIKO

うちに来ないかね。色んなことがあって、例のものは取られたよ……」

南は電話を切った。

「さて、これからコンゴ・スタイルの火葬をおこなう」

「ぼくは帰らして貰います」

中原はキモチ悪そうに言った。

「何もお役に立てませんでしたが……」

「いや、でも、細井君がくるよ」

「久しぶりに会いたいのですが、仕事もありますし」

「そうですか。では、仕方ない。……アリ、アブダラ、薪に油をかけろ」

「でも、先生……」

アリが言いかけると、

「旦那《ブワナ》と呼べ！」

「旦那《ブワナ》、このまえのとき、ご近所に飛び火して小火《ぼや》を……」

「黙れ、黙れ……今宵は聖なる夜だ。それから、ライオンの血の染み込んだ匕首を地面に刺せ」

「はっ」

「燃えてきたぞ、燃えてきたぞ」

南は胸をおさえながら叫ぶ。

「あのレッテルが……厄介払いをしたようで、実は惜しいんだなあ」

ぼくは溜息をついた。

「小父さん……」

ボンド少年が小声で言った。

「これ、ぼくが、バスの爆発のとき、頂いといたよ」

少年はポケットから、例の封筒をちらっと覗かせてみせた。

ぼくは息がつまるほど驚いた。

「ジョーから、すりとったのか！」

「まえに、こっちの方もやってたものでね。小父さんに返すから、金《かね》になったら、一割、おくれ」

ガラス戸の外では、火が盛大に燃えていた。

「はかないものですよ」

とぼくが言った。

「何だか、悪夢みてえな話だね」

細井忠邦は黄色いポロシャツ一つでは少し涼しいのか、腕の辺りをこすっている。

「ぼくの生活も、かなり、はげしいが、今似さんも昼夜の仕事と変ちくりんな冒険とじゃ、身が持たないね」

「まったくです」

「ここの大将が、そら、まるでパーだから」

「そういっては……」

「構やしないよ。あれ、焚火のまわりで踊ってるね。熱いだろうに、みんな、つき合いのいいこった」

「クーラー、止めましょうか」

「少し弱くして下さい。……今似さん、シュヴァイツァー博士の一件、知っていますか?」

「あの、亡くなったシュヴァイツァーですか……」

「そうです。あの博士を、なんとか日本に呼ぼうって企画が、うちの局であったのです」

「へえ」

「もう、ひと昔まえの話ですがね。……ご存じでしょうが、博士はアフリカの奥地から一歩も出ない人です。そこをなんとかならないかというので、南さんに相談したんですよ」

「ふむふむ」

「彼が三日三晩考えたアイデアというのがこうなんですよ。博士に毎日、電報を打つというのです」

「……そんなことで、あの博士がくるんですかね?」

「そこが南洋一です。彼はアフリカの奥地の電文は、土人が石に刻むというんですな……でかい石に刻まれた電文をかついで、吊橋を渡り、猛獣のいるジャングルを抜けて、土人が、毎日、博士のところにやってくる。頑固な博士も、〝ああ、土人がかわいそうだ〟と思って、その気持から、日本にやってくるだろう、というのですな。この案を会議の席で彼が発表したら、みんな、怒りましてね」

「そりゃ怒るでしょう」

「ああいう男、幼児的っていうんですかね。これから生きてゆくのは、なかなか無理だと思うのですがね」

「自分でも、そう言ってますよ」

「猛獣狩にさえ狂わなければ、いい人間なのですがね」

細井はくわえ煙草のまま、つづけた。

「どうです。今夜は南が狂っちゃってるからダメだが、明朝、気が静まったところでレッテルの中を見ようじゃないですか。三人、立ち合いのもとに……」

「そうしましょう」

ぼくも覚悟を決めていた。


ようやく灰になってからが、また、大騒ぎだった。

「アリ、アブダラ……この灰を、猛獣が吠え始める時刻に、動物園の方に向う風にのせるのだ。それが、勇者の霊を弔うにふさわしいやり方であると思う」

「でも、風がそううまく吹きますかどうか」

アブダラが本当の原住民のようにふくれ上ったままの唇を動かした。

「吹く。ちゃんと一七七番（天気予報）で確かめてある」

二人は、不忍池のほとりから動物園に向って灰を投げた。


ところが、このとき、風向きはすでに変っていたのであった。

折からの烈風にのって、由井不発の灰は、正反対の方向——都心の、それも都庁の一室でひらかれていた公害についての緊急対策会議の席に舞い込んだのである。

「新しい公害のようでございます」

「そうね」

にこやかな都知事は彼の眼鏡についた灰を指につけて、にこやかに眺めた。

「すぐに調べて下さい。保守党の陰謀かも知れないですからね」


これらの経緯《いきさつ》を、ぼくは、のちに新聞で知ったのだが、その夜はそんなことは知らないから、ワイルド・パーティーに興じていた。

南は例の黒豹のフィルムを映して、ひとりでエキサイトし、次にＬＳＤを、いやがるアリに飲ませた。アリは、どこかへ行ってしまった。細井は白けて、煙草ばかり、ふかし、ときどきフットボールを壁に蹴りつけた。南の家のパーティーは、かくの如く色気がまったくない。

酔っぱらって庭に出たぼくは、いつか、唇を、ぬめっとしたものにおおわれていた。

「ねえ……」

やばい、と思った。ムーンフラワーの声ではないか。

「向うの小屋で抱いて……」

「きみ、だって南さんが……」

「あの人、ダメなのよ」

「え?」

「分らない? 子供と同じなのよ」

「……ふーん……ナニがかい?……」

「そう……ナニが……」

「こりゃ驚いた。しかし、ぼくは、いけない。ぼくには、ひさしがいる」

「ひさしって誰?」

「うちの長男だ」

「あら、かわいい名前ね」

「……だからさ、まずいのよ」

「弱虫、臆病者……」

「うるさい!」

ぼくはムーンフラワーをひっぱたいた。

「おれは、夏が終って、ひさしと栗ひろいに行くのをたのしみにしている男だ。余計なトラブルにまき込まんでくれ」

「すてき……あたしって、そういう真面目そうなタイプが好きなのね」

「そうかい?」

ぼくは、すぐ、のってしまう。

「あたしって、ぶたれると、かえって火の鳥みたいに燃えちゃうの」

「なんだか、きみの表現は、流行歌風だぜ」

ぼくは悪のりして、ジェームズ・キャグニイ風の平手打ちを三つばかり、くらわせた。

「すてき……もう、だめになりそう」

「向うの小屋に行っててくれ」

「ひさしの方は、いいの?」

「うるさい」

ぼくは、さらに殴ってやった。

「……いやァ、なんや知らんけど、しびれるわァ……」

呟きながら女は闇に消えた。

(さあ、いよいよ、ポルノ的シーンであるぞ……)

ぼくは落ちつくために煙草を探した。折れ曲ったのが、ポケットに一本、残っていた。ゆっくり、フロイト的解釈の余地のある手つきで伸ばすと、ぼくは唇にはさんだ。

(しまった……ライターがない……)

突然、闇の中から長い炎があらわれて、ぼくの煙草を燃してしまった。

あの女、ついに、ここまで燃えてきたのか。

「ガスライターよ、今似さん……」

闇の中でちがう女の声がした。

「さっきから、ここにおりましたの」

青木の奥さんの声だ。

「あーら、見てたのね!」

逃げようとするところを引き戻され、いきなり、空手チョップを加えられた。

「お子さんのために!」

奥さんは叫んだ。


……こういったことは、すべて、幻想かも知れないのだ。ぼくが南に貰った煙草には、どうも何かのクスリが混っていたらしいのである。

夜が明けたとき、ムーンフラワーは、あられもない姿で応接間の床にひっくりかえり、他の者はソファや椅子で眠りこけていた。

腕時計が止っているので、ぼくはテレビをつけてみた。

こんな早いのに、ベスト・ドレッサーの都知事がにこやかに記者会見をしていた。

「……ええ、このたび、新たに発生しました公害が、どのような性質のものであるかということにつきまして、慎重に検討を重ねてまいりました結果、これは、まったく、いままでになかった種類の死の灰である、という結論に達したのであります……」
　ぼくは時刻を合せると、テレビのスイッチを切って、あいている椅子にもたれた。
　間もなく、夢を見た。ひさしと青木の奥さんが、ぼくにイガ栗をぶつけていた。

第十三章　百花園幻想

南洋一の書斎の、北欧製のデスクに向って、細井忠邦とぼくは腰かけていた。

南は狂乱のあとのウツ状態めいた姿で、デスクの向う側の椅子に埋《うも》れている。

デスクの上には、テレビ局の十五字づめ原稿用紙、太めのオノトとペリカン、神宮館発行の昭和四十五年神宮宝暦、プレイボーイ誌の卓上用カレンダー、クリップの小箱、ねずみの形のホチキス、天眼鏡、日本名言集、昭和九年の変色した表紙の「新青年」、眼薬の〈マイ・ティア〉、税金の催告書、中学校社会科地図、実用・難読奇姓辞典、広辞苑などが分裂気味に、おのおのの場所を主張している。

そして、それらの中央に、破れた封筒から端っこが見えるバーモント・ホテルのレッテルがあった。

「今似君、きみの手でとり出しなさい」

南は欠伸《あくび》をかみ殺しながら言った。

「これは、きみのものだから」

「はあ」

ぼくは頷いた。

「でも、いざとなると、どうも……」

「そんな弱気で、どうする」

「……しかし、この事件では、いざとなると、必ず、邪魔が入りますので、どういうわけか、きっと、そうなるんです」

「すると、今度も……」

「そうなるような気がします」

「そりゃあ、神経だね」

　細井が言った。

「神経のせいだ。そういえば、やつれましたぜ」

「レッテルを破いたとたんに、ズドンなんてのは、いけません。確実に誰も見ていないことを確かめて下さい」

「よし」

　南はあたりを見まわした。

「誰もいない」

「南さんの真うしろからくることも考えられますからね。細井さん、すみませんが、確かめて下さい」

「ちらっ……大丈夫だ」

　細井は口をとがらせて言った。

「しかしですよ」

　ぼくは固執した。

「〝大丈夫〟と思ったときが危いんじゃないですか。大衆小説でも、テレビでも、映画でも、主人公が安心したとたんに、敵や怪物が出てくるようですな。もう一度、注意して頂けませんか」

「ちらっ……大丈夫」

「ちらっ……いない」

「では、安心して、中を調べます」

　ぼくは封筒をとり上げた。右の親指と人さし指がレッテルにかかる。

　ガラスの割れる派手な音がした。窓ガラスの破れたところに銃口がのぞいている。

「やっぱり、出た。……細井さん、なんとかなりませんか」

「駄目だねえ」

　細井は歯をむいた。あたまにきたが、我慢している証拠である。

「狙いをつけられている上に、おひとりさんじゃないらしいぜ」

　ドアを押して、三人の外人が入ってきた。

もみあげが長く、人相はお世辞にも、いいとはいえない。まだ若いのだろうが、大分、環境にいためつけられたらしく、暗い顔をして、老けてみえる。各々、手に拳銃を構えているので、逆らうことは思いも寄らない。

三人は、せわしない口調で何か言い、拳銃を動かした。

窓の外の男が声をかけると、一人がレッテルの入った封筒を鷲づかみにした。

「そ……それは……」

言ったとたんに、ぼくの頭に重い杭のようなものが打ちこまれ、輝く星と蝶々が闇の中でメリー・ゴー・ラウンド風にまわり始めた。

気づいたとき、ぼくは自動車の窓に顔を押しつけていた。

ずっと昔に見たような風景が外を流れている。……一種の公園だが、なかなか想い出せない。

脳天がずきずきする。ぼくの右に細井、南、助手席にボンド少年がいた。運転しているのは、イタリア人くさい若者だ。

「……考えてるこたあ分るが、ムダだよ、今似さん」細井が小声で言った。

「おれも、やってみようとしたが、うしろの車に三人いる」

「じゃ、例のものは……」

「とられたよ」

「この連中、何者ですか」

「分らん」

「南さんの家の人たちは、どうしたろう」

「みんな、縛られて、戸棚に押し込まれている」

南が憮然として呟いた。

ふいに、言問団子《ことといだんご》の看板が迫ってきた。そうか、ここは隅田公園だったのか。

車は右折すると、白ちゃけたような町に入った。

道の左側に砂利を敷きつめた駐車場があり、そこに二台平行して乗り入れる。

運転手がポケットの中の固いものを突っぱらかして、降りるように命じた。

「百花園だな、行き先は……」

南が呟いた。

「百花園て何だい?」

細井が不審そうに訊く。

「文化年間に、日本橋住吉町の骨董屋がひらいた花の名所だ。梅、桜はもちろん、種々の草花を集めている」

「変なこと、知ってるね」

「小さいときに、きたことがある。上野からくると、向島っていうのは、ひなびた感じがしたものだ」

「ここが向島かい」

細井はびっくりした。

「おれはまた、そういう島が、どこかにあるのかと思ってた」

「あんたは京都の人だから、仕方ない」

「向島って言や、時代劇の悪役が女を囲っている場所じゃねえか」

細井は辺りを見まわした。

「うす汚れた、殺風景なところだねえ」

見知らぬ男たちは手を振って、歩くように促した。

「分ってるよ、ばかやろ」

言葉が通じないとみた細井は、吐き出すように言う。

ぼくは、門の脇に「イタリア・オペラ友の会様御一行、本日貸切」という大きな札が出ているのに気づいた。

「こんなところで、オペラをやるのか」

ぼくは呆れた。

「いくら、会場難とはいえ……」

「そこが風流の道だ」

南が言った。

男たちに囲まれて入ると、庭門に「花屋敷」という横書きの額。サインは蜀山人とある。大田南畝の筆を複製したものか。ここは、確か、昭和二十年三月十日の大空襲で焼失したはずである。

左手に今月盛りの花が、天ぷら屋のメニュよろしく、小さな札で示してある。

大きなひょうたんがぶら下っているのを眺めていると、背骨の脇を銃口でこじられた。

「これは、洒落だよ」

南が言った。

「今似君の事件は、もうみんな、知ってるからね。どこかの粋な人が、イタズラをしたんだな。われわれを向島の里まで呼んで、あっと驚かして、酒を飲みながら花でも見よう——と、まあ、こういう趣向だろう」

「まさか」

ぼくは頭痛をこらえながら呟いた。

「いや、そうだよ。……だって、あの連中は、張《チャン》の手下でも、イワンの手下でもない。今までに会ったことのない連中だ。……このぶんでは、ごちそうが出て、あとは柳橋、ひょっとすると、新橋辺で芸者をあげて、わーっ……」

「莫迦莫迦しい」

細井が唇を歪めた。

「いや、少くとも神楽坂ぐらいは行くだろうね。予算がないとして、大塚——ぐっとくだけて北千住……」

「よさねえかよ」

園内に入ると、四人の男たちは拳銃をあらわに示した。


一人が拳銃を振った。さまざまな草が乱れるあいだの小道を辿ると、〈萩のトンネル〉と書いた立札が眼に入る。

凝ったことをするものだ。竹を編んで長いトンネルをつくり、そこに萩をからませたので、花はまだ見られないが、濃緑色のこまかい葉が重なって、みごとなトンネルとなっている。

「……大したもんだ……」

溜息をついて、トンネルに足を踏み入れたぼくは、そのまま、立ち止る。

自動ライフルを構えた男を先頭に、黒シャツに青背広の男の一隊がならんでいた。勘の悪いぼくにも、ようやく、事情がのみこめた。

こ、こ、こいつらは、マ、マ、マフィアだ!

先頭の男は子分から封筒を受けとると、レッテルを出して、指でこすってみた。それから、内ポケットにおさめ、ぼくらに向って白い歯を見せた。

「いや、手荒な真似をして、すまなかった」彼は笑いながら口ひげを白手袋でこすってみせた。鮮かな日本語である。

「……マフィア組織、関東甲信越地区代表ヴィットリオ・チンザーノ……」

「泥棒め！」

　ぼくは叫んだ。

「なぬ!?」

　ヴィットリオは色をなした。

「やり方は荒っぽいが、われわれは泥棒じゃない。ただ、買いとるにしても、こうやらなきゃ、らちが明かないからな」

　ヴィットリオは指を鳴らした。

「三千六百万円、用意してきた。いやとは言わせんぞ」

「待て、そのレッテルのことと、他の者がつけた金額を、どこで、きいた?」

　細井忠邦が前に出た。

　ヴィットリオは、にやりと笑うと、「やれ」と言い、自動ライフルの銃口を細井の眉間に向けた。

　数人の子分が出てきた。一人が細井にラビット・パンチをくわせた。細井がよろめくと、もう一人が引き寄せて、股間を蹴り上げた。

　抵抗しようにも方法がない。細井は歯を折られ、両耳を殴られ、血へどといっしょに歯を吐き出した。額が切れたための血が鼻血といっしょになって、正視するに耐えない状態になっている。

「両手の指を全部、折ってしまえ」

　ヴィットリオが命じた。

「待ってくれ。何のために、そんなことをする」とぼく。

「やめてやれ……」

　ヴィットリオは言った。

「その質問に答えよう。……この男は、余計な質問をしたからだ。そういう振舞いは許さない。……さあ、黙って金を受けとって帰るのだ。この血塗れのソーセージも、つれて行ってくれ」

　そのときの細井の怨みのこもった眼つきのはげしさといったらなかった。

「金の入ったバッグを持ってこい」

　突如、鋭い銃声とともに子分の一人がきりきり舞いして倒れかかった。

「誰だ、どっちから撃っている?」

マフィアたちは呪いの声をあげながらトンネルの中を右往左往し始める。

ぼくらはトンネルをとび出すと、草むらにとび込んだ。細井忠邦も倒れるようにあとからきた。

マフィアが、また一人、倒れた。どこから撃っているのか分らないのだ。

やがて古池に白い泡が浮いているのが見えてきた。

突然、水の中からスキューバ・ダイヴァー姿の巨体が現れた。脱ぐまでもなく、MI・6のおっさんであることはすぐに分った。

おっさんは、もたもたと濡れた重いゴム衣を脱ぎ始めた。白いタキシードの胸に赤いバラをつけているのが見える。あそこまで007号の真似をしなくてもいいのに!

トンネルの中の連中が気がつくのは、時間の問題だった。

「今似さん、ぼくは反対側にまわって注意をひきます」

ボンド少年がベレッタを見せながら言った。

「きみ、持ってたのか」

「脚につけてました。英国人を助ける必要はないけど、この行きがかりでね」

少年は脱兎のごとく走ってススキの中に消えた。

やがて、はじけるような銃声が起る――

マフィアたちはとび出してきて、ススキの原を眺めている。

ヴィットリオは、さすがに疑う様子で、ぼくらの隠れている近くまでやってきた。

そのとき、MI・6の誇る巨人はまことに愚かな真似をした。悠然と拳銃をとり出したとたんに、足を滑らせたのである。

大きな水音に一斉射撃が重なった。

細井がヴィットリオの足に組みついたのは、その混乱の中でだ。彼は空手チョップでヴィットリオを失神させ、封筒を奪った。さらにヴィットリオの首筋を踏むと、細井はフル・オートに切替えた自動ライフルをマフィアに向けて連続射撃した。

マフィアたちは、紅《くれない》に染《そま》って、全員、地面に転がった。なおも這って逃げようとする一人は、血溜りのなかで滑り、細井の標的となって犬のように痙攣した。

マクラレンが肩を押えて現れた。

「あんなに止めたのに……」

彼はやや嬉しそうに池に向って十字を切った。

「ボンド卿のマネなんて、あの人には無理なんだ」

「……わしならば生きておるぞ」

池の中からトレヴァー・スマイリーが首を出した。

「マツオ・バショオの心境を味わっていたところだ」

「生きていらしたのですか」

「悲しそうな顔をするな。左腕に二発、くらったぞ。……うわあ、凄い死体だ。カラー・フィルムを持ってくればよかった」

ＭＩ・６は良い部員を持ったものだ。

「同士討ちに見せかけるように、死体を少し動かそう。このM16自動ライフルは、ヴィットリオに持たせるようにする」

細井はてきぱきと指図する。

「十五、六人、死んでますぜ」

ぼくは呆然とした。

「おれが中学のとき、手伝った天王寺の出入りに比べたら、問題じゃない。……さ、早いとこ、ずらかろう！」

ボンド少年が走ってきた。

「細井さん、どうでした？」

「上出来だったぜ、坊や」

「ありがとうございます。あっしぁ、そのひとことが、ききてえばっかりに……」

「この子も映画の見過ぎだな」

細井は血だらけの唇を歪めた。彼は、ぼくらがやくざ映画が好きだなどというと、白けた顔をするのだ。

ＭＩ・６の二人組が傍にくる。

「おっ、金のバッグは、どうした？」

細井が言った。

「逃げた奴がいましたからね。持って、ずらかったんでしょう」

ボンド少年は忌々しそうだ。

「これを、忘れねえうちに……」

細井は血の指紋のついた封筒をぼくの方につき出した。

「すいません、兄貴……あっし一人のために……」

「あんたまで、やることあない」

「今似さん、動かないで！」

ボンド少年がぼくを狙いながら叫んだ。

ぼくには訳が分らなかった。少年は血を見て発狂したのか。細井の顔からも血が退《ひ》くのが分った。

銃声と同時に、ぼくの背後で何かが倒れた。みると、マフィアの生き残りだ。

つづいて、空に向けて二発――

額にもう一組の眼ができたシシリーの青年が木から落ちてくる。

「お見事……」

細井は軽く頷いた。

「危いところだった」

「ぼくは撃たれそうになったときだけ、超能力が働くのです。反射的に撃つと、必ず、当ります」

少年が答えた。

「いや、さすがは、ボンド卿の血をひいただけのことはある」

スマイリーは、おそるおそる言った。

「向うで最初にぶっ放したのは、小生でして」

二枚目のマクラレンがにこにこした。「但し、肩にかすり傷を負いましたが」

「とにかく、ここから逃げ出すことだ」と細井が急《せ》かした。

「そこの塀を乗り越えよう。ボンド君は、南さんの家へ帰って、縛られてる連中を解放してくれ。ぼくらは、怪我してるお二人を送りとどけてから帰る」

細井は溜息をついた。

「……いやな渡世だなあ……」

第十四章　女王陛下の情報部員

スマイリーの車があるとはいえ、引揚げはひと仕事であった。だいいち、スマイリーもマクラレンも傷でハンドルが握れないのだ。

車の運転はぼく、南とマクラレンはタクシーをつかまえて、向島を離れる。

「どこへ行きますかね、あなた方のアジトでも、どこでもつけますよ」

「アジトになど、案内できないよ。一番町の英国大使館へやってくれ。手当てを受ける」

「ついでに、おれも、頼もうか。これじゃ、局にも帰れねえ」

細井が呟いた。

「よろしい。……諸君、昼食をともにしようではないか。ごくあっさりしたものだが」

スマイリーは、早速、唾《つば》を飲んだ。

「へえ、おたくの部は、そんなに非道《ひで》えことになってるのかい」

意外にお洒落な細井は、局から持ってこさせた白ワイシャツにイタリア製のネクタイという姿でエビのコクテルを小さなフォークで突ついている。

「落ち目とは、きいていたがね」

「さよう。先日、今似さんには話したが、メロメロである。なにしろ、うちの部の若いので、マリファナを吸うのがおるほどでな」

　スマイリーは嘆《なげ》かわしげに言った。

「食物の点でも、今は、ボンド卿のあの高雅な好みとは、まるで、ちがう」

「でも、キングズリイ・エイミス氏の『ジェームズ・ボンド白書』によれば、ボンド卿は、モーゼルワインでエビのカレーをたべていたと、からかってありましたよ」

　とマクラレン。

「故人の悪口を言うと、おまえの口にファスナーをつけてやるぞ！　カレーならまだいい。うちの部の若い者のリポートを読んだら、〈最上のヨコハマ・エビにホット・サキ（酒）〉とあった。ヨコハマ・エビとは、何たる味覚の退化であるか！」

「しかし……」

　マクラレンはくいさがる。

「この昼食のまえに、タコヤキを買ってきて、こっそりたべた人もいますな」

「わたしの活動は、そのような低い層にまで及んでいるのだ！　ホテルの料理ばかりたべておって、何が分る！」

「もめないで下さい」

　ぼくが言った。

「さっきの連中ですが、マフィアってのは、まあ、架空の存在みたいに思っていたので……」

「ばかな！」

　スマイリーはテーブルを叩いた。

「マフィアは世界最大の犯罪シンジケートだ。年間の水揚げ三百億ドル、傘下の企業は六千にのぼる。日本人は一九二〇年代のやつらしか知らんが、あのころは手口が陽性だった。今のやつらは陰性だ。運送業、ホテル、カジノ、労働組合、不動産業などに手を伸ばして、〝合法的〟をよそおっている。架空だなどと、とんでもない」

「でも、ＦＢＩが……」と南。

「ＦＢＩも敗れた。――今年の一月に、ニュージャージー州ニューアーク市のアドニジオ市長以下、州警察本部長、州司法長官らがそろってマフィアから金を受けとり、犯罪をもみ消していた証拠をＦＢＩがつきつけたのをご存じかね。……その後のことは、日本の新聞にも出たはずだ。検事側の証人のアンダーソン氏は、裁判所に向う途中、自動車事故死した。もう一人の証人の土建業者マリオ・ガロ氏も、また自動車事故で死んだ。いずれも原因不明の事故だ」

「こりゃ、いかん。ヴィットリオに売り渡してしまうべきだった！」

南が叫ぶ。

大使館の食堂は薄暗いが、落ちつきがあっていい。だが、落ちつかないのは、相手にマフィアが加わったという事実だ。

「あれは、まあ、犯罪のコングロマリットだからな」

スマイリーは、げっぷをした。

「信用しては、いけない。取引きなら、われわれとしなさい」

長いコック帽をかぶった日本人のシェフが、ゆっくり歩いてきた。大変な老人である。

「これから、シャリアピン・ステーキをつくりますので……」

「この人は、パリのリッツ・ホテルで修業したのだ」

スマイリーが紹介した。

「ご連絡を頂いたときから、肉を準備しておきました」

老シェフはにこにこした。

「シャリアピン・ステーキというと、みなさん、〝うへーっ〟と思われるでしょう。どこのホテルでも機械的に作るからです。……実はあれは、わたしが考え出したものです」

「へえ！」

「わたしが、帝国ホテルにおりましたころ、シャリアピンという歌手が来日しまして、胃にもたれないで精力のつくものをと所望なさいました。そこで考えついたのが、あれで、ございます。……いざ！」

ワゴンと肉と、オイル、スパイス、玉ネギの刻んだのが運ばれ、老人のまわりを若いコックとボーイがとりかこむ。

「参るぞ！」

「はっ」

「大したものだ。料理も文化遺産だな」

南が感嘆した。

「細井さんが冷し中華を発明したのとは、大分、ちがうな」

思わず、ぼくは、ずっこけた。

「そりゃ、本当ですか」

「ええ」

細井はにやにやした。

「知らなかったな」

「昭和二十年代の終りかな、ぼくはラーメンの玉を売る店に下宿していたのですよ。ところが、ラーメンてのは、夏になると、さっぱりなんですな、親父がコボすんで、こっちも考えましてね、ラーメンでざるそばみたいなものができねえかってんで、ああいうのをデッチ上げたんでさ」

「ヒヤシ・チューカ……ぜひ、試食してみたい」

スマイリーが呟くと、マクラレンがいやな顔をした。

「昔の話はやめにして」

と細井が言った。

「情報部のお話を、もう少し、うかがおうじゃないか」

「こぼし話は、もう、やめた方が……」

「分っとる、分っとる」

スマイリーは、うるさそうに頷いた。

「別におどかすわけではないが、今似さん、注意した方がいいですぞ」

「何をです」

「実は、最近、ペンタゴンが何者かに恐喝されて、多額の金を払ったという情報があるのだ」

「それが、ぼくに……」

「関係がある話なのだ。いや、ないとしても、あるつもりできいて欲しい」

「いやだな」

「きみは、この二月にフリーナーという米空軍の少佐が麻薬運搬の罪で、十六年の重労働を命じられた事件をおぼえとらんか」

YASUHiKO

「おぼえてます」

ぼくがニュースを読みあげたのだもの。新聞にも大きく報じられたが、すぐ忘れられてしまったのだ。新聞の扱いは、ヴェトナム戦の傷あとという形であったが、事件そのものがあまりにも、犯罪劇めいているので、かえって見過されたのだろう。

――デルバート・W・フリーナー少佐。四十一歳。輸送機パイロット。米空軍十字勲章、南ヴェトナム殊勲章をもつ、空軍の英雄。

彼の転落は、フィリッピンのクラーク空軍基地近く、アンヘレス市でポーカーを誘われ、持金をはたいたときに始った。

彼をポーカーにまきこんだ中国人Aは、少佐が南ヴェトナムを基地としてバンコク、香港、台北に飛ぶことを知ると、バンコクからサイゴンへ金を運ぶのをたのんだ。少佐は断った。Aは、では、サイゴンの中国人Bに伝言だけをしてくれとたのんだ。

少佐は、バンコクで、再びAに会った。Aは、香港まで商売上の書類を三箱運んでくれたら、一箱につき三百ドル支払う、と言った。少佐はバンコクのホテルで箱の中身を改め、香港の中国人Cに届けた。こうして、少佐は九百ドルを得た。

良心の鈍った少佐の次の仕事は、バンコクからサイゴンへのブルー・フィルム輸送であった。運び賃は五千ドル。

同乗の航空士が箱を持ち上げたのが少佐の不運だった。航空士があまりの重さにそっとあけてみると、中身はレンガ状の物体。

サイゴンのタンソンニュット空港に着陸した少佐が、宿舎に箱をもち込むと、OSI（空軍特別捜査部）の係官が待っていた……。

「フリーナー少佐の〝犯罪〟が見つかったのは偶然だ。アヘンと知っていれば運ばなかったという彼の叫びはウソかも知れぬが、まあ、犯罪のアマチュアだったことは確かだ」

スマイリーは分厚い下唇をつき出した。

「しかし、東南アジアには、中国人A、B、Cどころか、

X、Y、Zでも足りない、すさまじい麻薬犯罪網がある。無数の点と線だ。そして、その〝仕事〟に従事する腐敗した米軍飛行士が多勢いるというわけだ」
「なるほど……」

　ぼくは言った。

「しかし、それが、ペンタゴンと、どう結びつくんです？」

「そこだ」

　スマイリーは不気味に笑った。

「どうやら恐喝者は、麻薬犯罪に関係している米軍関係者の一覧リストを握っていたらしい」

「なるほど、それを買いとってくれなきゃ、別な国の情報機関に売るとおどかしたわけだね」

　細井はのみ込みが早い。

「そりゃ、ペンタゴンも、頭下げるわな」

　——ということは、ぼくの持っているあのレッテルの中にも、この種の情報が秘められているという意味なのだろうか。

「思わせぶりを言わないで、ずばりと、そちらのカードを見せて下さいよ」

　とぼくは言った。

「だいいち、ぼくらが拉致《らち》された先を、どうして知ったのです？」

「これは驚いた」

　スマイリーはスープを音を立てて飲みながら言った。

「今似さんの行動は、二十四時間、監視されているのだがな。気がつかなかったかね」

「ぜんぜん」

「それは、わが組織にとって嬉しいことである」

　シャリアピン・ステーキが配られる。

「……お味は、いかがでしょうか。なにしろ、てまえ、リッツ・ホテルで……」

　ぼくはナイフを入れてみた。柔らかい。

　肉片を舌にのせると、そのうまさは失神ものであった。

「けっこう！」

「おいしいです」

口々に言う。

「それは、よろしゅうござんした。胡椒をお好きなだけかけて。サラダは、てまえが、用意いたしました」

「おたくのは大きいね」

南はスマイリーの皿を見て言った。

「わしだけは〝ダブル〟といって、いつも大型を注文するのだ」

「肉が薄くて血が滲んでるなんざ、にくい」と冷し中華の発明者が感じ入る。

「シャリアピンも、ずいぶん、たべたが、こんなのは初めてだな」

「ありがとうございます」

シェフは帽子を揺らせて喜んだ。

称賛の渦の中をようやくシェフが退場すると、

「そのどえらい恐喝をやったのは何者かね？　よほどの大物だねえ」

細井が尋ねた。

「誰だかは、分りませんがね」

マクラレンが用心深く言った。

「一昨日のイワンという男の身許は割れましたか」

とぼく。

「これも、分らんのです」

マクラレンは几帳面そうに答える。

「いわゆる不良外人のリストの中にはないし、ソ連側の組織の者でもないようです」

「ところで、今似さん、くどいようだが、内ポケットの中のものをゆずってくれんかね」

スマイリーが猫撫で声を出した。

「それを手離すと、きみも気がラクになるよ」

「ぼくは自分で、この謎を解きたいと思っているのですがね」

「ここでなら、金は、すぐに用意できる。まさに直ちにだ」

「そいつは大きな魅力ですが……」

（……今似さん、まだ売っちゃいけない……）という中原の叫びがエコオのように耳もとをかすめる。

細井の顔をみると、これも、売るな、という眼つきをしている。

「考えてみましょう」

「誰もが〝考えてみましょう〟だ。英国も落ちたものだな」

スマイリーは嘆いた。

「ひとが〝考えてみましょう〟と言わずに行動するのは、ビートルズのレコードを買うときだけです」

とマクラレン。

「あいつらも落ち目だろう」

「レッド・ツェッペリンというグループがのしてきましたからね」

「ときどき、わたしは、何のために生きているのか分らなくなるな」

「わたしは分っております」

「何のためだ」

「給料のためです」

「当然なことを言うな。わしの言っているのは、もっと高い次元の話だ」

「まさか、これで食事が終りじゃないだろうな」

南が不安げに言った。

「あと、ブィヤベーズが出ます。プディングやコーヒーもつきます」

マクラレンが説明した。

「ここのブィヤベーズは、いけますよ。なにしろ、シェフは……」

「リッツ・ホテルだから！」

三人の日本人は合唱した。

「マクラレン、おまえとわたしとは任務に対して根本的に態度がちがうぞ。わしは、インドの奥地にもいた。クワイ河に橋をかける仕事もした。チャーチルが耐乏生活をしろというからそれも守った……」

「昔の話を持ち出されても困ります。わたしはビートルズとともに成長した世代ですから」

「おまえも、日本軍の捕虜になって、クワイ河に橋をかけてみると、少しは根性ができるかも知れない」

「冗談では、ありません。あれは映画で見ただけで閉口いたしました」

　ぼくは咳払いした。

　こんなずっこけた連中では、大英帝国の諜報機関が衰微するのもムリはない。

「これは、失敬した」

　スマイリーはナプキンの端で髭をぬぐった。

「つい、愚痴っぽくなって、いけない」

「マフィアが、また襲ってくるおそれはないでしょうか」

「それは、大いにある」

「困りましたな」

　ぼくは心細くなった。


　大使館を出たのは、二時過ぎだった。

　細井は近くにある局まで歩くという。南は自宅に帰る。ぼくは、今夜が担当なので、局に行かねばならぬ。

　ばらばらになり、個人タクシーに乗り込むと、柄にもなく、孤独というのか、恐怖というのか、そういう感情で胸がしめつけられてきた。

　三宅坂から、はるか日比谷の方を眺めるのが、ぼくは好きなのだが、なぜか、今日は、たのしくない。

　車は国会議事堂の方に向きを変えた。

「運転手さん、方向違いだ」

「警視庁のまえが混んでましてね。遠まわりさせて下さい」

「でも、違いすぎるぜ」

「すみません。海上保安庁のところから日比谷に抜けます」

　うそだ！　車はむしろ赤坂に向っている。

　リア・ウインドウからうしろを見た。つけられているらしい。それも、一台ではないようだ。

「おい、おろしてくれ！」

　突然、運転席とのあいだの透明な仕切りがしまった。薄茶色の煙が吹き出してくる。

　窓をあけようとすると、ハンドルがなく、カーテンがおりている。

急に眠くなってきた。

（誘拐だ……）と、ぼくは思った。

（今夜、おれの放送があるぞ……どうするつもりだ……）

ぼくは本能的に例の封筒を出すと、折って、靴の底に入れた。

（……本番なのに……知らないぞ、知らないぞ……）

ぼくのまぶたは、重く、たれ下ってくる。どうしようもない。

（……番組に穴をあけたとなると、パーソナリティー失格だ……マスコミに叩かれるぞ……）

誘拐している相手より、そっちの方がこわかった。

（……大変だ……だれも、相手にしてくれなくなる……今似さん？　そんな人、いたかねえ？　ちょっとデキ上ってたからねえ、女と浮かれてたんじゃないか？　ああ、あいつは、もう消えたよ……そういえば、むかし、今似見手郎っていたっけね。あいつ、どうしたかしら？……誰も知らない、ふり向かない……かーらーす、なぜ鳴くの……おかーさーん……）

第十五章　バラライカの調べ

……ぼくは嵐ヶ丘のようなところに立って風に吹きさらされていた。……ゴウゴウという音……

……ふと気がつくと、ぼくは決して安っぽくはない調度品に囲まれた暗い部屋で、椅子に縛られていた。

低い天井で、しきりに人の足音がする。バラライカがきこえるようだ。

どうやら、ロシア風ナイトクラブか料理屋の地下らしく、ゴウゴウ鳴っているのは冷房の音らしい。

闇の中から大男が現れて、ぼくの前の椅子に苦しそうに腰かけた。栗色に近い髪、冷酷そうな灰色の眼、白い皮膚——イワン・フレイミンクその人である。

「……気がついたかね？」

イワンは言った。

「……いま、何時ですか？」

ぼくは、まず、そう訊いた。

「十二時近くだろう」

「いけない、帰してくれ！」

「そうはいかない」

イワンは大きな掌でぼくの肩を押えつけた。

「だって、今夜は、ぼくの担当の日だもの」

「そんなことは、どうでもいい。例の本のありかを教えて欲しい」

（本？……そうか、イワンは、まだ、あれが、「アリス註釈」に貼ってあると思っているのだ。こいつは助かった……）

「そんなこと言ってるけど、あんた、あの内容を知らんのでしょう？」

「冗談じゃない。あのオヨヨ大統領が眼をつけるほどの物だ。あるルートから、ちゃんときいているよ」

ぼくは沈黙した。

「きみが英国大使館から出てくるところを、運転手に化けた部下が目撃した。なにしろ、ここは近いからね。ぼくは、きみが、まだ、あの本を持っていると判断した……」

イワンの喋り方は、電話のときのようにはたどたどしくなかった。混血児にときたまある、妙に正確な日本語だ。

「ここは溜池だな……」

ぼくは言った。

「あんたは、いま、一番町から〝近い〟と言った。レストラン『バラライカ』――どうです？」

「バラライカ」は外人娼婦の溜り場として、またシナトラ級の大物外人タレントのお忍びプレイ・スポットとして知られた店だ。

「ご正解。――もっとも、われわれの組織は、今日、明日じゅうにここから消えるから、知られても平気だがね」

モーリス・ジャール作曲の「ラーラのテーマ」が流れてくる。バラライカという楽器をよく生かした、哀愁のある美しい曲だ。

イワンは高級腕時計パテックスに眼をやると、

「三十分、待ってやる」

と言った。

「三十分後に喋らないと、面白いことになる」

「どうなります？」

「これだ」

ピンポン玉ぐらいの鉄の玉を示した。玉のまわりに栗のイガみたいなものが突き出ている。

（明け方の夢に出てきたやつと同じだな……）

「これをきみの舌にのせる」

「冗談じゃない。それじゃ、中世の拷問だ」

「帝政ロシア風といって欲しいね」

「舌はいけません。ぼくのDJが、ぼくのパーソナリティーとしての生命が……」

「がはは……」

イワンは高笑いした。

「まだ世迷い言を言っているのか」

イワンの太い指がラジオのスイッチを入れた。

「……先ほども申し上げた通り、当ジャパン放送のアナウンサー、今似見手郎が行方不明になりました。今似の午後二時以降の行動はまったく分っておりません。平常ならば、このようなことは放送すべきではないのですが、今似は先ごろから、奇怪な事件にまき込まれているため、その安否が気づかわれる状態にあります。もしも……」

ぼくは呪いの叫びをあげて足をばたつかせた。

「……これで、きみの舌が使えなくなったら、もっとも好ましいじゃないか」

イワンは笑いながらスイッチを切った。

「どうかね。喋るか、鉄の玉か――えらんでくれたまえ。われわれには、ヒューマニズムというような悪趣味はまったくないから、ご心配なく……」

「ラジオをつけてくれ!」

ぼくは叫んだ。

(くそっ、ぼくの穴を埋めるふりをして、誰かが、ぼくの地位を奪うにちがいないぞ。むざむざ、とられてたまるものか!)

「いくらきいても同じだがな。じゃ、これから三十分、時間をやる……」

イワンはラジオのスイッチを入れると、部屋を出て行った。

物語の中の超人スパイみたいに縄抜けが出来ないことは分っている。ぼくは諦めて、ラジオにきき耳を立てた。

「……ただいまの曲は『走れコウタロー』でした。さて……東名の状態、どうでしょうか。……え? 赤坂近辺で今似アナらしき人が車から降ろされるのを見かけたという知らせが入ってるんですか?……なるほど。もう少しくわしく分ってから報告して下さる? よろしく願います。

……まあ、そういうわけで、次の曲、いきますか。え？　深夜放送は、どうなるかって？……ご心配なく。このわたしが引き受けましたからね。深夜放送ファンの皆さん、安心してね。では、いきましょう、『スピニング・ホィール』……」

ぼくは靴の先でスイッチを切ってやった。

もっとも憂えていた事態が起った。あの野郎、このあいだから、妙にぼくに、ちゃらちゃらしてると思ってたら、狙ってたんだな。……そうだ、あいつ、ぼくと、そっくりな喋り方ができるんだ。おまけに、ジョークまで同じときている。

おれは、なんとかして、一時までに局に帰るぞ。一時を過ぎていてもいい。あいつをブッとばして、マイクを奪い返してやるのだ。

……ああ、あんな奴に親切にするんじゃなかった。損したぞ。ウケるコツまで教えてやって、えらい損した。……ちきしょう、どうしてくれよう。……ひょっとすると、ひょっとして、あんなヒヨッコでもスターになるかも知れんぞ！

……十分ほどして、イワンが戻ってきた。

「決心は、ついたか？」

「くそっ」

「なに？」

「あの野郎、生かしておけねえ」

「何だ、どうした」

「ラジオですよ。ぼくの後釜にすわる奴がいる」

「おい、しっかりしろ。問題は……」

「世界がひっくりかえったって自分が一杯のお茶が飲めればいいといったお国の文人がいるが、ぼくは、今夜、マイクの前に立てれば地球が破裂してもいい」

「おい、例の本のことだが……」

「なんでもくれてやる。おれは話術の天才・今似見手郎だ。おれをマイクのまえにつれてゆけ！」

「気が狂ったな。眼が血走っているぞ」

「露助の下郎、縄をほどけ。無礼であるぞ」

「いよいよ狂ったな……」

ブザーが鳴った。

イワンはすばやく立って行って、壁のボタンを押した。

皇女か何かの古ぼけた絵がするすると上ると、小型のテレビが現れる。

写っているのは、どうやら店内らしく、演奏をききながら、外人や日本人が食事をしている。たいていはアベックだ。背広を着た女がいるのは、レスビアンだろう。

カメラがパンすると、マクラレンがきょろきょろしながら串肉を食べているのが見えた。ラジオをきいて、すっとんで来たのではないだろうか。横に娼婦らしい外人女がすわると、マクラレンはいよいよ落ちつかなくなった。

この辺で何かあったとすれば、「バラライカ」――こう考えるのは、さすがＭＩ・６だ。問題は地下室（だろうと思う）に、ぼくがいることに気づくかどうかだ。

「もう少し右にパンさせろ」

イワンが送受器で命じた。

カメラは、ぶれながら右に動いてゆく。

いた、いた。関東甲信越地区代表のヴィットリオが、額に絆創膏を貼り、世にも不機嫌そうな顔で女を抱いている。

「……マフィアか……」

イワンは冷笑した。

「英国情報部にマフィア――役者としては、まあまあだ」

彼は葉巻に火をつけると、煙をぼくの顔に吹きつけた。

「ここも、そろそろ、撤退しなきゃ……。こう派手になってはな」

イワンは奇妙な笑い声を立てた。

「どうだ、今似さん、ラジオの効果というのも、すてたものじゃないね」

ぼくは驚いた。イワンは、むしろ、喜んでいるようだ。

（ジャパン放送にぼくを見たと電話したのは、こいつじゃないか？）

ふと、そんな気がした。

だが、いったい、どうして？　何のために？

この事件には、つじつまの合わないところが、いっぱい、ある。そこに何かがあるのだ。おそらく、ちょっと見方を変えただけで分るにちがいない何かが。灰色の脳細胞の冴えた奴なら、きっと、ぴんとくるのだろう。ところが、こっちは、喋るのは三人前だが、考えるという習慣が、めったにないのだ。

……たとえば、この地下室（だろうと、またしても、思う）にしても、逃げ出す方法は、いくらでもあるだろう。袖《そで》口から抜き出した片刃のカミソリでロープを切る。フーディニそこのけの縄抜けを鮮かに演じてみせる。うっ！と息をつめただけでロープがばらばらに切れる——そんなのは、映画で、いくらでも見た。でも、あんなのはウソもいいところだ。本当に縛られたら、身動きなんてできるものか。スーパーマンが助けにきてくれるのを待つのが、せいぜいだ。

むだとは知りつつ、

（助けて……）と叫んでみようと考える。

イワンが早足に出て行った隙を覗《うかが》って、

「助けてくれえ！」

と大声をあげた。

「助けてえ！」

「助けるぅ……」

小さな声がした。

「……というわけだ」

薄明りの中に浮び上ったのは、きのうのジョーの凶悪な顔だった。

「出た」

「ドラキュラみたいに言わんでくれ。これでも、心は寂しい狩人だ」

白い歯をみせて、にっ、と笑った。

「どこにいたんです。イワンに見つかりますぜ」

「しーっ、あいつ、いま、事務所でテレビを気にしている。それよりこの恰好を見てくれ」

ジョーはこの店のウェイターの制服らしい真赤な生地をひっぱってみせた。

「こいつのおかげで、なんとか忍び込んだが、早いとこ、逃げないとヤバい。おたくを連れ出すのが、おれの使命だ」

「けっこうです。舌を傷つけられることを思えば、なんでもします」

「調子いいこと言って、また裏切るつもりだろう。……おい、ナニは、どこに、ある？」

「一時までに、局に帰してくれれば教えます」

「帰すとも。レッテルを貰えば、用はない」

「靴の中です」

ジョーは、ぼくの靴を脱がせると、レッテルを抜き出した。

「これ……これだ。張《チャン》も、喜ぶことだろう」

彼はジャック・ナイフでこじるようにしてロープを切りにかかる。

「約束を守りますね」

「流れ者だって、信用が大切だ」

「……さて、どうやって逃げます。店にはマフィアがいますぜ」

「もちろん知っている。……だが、武器は使いたくない。トラブルを起したくないんだ。だいたい、うまく入り込めたのが奇蹟なんだ」

「同感です」

ぼくも、そこが気になっていた。どうも、こちらに都合よく運びすぎて、キミが悪いのだ。

「裏口は、ここの連中にとっては正式の出入口なのだ。逃げるとしたら、店を抜けるしかない」

「でも、あの通り、テレビで写してますからね」

「そう。しかし、手がないことはない。張は、殺人以外なら何をやってもいいと言っていた」

ジョーはポケットから超小型のトランシーヴァーを出すと、

「始めてくれ」

と命じた。

突如、天井が揺れ、テレビのスクリーンにトラックのようなものが見えた。画面がぶれて、人々が立ち上り、ぶつかり合うのしか写らない。そのうちに、イワンが走り出るのが見えて、つづいて、何かスープ状のものがカメラにかかったらしく、何も見えなくなった。

「今だ！」

ジョーが叫んだ。

「護衛の奴ら、何が起ったたか、分らんよ」

「こっちにも分りません」

ぼくはジョーのあとから階段を登りながら言った。

「あなた、何を命じたのです」

「バキューム・カーを二台、店に突入させたのだ」

ジョーは首をふり、舌を鳴らした。

「汚ねえ手だがね」


「……今似見手郎アナの行方は依然、不明です」

カー・ラジオから、ぼくの弟子、ぼくの後輩——しかも〈格調の低さにおいて今似見手郎と天下を二分する〉と噂される若僧の、世にも嬉しそうな声が響いてくる。

「みなさん、今似アナウンサーをしのんで、彼がこよなく愛していた『ティコ・ティコ』をおかけいたしましょう……」

ひとが死んだ気でいるから、調子狂っちゃうよね。

きのうのジョーの運転するポンコツ車は、ジャパン放送めざして、ゆっくりと進んでいる。

「これじゃ夜が明けちゃうな」

「ここらは、タクシー、ひろえないぞ。これでも歩くよりは早いだろ?」

「まあね」

ぼくは呟くように言った。

「ただいま入りましたニュースですが……」

とカー・ラジオが告げた。

「今似アナは、何か秘密文書のごときものを持っていたために誘拐されたのではないかという疑いが、いよいよ濃くなったようです。今似アナをめぐって、スパイ戦が演じられているという噂を、警察も半ば認めざるを得なくなり、先日来、それらを否定していた人々も、テレビ作家・南洋一氏の証言には耳を傾けている様子です……」

ぼくは局を変えてみた。

「……英国秘密情報部が加わっているという説を、英国大使は公式に否認しました。ジャパン放送の今似アナウンサーの行方は、まったく分っておりません。一説によれば、ジャパン放送の新手の宣伝ではないかと……」

ぼくは、次々に局を変えてみた。

「ジャパン放送の交換手の話では、チャンという名の男、イワンという名の男から、しばしば電話がかかってきていたようです」

「今似アナが持っていたのは、世界に一枚しかない切手ではないかという意見も、あります……」

「――丸の内警察は、今似氏の異性関係を調査中ですが、大きな発見はない模様……」

「へ、やめて……愛しているなら……」

ぼくはスイッチを切った。

「ジョーさん……」

「なんだ?」

「ぼくと同姓同名の人物が、ぼくとまったくカンケイなく存在しているってのは、変な気持だね」

「気障《きざ》なことを言うな。それは、あんたよりもっと有名な人のいう台詞よ」

「だけど、今のニュースをきいていると、そう考えたくもなるよ」

「しかし、そういう情報をばらまくのが、おたくの商売じゃないか。ミイラ取りがミイラになったような泣き言をいうな」

「そのレッテルの中身は……いや、もう、それは、いいや。それよりぼくは、放っといて貰いたい。明日は、たぶん、団地の傍の田圃でも散歩しているだろう。その方が、ぼくには、似合う……」

「急に枯れてきたな」

ジョーは嗤った。

「そんな風にいくものか。それに、おれは盗っ人の手先じゃない。レッテルは、一万ドルで買いとるという約束の上で、張のために動いてるんだ。よその値より安いのは気の毒だが、レッテルを貰ったからには、今度は張がおたくに金を渡すまでを見届ける責任がある。それが、おれ流の筋の通し方だ。むろん、手数料は張から貰うが」

「殺し屋にも〝筋〟なんてあるのかい」

「おれは、戦地以外じゃ、人を殺していない。おどかすために、ハジキは持ってるがね」

「じゃ、浅草の殺人は？」

「浅草の？……知らねえぞ……」

「まあ、いいや」

〈ジャパン放送〉のネオンを見て、ぼくは降りかかった。

「とにかく、これで、お別れだもんね」

「そうは、いかないもんね」

ブラックジャックが宙におどり、ぼくは何度目かの失神をした。

第十六章　Thanks for the Memories

……ぼくが気づいたのは、カビくさい、地下牢のようなところだった。

酒の貯蔵庫かなにかを改造したのだろう。ワインらしき匂いが石の壁にしみこんでいる。

ぼくの前に太い頑丈そうな木の格子があり、その向うでジョーが壁にもたれて眠っていた。壁には射撃練習の的らしい、等身大の人形がワイアでぶら下げられている。あれを上下左右に動かしながら、張《チャン》の子分どもが練習するのだろう。

むしあつい。

ぼくは上着を脱ぎ、シャツの前をはだけて、汗をぬぐった。サウナ室に入っているみたいに、汗は際限なく流れ出る。

立ち上ろうとすると、頭がズキンとして、ふらついた。ハードボイルド小説の名探偵が、のべつ、後頭部を一撃されていて、よく、からだがもつものだと思う。

「ちょっと……」

と声をかけて、こいつは変な呼び方だと考える。料理屋の女中を呼んでるのじゃない。

「ジョーさん……」

ぼくは、そっと声をかけた。

「う……？」

ジョーは片眼をうっすらとあけて、ぼくを見た。

「水が飲みたいんだ。……のどが、からからでね……」

彼は黙って片手をのばすと、傍《かたわ》らの小型冷蔵庫からジンジャー・エールを出した。

「これで、いいか？」

「はあ……」

冷えてりゃ何でもいい。ジョーは口金を歯であけると、瓶をぼくによこした。

ぼくは、ふだんは好きじゃない液体を一息に飲んだ。

「ここは、どこだ、なんて決りきった質問をしないでくれ」

ジョーはゆううつそうに言った。

「下らない質問をすると、ぶち殺すかも知れねえぞ」

酔っているようだ。

「もう一本、貰えないかね」

「駄目だ」

ぼくはコンクリートの床にすわると、口笛を吹き始めた。

ぎょっとした表情でジョーはぼくを見た。

ふてくされたぼくは口笛を吹きつづける。

「おい……それは、やめてくれないか」

ぼくはきこえぬふりをした。

「やめてくれったら！　おい、その歌が何ていうか知ってるのか！」

ぼくは、きょとんとする。

バーモント・ホテルのグリルでよく流しているムード・ミュージックの一つに過ぎなかったからだ。

「そいつは、『モナリザ』といってな、昭和二十六、七年ごろ、大流行した曲だ。……おれの記憶が正しければ、『別働隊』って映画の主題歌だ」

「それが、どうしたんです？」

「いいか。おれは昔のことにヨワいんだ。その辺に触れるようなメロディーは、やめてくれ、心臓が破裂しそうになるわ」

「はあ……」

なんか変だなあ！　とにかく、ぼくはメロディーを変えることにした。

次の口笛を吹き出すと、不意に、ジョーの眼に涙が溢れた。

「おい……おい」

「また、いけませんか」

「……ああ、利いた。……それは、『スイート・アンド・ラヴリイ』という曲だ。こいつは『モナリザ』より、胸にくる。昭和二十三年。『東京の屋根の下』の年だ。サンマータイムが実施されて、横浜ゲーリッグ球場で初ナイターのあった年だ。……着てるものはソマツだが、希望があったころだ。アメリカはまだ自由の象徴だった。Sweet and Lovely――それが、すべてだ」

「何だか、まるで、分らないな。このメロディー、『スイート・アンド・ラヴリイ』っていうんですか?」

「知らないで吹いてるのか?」

「いけませんか」

「仕方がないな……ジューン・アリスンて女優がいたの知ってるか?」

「テレビの深夜映画で見たこと、あります」

「これとグロリア・デ・ヘヴンが姉妹になってて……(彼はすすり泣き始めた)ヴァン・ジョンソンの水兵に恋をする前線慰問映画だ。そりゃ、バカなストーリーさ。でも、そこには……なんていうかな……底抜けの明るさとセンチメンタリズムがあったからな。それがおれの戦後ってものだよ」

ぼくは構わず吹きつづけた。

「やめてくれ。……そいつは応えるんだ……せめて……昭和三十年以降のにしてくれ!……」

「ジョーさん、あんた、戦地で人を殺したなんて嘘だな」

ぼくは直感的に言った。

「あんた、戦後の子だろう。本当のことを言わないと、『スイート・アンド・ラヴリイ』をたっぷりおきかせしますぜ」

「分った……戦争へ行ったなんて、ハッタリだ……」

「だろうと思った。おたくが口にする〝戦後〟のイメージは、戦争へ行った人のそれとちがうもの」

ジョーは答えなかった。

YASUHiKO
S.O.B

「ぼくは、ずいぶん、インタビューをしているから、相手の話し方で分る。あんたは、南洋一の同世代者とぼくは睨んだね……とにかく、そのころの歌は、やめます」

ぼくは別なメロディーを吹き始めた。

「くっ、くっ、くるしい！」

ジョーは心臓をおさえて立ち上った。

「そいつは、いかん！」

「これは、ずっと古いメロディーですぜ」

「そうかも知れん。しかし、『前線へ送る夕《ゆうべ》』のテーマでもある」

「何です、それは？　『前線へ……』？」

「戦争中の、NHK最大の娯楽番組だ。とにかく、民衆の娯楽は、しまいには、これしかなかったんだ。何千万という人が、このテーマ曲が流れ出るのをラジオの前で待っていた」

「……信じられませんな……」

「テレビなんてないし、ラジオもNHKしかない時代だ。米機の空襲が迫っていた。……ほかには夢声の『宮本武蔵』と、山村聰のラジオドラマ『鞍馬天狗』ぐらいなものだった、たのしみは……」

「山村聰が『鞍馬天狗』をやってたのですか！」

「そうだ」

「こいつはオドロキだ！」

今夜、きかされた話の中で、ぼくが、いちばん、びっくりしたのは、これだ。山村聰と鞍馬天狗！　こいつは、深夜放送の絶好のネタだ！

ぼくは改めて、メロディーを吹いてみる。

「やめてくれ！……」

「待って下さい」

ぼくは首をかしげた。

「『前線へ……』とかなんとかいうのは、戦時中の放送でしょう。これはアチラの曲ですぜ。たしか、〈ハイケンスのセレナーデ〉とかいったはずだ」

「そうなんだ」

ジョーは毛むくじゃらの腕で涙をこすった。

「どういうわけか、そうなんだ」

「あなたが、きのうのジョーと名乗るゆえんですな」

ぼくは言った。

「あなたをやっつけた細井忠邦って男——あの人にとって〝戦後〟とは、バナナを売り、冷し中華を発明し、世間をあっといわせる番組をつくることだった」

「変な言い方は、やめてくれ。次は、あなたにとって〝戦後〟とは何か、とくるんだろう。そういう発想は苦手なんだ」

「ジンジャー・エールを、もう一本、下さい」

「セヴン・アップならある」

「けっこうです」

ぼくは格子の間からセヴン・アップをうけとった。

壁の凹んだ部分に口金をひっかけて、右手で思いきり瓶を叩く。床に落ちた口金が半円を描いた。

半分ほど、いっきに飲んだ。

「ジョーさん……」

ぼくは唇をぬぐった。

「戦後の渋谷を知ってますか」

「おれは、あそこいらのマーケットにいたんだ」

「ぼくは子供のころですが、親父につれられて、中華そばをたべに行きました。いまの西武デパートのならびにキャピタル座って映画館がありましたね」

「あった、あった。キャピタル座と渋谷松竹とならんでいて、渋谷松竹の地下に銀星座っていう小さな三流館があった。キャグニイの『オクラホマ・キッド』やジョン・ウェインの『スポイラース』なんか、あそこで見た。あそこで上映された数々の西部劇が、今日のおれを作ったともいえる」

「あの辺の地下に中華料理屋があったんです」

「そりゃ、色々あった。どこも闇物資でやってたんだ」

ジョーは眼を輝かしてきた。これだから、昭和ひとけた人種はチョロイというんだ。

「ぼくは、五目中華ってやつを、そこで初めてたべたんです。イカのぶつ切りがスープに浮いていたのを、はっきり憶えています。……そのうちにチンピラみたいなのがマスターに注意しにくるんです。サツの手入れですな。すると、みんな、自分の丼をもって、奥の部屋に入るんです。黒い分厚いカーテンがしまります。みんな、声を殺して、五目そばを食べているわけです」

「そうだったな。まったく一九二〇年代の秘密酒場《スピーク・イージー》風だった」

「子供心にもフシギだったのは、ハチ公の銅像の辺りに浮浪者がいて、冬なんか死んでゆくのに、物資は、ちゃんとありましたね。おしるこ屋に行くと、シソの実をのせた小皿まで出てきてね」

「なんでも、あった。おれのいたのは井の頭線の左側の大和田マーケットだが、砂糖が足りなくてズルチンを使うのを別にすれば、肉でも野菜でも、あった。ゼイタクな老人が、鴨をたべたいといえば、札束さえ置けば、どこからともなく鴨の肉がきたね。一種の情報屋みたいなのがいて、物資のもととマーケットをつないでいたからな。それを運ぶのは、おれたちの仕事だがね」

「ジョーさんは少年だったでしょう」

「高校生ぐらいだからな。リュックサックを背負っても、チロル帽をかぶって、ピッケルを持ってりゃ大丈夫だ。ヤッホーなんて言ってりゃつかまりゃしない。挙げられたのは、三、四回だ」

「どうして、そんな世界に入ったんです」

「……いろいろあったけどな……家の中が面白くない。親父が再婚した相手の女とおれが、うまくいかないのが大きかった。……渋谷で、うろうろしてると、声をかけられた。何とか組ってののあにいさんさ。……銀シャリを腹一杯くわせてくれて、映画を見せてくれた。水島道太郎が主演の『地獄の顔』ってやつで、いまの話の渋谷松竹で見た。……これは、ギャング映画だけど、水島の弟分になるディック・ミネがドラム缶の蔭にかくれて撃ち合って、兄貴のために死んでいく場面がよくて、三回ぐらい見たな。直接的には、あの映画の影響が大きいかな」

「水島道太郎って、東映のやくざ映画で悪役やってる、あの人ですか？」

「きみは、モノを知らんな」

ジョーはうんざりした顔をした。

「あれは二枚目だった。戦時中に、『新雪』という名作で有名になったスターだ。月丘夢路が宝塚からきて共演したんだが、〝紫けむる新雪の……〟って歌がいまでも残ってるじゃないか」

「ははあ」

「月丘夢路も、これ一発で、スターになった……」

「あなたが憧れたディック・ミネってのは、テレビによく出てるディック・ミネと同一人物ですか」

「あたりまえだ」

「背が高いから、ギャングをやったら、かっこいいでしょうな」

「〝青い夜霧に……〟って主題歌は彼のヒット曲だ。いまは、裕次郎がうたっているがね」

「ああ、あれがそうですか」

「……映画は、マーロン・ブランドが出てきて、シネマスコープになる辺りから、ふっつり見なくなった。なんか、いんちきくさいリアリズムになってきたんだな。あのブランドってやつで……」


「すると、ジョーさんの内部の時計は、昭和二十年代の終りで止ってるのですな」

ジョーはジョニ赤を瓶から飲んだ。

「映画は、別としても、昭和二十七、八年ごろからあとの現実ってやつが、おれには、さっぱり、ぴんとこない。……いや、昭和三十年の不況までは、まあ、身に沁みるんだな。……そのあとが、いけない。オリンピックだの万博だのってのは、どうも、いかがわしい臭いがするんだ。あれこそ虚構だな。この十五年ぐらい、おれは、とても現実に生きているとは思えねえ。こいつは、スイトンにありつけなくて、キョロキョロしている餓鬼が見てる夢じゃねえかな。……さもなきゃ……こんな狂気の沙汰が信じられるものか……」

ジョーはかなり酔ってきた。

ぼくには、この男の言ってることが、分るようで分らない。衣食足って、どこがいけないのか。若い連中が飢えに経験がないという事実にヤキモチをやいているのではないか。

「……みんな八百長で、きびしいところが、ちっともない。熱風がこない……」

ジョーは呻《うめ》いた。

「安田砦が落ちたときだって〝玉砕〟を叫んでた学生連中は誰ひとり死ななかった。……〝玉砕〟ってのは、サイパン島の……母親が赤ん坊を抱いて崖から海へとぶあれだ……分ってないいんだ……」

ジョーは、どさっと倒れた。

うまいことになった。

ぼくは、ジョーの足先に片手がとどくのが分ると、彼のズボンの裾を持って、少しずつ動かしにかかる。

ようやく右ポケットに手を入れた。鍵はなかった。

左ポケットに——あった。

手を格子の外に出して鍵をあけにかかる。

それがすむと、戸を少しずつあけて、外に滑り出る。

ふつうの洋館の地下に急造した牢屋——と外からみて分った。

これで逃げ出せれば、しめたものだ。レッテルの代金は受けとりそこなったが、今からなら、ぼくの担当時間内に局に戻れるかも知れない。

ここは、どこだろう？ とにかく、東京からそう遠くはあるまい。腕時計がないので、時刻が分らないが、カフカの世界を紙芝居——いやギャグ漫画に直したようなこの物語の舞台からは、もう、退却させて貰おう。アイマイ、不明、チグハグなところは、眼をつむる。ぼくは解放されたいですよ。

石の階段をぼくはそっと登った。

小さな窓から星空が見える。

船の灯が沢山見えるところをみると、こいつは横浜らしい。しかも、山手であるな。港を見おろす感じがそうだ。

重い鉄扉をひらいて、廊下に出る。まるでゼンダ城のセットみたいだ。

古風なシャンデリア。

無名画家の古びた絵。

ぼくは靴音をしのばせて歩く。

ジョーが追っかけてくる気配はない。大和田マーケットの夢でも見ているのだろう。そういうときだけ、ジョーは幸せなのだろうか。それとも……。

廊下の外れに黒い重々しい木の扉があった。

これぞ、外界への扉、自由への道。

ぼくは、こっそり重々しい把手《とって》をまわしてみる。鍵はかかっていない。

次の瞬間、ぼくは自分が、とんでもないところに飛び込んだのを知った。

明るく広い洋間である。正面の一段高いところに、笑みをたたえたフウ・マンチュウ博士の従兄——張念天がいた。片手には、ぼくのレッテルを持っている。

ほかに、黒ずくめの男たちが二十人ほどいた。

「ようこそ、今似君……」

張が言った。

「きみの英雄的脱出ぶりは、テレ・スクリーンでとっくりと拝見した。……そうそう、レッテルをありがとう。ついては、代金は払えないが、かわりに、この中身が何であるか、じっくり教えてつかわそう……」

第十七章　大統領の使い

（それは、ないぞ）とぼくは思った。

（ジョーはレッテルの代金を受けとるという筋を通すために、ぼくをここまでつれてきたはずだ……ところが、このオッサンは、堂々と代金ははらわんという。こりゃどうなってるんだ？　まるで恩着せがましく、内容を説明してやるという。これも、おかしい……）

「今似君、貴重な品は、確かに頂いた。オヨヨ大統領閣下の代理人である張念天にとって、これ以上、喜ばしいことはない……」

張《チャン》は水煙管《みずぎせる》を吸いながら、うす笑いを浮べた。

「これ、今似君に飲物をさし上げなさい」

「飲物よりも……」

とぼく。

「たべる物を……夕食がまだなので」

「叉焼《チャーシュー》饅頭でいいかな。それとも、水餃子、焼売のたぐいかな」

「饅頭で、けっこうです」

「さて……今似君、きみには、いろいろと迷惑をかけた。もっとも、きみが強情すぎたせいでもある。……ともあれ、マイクロフィルムは、こちらの手に入った……」

「マイクロフィルム！」

「さよう、１／16インチ平方の超小型マイクロフィルムがこの中に入っている。わたしがこうして喋れるのは、すべてが順調に運んでいるからだ」

「でも……」

「きみの考えとることは、分っている。秘密を知ったからには殺されるのではないかという点じゃろ?」

「え……まあ……」

「無理するな……その心配はない。警察は、きみも、きみの言うことも、全然、信用していない。従って、われわれも、きみを殺す必要はない。……きみは、やがて、べろべろに酔った状態で、警官に発見されることになっている」

「ぼくは、もう、飲みませんよ」

「きみを押えつけて、漏斗《じょうご》でウィスキーを胃に流し込む手筈になっている。先のことなら、心配いらない」

「冗談じゃない。ぼくはDJとして失格になります」

「そんなことは、わたしの関知したことではない」

張は冷酷な笑いをみせた。

「さっきから考えているのですが……」とぼく。

「あなた、電話のときとちがって、日本語がお上手ですな」

「ああ、あれか……」

張は苦笑した。

「あれは、きみたちのイメージにある中国人に合せてみただけだ」

「ところで、マイクロフィルムの中身は何です」

「よくあることだ。人間の歴史では極めて平凡な出来事にすぎない」

張はドジョウひげをひねりながら呟いた。

「一九六八年三月十六日、南ヴェトナム・クァンガイ省ソンミ村でアメリカ軍の中隊が民間人五百人を虐殺した事件はご存じだろう」

「ソンミ事件——誰でも知っています」

「よし。……次に、メコン河口から八十三キロの海上にあるコンソン島——別名〝地獄島〟で政治犯八百人が虐殺されたことは、どうかな」

「知りません」

「じゃろ。これは去年、南ヴェトナム臨時革命政府の発表で明らかになったのだが、米下院の調査団の報告では、約一万の政治犯が信じがたい拷問を受けているという。中でも、通称〝虎の檻〟という再教育センターでは、中学生や女性が反戦デモを行なったというだけで、足枷《あしかせ》をはめられ、石灰をばらまかれ、死者が続出している……。調査はアメリカ国内に大きな反響を呼び、グッデル上院議員は、南ヴェトナム全土の監獄の調査と政治犯虐待の中止をニクソン大統領に要請するという騒ぎだ」

「おそろしいことですな」

「ある意味では、ソンミ村以上の事件ともいえるかな」

張は眼を細めた。

「……ところが、この二つにもまさる虐殺事件が、南ヴェトナムの某所で行なわれていたのだ。わが組織はその噂をキャッチした。ある兵隊が、この事件の記録写真とルポルタージュをマイクロフィルムにおさめて、東京に向い、バーモント・ホテルで何者かに渡そうとしていることまで分った」

「それが、トム・コンウェイだ！　奴を殺して、横浜港に沈めたのは、きさまらだな！」

「まあまあ、そう興奮するな」

張は眼を光らせた。

「その大虐殺を記録したマイクロフィルムは、アメリカの某通信社に売りつけられるはずだった。もちろん、東京まで運ぶのも命がけだ。……しかし、マイクロフィルムを作るのは、素人にはできない。何人かが、やったのだ。金儲けのための者、いわゆる正義の士、入り混っとる。トム・コンウェイは、ただの運び屋にすぎない……」

細井忠邦の推理が半ば当っていたことにぼくは思い当った。

「彼らの中の一人から情報を買った中国人が、われわれの組織に内通している。そこで、受取人より一足先に、それを入手する段取りになり、臨時雇いのジョーを取りにやらせるようにした。……あとは、いうまでもあるまい。ギデオン協会の聖書をホテルから持ち去るなんて莫迦がいるとは思わなかったからな……」

「悪かったですな」

ぼくは皮肉に言った。

「トム・コンウェイを殺《け》したのは、おたくの組織とやらですか」

「その辺は想像に任せる」

「しかし、そんなものを手に入れて、どうしようってんです。あんた方だけじゃない、イワンにしろ、英国情報部にしろ、騒ぎすぎますぜ」

「素人はそう思うだろう」

張はにやにやした。

「これ、トランプでいう最高の切り札よ。こいつを手に入れれば、外交上、どれほど優位に立つか、分らない。……ソンミ村事件で、あれだけ信用を失ったアメリカだ。今度の大虐殺が公けになったら、たいへんな損害《ダメージ》だろう。……だから、われらのオヨヨ大統領は、もっとも高い値をつける国にマイクロフィルムを売る気でいる。たとえ、相手がアメリカ政府であろうとね」

ひでえ奴がいる！　ひとの不幸で、一財産つくろうっていうんだ！

「さきほど、大統領に無事入手したとご報告したら、大変にお喜びでな」

「その……オヨヨ大統領ってのは何者ですか」

ぼくはウーロン茶を飲みながら訊いた。

「大統領は人類を救うために、この世に生れられた方だ。人類はみずから作り出した文明で滅びようとしている。それを助け、地球を新たな統一国家とするとき、指導者の立場に立たれる尊いお方だ」

張は天井を見上げながら呟いた。

「もちろん、有史以来の偉業であるから、艱難辛苦はつきものである。ドイツにおいて、大統領の志は、がらがら声の評論家によってはげしく批判された。また、われわれの根拠地であったオヨヨ島という島は、ある不幸な爆発事故にあって飛散した。だが、偉大なる大統領のお考えには、少しも変化がない。大統領は進む！　われわれも進む！」

「そのわりにケチな悪事をするじゃないですか」

ぼくは水をさす。

「それほどの人が、どうして、マイクロフィルムを盗んだりするんです」

「手段だよ、きみ、大いなる目的のため！　スターリンは革命の資金をつくるために淫売屋を経営していた。レーニンはそれを叱ったが、しかし、その金を革命のために使ったはずだ」

「なるほど。すると、大統領はスターリン主義者ですか」

「いや、尊敬するのは、むしろ、アドルフ・ヒットラーのようだ。むろん、スターリンのマキャベリズムにも学ぶところがある。ほかにも……これをみろ」

「赤尾の豆単ですか」

「莫迦、毛沢東を真似たオヨヨ語録だ……」

ぼくはその赤いレザー表紙の本をひらいてみた。

○一日一善　ごはんは二膳　三時のおやつは文明堂
○戸締りを　しろと言い言い　盗みに出
○いつまでも　あると思うな　親と金
○スキこそ　モノの上手なれ
○明日の百より　今日の十
○「ありがとう」
これを、もっと気軽に言い合おう。（松下幸之助）
○ユウモアの無い一日は、極めて寂しい一日である。
（島崎藤村）
○人生意気に感ずべからず。（生田長江）
○魚心あれば水心
○ぼくらはペテン師だ。でも、世間の人はだまされたがっているんだからね。だったら、だましつづけようじゃないか。（ジョン・レノン）
○死人に口なし

「なんか、ちゃちな日めくりの教訓みたいですな」

「この平凡さが有難いのだ」

張は押しいただいた。

「マイクロフィルムの生む金で、オヨヨ帝国の再建が始まるだろう。千里の道も一歩から」

「どうも格言の好きな人たちだ」

ぼくの前に、ふかしたて、熱々の饅頭がきた。

「大統領って方は、どんな人です」

「見たいか」

「ええ」

張が手を鳴らすと、彼のうしろのカーテンがひらいた。

カーキ色の軍服を着た等身大の肖像画――といいたいが、顔にあたる部分が白く塗ってあって、まるで分らない。

「白塗りの二枚目ってわけですか」

「大統領の顔は、誰も見たことがない。腹心のわたしでさえも……」

「徹底したものですな」

「まあ、わたしなど使い走りにすぎないのかも知れんが」

テラスの外が騒がしくなった。

黒シャツの若いのが走ってくる。

「マ、マフィアです！」

ふと、ぼくは、イワンに誘拐されたとき、一、、、、、台以上の車につけられていたのを想い出した。

そうか！　やつらは、ラジオをきいて「バラライカ」を嗅ぎ当てたのではなく、初めから、つけていたのかも知れない。

……すると、「バラライカ」からジャパン放送前を経て、ここまでくるあいだも、やはり、やつら（マフィアが含まれているのは、もちろんだ）はつけていたのだろう。

連続射撃音がきこえ、ガラスの砕ける音がした。

「明りを消せえ！」

張が叫んだ。

闇の中で撃ち合いがつづく。

ぼくは手元の、やけどしそうに熱い饅頭を張の両眼に押しつけた。

凄まじい声をあげて張は倒れる。ぼくは彼の腕を思いきり踏んづけた。いつかの水漬けのお返しだ。ひらいた手、そこにあるレッテルをポケットにねじ込むと、素早く、テラスの方に走った。

闇の中で、ナイフを刺したり、刺されたり、やっとる、やっとる。

ぼくは石像の蔭でレッテルの中身が抜かれてないかどうか確かめた。固いものがある。大丈夫だ。

――奴が逃げたぞ！

張の声がしたとき、ぼくはすでに道にとび出していた。

案の定、ここは山手だった。外人墓地が近いので、ぼくは鉄柵を越え、中に隠れることにした。

立入禁止の場所である。

ぼくが這ってゆくと、虫の鳴き声がやむ。

（こいつは、まずい）

……やがて、パト・カーのサイレンがきこえてきた。

ぼくは外人墓地の脇の石段をおりて、元町に出ることにした。ポケットの中に大虐殺の証拠写真があると思うと、寒気がする。わずか1／16インチ平方のマイクロフィルムのために、張とヴィットリオが殺し合いを演じているのだ。

石段の下の闇の中にオレンジ色の小さな光が見えた。ときどき濃くなるのは、煙草の火であろうか。夜の女が出るにしては、ちょっと、遅すぎる時刻だ。

ぼくが近づいたとき、日本人ではない女の顔がこっちをみていた。香水の匂いがして、すれちがいざまに、冷たい柔らかい指がぼくの手首を握った。

「なにも言わないで……一時間、つき合ってちょうだい、今似さん」

「どなたです？　あなた……」

「ナンシーと呼んでちょうだい」

「ナンシー梅木のナンシーですか？」

「ナンシー・シナトラのナンシーよ」

「どうすりゃ、いいんです」

ぼくはヤケだ。もう放送には間に合わん。とすれば、この、とびきりの美人（と夜目には見えた）のお相手をしたって、どうってことはない。

「どこへ行きましょう」

「ホテルよ、もちろん。この夜中に、どこへ行けるっていうの……」

「きみ……まさか……」

「こうみえても、ふつうの女の子よ」

そうは見えないぞ。

「とにかく、つき合って。損はさせないわ。近くのジュードー・ホテルよ」

〝ジュードー・ホテル〟っていうのは、木造のちゃちな、しかし〈進駐軍時代〉を思わせる、なつかしい建物だ。もっとも、中に入ったことはない。いつも通りから眺めるだけである。なんとなく米兵しか入れないみたいな先入観があるのだ。

「オーケイ。それにしても、ぼく、ハングリーでしてね。何かたべたいと思うのですが……」

「本牧までいけば、終夜営業のところがあるけれど、そうもいかないでしょうし……」

「え？」

「追われてるんじゃないの」

突っぱねるように言った。

「きみは、私立探偵か」

ぼくは少々気を悪くした。

「もう少し、手持ちのカードを見せてくれるといいんだがね」

「チャイナ・タウンの入口で、ステーキが食べられるところがあるわ。ステーキはお好き？」

「ステーキも、ブラームスもお好きだね」

「この下に、ムスタングが止めてあるの。あの……国産じゃないのよ」

いちいち気にさわることをいう。

「きみ……いや、ナンシーの日本語はうまいものだね」

「あたし、聖《セント》ジョゼフ出て、ステーツへ行ってたんだもん。当然じゃんか」

彼女はがっくりくるようなハマ言葉を使った。

「だから、横浜のことなら、自分ちの冷蔵庫の中ぐらいには、知ってるわ」

ぼくらは本物のムスタングに乗ると、中華街の入口めざして突っ走った。

「中華のオカユもいいんだけど、いまはただ、スタミナをつけたい。ニューヨーク・カットなんて望ましいね」

「あたしは、フライド・ポテトでビールが飲みたいわ！」

「肥りますよ」

「かまやしないわよ！」

「ぼくは、もう、ステーキだ。生焼《レア》きだ。二人まえたべるかも知れませんぜ」

　ナンシーの細い指がカー・ラジオに触れた。

「……今似アナは、とうとう、こないようですね。誰かさんと誰かさんでウッシシ――なんてんじゃないかな。じゃ、次のリクエスト、いきましょう」

　ぼくはカー・ラジオを消した。

「低俗だ」

「あら、あたし、いつも、きいてるのに……」

「お役目で、仕方なくきいているのだろう。……そろそろ、正体を明してくれてもいいんじゃないかね、きみの……」

「ステーキが先よ」

「E・Fか」

「え?」

「Eat First の略さ」

「そうじゃないと?」

「F・F」

「あっ、何の略か、すぐ分っちゃった。あたしって、すごく、カンがいいんだから」

　アホとちゃうか、この女!

　終戦直後に建てて、昭和三十年ごろ建て直したみたいな、平屋で広い、薄暗いレストラン。床は油をゴッテリとこすりつけて、これが植民地スタイルというのであろうか。冷房がまた古いものらしく、すごい音を立てている。

　メニュも見ずに、

「ステーキ、12オンスのやつ。レア。それから、キャンティー。おたくで、いちばんうまいサラダ、パンをつけて。とりあえず、それだけ」

「コールド・コンソメ、いかがでしょう」

　とボーイが言った。

「貰った!」

「あたしも冷たいコンソメ、貰う。それからミニッツ・ステーキ」

「ビールとポテトは?」とぼく。

「やめたわ。おどかすんだもの」

「きみは、大分、日焼けしてるな」

キャンドルの灯でようやく気づいた。

「ワイキキよ。あすこも公害で汚いわ」

「その焼け方はミディアムかな」とぼくは言った。

第十八章　狼のうた

シャワーのビニール・カーテン越しに見える彼女の肉体の焼け方は、ミディアムどころか、ウェルダンであった。といって、ぼくはバス・ルームを覗いてばかりいたわけではない。

まず、ベッドに放り出されたハンドバッグをちらと改めた。

ぼくが、どう見当つけていたか、お分りだろうか？

そう――彼女はＣＩＡじゃないかと考えていたのだ。これだけの陰謀なら、ＣＩＡがからんでいても、少しもフシギはない。

色仕掛はスパイのテクニックとして古風すぎるという人もあろう。だが、ぼくにとっては、それは絶対に古風ではないのである。さらにいえば、ぼくは、色仕掛を待っていたフシさえある。

殴ったり、殴られたりは細井忠邦の趣味だし、ライオンに追われるのは南洋一のリビドーである。彼らにくらべて、ぼくは、なんと正常な本能の持主だろう！　古風でも、初歩でもいい！　ぼくは、あげちゃう！　みんな、あげちゃう！

ぼくは、ベッドの上の鏡に向って〈凄味のある笑い〉を練習し始めた。ハンドバッグの中に、これといった証拠がない以上、あとはブラッフでゆくよりない。

鏡の中に、二日酔いのトニイ・ランドールみたいな顔が写っていた。やがて、それは、思いなしか、ハンフリー・ボガートに似てきた。「カサブランカ」の回想シーンでバーグマンとパリの街をゆく甘いボガートだ。歯を食いしばると、ようやく「必死の逃亡者」の凶悪なボガートが浮び上ってきて、にっと笑いかけた。

「あら、変な顔して……歯でもしみるの」

背後で女の声がした。

ぼくは薄笑いを浮べながらベッドに横たわった。

「…………」

「ハンドバッグをしらべたら、指紋ぐらい拭きとっておくものよ」

彼女は薄青いトンボ・メガネの奥から睨んだ。

「これをかけると、指紋が、描いたみたいに見えるの」

「きみはCIAか、OSSか」

居直りながらバスタオル一つの彼女の焦茶色の肌を眺めた。金髪から落ちる滴《しずく》が、すり切れた赤いカーペットを濡らしている。

彼女はぼくの質問を無視して、ずばりと言った。

「張《チャン》が言ってた虐殺とかの事実はないわ」

ぼくは胸の真中を撃ち抜かれたほど、びっくりした。

「そんなこと……きみ……どうして？」

「安っぽく驚かないでよ。あなたが、さっそうとしてたのは、ステーキにかぶりついた時だけだわ」

「じゃ、このマイクロフィルムは……」

「あら、持ってたのね！」

「きみは、知ってることと知らないことの差がありすぎるよ」

「だって、張の屋敷に盗聴器を据えつけていても、あなたがマイクロフィルムを持ち逃げすることまでは、分らないでしょ」

「虐殺がガセネタってことは、どうして、分る？　きみは、所詮、アメリカのどこかの組織だろう。ソンミ村事件も、なんとか島の虐殺も、初めは知らなかったはずだ」

「それが……あのマイクロフィルム？……」

彼女はバスタオルが床に落ちたのにも気づかずに呆然と

言った。

「そうだ。すべては、ここにある。いわば、こけ猿の壺だ」

「こけ猿?」

「フーリッシュ・モンキーとか、イディオティック・モンキーとでもいうのかね」

「そのツボね。おお、壺が何のイミか、分ってるわ。あなた、本当に下品な人ね」

彼女はぼくに枕をぶつけた。色気も何も、ありゃしない。

「ちがう、ちがう。……こけ猿はやめだ、別な言い方をしよう。……うーんと、つまり、柳生武芸帳と同じ意味があるということだ」

「ホワット?」

「柳生……つまり、バッファローだな」

自分でも何だか分らなくなった。

「そうだ、これなら分るだろう。マルタの鷹」

「おお、ティファナ・ブラス!」

「あれは『マルタ島の砂』だ。ひどい諜報部員だねえ。Maltese Falcon——分った?」

「わかった!」

彼女は叫んだ。

「ぼくは虐殺を信じるね」

視線を低くしながらぼくは言った。

「あたしは、謀略だと思う」

「ご随意に……。マイクロフィルムはぼくのものだもの」

「あたしのものにしたいわ」

「さあて、消音銃《サイレンサー》でぼくを撃ち殺すかね。映画やテレビみたいにはいくまい」

「暴力は使いたくないの」

「こっちも使われたくない。そもそも、きみが、ぼくを誘ったのは、何のためだ?」

「あなたに関する一連のトラブルの底にあるものを知るためよ」

「つまりは、尋問か」

「でしょうね」

「裸でいても風邪をひかないかね。冷房が利きすぎるようだが」

　彼女はタオルをひろいあげて腰のまわりを被《おお》った。

「なんだか、土俵入りが始まりそうな雰囲気だな」

「十万ドル……。プラスあたしじゃ、どう？」

「マイクロフィルムの値段かい？」

「まさか、あなたを買う物好きは、いないでしょう」

「たいがい、こういう場面のあとは、女が喘《あえ》いで、自分の所属や秘密を喋ったりするものだが、きみじゃ、そうもいきそうにない」

「そういう風にならないように訓練を受けているの」

「ぼくも、ＣＩＡに入って、そっちの方の教官になるべきだった」

　彼女はカーテンの蔭から、トランクをひき出して、あけてみせた。

「十万ドルよ」

　ぼくはほとんど口をあけたままだったと思う。

「プラス……」

　彼女はバスタオルを投げ、ぼくの上に倒れてきた。いかなる組織に属しているか知らないが、これほどのテクニックを覚えるのは容易ではなかったろうと思う。スパイと売春は人類最古の職業だというが、この二つを一人の女が兼ねそなえたとき、どうなるかということを、ぼくは、ぼくは……

　ぼくは眼覚めると同時に、水を浴びせかけられていた。いや、シャワーだ。シャワーの水が、もろに顔にはじけているのだ。

「……何をする！」

「うそつき……ペテン……」

　ナンシーが叫んでいた。片足がぼくの胸をおさえつけている。

「ここから、出してくれ」

「ペテン師！」

「何が、ペテンだ……」

「あのマイクロフィルムは、とんでもない代物だったわよ。……ごらん……」

水の攻撃から顔をそむけて、やっと、彼女が手にしている写真をみた。北欧名物の男女のカラー写真である。

「まさか……」

と言ったきり、ぼくは声が出なかった。

「だから、ユウはペテン師だというのよ。あたしを騙《だま》して……」

「そんな気は、少しも、なかった……たしかに張の手からとってきたんだ」

ナンシーは指を鳴らした。

碧眼の巨漢が二人、あらわれた。といっても、男ではない。ブルーネットとブロンドの女である。プロレスラーででもあろうか、こんな凄いのは見たことがない。

一人が空手チョップを加えてきた。ぼくは首筋の血管が切れたかと思った。

「白状しなさい。本物はどこへやったの?」

ナンシーが叫ぶ。

もう一人の跳び蹴りで、ぼくは浴槽のタイルに激突した。

「やめてくれ。……疑うなら……(次の空手チョップの音)……ぼくの服や下着を全部しらべるがいい。とにかく……ううっ……ぼくは、あれを……張から奪ったんだ……」

一糸まとわぬ、まことにみっともない恰好で、ぼくは黄色い液体を吐きつづけた。

「ナッシング……」

ベッドの方で声がした。

女どもは何か相談していたが、電話でオペレーターを呼び出しにかかる。

ぼくに考えられることは、張の手にあったマイクロフィルムは贋物ということだ。本物は、とっくに大統領のもとに送られているのではないか。

ナンシーは、むろん、こんなことは考えているのだろう。すごい早口で、何か言い合っている。

やがて、女たちは例のトランクを下げて現れた。

ナンシーはこの上ない侮辱をこめて、

「S・O・B!」とぼくに言った。

何のことだか、ぼくには分らない。マゾヒストじゃないから、白人に侮辱されて喜ぶ気にもならない。とにかく、

YASUHiKO

いい言葉じゃないのは確かだろう。

ホテルの支払いをすませてから、ぼくはもう一度、張の屋敷へ足を向けた。

ひるま見ると、この辺でもっともふつうの洋館で、引退した船長が海を見ながら暮す、そんな明るい家だ。この丘一帯は、余生を送る西洋人が多いので、大小の差はともかく、趣味は似かよっているようだ。

ささやかながら噴水まである張の家の門の外を警官が固めている。おそらく中は空っぽだろう。

ぼくは近くの電話ボックスに入ると、加賀町警察の番号をしらべ、週刊誌記者を装って事件の情況をきいてみた。発見された死者は五人だという。張やヴィットリオは姿を消していた。あとは署でお話しします、というので、電話を切った。

(何もかも終った……)

とぼくは思った。

レッテルの中はエロ写真だった。むずかしくいえば、こいつは不条理というやつだ。

外人墓地の鉄柵によりかかって、アホらしさを反芻していると、

「おう……」

柵の内側から呼んだ奴がいる。

きのうのジョーの薄笑いがそこにあった。

「生きてたのかよ」

「怒らんで下さい」

ぼくは後ずさりした。

「怒りゃしねえ、あのドンドンパチパチだ。いやでも、眼をさますぜ。まあ、ふんづかまらなかっただけが、めっけものよ」

「ぼくも、メロメロです」

「まあ、一万ドル入ったんだ。諦めるんだな」

「冗談じゃない。一万ドルは、おろか……」

ぼくは起ったことのすべてを話してきかせた。

「あんた、筋を通すとかなんとか、かっこいいこと言ってたけど、幻の一万ドルと交換に、ぼくはDJとしての信用

と人気をいっきょに失ったんですぜ」

「そりゃ、本当か?」

「見りゃ分るでしょ、ズタボロですわ。これで、ぼくは、あんたも信用しませんぜ」

「困る。それは、困る……」

ジョーは真剣に言った。

「それじゃ、おれの男はガタ落ちだ。そりゃ、おれは流れ者で、今度の件に関してだけ雇われたんだが、こんな汚ねえやり方は許せねえ。だいいち、おれ自身、まだ、一円も貰っちゃいねえんだ。……どうも、あの張て野郎は、くさいと思ってたんだが……」

「金は諦めるよ、ジョーさん」

ぼくは言った。

「しかし、なんとも我慢できねえのが、マイクロフィルムの件だ」

「そいつは、十中八、九、張がすり代えている。そのくらい、平気でやるさ」

「くそっ」

「おい、あのフィルムは、いま、いくらまで上ってたっけ」

「十万ドルです」

「そいつを張からまき上げて、イワン・フレイミンクの組織に二十万ドルで売りつけよう」

「英国も欲しがってますぜ」

ぼくはマクラレンの誠実そうな表情を思い浮べた。

「英国でもいいさ。とった金は山分けだ」

「CIAも、からんでますがね」

「相手は、どうでもいい。さあ、すぐ行こう。善は急げだ」

「果して善でしょうかね?」

「そこで考えるな。善の研究——インテリの悪い癖だ」

「張の居場所は、分りますか」

「ここをひき払うと、あと日本国内に隠れ家は一か所しかない。おれも裏街道の渡世人だ。そのくらいは、奴の子分からききかじっている」

「二人で殴り込みをかけるんですか?」

「そいつは、一考の余地がある。わざわざ殺されに行くんじゃ莫迦莫迦しい。もう少し、人手が欲しいな」

「細井さんは、どうです？」

「あいつはできる。……だが、来てくれるかどうか」

「忙しいですからねえ」

「とにかく、東京に戻ろう。おれの車はサツに押えられてるから、タクシーをつかまえる」

いま、警察に見つかったら、ジョーはもちろん、ぼくも、ゆうべからの失踪の理由を問われるにちがいない。

ぼくは元町の眼鏡屋で均一物のヒッピー・グラスを買い、鼻にのせた。それから、海岸通りで東京へ行くタクシーをさがした。

「上野を知ってるかい？」

「東京駅までは、分ります」と運転手。

「あとは、教えるよ」

冷房車の中で、ようやく人心地をとり戻した。

「ジョーさん」

「なんだ」

「あんたも、変な男だな」

「どうして？」

「〈筋を通す〉なんていうからさ」

「おかしいかねえ」

「そういう発想が、いまはないらしいよ。成り行き任せってのが、今様《いまよう》なんだって。……うちの新入社員を見てても、そうだ。なんか、これでなきゃ、いけないっていう頑固さがないんだ。いや、あっちゃ、やっていけないのかな」

「サラリーマンは、そういうものだろう、昔から」

ジョーは嗤った。

「しかし、こちとらは渡世人だからな。裏切りごめん、なんて言葉は通用しねえぜ」

「しかし、現実には、あんたみたいな一匹狼は少なくて、体制べったりが多いんだろ」

「かも知れねえ。だが、そうは思いたくねえよ」

「こうなりゃ、マイクロフィルムも、どうでもよくなってきたな」

「あんたが、言っちゃいけねえ。しかし、おれは、もう、そうなんだ。筋をはっきりさせて貰わなきゃ、おまえさんにも、おれ自身にも、すまねえって気持だ……」

ぼくは、だんだん、ジョーの気持にのめり込んでゆく自分を感じた。

「いやな世の中だねえ」

「……ゆうべも、話したろ、……昭和三十年ごろから真綿で首を締めるみたいに、じわじわ、こうなってきたんだ。あれから、あとが、どうも、いけねえ。どうしてこうなったか分らねえが、ふと気づいたら、ひどく生きづらくなっていた……」

「ところで、ジョーさん、向うには、オヨヨ大統領ってのがいるんだね」

「これがまた煙みたいな怪物なんだ。誰も見た奴はいない」

「すごくコッケイな名前だな」

「そう思うだろ。誰でも、そう思うんだ。それでバカにすると、いつの間にか、してやられる……」

「それじゃ現実そのものじゃないですか」

「そういう見方もあるかね」

「一九七〇年代――といっても、これから始まるわけだが、この時代の敵は見るからに、憎々しくはないんじゃないかな。むしろ、ずっこけて、日常的で、コッケイなんだ。毅然としたところなんか、ちっともない。そういう奴が勝つんだな。信念なんかあっちゃダメなんだ」

「すると、おれたちの負けは、決ったようなものじゃないか」

「待て待て。……細井忠邦という、時代の先取りの名人がいるからね。まだ、分らないよ」

車は第三京浜に入った。

やがて、川崎が近くなるにつれて、異様な臭気が漂ってくる。

「窓をぴっちり閉めて下さい」

運転手が言った。

「日本は、二十五年かかって、こんな臭いや光化学公害やヘドロの海を作ったんだからな」

ぼくは言った。

「人間の住むところなんか、ありゃしない。よく暴動が起きないものだと思うね」
「日本人は柔順な羊だ。あんたも、おれも、そうだ」
ジョーが呟いた。
「ジャック・プレヴェール風にいえば」とぼく。
「ロバと王様とあたし
あしたはみんな死ぬ
ロバは飢えで
王様は退屈で
あたしは公害で……」
「おれは、今日のうちに、オヨヨ大統領や張に体当りして死ぬさ」
ジョーはしずかに呟いた。

第十九章　奥秩父への道

「道の方は、大丈夫かね?」

南洋一が膝の上の地図を見つめながら言った。

「と思ってるんだ」

ハンドルを握っているジョーは火のついていない煙草をくわえながら答える。

「今似さん、火をつけてくれ」

ぼくがライターを抜きとると、

「やめてくれ!」

後部座席で南がとび上った。

「どうして?」

「これを見ろ……」

南は夏ズボンをまくり上げてみせる。両方の靴下にダイナマイトが一本ずつ、はさんであった。

南の両側にいたボンド少年と中原は仰天したようである。

ぼくは、といえば——

やはり、びっくりしたですよ。息がとまるほど、と言ってもいい。

「どうしたんです、これは?」

ぼくは反射的に叫んでいた。

「細井が、万が一のために持ってゆけと言ったのさ」

「あの人はどうしても来られないんですか?」

中原がおそるおそる尋ねた。

「ダメなんだよ。三鷹公会堂かなにかで仕事中だ」

南はズボンの裾をおろしながら言った。

「今似君から、今までのすべてをこまかくきいて、是非、来たいと言ってたのだが。……なにしろ、ジャパン・テレビの芸能局は、彼一人でもっているというのだから、仕方がないさ」

ぼくの国産ムスタングは悲鳴に近い軋《きし》み音を発した。いまにも車体がばらばらになるのじゃないかと心配だ。

「オヨヨ大統領の砦が、秩父のこんな山中にあるとはね」

中原が呟いた。「伝奇小説のクライマックスってやつは、どうして、決って奥秩父になるのかね?」

「くそっ、穴ぼこだらけじゃねえか」

ジョーが悪態をつく。

「向うに着くまえに、尻が痣《あざ》だらけになっちまうぜ」

「ムチ打ち症の可能性もあるぞ」

南がこぼした。

「ジョーさん、間違いないでしょうな」

「おれがきかされたところではな……どでかい観音が見えるそうだ」

「観音様ねえ」

南は辺りを見おろす。

「見渡す限り、砂利っ禿《ぱげ》の山ばかりだがな。なんにもないところだ」

「道が二股に別れている」

ぼくは言った。

「ジョーさん、どっちへ行こう?」

「さあて、と……」

ブレーキを踏んだジョーは、あごを撫でた。

「待て待て」

南が乗り出してくる。

「右側の道の枯草のところを見なさい。短い煙草が落ちている。まだ、けむりが出ているじゃないか」

「めったに、ハイカーだって煙草ぐらい吸うでしょう」

「ハイカーの来ない山だが」

ジョーが呟いた。

「右側の道を、行こうか」

「待って下さい、ぼくは反対です」

細井の代りに呼び出されてきた中原が、思慮深げに言った。

「ぼくの考えでは、少くとも、先方は、われわれが近づいていることに気づいていると思うのです。オヨヨ大統領がそれほど、呑気とは思えませんからな。少くとも、ジョーさんが怒ってくることは予想している……」

「で？」

「あの煙草です。もし、ぼくが敵側の人間だとしたら、わざと砦への道の反対側に落としておきます。つまり左の道へこさせずに右の道へ誘導するためです」

「それも、一理ある」

ジョーは唸った。

「それくらいは、やるだろう。……おれたちはもう、大統領の勢力圏に入っているはずだ。むしろ、抵抗のないのが、おかしいくらいなんだ」

「ぼくは中原氏の意見には反対だ」

南が言った。

「もし、あの煙草が、意識的に置かれたのだとしたら、敵は、中原氏が考えたような形で、われわれを左側の道に誘導するつもりだろう。……とすれば、われわれは、やはり、右の道に固執しなければならぬ」

「ジャンケンで決めたら、いいでしょう」

ボンド少年が嘴った。

「南さんのおっしゃることは分るが、それは敵が、われわれと同じ知的レヴェルにあることを前提としている」

中原のこの言に、南は首をふった。

「敵は明らかに、われわれより、一歩、先んじておるよ。……中原氏の意見は、ミステリイの読み過ぎだ。名探偵オーギュスト・デュパンの言葉をくり返しているにすぎない。論理ゲームじゃなくて、いまや現実的撰択が必要なのだぜ」

「ぼくも現実的なつもりですがね」

中原は珍しく粘る。

「あなたは、すでに論理的に矛盾をきたしています」

「どうして？」

「敵は、われわれより、先読みをしていると、おっしゃったじゃないですか。……それなら、敵は、あなたの説——つまり、煙草が意識的に右の道におかれたとしたら、いよいよ右の道をゆくべきだ、という考えをも、また、読んでいるはずです。それならば、やっぱり、左へ行くべきではないでしょうか」

「単純に考えましょうや」

ぼくが提案した。

「あたまが混乱してきた。……要するに、右の道を通った人がある。それでいいじゃないですか。右側が通り馴れた道らしい——なら、右へ行きましょう」

「待て」

南が鋭く言った。

「中原氏の透徹した推理力に初めて敬服しましたぞ。……なるほど、敵の知性を、こっちと対等以上と評価すると、やっぱり、左へ行くべきでしょうか」

「めんどくせえ。左へ行くぜ」

ジョーがアクセルを踏んだ。

道は車一台がやっと通れるほどだ。

ぼくはやや不安になってきた。

「おそれいりましたな、中原さん。偉大なハンターのぼくより、すぐれた思考力をお持ちとは……」

「ミステリイの初歩ですからな」

うしろの席の会話は、いい気なものだ。

「おかしいぜ」

ジョーが呟いたとたん、車は、ず、ず、ず、と音を立てて停止した。

ジョーとぼくは同時に車をとび出した。道をおおう枯草の下に剣山《けんざん》のようなものが、いくつも隠してある。

「やられた。タイヤは全部、イカれちまったぜ」

ジョーがかっとなって叫んだ。

「くそ、こうなりゃ、歩くんだ。みんな、降りて戻るんだ」

「だから、ぼくは右の道だと言ったのだ」

偉大なるハンターは豹変した。

「中原さんは、まったく、たよりにならない。みんな、これからは、ぼくの意見だけをきくのだぞ！」

　暑さのために、真先に参ってしまったのは、余人ならぬ南洋一であった。

「この程度で動けないいんじゃ、アフリカやボルネオでの活躍は期待できませんな」

　ぼくは冷やかした。

「下りだから、少し、我慢してくださいよ」

「川が光ってるじゃないか」

　ジョーが煙草を深々と吸いながら眼を細めた。

「とにかく、この峠を越えたところだってきいていたのだが……」

「あれだ！」

　ボンド少年が叫んだ。

「あそこに、ほら、観音様が……」

　ぼくらは、いっせいに少年の指さすところを見た。

　川のすぐ傍に、おそろしく毒々しい色を塗りたくったフェリーニ風の巨大な観音像がそびえている。黒蟻のように人間たちがそこに集っているのが見えた。

「なんだ、ありゃ……」

　中原が呆然と言った。

「こんな山の奥に……奇怪というよりほかはない」

「驚くことはねえ」

　ジョーが嗤った。

「ありゃ、ヘルス・センターなんだ。もともと、何もねえところに観音像をでっち上げて、ここら一帯から秩父市までの善男善女を寄せ集め、賽銭をかき集めるという寸法だ」

「オヨヨ大統領の方針かね」

「だろうな」

「ふーむ。かなり、土着的な方法をも考えているのだな」

　南が腕を組んだ。

「ヘルス・センターとは、やってくれたな。人が出入りしても目立たないしな」

「張りぼてにしても、あの観音像は、大船や高崎のよりも、大きいですな」

ぼくが言った。

「趣味の悪い色彩が、ヘルス・センター向きなんでしょうねえ」

「おれはあの像の首の中が司令室になっていると思う」

ジョーが拳銃の弾丸を改めながら呟いた。

「よく見な。……眼玉の一部が、ときどき光るだろう。あそこは望遠鏡があるようだ。おれたちの姿を探してるんだ」

「さっきの罠が警報器につながっていたのかな」

中原がすまなそうに言った。

「かも知れない。おそらく、あちこちに仕掛けてあるのだろう」

「どうやって、近づきますかね?」

少年が訊いた。

「おれの考えた方法は、たった一つだがね。なにか良い方法があったら教えて欲しい」

「あるものか。きみ以外に、このヘルス・センターのことを知ってるのはいなかったのだからな」


南が言った。

「よし」

ジョーは煙草をすてた。

「坊やだけ、ちょっと、きてくれ」


三十分ほど経って、参詣の人波に大きな混乱が起った。

「いまだ!」

ジョーが叫んだ。

「急いで山を降りよう」

ぼくらはジョーのあとを追って山道を駆け降りる。

「どうなってるんです?」

ぼくは、小声でジョーに尋ねた。

「きみにだけ言うが……」

ジョーは息を切らせた。

「あの少年に、用意してきた浴衣を着せて、麦ワラ帽子をかぶせた」

「なるほど」

「おれは車のトランクの中に、袋を一つ、入れてきた」

「知ってます」

「あの中身を何だと思う？」

「さあ？」

「蛇だ」

「うわあ」

ぼくはまるでだめなのだ。考えただけで吐き気がする。

「安心しろ。毒性のないやつばかりだ。そいつらに色を塗ってマムシに見えるようにしてある」

いよいよ、国産ムスタングを売るときがきた、とぼくは思った。あのトランクは、もう、二度と使えない！

「坊やは、あの堂の中に、蛇の群れを放ったのだ。好ましくないことだが、目には目をだ」

ぼくは、目まいがしてきた。

「ほかの連中に言うなよ」

ジョーは声を低めた。

混乱は、近づいてみると、はるかに激しかった。

風呂からとび出してきたのだろう、真裸の老人や、宿の浴衣を濡れた身体にまとった女たちがドーランを塗った漫才師みたいな男たちといっしょに境内に逃れ出ようとしている。一方、これを見ようとする野次馬どもが逆に押し返しているために、正面入口は凄まじい叫喚にみちていた。

「裏へまわろうぜ。非常階段があったようだ」

ジョーのあとから、ぼくらは観音像の裏手にまわった。

非常階段の鉄柵をとびこえると、ぼくらは急いで、何重にも折れ曲りながら像の背中の部分へとつづく階段を駈け登った。

ふと下に眼がゆくと、足がむずむずし、気が遠くなりそうだ。

「誰だ？」

頭の上で声がした。

「おれだ。きのうのジョーだ！」

「あんたを入れては、いけないことになっている」

「水くさいぞ。それに張《チャン》に急用がある」

「いけない。張の大人《たいじん》、会議中だ」

「だから急いで会いたいのだ」

黒い制服の男は奇妙な構えをした。

「もう一歩、近づいたら空手をつかうよ」

その時、暗灰色の長いものが降ってきて、男の首にからみついた。すかさず、ジョーは男にアッパーカットを加え、長いものを宙に蹴とばした。

「遅かったぜ」

廊下に、ボンド少年が立っていた。

「胎内めぐりをやりながら、全部、ばらまいてやった。ガードの奴ら、棒をもって蛇を追いかけるんで手一杯だ」

「よくやった」

ジョーは少年の肩を抱えた。

「いずれ、銀行破りをやるときは、坊やと組もうな」

「小父さんも、頭《ぺてん》がいいぜ」

「初めて、ひとに褒められたよ」

ぼくらは廊下をすすんだ。

「小父さん、ここに一人、ガードがいる」

少年が立ち止り、ドアの中を指さした。

ジョーは壁にへばりつくと、ドアをノックして、

「ビバ、オヨヨ!」

「……ビバ、オヨヨ!」

うるさそうな声がして、黒い制服の男が顔を出した。ジョーは、いきなり、拳銃で後頭部を殴りつけた。

「小父さん、死んだかい?」

「大丈夫。この物語は少し人死にが多過ぎるという外部の批判があるので、殺さないように気をつかっている」

ジョーを先頭に、ぼくらは部屋に入った。

思わず、息をのむ。

殺風景なその事務室の一面はガラスで、隣室の様子がまる見えなのだ。

そこは会議室らしかった。正面にボディガードにはさまれた張が立っている。手にしているのはマイクロフィルムらしい。

円型の卓についているのは、イワン、ヴィットリオ、それにスマイリーとマクラレン、おまけに、あのナンシーまでがいるではないか!

「どうなってんだ?……」

ぼくは呟いた。

「安心しろ、マジック・ミラーだ。向うからは、こっちが見えない」ジョーが囁いた。

「それにしても呉越同舟で何をやってるんです?」

「待て待て、いま、音を出させる」

ジョーは、さまざまな計器類を眺めていたが、一つの小さなスイッチを指ではじいた。

「……いま、ごらんに入れたのが、フィルムの一部です」

張がにこにこした。

「これでミス・ナンシーのお疑いも晴れたと思う。あとは値段ですな。むろん、高いところに売りたいと、こう思うわけで……競《せ》りをつづけましょうか」

第二十章　影の部分

「五百万ドルまで、いっておりましたな」

張《チャン》は白い歯をみせた。

「では、つづけましょう」

ああ、ナンシー……とぼくは呟いた。

「おたくの相手をしたっていう物好きな女は、あれかい」

とジョーが言った。

「いいじゃねえか、あれなら……」

ぼくは黙ってナンシーの横顔を見つめていた。彼女は依然としてマイクロフィルムに疑いの眼を向けているようだ。

……七百万ドルとか八百万ドルとかいう金額は、ぼくのうちに何の実感も湧かせなかった。どこの国が切り札を手に入れようと、ぼくには関係のないことだ。あの生真面目なマクラレンがひどく熱心であり、スマイリーが不機嫌そうなのが目立った。

「二千万……」

マクラレンのふるえ声がひびくと、沈黙が室内を圧した。

「マクラレン、おまえ……」

スマイリーの顔が赤くなる。

「二千万……」

マクラレンはびくともしない。

千五百万からいきなり二千万になったので張は面くらったように見えた。

「ほかに……あとは、ありませんか？」

イワンは頭をかかえ、ヴィットリオは唇を噛み、ナンシーは侮蔑的な表情をあらわにしている。

「では、マイクロフィルムは大英帝国のものです」

張は愛想よく言った。

「ドルでお支払いの用意がありますかな」

「マクラレン、このような独走は許されん」

スマイリーが卓を叩いた。

「この際、独走も必要でしょう」

マクラレンは冷然と答える。

「いいか、きさまの責任だぞ」

「けっこうです」

反抗的な部下は大きな革トランクを持ち上げると、止め金を外して、緑色の紙幣の束を示した。

張の合図で、ボディガードの一人が、札束を改めにかかる。

「こんな山の中までご案内して、失礼しました」

張は細い眼で一同を見た。

「これが、もっとも、紳士的な決め方と思ったので。お帰りは、それぞれ、ご希望の場所まで、部下に送らせます。それから、もう一つ……この土地から、われわれは、即刻、姿を消しますから、余計なご心配をなさらぬように……」

「異状ありません」

部下の言葉に頷いた張は、マイクロフィルムをマクラレンに手渡した。

「大英帝国と地下のオヨヨ帝国のために乾杯したいところですが……」

「その必要はない」

スマイリーは無愛想に答えた。

一同が出て行ったあと、ボディガードを追い出した張は、壁に描かれた奇怪な蝙蝠《こうもり》の紋章を眺めていた。

突然、入ってきた者がある。大男だ。

イワンは太い片手で張の肩を押えた。

「……こういうわけだ……」

いきなり、二人は哄笑した。

ぼくは、どうしても眼の前で起っていることが信じられなかった。……この二人は何者なのだ……どうして……

二人は壁の紋章に向って、

「ビバ、オヨヨ！」

と叫んだ。

「いやあ、あのヤンキー娘が文句をつけたときは、ひやりとしたぜ」

張は煙草をさし出しながら笑った。

「こっちもさ。……横浜で、あのフィルムを今似にかっぱらわれたのは、あんたのミスだぜ」

イワンは苦《にが》い笑いを浮べる。

「一言もない。おまけに、あの女、フィルムを現像してやがるんで、弱ったよ。……とにかく、もう一つ、マイクロフィルムがあることにして、米軍の古い残虐行為の部分写真をスクリーンに写してみせたり、大さわぎだ」

「大統領はお怒りだろう」

「まあな。……とにかく、あの若い英国人が功を焦ったので、助かった」

「もう一人の、スマイリーとかいうでぶは慎重だったな」

「あいつは古狸だもの」

「ところで、札は本物だったろうな」

イワンが疑い深そうに言った。

「間違いない。慌てででっち上げたマイクロフィルムに、二千万ドル、払って行ったぜ」

「フィルムには、何が写ってるんだ」

「ここら辺の景色だよ」

「英国情報部の復讐がおそろしいぞ」

イワンは首をすくめた。

「それにしても、あんなエロ写真のマイクロフィルム一個で、ずいぶん、ひとが死んだな」

張はゆううつそうに言った。

「オヨヨ帝国再建のためとはいえ……」

「今似って奴のおかげで、慌てさせられたもんな」

イワンはウィスキーを出してきた。

「だいたい、あいつがギデオン聖書を家に持ち帰ったりしなければ、おれたちは、アメリカ空軍の麻薬輸送関係者の一覧リストのマイクロフィルムを、すんなり、手に入れられたんだ」

張はマリファナ入りらしい煙草を吸うと、鼻をひくひくさせた。

「あのリストで、ペンタゴンを恐喝する――それだけのつもりだったのに」

ぼくは、スマイリーからきかされたばかりの話を想い出した。スマイリーの言った〈何者か〉というのは、やはり、オヨヨ大統領だったのだ。

「ところが今似のやつ、聖書を返さない。しかも、あいつの友人やら何やらマスコミ関係者がくっついていると来た」

「でも……」

イワンが不審そうに言う。

「組織の力をもってすれば、奴から聖書をとり上げるぐらい簡単だったのにな」

「そこが、おまえと大統領の違いさ。今似がディスク・ジョッキイの人気者と知った大統領は、もう一つの資金稼ぎを思いついたのだよ」

張はうす笑いを浮べた。

「急いで計画変更だ。今似がつくり出した新しい状況を逆用して、いままでにない不思議なプランをお立てになったんだ。おまえ、〈疑似イヴェント〉って知ってるか」

「知らねえ」

「つまりだな……マスコミの中に幻影の事件を、でっち上げることだ。おれは中国系だからチャンという名前の男にされた。おまえは白系だからイワンだ。このチャンとイワンが何かをめぐって争っていることが、おおやけになれば、世間は何事だろうと思う。しかも、大統領のえらいところは、おれのところにいた流れ者のジョーにまで、この争いを信じさせるように仕向けたことだ。敵をあざむくには、まず、味方をあざむけ、だ」

「ジョーか。あいつは、莫迦だね」

ぼくは飛び出そうとするジョーを制した。ジョーは蒼白になってふるえている。彼だけじゃない、南も、中原も、少年も、初めて明らかになりつつある真相に半ば怯えていた。

「浅草での茶番劇は、うまくいったな」

　イワンが乾杯した。

「消音銃《サイレンサー》を脇から一発放って、うちの若い者が芝居の血糊で死んだふりをした。今似はジョーが殺したと思っている。ジョーは、なんだか分らないうちに、とにかく聖書をとろうとしている第三者がいるらしいとハッスルする。……餓鬼が一匹、とび込んだのが計算ちがいだが、今似が逃げたあと、死体はすたすた歩いてご帰還だ。あとでポリ公なんかつれてきたって、何も残ってやしねえ」

「あのおかげで、今似は、警察の信用を完全に失った……」

　マリファナのせいか、張の声がかん高くなった。

「しかも、欲があるから、レッテルのことは警察にとどけない。万事、こっちの思う壺だね」

「大統領の悪知恵には、おそれいるよ。今似の奴は、ブルって、深夜放送で事件をPRする。マスコミが騒ぎだす。一方、こちらは、ありもしない南ヴェトナムでの虐殺事件の情報をでっち上げて、よその諜報機関に探知され易い形で流す、という芸のこまかさだ。スマイリーみたいな古狸すら、ひっかかってきた」

「それも、これも、おれたちが殺し合いまでして、ブツを奪い合っているという幻影が信用されたからさ」

「まあ、今似って野郎は、よく喋るし、利用し甲斐はあったな」

　ぼくは思わずガラスに体当りしてやろうとして、ジョーに抱きとめられた。

「莫迦野郎、話は、まだ途中なんだぜ」

　ジョーは押しつけるように言った。

「あのジョーって奴は放っといていいのか」

　イワンが唇を歪めた。

「始末しといた方が、よかないか」

「たかが野良犬だ。野垂れ死にするさ。警察《さつ》も相手にゃしねえ」

　イワンは頷いてウィスキーをあおった。

「疑似イヴェントねえ。……しかし、大統領はおそろしい

YASUHIKO

人だねえ」

「ああ。……とにかく、幻影がどれだけ現代の人間を動かすかという実験の一つに過ぎないと、電話で、おっしゃっていたもの」

「おれも電話でそうきかされた。そのときは、意味がよく分らなかったがね」

「今似も、ジョーも、いいカモよ。……ところで、おれたちはカモじゃねえのか。そうじゃねえという保証はどこにもないぜ」

「まあまあ。手元に、二千万ドルあるんだから心配しなさんな」

イワンは無神経に笑った。

「『バラライカ』での八百長だって、これ以上はないってくらい、うまくいったんだぜ。おれが、わざわざ、赤坂附近で今似を見た、ってジャパン放送に電話してよ」

(やっぱり、ぼくの勘は当っていた!)

ジョーとぼくは顔を見合せた。

「こちら様は、ちゃんと、ジョーが今似をつれて抜け出せるようにしといてやったんだ。だいたい、あそこに無抵抗で入れたことを不思議に思わねえジョーがおかしいんだが、バキューム・カーを店の中に突っ込ませるなんて、悪い細工をしやがる。大損害だったぜ」

「お、おれたちは、いいように、コケにされてたってわけだ……」

とジョーは眉間に皺《しわ》を刻んだ。

「ぜんぶ、あちらさんの書いた筋書通り、動いてたんだぜ」

「面白くないですな」

ぼくも今にも怒鳴りだしたいのを怺《こら》えながら言った。

「それにしても、どうしても分らないことが、一つ、あるんです」

「しーっ」

ジョーは唇に指を当てた。

「……よろしい……」

張がマイクに向って命じている。

「全員、予定通り、撤退するように。……わたしと通称イワンは別個に行動する。すみやかに解散……」

「二千万ドルはまだ、あそこにある」

ジョーは鋭い眼つきで言った。

「失礼、何か言いかけていたね」

「奴らの話によると、あの聖書に隠されたマイクロフィルムには、米空軍の麻薬関係者のリストがおさめられていた、ということですね」

「うむ」

「ぼくがそれを家に持ち帰ったのは確かだ」

「そうよ。だから、おれが追いかけたのさ」

「ところが、いつの間にか、フィルムは、カラーのエロ写真に代っていた。みんなが命がけで追っかけてたのは、そのマイクロフィルムなんです。……たったいま、張も言ったでしょう。――あんなエロ写真のマイクロフィルム一個で、ずいぶん、ひとが死んだな、って……」

「どういうことだろう?」

「どこかで、すり替えられているのです」

「…………」

「たとえば、ライオン・バスのところは、どうでしょう?」

「おれじゃねえ。本当に知らねえこった」

「しかも、ぼくや南さんは、英国情報部のトレヴァー・スマイリーに、最近、ペンタゴンが恐喝されて、多額の金を何者かに払ったという情報をきかされているのです。恐喝のネタは、むろん、空軍の麻薬関係者のリストです。……ということは、オヨヨ大統領は、とっくにそのフィルムをとり戻しているわけだ。……つまり、その恐喝と、ガセネタによるあの二千万ドルの、二つの犯罪をやってのけたわけです。ぼくがホテルの聖書を持ち帰らなかったら、おそらく、ゆすりだけで終ったのが……」

「なんて、切れる悪党だろう」

ジョーは啞然とした。

「おれも、ずいぶん、たちの悪い奴を知っているが、突然のマイナスをプラスにするどころか、二倍にするなんて奴は、初めてだぜ」

「どう考えても、分らないな」

ぼくは首を振った。

「さて、どうしよう?」

南洋一が言った。

「これだけ莫迦にされたら、やることは一つ——ダイナマイトをぶち込むことだろう」

「こんな狭いところでやってみろ。おれたちも、もろともだぜ」

ジョーは苦い顔をした。

「それに、あそこにある緑色のお札が惜しいよ」

「じゃ、どうする」

「タイミングをみて、向うの部屋に、あんたから、とび込むんだ」

「ぼく、いやなの」

南は小さくなった。

「お怪我をすると、いけないもの」

「おれが、やろう」

中原が言いだした。

「あのトランクなら、任して下さい」

ボンド少年が自信ありげに頷く。

「みんな、待ってくれ」

背後でしゃがれ声がした。

三鷹公会堂にいるはずの細井忠邦が、いつのまにか、入ってきているではないか!

「き、きみ!」

「しーっ」

細井は黒革のジャンパーにジーパンといういでたちで、手袋も黒革だ。

「そこのスイッチを切ってくれ」

「でも、これは向うの会話が……」

「いいから、おれの言う通りにしろ」

南はスイッチを下げた。

「細井さん、どこから、きたんだ」

「あんた方のあとをつけてきた」

「三鷹公会堂の方は、いいのか?」

「あれは嘘だ」

「じゃ、仕事は……」

「カメラマンはこの近くにいる。おれのスタッフだ。いま、大統領とやらの部下どもが、ごった返す人の中を四散してゆくのを隠し撮りしている」

「じゃ、あんたは……」

「さっきから、そこの蔭ですっかり見ていたし、きいてた。しかし、こんなインチキ観音様を拝みにくるなんて、庶民の生活は貧しいねえ」

「なんだ、でけえ口、ききやがって」

ジョーが不快そうに言った。

「やあ、このあいだは、失礼。とにかく、今日は味方同士でいこう」

細井はジョーに片手を振った。

「おれは、このドキュメンタリーで三十パーセントは稼いでやるつもりだ。ジャパン・テレビ報道局の低能どもを、あっと言わせてやる」

「ここまできても、視聴率の話かい」

南はうんざりした様子でいった。

「〝二十世紀の記録〟とかいう、うすみっともねえ、ふるわねえシリーズがあるんだ。その一本にこれをぶち込んでやる。タイトルも決ってるんだ。〝七〇年代の恐怖王の正体をあばく〟」

「ひどい題だね。江戸川乱歩以前だ」

「大衆にはアピールするんだよ。まず、局長賞ものだね。細井忠邦、社会派に転身か？——と週刊誌は書くだろう」

「書くかね？」

「書くとも。いや、書かせてやるんだ。とにかく、週刊誌屋を喜ばせてやる」

「あんたみたいに自己中心的な人はいないよ」

南は嘆いた。

「それをいうなら、おのれのエゴに忠実な男と言って欲しい」

細井は訂正する。

「いったい、あんた、何しにきたんだ」

「おれ？　撮影さ。個人としては、オヨヨ大統領をふんづかまえたくてね」

「勝手なことを言うな。鏡の向うじゃ、ずらかる準備を始めたぞ」

なるほど、張はトランクの重さをはかり、イワンは銃のケースらしいものをロッカーから出している。

「大きなことをいうなら、まず、あの札束をぶんどってからにしてくれ」

ジョーが向うの動きに眼を離さずに言った。

「そこらでわめかれると、気が散って仕方がねえ」

「意外にデリケートな人なんだねえ」

細井はジャンパーのファスナーをあけて、ブラックジャックをとり出した。

「あんたは札束か、大統領か」

「まず、札束だ」

とジョーは拳銃を出した。

「じゃ、札束は任せた。おれは大統領の行方が気になるんでね」

「オヨヨ大統領なんて影みたいなものですよ」

ぼくが言った。

「指令は電話でくるんです」

「それだから、今似さんもジョーさんも、向うの思うままにされちまうんだ。大統領は、ずっと、われわれの傍にいたんだよ」

「え!?」

ぼくは思わず細井の顔を見た。

「傍にいただけじゃねえ」

細井は歯をむいた。

「いま、この部屋にいるじゃねえか……」

第二十一章　意外なる結末

正直なところ、ぼくは完全に動転してしまった。いや、それよりも、細井が発狂したのではないかと感じたのだ。オヨヨ大統領はあくまでも、蔭の人物であり、姿を現すことなどない、とぼくは信じきっていた。絶対に、そう信じていたのである。

「なにをポカンとしてるんだ」

細井はぼくに言った。

「今似さん……あなたは、どこまで人が善いんだ。たったいま、自分で、要点を指摘したばかりじゃないか」

「え……」

「マイクロフィルムが、どこで、すり替えられたかという問題だよ」

「…………」

「今までの経過は、あんたからも、南さんからも、くわしくきいている。こまかなところまでね。……おれが、いちばん気になっているのは、ジャパン放送のスタジオで小火《ぼや》があった一件だよ」

「ああ、あれですか」

「……たしか中原さんが来ていて、アリスの何とかって本を見ていたんだね。それにマイクロフィルムを入れたレッテルが貼ってあった」

「その通りです」

「スタジオから煙が出て、ジョーさんらしい男が見られている……」

「おれは、知らねえぜ」

ジョーはいきなり、拳銃を細井に向けた。

「妙な言いがかりは、やめて貰いてえ」

「あんたが、やったとは言ってない」

細井は落ちついた声で答えた。

「たぶん、ジョーさんじゃない。〝黒ずくめの男〟――と、今似さんは言ってた。ジョーさんに似た恰好をした誰かがやった――いや、やらされたんだろう」

「それが、どうした?」

「そのとき、今似さんは、どうしたね?」

「そうですねえ……立ち上って、火事の方を見て……どうしたっけな?……そうだ、丸の内警察に電話したんだ……」

「時間的には、どのくらい、かかったね?」

「三分から……五分位でしょうか」

「そのあいだに、レッテルがすり替えられたのだ。つまり、問題のリストの入ったレッテルが、エロ写真入りのレッテルに、とり替えられたのだ」

「しかし、レッテルは中原さんが見ていた……ねえ?」

ぼくは中原の顔を見た。

「そこにいる男は、中原弓彦じゃない」

細井が押し潰した声で言った。

「だいたい、本物の彼なら、いま、おれが入ってきたときに、声をかけるはずだ。黙っているのは、声を出したらバレるからだ。それに、顔だって、そう似てはいない」

ぼくは慄然とした。

「じゃ、この男は……」

「たぶん、オヨヨ大統領だ。……ジョーさん、そいつが武器を持っていないかどうか調べてくれないか」

「よしきた」

ジョーは、男の内ポケットや靴の中まで探った。

「何もないぜ」

「さすがに用意周到だな。いちおう、手錠をかけといてくれ」

細井は手錠をポケットからとり出すと、投げた。ジョーは片手で受けとめ、男の両手首にはめた。

「すると、あのときの火事は、ぼくの注意をそらせるためですか」

「と思うね」

細井は油断なく男を見ながら、つづけた。

「子分どもがだらしがないので、自分で乗り込んで行ったのだろう。マイクロフィルムをすり替えると同時に、今似さんが国際的陰謀にまきこまれていることをＰＲしろとすすめたはずだ。そうだったね？」

「そうです……」

ぼくはようやく想い出した。

「この男は、こう言った。――〝深夜放送をきいている無数の人々に、あなたの身が危いことを話すのです。自分はオヨヨという悪党に狙われている！　自分が持っている何かをオヨヨが狙っている！　すべて、ぶちまけなさい……〟と」

「しかも、自分がそのアイデアをあたえたことを口どめしてましたな」

「ええ。まちがっても言わないでくれ、と念を押しました」

ぼくは、いまのいままで中原弓彦だと信じきっていた、ヒッピー髭の男を見た。男の表情に別に変ったところがないのが、ぼくを不安にした。

ひょっとしたら、これは本当の中原ではないのか。そして、細井の方が……

「この男はなぜ、口どめしたのか？　理由は簡単だ。もし、スポーツ紙の談話にでも名前が出たら、本物の中原弓彦が抗議してくるからだ」

細井はにやりとした。

「いいかい。ここにいる中で、中原と知り合いなのは、ぼくひとりなのだ。ぼくが、街で中原に出会って、この事件の話でもすれば、この男が贋物であることは、たちまち分ったはずだ。こいつにとって幸いだったのは、ぼくがあまりにも忙しいのと、中原弓彦が最近めったに局に姿を見せなくなったことだ。……考えてみたまえ。いくらぼくが忙しいとはいえ、これだけの事件の中で二人が出会うのが、今が初めてというのはおかしいじゃないか。……というのは、この男は、ぼくが絶対に現れないときに限って、姿を見せた。事件を自分の計画する方向に持ってゆくためだ。……しかも、会う機会がなかったわけじゃない。由井とかいう若者の火葬の晩に……」

「うむ！　おれも想い出したぞ！」

莫迦に大きな声で南が叫んだ。

「細井君がくるときいたら、この男は急にソワソワして帰って行った……」

「ぼくが疑い出したのは、あれからだ。あのあとで本物の中原に電話して確かめた」

「そういえば、こいつ、今日も、きみがくるかどうか、しきりに気にしていたな」

「そうだろうと思って、悪いけど、みなさんまで騙す手を使ったんだ」

細井は凄味のある笑いを浮べた。

「なるほど、分ってきたぞ」

ジョーが銃口を男に向けて言った。

「山で、間違った道に行くのを固執したのは、時間を稼ぐためだな。競りのための……」

「いいかげんにしろ……」

男は不意に怒鳴った。

「細井さんも、悪戯《いたずら》の度が過ぎるぞ。それより、敵は金を持ち逃げしようとしているんだ」

「その通り。しかし、大統領の指令がないので動けないんだ。……まあ、いい、あくまで白を切るなら……おい！」

細井は指を鳴らした。

ジャパン・テレビの腕章をつけた若者が、リンゴ・スター風の髭を生やした、しょぼくれた男をつれて入ってきた。

「ご紹介します。友人の中原弓彦氏です……」と細井が言った。

一瞬、手錠をはめられていた男の白い指が動き、カフス・ボタンを千切って床に投げた。

白煙がひろがり、ぼくは眼をあけていられなかった。催涙弾というやつだ。

「ジョーさん、ぶっ放してくれ」

細井が叫んだ。

「眼が……あけていられねえ」

ぼくらはぶつかり合い、互いによろけた。

「ここにいた！　こいつを撃て」

南が叫ぶと、

「冗談じゃない。ぼくは本物です！」

「また、とぼけやがって！　このつけ髭……おや、とれないぞ」

「本物ですってば。手錠の男は、部屋の外へ逃げましたよ」

「また、うまいこと、ぬかしやがって」

「南さん、それはモノホンだ」

細井が眼をこすりながら言った。

「見ろ。トランクも、張《チャン》も、イワンも、消えている」

ジョーは隣室のドアを蹴ったが、びくともしない。鍵穴に三発撃ち込むと、ようやく錠がこわれた。

ぼくらは会議室にとび込んだ。

その奥からさらに、観音像の首の部分につづく踊り場に、イワンと張が倒れていた。

「失神してるぜ」

ジョーは、イワンの帽子にはさまれたメモ用紙をつまみ上げた。

〈この荷物を国際警察《インターポール》あてにお送り下さい。オヨヨ大統領〉

細井はアシスタントの青年に二人を縛るのを命じた。

「ジョーさんは、銃を扱えるだろ」

「まあな」

「そこに捨ててあるのは、たぶん、そうだ。中身を組立ててくれないか」

「トランクはどこだ？」

「大統領が持って逃げた。上の方で靴音がする」

ぼくらは螺旋状の階段を駈け登った。屋上は——外側からは塀で見えないが——ヘリポートになっており、操縦士と大統領をのせたヘリが、いまにも飛び立とうとしているところだった。

「ジョーさん、早くしてくれ」

細井が急がせた。

「逃げられたら、おしまいだぜ」

「畜生、おれのライフルがありゃあな」

南が唸る。

「ダイナマイトがあったじゃないか」

ボンド少年が言った。

「あれ、使えないかな」

「無理だ。近づいたら撃たれるぞ」

「誰か、ダイナマイトに火をつけて、ヘリにしがみつくんです」

「だれだ、そんなことを言うのは」

「ぼくだよ」

「中原さんか。あんた、古いんだよ、それは。肉弾三勇士とか、その時代の発想なんだなあ」

細井が嘆いた。

「でも、ソロモン沖の海戦では……」

「それも、古いんだよ。……おお、みんな、あれを狙ってくれ」

撮影隊がやってきて、カメラを据えた。

「細井さん、光の具合、良くないすね」

「ぐずぐずいうな。写ってりゃいいんだ。純粋なドキュメンタリーだからな。きれいな絵にしようなんて悪い欲を出すなよ」

「クロード・ルルーシュ風に迫りたいんですが」

「おまえは、シロウト・ルルーシュだよ」

「リアルにいくかな?」

「莫迦、おまえ、倒錯してるぞ。これは、本当に起りつつあることなんだよ。これをリアルといわずして、何がリアルだ」

「細井さん、なかに二人、いますね。どっちが、オヨヨ大統領ですか?」

「やだね！ そういうことを訊いて欲しくないもんだよ。自分で考えろ」

「細井さん、音楽はやはり、チコ・ハミルトンですか」

「そんなこたあ、あとで決める」

実に騒々しい。無神経というか、クールというのか。

ヘリコプターが舞い上り始めた。

ようやく組み終えた銃をジョーは構えた。

つづけざまにぶっ放すが、当らない。

「おれに貸せえ！」

南洋一が脇から奪いとる。

いきなり、銃を抱えて走りだした。

「もう、だめだ……」

細井は眼を閉じた。

南がみごとに転倒するのと、銃が暴発するのが同時だった。

直ちにヘリのエンジンが火を吹き、機体が斜めになる。扉があき、白いものを背負いトランクを抱えた人間が宙に飛び出した。

「大統領だぞ……」

ぼくらは屋上の端まで走った。見おろすと、すでに落下傘がひらいている。

「あれを撃てないか」

細井が言った。

「いや、やばいよ。下に集っている連中に当るといけねえ」

ジョーが呟いた。

「おい……あれを見ろ！」

緑の紙きれが、一枚、宙に舞っているのだった。

「カメラ、あれを狙え」

次の瞬間、緑の紙きれが、わっと空中に溢れ、風に乗ってひろがった。境内の善男善女は呆然と見上げている。

「トランクが開いちまったんだ……」

ジョーは力なく言った。

「あんたには、まだ、大統領をつかまえる仕事が残っているよ」

黒煙を吹きながら遠ざかってゆくヘリコプターを眼で追いながら、細井は、ジョーに声をかけた。

「とにかく、降りてみるぜ。じゃあな……」

きのうのジョーは素早く走り去った。

「あの人は足を折ったらしいですよ」

中原が南を指さしながらぼくに言った。

「今似さんにはお目にかかりたいと思ってたのですが、まさか、こんなところで会うとはね」

「観音様の頭の上ですからねえ」

そう呟いて、ぼくは南洋一の方に歩き出す。

南は、遺言を、ボンド少年に書きとらせていた。

「一つ、虎の敷皮は、きみに、あたえる……」

「意外に盛り上った。これで視聴率五十パーセントは、いただきだぜ！」

細井の明るい声がひびいてくる。

撮影隊は照れたような笑い声をあげた。

エピローグ……も短いほどよい

「だいたい、できたようですな」

中原は、分厚い速記録から眼を離しながら呟くように言った。

「早いものだ。もう、デパートには水着のコーナーができているそうだから」

窓の外には白っぽい桜の花びらが散っていた。ここ、バーモント・ホテルの狭いロビイは、お濠端の桜を眺める外人客で一杯であった。

「また、すぐ、夏がくる。……お仕事の方は、どうです?」

「あの事件が縁で、細井忠邦さんの番組の司会に起用されましてね。なんとか、やっています」

「見ましたよ。クレジット・タイトルでみると、南さんが構成をやっているようですな」

中原はパイプをくわえて、椅子にもたれた。

「あの少年は、どうしました?」

「南さんの助手として忙しいようです。あの一党も、また、盛り返しまして、紙芝居的時代劇まで手広くやっています。実は、弟子たちが書いているのですが……」

「けっこうなことだ」

「あなたは、まったく、お気の毒な役で……」

「あの事件は、想い出すだに不愉快だ。ひどい道化役でね。

ところで、ジョーという男は、どうしました?」

「さあ、あれっきりです。……細井さんがマカオの賭博場で、そっくりな男を見たと言ってましたが」

「そうそう、かんじんのオヨヨ大統領はどうしたの? 空っぽの落下傘を見つけて、そのあとの行方は……」

「杳《よう》として不明ですね。怪我はしたかも知れないけど、生きてるんじゃないかな」

「ああいう人物は、どうしたら、けりがつくのかねえ……」

「さあね……」

ぼくらは溜息をついた。

「ところで、この原稿だがね。大統領がぼくに化けて、きみの前に現れるところは、読者に対してフェアに述べてあるだろうね」

「大丈夫です」

ぼくは原稿をめくりながら頷いた。

「……ぼくは、〝中原弓彦がきた〟とは述べておりません。〝男は……いきなり立ち上り、ふるえる手で名刺を出した。……名刺には〈中原弓彦〉とあるだけだ〟という具合になっています。こういう方法を、ぼくは、アガサ・クリスティー女史に学んだので……」

「わかったよ。推理小説のABCをきかせるのは勘弁してくれ」

中原は神経質そうに言った。

ぼくは、カフェ・テラスの外を行く花見客の列に眼をやった。まるでその中に、あの大統領が混ってでもいるかのように。

「ゆうべ、この原稿を読んでいて、どうしても分らない点が、一つあったのだがね」

「はあ?」

「青木の奥さんという人物は、どういう必然性があって、現れるのかね。機械仕掛の神《デウス・エクス・マキナ》かと思うと、そうでもない。ナンセンスというのか、とにかく、この物語に現れる必然性がよく分らんのだ」

「それは、どういうわけか、そうなるんです」

「どういうわけか、ねえ。どうも分らんなあ」

「説明しようがないですな、これればかりは。感覚の問題ですからね」

あの、今似さまでいらっしゃいますね、とホテルのボーイが、小声でぼくに言った。

「そうですが……」

「こちらが、届いておりまして」

ボーイは、志のだ寿司の折詰を、ぼくの前に差し出した。いうまでもなく、青木の奥さんからのプレゼントである。

「うーむ、その、必然性の問題だがなあ……」

中原はまだ呟いている。

だが、ぼくにとって必然性とは、今夜の放送のまえに、この志のだ寿司をたべることなのだ…………。

大統領の晩餐

第一章　ある物語の終り・そして発端

読者の中で運の悪い方は、あるいはオヨヨ大統領の悪業の数々について、ご存じかも知れない。

「オヨヨ大統領って何だ？　そんな名前、知らないぞ」

ありがとう。よくぞお尋ね下さった。――このオヨヨ大統領とは……

……大統領はベネシァン・ブラインドを洩《も》れてくる光に眼を細めながら、ベッドの上で伸びをした……

このあとを、どう書こうか。

「大統領の脇に寝た全裸の若い女は、ベッドの脇のコップの水を見て、〝あたし、オレンジ・ジュースは嫌いって断ったのに……〟と言った……」

と書くことも可能である。いや、もっともっと露骨に書くことだって、できるぞ！

待て、しばし――

凡庸な作家ほど、出だしに凝《こ》るものだそうである。マルセル・プルーストは、かの大長篇を、どう始めているか？

「長い間、私は宵寝になれてきた」

む、むっ、でき、できるではないか。

「長い間、大統領は宵寝になれてきた」

ちょっと、おかしいが、サマにはなりますね。

ローベルト・ムジールの大長篇は、どうだろう？

「大西洋上には低気圧があった」

お天気相談所の答えみたいだが、これまた、かなり、イケるではないか。

「大統領の寝室には低気圧があった」

これも、どことなく深遠、かつイミありげで悪くはない。次に、どんな行為《くんずほぐれつ》がおこなわれるか、と早のみ込みする人もあろう。出だしは、すべて、かく、あるべし。

『『……いけねえ』

おもわず半介は立ちすくんだ」

久保田万太郎の「花冷え」の一行目（げんみつには、二行だが）である。

「『……いけねえ』

おもわず大統領は立ちすくんだ」

やや下世話だが、これも、悪くないような気がする。なんだか、捕物帖の発端みたいだけれども。

要するに、〈大統領〉という単語を入れれば、どれでも、いいのだ。

「その頃、東京中の町という町、家という家では、二人以上の人が顔を合わせさえすれば、まるでお天気の挨拶でもするように、怪人『二十面相』の噂をしていました」

いうまでもなく、江戸川乱歩の「怪人二十面相」の発端である。さりげなく、かつ、こわいようでもある。だが、『二十面相』を『大統領』に置きかえると——まるで、ダメである。ちっとも、こわくなくなる。

どれでも、いいというわけでもないらしい。

「目を閉じるやいなや、眠りの冒険が始まる」

新鋭ジョルジュ・ペレックの「眠る男」の一行目である。

「目を閉じるやいなや、大統領の冒険が始まる」

これもいい。よく分らないところが、非常にいい。しかし、少々高級になりそうな気配がある……もっと、俗でなければいけない。


……ながら、ベッドの上で伸びをした。

大統領の片足はギプスがはめられ、天井から吊られている。〈大統領の密使〉事件で、落下傘でジャンプしたさいに起った骨折事故のためである。

大統領の年齢は、まったく不明である。三十代のようにも、また、六十代のようにも見える。鼻がとがって、唇がいやらしく大きいということしか記しようがない。吸血鬼一族の末裔《まつえい》にふさわしい、やせ細った顔立ちである。

大統領は蒼ざめた腕をのばすと、ベッドの脇のブザーを鳴らし、花瓶のように見えるインターフォンに向って、ゆっくり命じた。

「おい、血をくれ！」

間もなく、中国人みたいだが、国籍の分らぬ男がスッポンと庖丁を両手に入ってきた。

「早くしろ」

「指の係りがいないのよ……」

暴れるスッポンを片手に、男は言った。

「みんな、もう、いやがてる」

「冗談ではない」

大統領が笑った。

「わしが、スッポンの血だけでは満足できぬことは知ってるはずだ。給血者がいなければ、おまえから、貰う。……おまえ、何型だ？」

「おお、おお！」

「O型なら、ぴったりだ。おまえの左手の指をスッポンに嚙《か》ませろ」

気の毒なコックが自分の指をくわえたスッポンの首を斬り落すというような残酷な場面を描くには、作者の神経は少々デリケートすぎるようだ。

……さて、数分後、大統領は特級酒で割った血をワイングラスで啜《すす》っていた。

大統領は浮かぬ顔をしている。

「……どうも、すっきりせんぞ」

彼はチューリップ型にひらいた花瓶に向って呟《つぶや》いた。

「わしの勘に狂いはない。何かが、起りかけているのだ。誰かが、わしをつけ狙っとる。……手術に立ち会った者の中に、どこかの組織のスパイは、おらんか。あるいは、警視庁の鬼面《おにつら》警部の配下とか……」

——大統領、おそれながら、少々、ノイローゼのようですぞ……。

花瓶の奥から陰気な声が返ってきた。

——それに、鬼面は、このあいだの事件には関係していないはずです……。

「古狐のことだ、分るものか」

大統領は呻《うめ》いた。

「しつこく、わしのあとを追っているのが分るのだ。さっきも、あいつの夢を見た……」

——鬼面警部にできるのは、せいぜい、アリバイ破りぐらいなものです。やつは、閣下の敵ではありませんよ。

「気休めを言ってくれて、ありがとう」

大統領は、おくびを一つし、薄笑いを浮べた。

「忠実な部下らしいふるまいであるな」

——皮肉は、やめて下さい。それより、怪我の方は、いかがですか。

「いくらかラクになってきた。……もうすぐ、杖を使って歩けるそうだ」

——仕事の方は、ご心配なく……

「コンピュータのいうことなど、あてになるものか」

大統領は呟いた。

「ところで、例の公害対策事務所の方は、どうだ。深間《ふかま》とかいう指導者は、相変らずか？」

——はあ、例のネーダーズ・レーダー（ラルフ・ネーダー突撃隊員）の教えを守ってよくやっております。

「愚か者め。よくやっている、と言う奴があるか。自動車メーカーと食品・医薬品関係の大会社からの献金が、わしの寝ている間にも、どんどんこちらに集ってきている。深間を殺してもいいことになっているのだ」

——しかし、それでは、かえって世論が……

「莫迦《ばか》……むろん、さりげなく、どこからみても疑いのかかりようのない事故死に見せるのだ」

——どうも……大統領は、組織を広げすぎたのではないですか。公害問題なんかに手を出すのは、やり過ぎですな。

「コンピュータ風情《ふぜい》が……」

大統領は不快げに頰をひきつらせた。

ヤスヒコ

――コンピュータにも、意見具申の権利はあるはずです……

「原則的にはな。しかし、わしの配下に入ったときにそれは失われる。ここでは、わしがすべてだ」

――ファシズム反対！

大統領は指一本でスイッチを切り換えた。

「子《ね》の１３６５番か？」

――さいですが……

「コンピュータが、また、こわれてきた。まるで向う側みたいなことを言っとる。修理してくれ」

――へい……

「人間の方が、いいな」

大統領は声に出して呟いた。

「コンピュータは、わしの趣味まで支配しようとしおる。冗談ではない」

彼は気になるらしく、もう一度、子《ね》の１３６５番を呼び出した。

「……どうだ？　深間事務所の情報は、入っているか。もっとも、入っているから、コンピュータめ、ぐずぐず言うとったのじゃろうが……」

「入ってます。その方は、悪くありません。……ただ……」

「何だ、はっきり言え」

「深間のやり方は抜け目がないので、手を出しにくいのです。殺《け》すというのも、現時点では危険です」

「分っておる。それは、わしの足が直ってからでいい。まず、向う側の情報、情報だ。それが大企業側の要求だからな」

大統領はスイッチを切った。

それから、ベッドの中に沈むと、奇妙な笑いを浮べて、

「悪くない……」

と呟いた。

自己陶酔のときが訪れようとしている……

＊

「その情報は、確実ですか？」

若いナンバー2は、送受器を片手に念をおすと、ナンバー3に向って眼を細めた。

ナンバー3は、そっと、もう一つの受話器を外して耳に当てた。

〈公害企業の社員諸氏よ、自社の非を告発する〝警笛《ホイッスル・》を鳴らす人《ブロウアー》〟たれ！〉

とラルフ・ネーダーが日本人に呼びかけてから、数か月——

この言葉を、

〈企業内に笛吹きを組織すること〉

と誤訳した新聞があったために、横笛愛好クラブの入会者がふえた会社もあったときくが、ともあれ、欠陥車についての極秘文書を検察庁に届け出た人を第一号に、企業内の内通者がふえていた。

深間事務所の専務理事である深間《ふかま》頑三《がんぞう》は、過去のまったく分らぬ人物で、年齢は四十代半ば、白髪が少し目につくが、動きは若々しい。ナンバー2や3のような若者すら、煽《あお》られる位だ。

事務所の資金ルートが不明なので、営利事業、売名といった声もあるが、多くは企業側の流したデマで、深間は笑っていた。

「では、お目にかかれる時刻と場所を、どうぞ……」

ナンバー2は息をのむと、レコーダーのスイッチを入れた。

大型マンションのワンブロックを占める事務所の中には、他に十名近い男女が働いている。

窓は茶色のカーテンにおおわれ、外から見られぬようになっているが、中からは外の様子が窺《うかが》える。原宿駅が近くに見え、人々の動きが手にとるように分るのは、窓が、ふつうのマンションより大きいからであろう。

室内の設備・家具は、むしろ古風で、昭和初期の法律事務所を想わせる。いちばん奥のデスクにもたれている深間の辺りが暗いのは、そこの窓だけが防弾ガラスになっているせいだ。

「こら、毛を散らすな、ペル……」

そう言いながら、深間はソファにうずくまっていた白いペルシャ猫を抱き上げ、ついでにデスクにのせた。

ナンバー2は咳払いをした。猫好きと食道楽さえなかったら、うちの先生は神様なのだが、と呟きながら。

「おお、また、情報か……」

「はい」

「見せてくれ」

深間はメモ用紙をとりあげた。

「……これ、ガセ（贋物）じゃないな」

「と思います」

「よし、すすめてくれ。きみ一人で、大丈夫だろうな」

「はあ」

「そろそろ、三時だ。食事にしよう」

ナンバー2は、かすかに頷《うなず》いてみせた。

深間は、レストランでの会話などから情報が企業側に逆流するのを防ぐために、所員のためにコックをやとっていた。

このコックが、また天才的な男であった。深間は、香港島のある店からひき抜いてきたのだが、男の生れは京都の日本料理屋で、早くから某ホテルのチーフの下でフランス料理を学び、ついにはロシア経由でヨーロッパに行き、フランス、イタリーと修業をつづけて、帰りに香港で中国料理の魔力にとりつかれた、というわけである。

三十そこそこにしては化物のような男だったが、いかに天才の料理でも、昼、夕方、夜食（事務所は残業が多かった）のほかに、お三時まで出されては、所員もマイってしまう。たまには、いんちきなチャーハン、カレーライス、ラーメンなんかにありつきたいと夢みるのである。

だが、深間は、自分の趣味を部下に押しつけるタチであった。

「私、今日は、腹いっぱいなので……」

「きみ、そんなことを言えた義理かね」

深間は眉間《みけん》にしわを刻んだ。

「きみは、きのう、ミロトン風の牛肉とか、フリカンドーとか、鯉の姿蒸しなんか、まっぴらだ、と叫んだではないか」

「はあ……どうも、つい……」

ナンバー2は声を低めた。

「きみは、昭和何年生れだ」

「二十一年です」

「ふん……そのころ、きみのお父さんやお母さんが、どんなに食べ物に苦労なさったか、知っているのか？」

「……え……まあ……」

「銀シャリって何のことか、知っているか」

「それは……昭和十年代の流行語で、女の子が銀座をビキニか何かで、シャナリシャナリと歩くこと……」

「莫迦な！」

深間は思わず叫んだ。

「ビキニ・スタイルの始まりを『ライフ』がとり上げたのは、昭和二十四年九月三日号だ。戦前に、そんなものがあるか！」

「怒鳴らないで下さい」

ナンバー2も大きな声を出した。

「ぼくはツンボでもないし、飢えてもいない。……いいですか、あなたは良い人です。やっていることも良心的です。……でも、やたらにモノを食べたがる感覚ってのは、ぼくらには、理解できないんです。だいたい、お天道様と米の飯はついてまわるっていうじゃありませんか！」

「きみ、そう興奮してくれるな」

「でも、所長が……」

「きみは、きのう、コボしながら、たまにはタンメンを食べてみたいと言った。これも、本当は、おかしいんだ。たまには日の丸弁当ですませたい、とこう、こなけりゃいけない」

「こまかく、いちいち干渉しないで下さい。ぼくは、タンメンが好きなんです！」

「けっこう。そうきいたから、今日は、タンメンを作ってもらった。いいか、あの天才がタンメンを作ったのだぞ！」

「天才はタンメンを作ってはいけないのでしょうか」

「いけないとはいわない。しかし、これは彼としてはぎりぎりの妥協なんだ。彼は蛙《かえる》の唐揚げと冬瓜のスープを出したかったのに」

「蛙！　冗談じゃない！」

「きみ、赤蛙は、うまいんだよ」

「はあ……しかし」

「とにかく、名人によるタンメンを食してくれたまえ」

深間は卓上のディナーベルを鳴らした。

コックがすばやく丼を配り始める。

「これがタンメンですか」

ナンバー2は呟いた。

「おつゆが澄んでますね」

「きみのは、ちがうのか？」

「はあ、モヤシなんか入って、白っぽく濁ってるやつです」

「それは本物じゃない。このスープを飲んでごらん」

「……おいしい」

「だろう」

「でも、ちがいますね、これは……」

「失礼します……」


とナンバー3が割り込んできた。

「このあいだから、ずっと電話を頂いてた、警視庁の鬼面さんが見えました」

「例のボディガードの件だろう」

深間はうるさそうに答えた。

「いらないんだ。こっちは、体を張っていると答えて、ていねいにお断りしてくれ」

「台所で、私のタンメンを食べてますよ」

コックが無邪気に誇った。

「こんなタンメン、初めてだって……」

「意地汚い男だな。じゃ、台所から、こっちには入れるなよ。警察なんて盗聴マイクぐらい仕掛けかねないぞ。気をつけてくれ。とにかく、今は、いっさい、お断りということにしてくれ、いいな」

「このタンメンは、エビが六つ浮いてるだけだ」とナンバー2が呟く。

「エビそばだもの」

コックは自尊心を傷つけられたように言い返した。

「エビの味が、はっきり分るように作ってあるんです。ナンバー2、あなた、そんなことまで私に説明させるのですか」

「いちいち、註をつけられるのが、いやなんだよ、こっちは」

「そう仕向けるのは、あなたじゃないですか」

「きみの自信たっぷりな態度だけで、おなか一杯になるよ。胃散をくれ」

コックは黙って丼をとりあげると、中味をナンバー2の頭にぶちまけた。

深間は渋い顔をして騒ぎから眼をそむけた。

ソファの上のペルシャ猫がふさふさした毛をふるわせているのに、彼は気づいた。

「見てくれ、ペルが……おい、獣医を呼んでくれ、ペルの様子がおかしい！」

第二章　陰謀くずれ

その瞬間、オヨヨ大統領閣下がベッドから転げ落ちずにすんだのは、片足を天井から吊っていたおかげであった。

大統領は、ベッドの脇にはみ出た上半身をゆっくり元の位置に戻すと（それには、かなりの時間を要したのだが）、改めてきき耳を立てた。

――この猫は、エビのシッポを食ったんだ！　エビのシッポを食うと、猫は腰を抜かすというからね！

どこからきこえてくるのか分らないが、ハイ・ファイ式にひびき渡るのは、ナンバー2の声であった。

――なに！　すると、私のタンメンのエビにシッポがあったというのかね！　へっ、冗談じゃないよ！　そこらの天ぷらそばに入っている冷凍の大正えびとは、わけがちがうんだ！

――そんなことは、どうでもいい！　早く獣医を呼びなさい。

――どうでもいい？……とんでもない。これはコックとしての私の面子《めんつ》の問題ですぞ。

――まあ、まあ。きみが手ずからむいたエビにシッポがあったとは、誰も言っていない。この猫は台所には入らないのだし、シッポをたべるはずはない。

――しかし、ですな……。

ナンバー2の声がした。

大統領の鋭い視線の行く先——壁の上の方のエア・コンディショニングの孔《あな》から、声はひびいてくるようだ。

——実は、ゆうべ遅く、ぼくは、外から天ぷらそばをとったのです。

——あ、それで、変な丼が廊下にあったのだな。

——変な丼とは、何だ。きみの通人向けの悪凝《わるご》り料理には、ゲップが出るんだ。たまには、あっさり、いきたいよ。

——待て待て、それでエビのシッポを、どうした？

——灰皿の中にすてたんです。ペルがそれを食べるというのは、大いに考えられますね。

——それだ！　ナンバー3、獣医は、どうした？

——往診で、二、三時間してから見えるそうです。

——ちっ、運が悪い！

——大丈夫ですよ、所長。背中でも撫でてやりましょう。

——ちょっと待て！

——何だ。コックが、まだ、用があるのか？

——気易くいうな。ひとりとはいえ、私は料理長《シェフ》だ。

……所長、もう、これ以上は、我慢ができません。やめさせて頂きます！

——まあ、きみたち、落ちつきなさい。みんな、短気すぎるよ。

——私は、ずいぶん、侮辱に耐えてきたつもりです。私をやめさせるか、ナンバー2をやめさせるか、えらんで下さい。

——まあまあ……

——はっきりして下さい！

——だって、きみ……きみは、ぼくにとって大切な人だ。分っとるだろ？　しかし、ナンバー2も、これからのわれわれの活動に欠かせない男だ。怒りっぽいが、やる気、充分な男なんだ。

——分りました。深間さんには、いろいろお世話になりましたが、率直にいって失望しました。……私は旅に出ます。遠くへゆきます。知床《しれとこ》とか、あっちの方へ。そして、この傷ついた心を癒《いや》します。

——どうも、大げさでいかん。……ナンバー2、どうだ、あやまってくれないか。

——所長、それは本気ですか。ぼくの頭にひっかかっているものが見えませんか。ぼくの背広にしみ込んでいるのは何ですか。

——困ったな。

——いいんです。……どうせ、私は、しがない料理人です。私が消えりゃいいんでしょう?

——それも、困る……

大統領はベッドサイドの幾つかのボタンの一つを押した。音が消える。

「ふーむ……」

大統領は深い溜息をついた。それから、例の花瓶に向って、

「ニコライとニコラスをよこしてくれ」

と言った。

……ニコライとニコラス、この白系露人の二人組については、やや説明の必要があろう。

ニコライは、やせてひょろっとし、ニコラスは、でぶの男である。二人は、いつも、コンビで仕事をしており、かつては大統領の悪事の手伝いをしたこともあるが、気が弱いので、すぐに善い方についてしまった。

それでは、断乎として善い方にいるかというと、金に困ると、たちまち、銀行強盗を企み、日銀まで地下道を掘ったりする。

のちに、ある探偵事務所にやとわれ、東南アジアの某国に派遣されたまでは目出度かったが、あんまり良い待遇をされたので、浮かれだし、ニコラス(肥った方)は女王の下着を盗むという変な真似をした。そういう趣味があったらしいのである。

一方、ニコライは名探偵の誉れが高かったが、CIAのスパイをつかまえようとして、逆にシャベルで脳天を殴られ、それいらい、少しおかしくなってしまった。

つまり、二人とも、いよいよダメな奴として送り返されてきたのである。

「だいたい、おまえが、ひとの下着なんか盗むからいけないんだ」

横浜の南桟橋に降り立ったニコライがぼやいた。

「困ったことになったぜ。いまさら、あの探偵事務所にも顔を出せねえしよ」

「ひとつ、気をそろえて、銀行ギャングでも、やりますか」

「あっさり言うな。しかし、ナンだな、世の中、やっぱり、現金《げんなま》を持ってねえと、いけねえよ。早い話が、持つものを持ってりゃ、キャバレーへ行ったって、あら、ニーさん、待ってたわよ、かなんかで、女の子が寄ってくる」

「ニーさんて、何です」

「莫迦、ニコライだから、ニーさんじゃねえか。佐藤なら、サーさん、美濃部なら、ミーさんよ」

「すると、ぼくは、どうなりましょう」

「おまえはニコラス、だから……ニーさんだな」

「こりゃ問題ですよ。将来、われわれが大金持ちになって、吉原《なか》——じゃない、バーにくり込むようになる。女の子が、あら、ニーさんたら、本当に容子《ようす》がいいわ、なんて、言ったとします」

「言うかね？」

「言いますとも。……そのとき、二人とも、ニーさんじゃ、どっちのことを言ってるか、分らなくなりますな。どうしましょう？」

「莫迦だね、おまえは。おまえてえものは、長生きをしますよ」

「とにかく、腹が減りましたな」

といったやりとりがあって、二人は、やけのやんぱち、横浜は山下町にある、とある倉庫を破ったのである。

ところが、この倉庫、オヨヨ大統領の部下が守っているものだったから、たまらない。ひっくくられて、あの世行きになるところを、大統領の骨折事故のために、裁決がおくれ、そのあいだに二人は心をいれかえて大統領への忠誠を誓ったのであった。

……そうはいっても、もちろん、ロクな仕事があるわけはない。まあ、倉庫番の手伝いとか、廊下掃除が、いいところである。

「お呼びでございますか」

ドアが細目にあいて、ニコライの声がした。

「ニコラスも、いっしょか」

「へい」

「二人とも、入れ」

おどおどしながら、まずニコライが、それからドアが大はばに開いてニコラスが入ってくる。

「どうだ……いくらか、馴れたか？」

「…………」

「そんなに怯《おび》えなくてもよい。……おまえたちを飼っておいたのは、今日という日のためだ」

「へ……」

「ニコラス、おまえ、たしか、野犬狩の経験があったな」

「は、はい」

「その能力を生かす機会がきた。おまえたち、これからすぐに、わしの命じる場所から一匹の猫を持ち出して欲しい。白いペルシャ猫だ」

「ネコ？」

「変な顔をするな。まさしく猫だ。しかも、どうやら、エビのシッポか何かにアタったらしい。こいつを、うまく連れてくるのだ……」

「簡単、お茶の子さいさいでさあ」

「それが、ちがう。向うは深間事務所だ。知ってるか」

「へえ……日本版ラルフ・ネーダーとかいう男のことでしょ」

ニコライが言った。

「そうだ。警察官すら入れないほど、きびしいところだ」

「でも、何だって猫なんか……。誘拐して、脅迫でもするんですか？」

「ちがう、ちがう。これから、訳を話してやろう」

大統領は葉巻をくわえた。ニコライが素早く火をつける。

「いかに猫好きとはいえ、深間頑三はそんなことでマイるような男ではない。わしが猫を必要とするのは、もっと現実的な理由からじゃ」

大統領は深々と葉巻を吸い込んだ。

「その猫は、もともと深間が可愛がっていたものだ。ペルという名だがな。まえに、こいつが病気をして獣医のところに連れて行かれたときに、われわれは、ほんの一晩、盗み出して、ちょっとした手術をした。その意味が、分るか?」

「いいえ」

「いいえ」

「耳の中に超小型の盗聴器を移植してやったのだ。猫が深間のそばにいる限り、事務所の会話は、どんどん、きこえてくる。猫がうろつきまわれば、所員の深間批判、その他の情報が、じゃんじゃん、入ってくる」

「すばらしい!」

ニコラスが叫んだ。

「そう、たしかに、わしならではのアイデアであった。……だが、急に、すばらしくなくなったのよ! 猫が発病したんだ。獣医が聴診器を当てれば……いや、それなら大丈夫だが、レントゲンにでもかけられれば、いちころでバレてしまう。そうなると、深間は大企業の陰謀と叫ぶだろうし、大企業は、またしても、まずい立場になる。しかも、この盗聴器たるや、木下電機が開発したことは、すぐに分るはずだ。……これでは、わしの立場がなくなる。猫をすぐに誘拐する必要がある」

「分りました。では、さっそく……」

「待て、ニコライ!」

大統領は鋭く言った。

「猫をつれてくるだけでは、また、怪しまれる。げんに、鬼面《おにつら》という、わしを専門に狙っている警部が、向うの事務所にいるのだ」

「じゃ、どうします?」

「ペルにそっくりな猫を探し出して、すりかえてくるのだ。あとで、もう一度すりかえれば、連れて行かれたということすら分らん」

「なるほど!」

「本来なら、これは、もっと有能——いや、馴れた連中のやるべきことだ。しかし、わが組織の幹部クラスは、目下、スイス銀行襲撃の下調べに行っている。わしは、ベッドから動けん」

「大丈夫です」

「任して下さい」

「ここに、ペルの写真がある。これに、そっくりな猫を探し出せ」

大統領は、天才的な頭脳の閃《ひらめ》きの証拠であるかのように、ペルのカラー写真を突き出してみせた。

「さあて、と……どうする？」

ニコラスがぼんやり言った。

タクシーで、数軒のペット・ショップを歩いてみたのだが、そこにいるペルシャ猫はいずれもペルとは似ていなかったのだ。

「進退きわまったな……」

二人は渋谷駅の前の広場に立ちつくしていた。

そこは、あらゆる演説の見本市であった。

都知事候補者——

高名な作家の死をムダにするな、と絶叫する学生たち——

公害追放を叫ぶ男たち——

物価値上げ反対の主婦たち——

女性解放《ウーマン・リブ》を呼びかける女たち——

これらを、待合せらしい若い男女がぼんやり眺めている……

そのとき——

「や、きた、きた」

という声がした。

向う鉢巻、槍を小脇にかい込んだ品の良い老婆が走ってくる。

「なんだ、ありゃ？」

ニコライが言った。

「寛永御前試合か？」

「あんたがた、あのバアさんを知らんのかね」

競馬新聞を手にした男が話しかけてきた。

「あのバアさん、猫虐待阻止同盟——略して猫虐《びょうぎゃくどう》同の指導者で、よく、ここで演説するんだ。みんな、ネコババアと呼んでらあ。演説は面白えよ」

「みなの衆！　よう、きけや！」

猫婆あは叫んだ。

「美しい東京もええ、憂国の情念もええ。しかし、もっとも大切なのは、猫、ネコだぞえ」

ババア、ひっこめ、という罵声がとんだ。

「無礼者！　それになおれ！」

小柄な老婆は鉄扇で足もとを示した。

人々は、どっと老婆をとり囲んだ。

「あたしには、根古野《ねこの》タメという、れっきとした名前がある。ちょっと家族合せの名前みたいじゃがな。明治二十二年の生れで、一生を猫解放運動にささげてきた。……本日は、あたしのさいきんの仕事を報告いたしまする……」

まばらな拍手が起った。

タメ女史は、まわりの演説に敗けじと声をはりあげ、

「ひとつ、……テレビジョンの広告における猫の多用に抗議する。……つまりじゃ、キャッツ・アイと称するカメラの広告フィルムでは、明らかに猫が虐待されている。また、別な広告では、小便くさい小娘が〈アタマ、ヨクナーレ〉と叫ぶと同時に、商標らしい猫が鳴く。これも、明らかに猫へのブジョクである。これらの会社の宣伝部、及び代理店の電報堂に、きつくねじ込んでやったわ。ざまーみろで、ございまーす！」

一同は、どっと笑った。

「さらに、都内の犬猫病院への抗議。——なぜ、犬が猫の上にくるのか……これは、あきらかに猫に対する無意識の差別のあらわれである。猫犬病院とせよ、と、一軒一軒、警告を発して歩く。いうことをきかん奴には、そのうち、招き猫印のダイナマイトを投げ込んでくれようぞ。なに、老いたりとはいえ、赤軍派などに負けてたまるか！」

とん、と、槍で地面を突いてみせる。

「さて、みなの衆、今日はアクション・ペインティングに及んでみせますぞ。犬族の権威の象徴、あの忠犬ハチ公を白ペンキで塗ってくれよう。それ！」

かけ声もろとも、㋨印の絆纏《はんてん》を着た数人の若い衆があらわれ、忠犬ハチ公の銅像に白ペンキを塗りたくる。みるみる、真白になったその頭に、タメ女史は真黒な招き猫をのせ、一同にVサインを示した。

やがて、きこえるパト・カーのサイレン、そこは老女史、

馴れたもので、

「さらば、友よ！」

と叫び、脱兎のごとく逃げかかる。

「いけね、婆さんを追うんだ」

ニコライは叫ぶと、宙を飛んだ。

だが、槍を若い者に渡したネコババアの早いこと、さしものニコライも青息吐息で、後ろ姿を見失わないのが、やっとだ。

婆さんが、東急文化会館中のでかい映画館の入口、折しも上映中の西独セックス映画「牡猫の舌」の大看板の蔭にかくれたところで、ニコライ、やっと追いついた。

と思いきや、鉄扇一閃、ばちーん、という音とともにニコライはひっくり返った。

「しまった。てっきり、邏卒《らそつ》（巡査）のたぐいと思って」

「……ふっ、大丈夫です。……ネコババア、いや、あなたを女と見込んでたのみがあったのですが……とにかく、ノンストップだから」

ニコラスがようやく追いついてきた。


「あれ、兄貴、看板にぶつかったのか。ひどいコブだぜ」

「うるさい。さあ、そっちの喫茶店に入るんだ」

ニコライはよろよろと起き上った。

「おまえさん、白人のようだが、日本語が達者だねえ」

タメ女史は溜息をついた。

「ありがとう——ということもないんですがね」

「いまの演説をきいていたのかい」

「もちろんです」

「どうかね、あたしの話は説得力があったかい？」

「さあてね。まあ、理解されねえのは反体制運動の宿命でしょうね」

ニコライは調子がいい。

「そういうものかね」

タメ女史は言った。

「あたしゃ、運動のためなら、例の洋妾《らしやめん》みたいに公衆の面前で、ベッドインしてもいいと思っているよ」

「ジョン・レノンの奥さんのことですか。ひどい言い方だな」

「なに、むかしは、みんな、そう言ったものさ。ところで、相談てのは、何だえ?」

第三章　餅は餅屋

「おまえさん方も、トロいねえ！」

タメ女史は、ほ、ほ、ほ、と笑った。

二人組は、「ユーハイム」に入ろうというのに、タメ女史の希望で、横町の珈琲店「黒猫《シャ・ノワール》」に変えたのである。

昼なお暗い店の中は、猫でいっぱいで、天井のすすけた太い梁《はり》にも、金色の目がいくつも光っている。

片目が黄色で片目が青の白いネコ――俗に福猫というやつが、カウンターの上で辺りを睥睨《へいげい》している。

天気予報よりアテになるというので船頭に珍重される〝雄の三毛猫〟――これとならんで、大事にされるのが、この福猫である。客を呼ぶ、なんてことをいう。〝金目銀目〟ともいわれて、なまじっかなシャム猫よりも大事にされるのだ。

「いい匂いだ」

運ばれてきたコーヒーに、ミルクを入れようとすると、女史の鉄扇がニコラスのひたいをしたたかに打った。

「たわけ！」

「何ということをするんです！」

ニコラスも血相を変えた。

「この店では、ミルクをそんな風にしないんだよ！」

「じゃ、どうすりゃ、いいんです？」

「……いいかい。カップをどけて、下の受け皿にミルクを入れる。それで、コーヒーを飲む合間に、ほれ、こんな風にミルクを飲むのさ」

「まるで猫みたいだ」

鉄扇がニコラスの頭を打った。

「まるでとは、何だえ。その言い方だと、猫が人間よりも低い存在みたいにきこえるじゃないか」

「へえ」

「さあ、おやり……」

「でも」

「いやなら、いいよ。おやめ。あたしも、手伝わないから」

「ええい」

ニコラスは受け皿に入れたミルクを飲み始めた。

とたんに、鉄扇がニコラスの頭を打った。

「何をするんです！」

「舌がピチャピチャ音をたててないじゃないか！」

ニコラスは諦めて舌を鳴らし始めた。

「このコーヒーは熱いな」

ニコライが呟く。

「熱いかね」

タメ女史は言った。

「あたしゃ、そうは思わないがね。おまえさん、少し……ほれ、何といったっけ」

「猫舌ですか」

とたんに鉄扇が鳴り、ホット・パンツの美人ウェイトレスがモップでニコライを殴り倒した。

「汚ねえぞ！　わざわざ、言わせるんだもの」

ニコライは抗議する。

「不愉快だ。ジューク・ボックスでも鳴らしてくる」

ニコラスは立ち上り、十円玉を鳴らしながら、曲名をみると、

「げっ、〝黒猫のタンゴ〟とか〝猫じゃ猫じゃ〟とか、どれも、猫づくしだ」

「〝孤独な山猫《ロンサム・ポール・キャット》〟（ミュージカル映画「掠奪された七人の花嫁」の中の名曲）はないか」

ついにニコライがいうと、ホット・パンツが飛んできて、モップで殴り倒した。

「おい、どこが、いけねえんだ」

「〝孤独な〟という形容詞でーす」

ホット・パンツは叫ぶと、遠くで学生が「テネシー・ウィリアムズの中じゃ、〝焼けトタンの上の猫〟が最高だよな」と口走るのをききつけ、走り去った。直ちに、ぎゃっという声がした。

「いいかい。この店じゃ、〝トムとジェリー〟（ねずみのジェリーが、トムという猫に逆襲する連続漫画映画）の名を口にしてもいけないんだよ」

タメ女史が注意するより早く、ホット・パンツがとんできて、老人を張り倒した。

「ひどい！　この人は、八十一なのに！」

「……かまわないでおくれ。規則は規則です」

老女史は凛々《りり》しく言った。

「そういうわけでーす」

ホット・パンツは舌をのぞかせた。

「……ところで、ペルシャ猫の一件だがね。あたしは、この写真の猫にそっくりなのを知っているよ」

「本当ですか！」

ニコライはのり出した。

「ああ、二、三、心あたりはあるがね。なにしろ、あたしゃ、日本愛猫協会の会長でもあるんだからね。どこに、どんな猫がいるか、アタマの中に、ちゃんと入っている。……そう、この近くじゃ、南平台の山岸さんてお屋敷にいるよ」

「決ったぜ！」

ニコライは指を鳴らした。

「兄貴、助かりましたね」

ニコラスが言った。

「おまえさん方、悪い目的があるんじゃないだろうね」

老女史は警戒的に念を押す。

「とんでもない」

「ご冗談を」

「怪しいもんだよ。何をしたって、いいけど、猫を苛《いじ》めるのだけは禁物だってこと、憶えておいで」

ひとくちに猫を盗むといっても、座敷猫《ざしきねこ》の場合は容易ではない。金庫破りをするくらいの度胸はいるのである。

手拭いを鼻の下で結んだ典型的かつ古典的泥棒スタイルの男が、山岸邸の塀をのり越えたのは、それから二十分後であった。

庭にとびおり、見栄をきるやいなや、邸宅中のベルが鳴りひびき、グレートデンが走ってくる。

泥棒は縁側にとび込んだ。ガラス戸の中で、書生らしい二人につかまり、押えつけられるのが見える。

……やがて、パト・カーのサイレンがきこえ始める。鉄扉がひらき、やせた警官が足早にやってくる。帽子の下の緊張した顔は、ニコライその人であった。

「……何か、ありましたか?」

広い玄関に立ったニコライは、まじめな表情で問いかけた。

「泥棒です。真昼間から、とんでもない奴です」

書生の一人が言った。

「どこにいますか、そいつは?」

「応接間にしばってあります」

「参りましょう」

ニコライはおもむろに頷くと、靴を脱ぎすてた。

「失礼します」

二十畳はゆうにありそうな洋間の床に泥棒は転がされていた。

「こいつです」

「ははあ、泥棒ですな」

「だと思います」

「太い奴だ、この野郎!」

「痛い!」

ニコラスは叫んだ。

「約束とちがうぞ」

「変なことを言ってますな」

書生が首をひねった。

「そうですね。もう一つ殴ってやりましょう」

ニコライは警棒でニコラスの頭を殴りつけた。

「あ、いた!」

「ほどいて下さい。私が手錠をかけます」

ニコライはかがみ込むと、ニコラスに囁《ささや》いた。

「猫は、どこだ?」

「向うのクッションの上にいる……。それより、警察は大丈夫か。ここの警報器は警察に通じているらしいぞ」

「そんなことは分ってる。ちゃんと、警察に電話して、非常ベルが故障したが、心配しないでくれと言っておいた」

「パト・カーがきたみたいだったけど……」

「サイレンだけだ。サイレンの器械はバッグに入れて門の脇に置いてある」

ニコライは玩具の手錠をニコラスの手首にかけた。

「侵入経路をご説明ねがえませんか。具体的に、庭に立ってですな」

二人の書生は庭に出た。

ニコライはすばやくペルシャ猫に注射すると、ぐったりした猫を、ニコラスのジャンパーの中の袋に押し込んだ。

「ふむ、ふむ……ああ、グレートデンに追われて……こっちへ……いや、莫迦な泥棒ですな。(ニコラスを殴る音——)……では、署に連行して取調べます。……いや、お見送りは、けっこうです。失礼……」

二人は門の外に出ると、衣裳をバッグに投げ込み、タクシーをひろった。

「案ずるより生むが易しとは、よく言ったなあ」

燃えるようなニコラスの眼を無視して、ニコライは言った。

「これで、猫をすりかえれば、おれたちは、シンジケートの幹部候補ってところだろう」

「あんたは、いいよ、殴る側だから。こっちの身にもなってみろ!」

ニコラスは歯をむいた。

「そんな不機嫌な猪みたいな顔をしないでくれ。それより、明日を夢みようじゃないか」

「民青め……」

ニコラスは呟いた。

深間事務所に入ってゆくにも、警官に化ければいいというのが、ニコライの考えであった。

十数年まえに、ジェームズ・キャグニイ扮するギャングが、やたらに警官に変装する映画を見ていらい、ニコライは、これ専門である。なんとかの一つおぼえというやつ。

二人はタクシーを降りて、スナックに入った。

「おまえは、ここぞというとき、ドジをふむ男だ。ここで待ってろ」

　彼はニコラスに声をかけると、警官の帽子をとり出した。

　スナックのバーテンは呆然とした。人相のよくないのが、化粧室に消えたと思ったら、すぐにお巡りの服装で出てきたからである。

（手入れだ……）

　と彼は思った。

（例のＬＳＤの件がバレたな）

　ところが警官は、すたすたと出て行ってしまった。

（油断させるつもりだな）

　とバーテンは考えた。

（私服の相棒が残っている。あいつに、見張らせているんだ……）

（あのバーテン、サツの犬くさいぞ）

　とニコラスは思った。

（しつこく見てやがる。……もっとも、ニコライのやり方もよくない。結局、猫を盗んじまったんだからな。やつは、どうも、大局をつかめない。おれなんか、もう、大局一本槍だからな。まあ、木を見て森を見ず、ってのは、やつのことだろうな……）

（おれの警戒に気がついたらしいぞ）

　とバーテンは思った。

（さりげなく見てよう）

（さりげなく見てよう）とニコラスも呟いた。

（あいつが動きかけたら、ニコライなんか放っぽり出して逃げよう）

　ひどい奴があったもので……。

　一方、猫の入った袋をかついだニコライは、向い側のマンションに入り、事務所のブザーを鳴らした。

（さりげなく行くぞ）

　ドアがあいて、日灼けした男が出てきた。

（こいつは、木戸をつくにちがいない。そうしたら……）

「いやあ、早かったな」

「は？」

「入ってくれ。私が警視庁の鬼面《おにつら》だ。……おい、どこへ行く？」

「その……ちょっとそこまで」

「手洗いなら、中にある」

鬼面は、ニコライの肩を抱えた。

「きみ……失礼だが、混血かね？」

「はあ、おかげさまで……」

ニコライは仕方なく、中に入った。

（こんなに易々と中に入れるとは、思わなかった。ところで、問題の猫は、どこにいる？）

「何か情報は、あるかね？」

鬼面は椅子をすすめながら尋ねた。

「ありません……」

そう答えるしかない。

「そうかね……いや、そうだろう」

（ヤバいぞ。こいつ、警視庁と言ったな……）

ニコライは思った。

（おれは、まるで、焼けトタンの上の猫だ）

とたんに、頭の中に猫婆あとホット・パンツが現れて、その形容を拭きとってしまった。ホット・パンツに至っては、拭いたあとのモップで彼を殴りつけて行った。

「かたくせんで……楽にしたまえ。ぼくの名前を知っとるかね？」

ニコライはおそるおそる、首を振った。

「新人だな」

と鬼面は独りごちた。

「アリバイ破りの鬼面ときいただけで、たいていの犯人は、落ちたものだがな」

鬼面は内ポケットから小型の時刻表を出してみせた。

「これ一冊あれば、どんな事件でも、解決してみせる」

（鉄道弘済会の手先だろうか？）

ニコライは腑に落ちなかった。

「〈羽田空港トランク〉事件を知っているかね？　日本全国に似たようなトランクが三十個も出没した事件だ。死体がどのトランクに入っていたかを突きとめたのは、ぼくだ。……〈白昼の憎悪〉事件では、北海道で殺人が起ったときに犯人は四国にいたというアリバイがあった。これを見破ったのも、ぼくだ。犯人は四国で殺人を犯してから、死体を冷蔵庫に入れて、自家用機で、北海道へ運んだ。……〈黒い密室〉事件では、世間があっといったものさ。高いビルの外に面した小さな窓しかない部屋で女が殺されていた。犯人はサーカスの猿つかいさ。猿に人間の首を絞めることを教えたのだ。どうだね、凄いトリックじゃないか！こいつを見破ったぼくも凄い！」

「猿ねえ……」

ニコライは首をひねった。

「テレビで見た映画のトリックに、そんなのが、あったな。……『モルグ街の殺人』とかいうやつ……」

「偶然の一致だよ。そういうことを気にしちゃいかん」

「じゃ、私は、この辺で……」

「待ちたまえ。〈新幹線の空白〉事件を知っとるかね。犯人はどの列車にものっていないのに、京都で殺人をして、ひき返している。時刻表にもない列車があったのだ」

「まさか……」

「ふっ、ふっ、分らんだろう。貨車だよ。犯人は特急の貨車で往復したんだ」

鬼面のきびしい視線にニコライはふらふらっとした。こいつは、えらいやつにつかまってしまった！

「もっとも、難しかったのは〈時間の起点〉事件かな。犯人は、ある旅客機にのっていた。しかし、旅客名簿にはそれらしい名前がない。パイロットもスチュアーデスも犯人ではない。さあ、どうだ？」

「トランクか、コントラバス・ケースの中ですか？」

「ちがう」

「じゃ、吊鐘の中……」

「吊鐘がジェット機につめるか」

「分りませんな」

「犯人は特製の吸盤を手足にはめて、翼の下に吸いついていた」

「まるでヤモリですな」

そこに、頭に乾いたソバをのっけたままの青年がやってきた。

「鬼面さん、所長がお目にかかるそうです」

「やれやれ、やっとか」

鬼面が去ったのを幸い、ニコライはこの場を逃げ出そうとした。

「待って下さい」

ナンバー2が、行く手をさえぎる。

「あなたにも、所長に会って頂きたい。帰られては、ぼくが困ります」

「しかし……」

「しかしも、かかしも、ありませんよ」

ニコライはそっと袋の中を見た。猫は、まだ平和に眠っている。

——獣医さん！

という声がした。

（しまった。獣医が来ているんだ。……大統領には、獣医がくるまえに、と言われたのに）

「お巡りさん、タンメン、好きですか」

ナンバー2がきいた。

「嫌いじゃないです」

「じゃ、きてごらんなさい」

ニコライは、あとから、キッチンに入った。

（なかなか、やり手のコックがいるらしい）

料理に関心のあるニコライは、三方の壁と戸棚を見て、すぐにそう思った。彼自身、神戸のロシア料理店「ザクスカ」のコックをしていたこともある。

「これが、タンメンだっていうんですよ。ええ、ソバはのびちゃってますが、スープは温め直しました。ためしてみて下さい……」

「エビが四つ、入ってますな」

「もとは、六つ、あったんです」

「……ん、こりゃ、いけます。これこそ、本物だ」

「そうでしょうか」

青年は蒼ざめた。

「そうなると、ぼくが悪いことになる」

「どうしたんです」

「タンメンの本質について、コックと喧嘩したんです。コックの奴、かっとなって出てっちゃったんです」

「仕方ないですな」

ニコライは苦笑した。

「別なコックを探すことです」

「それだけなら、ともかく……やつ、腹癒《はらい》せに、所長の大事にしてるペルシャ猫を連れてっちまったんです。ショックで、猫を連れ戻すまで、所長は仕事が手につかぬほどです。さあ、お巡りさん、あとは、あんたの仕事だ」

それはニコライにとってもショックであった……

第四章　日日是好日

ナポレオンにとってそうであったように、オヨヨ大統領にとっても不可能という文字はないのだった。

彼が依然としてベッドから動けぬことは変らなかったが、そのためにこそ、頭脳の回転は早くなっていた。

ヨーロッパからの暗号電話は、スイス銀行襲撃計画が順調に進行していることを告げていた。

これは、大統領の個人的恨みによるところが大であった。かつて、彼はスイス銀行に口座を作ろうとしたところ、あまりに少額なので断られたのである。

……これで、スイスの方はいい……あっちが成功すれば、世界のどこかに小さな神聖オヨヨ帝国が作れるだろう……

大統領は悪い気分ではなかった。珍しく〈善いこと〉がしたくなり、老人ホームにいる大先輩の怪人二十面相にバラの花を沢山送ろうか、などと考えたりした。

枕元の電話が鳴ったのは、そのときである。

——ニコライからです、つないでよろしいですか？

——よろしい。

大統領は、また一つ、片づいた、と思った。猫の耳の超小型盗聴器をとり外したら、公害問題からは手を引こう。こいつは、泥沼みたいなもので、いけない。

——赤電話からなので三分しか喋れません……

いきなり、ニコライが言った。

——大変です。例の猫が盗まれたんです。

——なに!?

——途中までは順調でした。あと一歩というところで、向うの猫がいないのです。

——ふーむ……

大統領は溜息をついた。

——猫は盗まれたといったな。

——そうです。コックとかいうのが、深間と喧嘩したか何かで、いやがらせをしたらしいのです。

——悪い奴が、いるものだ。

かっとなった大統領は、おかしなことを言った。

——どうしましょう、居なくなったのだから、これでいいわけですが……

——そうも、いかん。猫は発病しているのだから、非常に危険だ。どうしても、探し出す必要がある。

——そっくりな猫を見つけたのですが、こいつを置いときましょうか?

——待て待て。変な小細工をして、かえって怪しまれてもいかん。コックが猫を返しにくることも考えられるだろう。

——はあ……

——いま、どこから、かけている?

——深間のオフィスの向いのスナックです。眼つきの悪いバーテンが、こっちを見ています。

——そりゃ、刑事が化けとるのかも知れんぞ。ニコラスは、どうした?

——マッシュルームのピッツァを食べております。

——そんなことを、きいとるのではない。実に、焦《じ》れったい奴らだな。……よかろう、指令を出すまで、そこにいなさい。

——鬼面《おにつら》警部に会いましたよ。

ニコライが言った。

——なに!

——なかなか、切れそうな人です。少し話をしましたが……

——鬼面とおまえが話したって！

大統領の心臓は破裂せんばかりであった。こいつ、気違いじゃないか！

——へ、へ……私はポリ公に変装してましたから、先方も気を許しましてねえ。

——いったい、何の話をしたのだ、おまえ？

——大したことじゃありません。米中の接近といった問題について少々……

——分った、すぐに次の手を打つ。

大統領は受話器を置くと、がっかりした顔をした。

……よりによって、鬼面と話すなんて……。

大統領はベッドサイドのスイッチの一つを押した。

とたんに、クラクションの音、ざわめきが室内をみたした。

しばらく、きき耳を立てていた彼は、インターフォンに向って、

「〝ハイエナ〟をよこしてくれ」

と言った。


やがて、音もなく、滑り込んできた若い男があった。二十そこそこだろう、みるからに変質的な感じがする。壁に背を押しつけたまま、白い歯をむいて笑っている。当人は笑っているつもりはないかも知れないが、そうとしか見えないのである。

「ハイエナか」

「誰を殺《や》りますか……」

乾いた声でそれだけ言った。

「まあ、きけ。問題はニコライとニコラスだ」

「あの二人なら、アイスピック一つで沢山です」

「待て。やつらを殺すんじゃない。いくらプロだからといって早まるな」

「おれは、ほかのことは出来ないからね、あいにく……」

「それは、分っとる……」

「生れつき、これしか興味がねえんだ。おれは白痴かね？」

「……おまえの動物的カンは天才的だよ。……どうだ、この音で、場所が分るか？」

YAAA
やえヒコ

ハイエナと呼ばれる青年は、壁の上方から響いてくる音に耳をすました。

「東横線と国電の音が混《まじ》っているね」

「どこだ？　渋谷か？」

「渋谷なら、地下鉄の音がするよ。地下鉄の音がしない……しかし、人が多い……ふむ、桜木町くさいな」

大統領は指を鳴らした。

「さすが！……猫は、桜木町にいるのだ」

「……地下道に降りている。駅前のところだぜ」

「もう少し、きいていよう。猫の行く先が分ったら、ニコライとニコラスにつれてこさせる」

「へっ、おれは、これだけのために呼ばれたのかい」

「ちがう。おまえは、ニコライとニコラスが裏切らないように見張るのだ」

「見張りか……」

ハイエナは吐きすてるように呟いた。

「あの二人は、トンチキでな。何をやり出すか分らん。しかし、おまえだけというのも……ちょっとな……」

「おれは頭が足りねえ。それは、分ってる……」

ハイエナはぼそっと呟くと、スイッチナイフをポケットから出した。

「いや、そんなことは言っておらん」

大統領は慌《あわ》ててつけ加えた。

「ハイエナくん、そりゃ、考え過ぎだよ」

「空々しい」

ハイエナは歯をむいて笑った。

「とにかく、あの猫は、やつらの担当だから……」

「む……」

二人は顔を見合せた。

スピーカーから流れ出ていたざわめきが、不意に、弱く、小さくなってゆく。

「こりゃ、どういうことだ」

「…………」

「音がきこえるあいだは、行方不明になっても、探す手だてはある。だが、これじゃ……」

ぶっつり、音が切れた。

「なんだ……猫が殺されちまったのか！」

ハイエナは気短かに叫んだ。

「ちがう。たとえ、猫は死んでも、音はきこえてくる。メカニズムは死なんからな」

大統領は考え深げに言った。それから、インターフォンで担当者を呼び出した。

――はい……盗聴器が発見され、とり去られたか、猫が中耳炎になったか、のどちらかです。前後の事情から察して、おそらく、後者でしょう。

「ずいぶん、原始的だな。中耳炎でダメになるのか」

――は……なにぶん、肉に埋め込んだものですから、耳が腫れたり、あるいは耳だれによって……

「わかった、わかった」

大統領はスイッチを切った。

「こういうわけだ。いよいよ、ハイエナ、おまえの出番がきたようだぞ……」


バーテンはふるえていた。

再び化粧室に入った男が、警官の衣裳を脱いで戻ってきたからである。

それでなくとも、バーテンをおびやかす材料はいくらでもあった。

肥《ふと》った男は、ミネストロン・スープを飲み、ピッツァを六枚食べていた。バーテンは料理の腕に自信があったが、六枚というのは少々多いような気がする。

それだけではない。さらに、ひどく眼つきの悪い若い男(私服刑事にちがいないとバーテンは決めていた)が入ってくると、肥った男とやせた男と三人で、何か打合せを始めたのである。

(間違いなく、手入れだ)

と彼は思いつめた。

「きみにたのみがある」

と、やせた男が言った。

「は、はい……」

バーテンは怯えた声を出した。

「この袋の中に猫が入っている。こいつを、あずかって欲しいんだ」

（どういうことだ？　裏の意味があるにちがいないぞ……）

バーテンは、まばたきした。

ニコライは黙って、五千円札をカウンターに置いた。

「もちろん、内緒でね。すぐに、とりにくるから」

バーテンは袋の中で眠っている猫を改め、五千円札をズボンのポケットに捩《ね》じ込んだ。彼は三人の正体が分らなくなった。

「……猫は桜木町で消えちまった……」

ハイエナはブラック・コーヒーを啜りながら言った。

「その行方を探せという御命令さ」

「そりゃムチャだ」

ニコラスは首をふった。

「横浜市だけに限っても、あなた……」

「いやなら、いいんだぜ」

ハイエナは右手を内ポケットに入れた。

「待て、待て」

ニコライが止めに入る。

「少し考えてみよう。猫を持ち逃げした奴はコックだ。こいつは、香港で中華料理の修業をしてきたというんだ」

「そいつが桜木町で姿を消したとしたら、行先は……南京《なんきん》町《まち》だ！」

「中華街といわないと、叱られるよ」

ニコライが訂正した。

「その桜木町というのは確かだろうな」

「疑うのか」

ハイエナはすばやく右手を内ポケットに入れた。

「あんた、気が早いよ」

ニコライは相手を押しとどめた。

「ここで、ごたごたを起さんでくれ」

「気短かは生れつきだ」

「分った、分った。とにかく、おれたちは横浜へ行く。それでいいだろう」

「ああ」

ハイエナは不安定な眼つきで言った。

「おれは、おまえたちのあとから、ついてゆく」

「え？」

ハイエナは黙って投げ矢《ダーツ》をとり上げると、壁に投げた。

みごとに的の真中に刺さった矢がふるえている。

「コックの名は分っているのか」

ニコラスが小声でニコライにきいた。

「それはきいてきた。さあ、あの疫病神を背負って出発だ
……」

ニコライの声には力が無かった。


「見給え」

深間事務所の窓際で、鬼面警部は助手の旦那《だんな》という刑事に双眼鏡を手渡した。

「あそこを出てゆく二人が、オヨヨ大統領の部下だな。……おや、もう一人、出てきたぞ」

「どうして、分るんですか？」

旦那刑事はきいた。旦那というのは本名である。

「分るのさ」

鬼面は、あらゆる名探偵がそうであるように、多くを語らなかった。

「しかも、あの一人は、ちゃちな変装で、ここに現れおった。あつかましい……」

「さっそく、つかまえて……」

「待ちなさい。きみは、単純でいかん。大統領の組織をつぶすためには、具体的事実を押えていかねばならない。このあいだの、DJ誘拐事件（「大統領の密使」参照）のときは、私の意見はまったくとりあげられず、事件は有耶無耶《うやむや》にされてしまった。……いいか、今度を逃したら、チャンスはないのだ」

「はあ」

「そこで、きみの使命だが……あの三人を游《およ》がせておいて、奴らが何を企んでいるのか見届けるのだ。たぶん、大統領がのり出してくるだろう。とにかく、とっつかまえるのは最後がいい。徹底的に追いまわせ。足を使え。証拠を押えろ」

「はい」

「奴らの行動をライカの二眼レフで撮りまくれ」

「お言葉ですが……」

「なに？」

「ライカに二眼レフはないと思いますが……」

「きみは、いちいち、そういうことを言うから、えらくなれないのだ。不可能を可能にしろ、というたとえだ」

「はい」

「この鬼面の推理に、いままで、まちがいがあったか？」

「ありません」

「分ってるじゃないか。それでいいのだよ。行きなさい」

「はい」

「不服そうな顔つきだな。文句でもあるのか」

「いえいえ」

「なんか疑う顔つきだな。ははあ、ぼくの方針に不満があるのだな」

「とんでもない」

「時刻表を出せ！」

鬼面の顔に朱がさした。

旦那は、すばやくポケットから小型の時刻表を出した。

「さあ、時刻表に誓え。……おや、それは去年の時刻表じゃないか」

「は？……その、今日、服をかえてきたので……」

「どうも、きみは、たるんどる。敵に、してやられるぞ」

「は……では、直ちに、奴らのあとをつけます」

旦那は足早に出て行った。


同じころ、三軒茶屋の奥まった辺りにあるマンションの三階の一室では、日本愛猫協会会長のタメ女史が、二人の孫娘にあちこちに電話をかけさせていた。

山岸家の愛猫が盗まれたという報告が入ったのは五分前だが、老女史は、一瞬のうちに、さっきの二人組の顔を想い浮べていた。

（このあたしとも、あろうものが！）

老女史は自分を責めながら、直ちに、会員たちに連絡をとらせた。山岸家のペルシャ猫といえば、会員の主な者は、すぐに見分けがつくのである。

(不覚であった……)

　老女史は4Bの鉛筆をとりあげると、あの二人組の似顔を描き始めた。

(これをゼロックスでコピイして、あちこちに配ってやろう……)

　いちおう、描きあげると、女史は抹茶を立て、しずかにのんだ。

「お祖母様、お電話です」

　孫娘の声に、ゆっくり立ち上ると、電話をとった。

「はい……これは、しばらく……なに、そっくりな猫を見なさったと……」

　相手は横浜に住む華僑の老婦人で、協会の財政に大きな影響をもつ人であった。

　間もなく、電話を置いた老女史は、

「ハイヤーを呼びなさい」

　と命じた。

「でも、男の人がいないと……」

「いいのです！　これは、あたしが処理すべき問題でござんす」

　彼女は鉄扇だけをもつと、

「早く呼びなさい」

　と、せかした。

「協会の名にかかわることだからね。日本愛猫家連盟の連中がこの不祥事を知ったら、どんなに喜ぶことか……」

　その連盟とは、女史の協会に対抗する分派(向うもこちらをそう呼んでいた)である。

「今夜は、あたしの食事はいらないからね。うちに電話しといとくれ。おまえさんたち、六時にはこの事務所を閉めなさい……」

第五章　変なおとこ

横浜の山下公園に面したグランド・ホテルは、いまどき珍しい古風なホテルである。

映画には、〈グランド・ホテル形式〉というのがある。すなわち、歴史のある豪華なホテルに集った人々の出入り、関係によって、人生のさまざまな面を物語るという形式で、「グランド・ホテル」という映画に始まり、最近でも「ホテル」、「大空港」、共産国では「灰とダイヤモンド」という名作がある。近ごろでは、ホテルでは古めかしいせいか、霧にとざされた空港(「予期せぬ出来事」)だの、船の中だのが舞台に用いられている。

さて、名前も同じ、このグランド・ホテルであるが、正面入口を入って、白い布を敷いた階段を登ったところ(つまり二階)にフロントがある、なんぞ泣かせるではないか。

関東大震災を克明にしらべたルポルタージュ「正午二分前」によれば、あの地震のとき、モリス・チチェスター＝スミス夫人という身の丈六尺に及ぶ婦人は、風呂桶に入ったまま、(桶の水も殆《ほとん》ど元のままで)このホテルの二階から海岸通りの真中に移動していたという。

また同書によれば、当時のグランド・ホテルは木造だったというが、いまはちがう。クラシックではあるが、妙にけばけばしい今様《いまよう》の四十何階などというのとは異なった重みがある石造りである。

海岸通りが眺められる一階のコーヒー・ハウスに、一団の男たちがいた。

派手なシャツ、ピーター・フォンダ風のサングラスなどから察するに、これはテレビ関係者らしい。

いましも、名物のトマトソースのスパゲッティを食べ終えて、これまた名物のケーキとコーヒーを注文したところである。ケーキは小ぶりで、一人が二個ずつ、えらびとれるようになっている。

「これじゃ、おもろないで」

都合の悪いときだけ、怪しげな大阪弁を使うディレクターが呟いた。

「なんぞ、パーっとした案は、ないか」

全員が白けている。

「スタートからこれじゃ、先がなあ。……おい、ホンヤさんは、どうした？」

「向うで、新聞見てます」

「呼んできな」

「先生……せんせ！」

新聞に眼を押しつけていた肥った男が、こちらを見た。

「しゃアない。おれの方から行くわ」

ディレクターは立ち上ると、肥満した男の傍《そば》にすわった。

「せんせ……」

とディレクターは言った。

テレビ人の〈先生〉という呼び方には、尊敬の意味は些《いささ》かもない。こう言っとけば間違いない、というほどのものである。

「この記事は面白い……」

〈先生〉は大まじめに言った。

「天王寺の動物園というのを知ってますか」

「あたりまえやがな、せんせ」

「そこのゴリラが、写生にきていた女の子に惚れたというんですな。三か月半、写生してたというから、情がうつったんだなあ。女の子がこなくなってから、ゴリラはノイローゼになったらしい」

「あほらし」

「いや、これは重大問題ですぞ。……その女の子が久しぶりに訪ねて行ったところ、ゴリラは胸を叩いて大喜び。……ゴリラも人の子なんだなあ」

「つまんないことに感心していないで、番組を考えて下さいよ。朝からの先生の案は、まるで使いものにならんのですよ」

「それは、きみ……この番組が悪い。アメリカの〈キャンディッド・カメラ〉の真似が〈どっきりカメラ〉、この〈びっくりカメラ〉は、そのまた真似じゃないか。三番煎じはきかないと言ったでしょう」

「分ってますがな。そやけど、もっと良い案がない以上、しゃアないでしょう。細井芸能局長も、ベストではないがベターである、と言っていますし」

「分った。……ぼくもほかならぬ細井君、いや細井芸能局長の命令だから、手伝ってるんだ」

「なんや、ひとがギクッとする案、ないでっしゃろか」

「うーむ……そう、いまのゴリラと娘さんね、これの結婚式なんか、どうかね」

「できんことというたら、あかんがな」

「できないかね？……ね、ゴリラと人間のアイノコは出来んものかね？」

「それは、できんとはいえんでしょう」

「変なもんだろうね」

「先生の方が、よっぽど変やで」

「むっ、浮んだぞ。良いアイデアが！」

〈先生〉こと南洋一《みなみよういち》は、突然、立ち上った。

「浮びましたか」

「うん、こうしよう。猫か犬の首に一万円札をつけて、このホテルにくる外人の眼にふれるところに置いておく」

「このホテルでの撮影は駄目です。断られました」

「よし、じゃ、マリン・タワーの傍にしよう。乳母車かワゴンにのせておく、それで、人の反応を写すわけだ」

「あまり、良い案じゃないけど……」

「なに？」

「いや、ベターであります。それにしましょう」

「よう、一万円札ってのは古いぜ。それより、値段の高そうな犬にしたら」と一人が言う。

「犬は噛みつくから、このごろ、取締りがきびしくなってんだよ」

「じゃ、猫……ぐっと高級なやつなら、見る人が見れば、盗もうとするよ。そこを盗み撮りさ」

「けど、高級な猫ってのはなあ……ペット・ショップでもよう貸さんで……」

「あれを見ろ」

南洋一の太い指が、山下公園をさしていた。

「あそこにいる若い男が抱えているペルシャ猫、あれは相当なもんだぞ」

「しかし、こんなバカげた仕事に貸してくれないでしょう」

「それは、交渉次第だわさ。……よし、吾輩みずから、のり出すとするか」

南洋一が歩き出すと、まわりの椅子が倒れ、どういうわけかウォーターグラスが床に砕けた。

「こんな猫、お要《い》りようなら、さし上げますよ」

青年は言った。

「そりゃ、いかん。だいいち、これは名猫じゃないか。さだめし、血統も良かろう」

「らしいですがね、知っちゃいねえ。本当に、よかったら、持ってって下さい。エビのシッポを食って、少々元気がないが、じきに直るでしょう」

「しかし、只というわけにもいかん」

南洋一は考え込んだ。

「……まことに僅少だが、一万円さしあげる」

「そりゃ助かります」

「きみ、名刺の裏にでも、受けとりの印をくれないか。いや、紙きれでもいい。払うのはジャパン・テレビだ」

「失業者ですから、名刺はありませんが……何か書きましょう」

「ぼくの名刺の裏に書いてくれ」

「……これで、いいですか」

「けっこう、けっこう。じゃ、一万円。猫はぼくが大事にしますよ」

南は、あとからきた、若いADに猫を渡した。

「これ、気をつけてね。あとで、ぼくの家で飼うから……」

「おたく、テレビの方ですか」

「いや、ちょっと関係してるだけでね、本職は……そう、ハンターだな」

「鉄砲撃ちですか」

「嬉しいことを言ってくれるじゃないの……」

南洋一は青年の横に腰をおろした。ベンチがかすかに軋《きし》む。

「天王寺の動物園のゴリラだがねえ、あれは、ぼくがケニヤでつかまえてきたものだ。向うでは大騒ぎでね。ぼくが十六、七の時だったから、ヨーロッパでは、ケニヤ少年とか少年ケニヤとか言われたものだ」

「日本の新聞に出ましたか?」

「黙殺だね」

南は苦《にが》い顔をした。

「日本では、ハンターという人種は尊敬されんでね」

「そうですか」

青年は呟いた。

「ぼくも、アフリカでの狩に憧れていたんだが、あそこだけは寄れなかったなあ!」

「いいこと言うじゃないか」

南は青年の肩を叩いた。

「気に入った。どうだ、夕飯をつき合わんか。十分位歩くと、中華街だ。ごちそうするよ、ラーメンなんかじゃない本格的な料理を!」

「あと、湯葉の料理と……」

青年はメニュを見ながら言った。

「あのねえ」

南が口をはさむ。

「ここは、和食じゃないんだからね、湯葉なんていうと恥をかくよ。湯葉ってのはね」

「ユバ、アゲタノ、アルヨ」

蝶ネクタイの支配人が言った。

「ユバ、ウチノトクイヨ」

「あるんだよ、あるとは思ってたんだ」

南が言った。

「それから、東坡肉《トオンプオロオ》……とりあえず、そんなところでいい」

青年はそう言って、メニュを返した。

「その……トンプって何だい？」

「これは、ですね。宋の時代の蘇東坡《そとうば》という詩人が考えたといわれる豚肉料理で、いちばん手間がかかるんです。とにかく、最低五、六時間はかかりますな、蒸すだけで。なにしろ、箸で肉がちぎれるまでやるので、正式には数日かかるのです」

「そりゃ大変！　そんなには待てないぞ」

「いや、ここは、準備してあるはずです」

「失業者のわりに、くわしいじゃないの。……この、老酒《ラオチュウ》に氷砂糖入れるの、知ってる？」

「はあ」

「そうそう、きみの名前は何ていうの？」

「矢野《やの》と申します」

「じゃ、矢野君、乾杯だ！」

ボーイが肉の炒めたのを持ってきた。

南はすぐに箸をつけて、

「うむ……これ、うまいよ。鶏というのは、なかなか、こう柔かくならないよ」

「これ、蛙ですが……」

矢野が小声で言った。

「…………」

「田鶏と書くのは、蛙なんです」

「…………」

南は眼に涙をためていた。

「うっ……分っとる。……こんな骨の細い鶏はないものね。集団疎開したとき、食べてますからね。なんのこれしき……」

「泣くことはないでしょう」

「戦争中を想い出しているのだ」

南はごまかした。

矢野は、二つばかりつまんで、

「まあまあだ」

と呟いた。

「この店は、家庭料理ができるのが取柄でして……」

「きみ、意外に通だねえ」

「少し興味があるだけで……蛙、もう少し、いかが」

「けっこう」

南は眼をそらした。

「日本人は中華料理というと、北京がいいとか、福建だとか、やっぱり広東に尽きるとかいいますが、どのみち、すべてを知ることはムリなのですよ。陳舜臣さんという作家が喋ってたでしょう」

矢野が言った。

「あの人は福建省をよく知っていて、中国では冬至にオダンゴを食べると書いたら、広東の人が、うちの方はちがうと言ってきたというのです。地図で見るとすぐ傍でも、こうちがうのです。通人ぶったのが、すぐ四川風とかなんとかいうのは、おかしいですよ」

「ふーむ」

「ただ、東京では、店が大きくなると、味が落ちるというのは、ある程度、確かですね。それに、コックが日本人の舌に向くように味を変えてしまうのも、本当です」

「そういうものか」

「この中華街でも、東京から食べにくるに価いする店が、いくら、ありますかね。たとえば、Kのトリソバというのは、あまりにも有名ですが、ソバそのものは抜群にうまい。これは東京でも神戸でも、かなう店がない。でも、汁はちがいます。もっとうまいのがある。つまり、ソバと汁がアンバランスなのです」

「というと、味が落ちたのか」

「いえ、Kの場合、ここ十五年ほど、味は変ってないのです。ただ、もっとうまい汁をつくれるコックが香港からきて、一般の水準が上ったのです。だから、〈Kのトリソバ〉というのは、むろん、うまいのですが、敗戦後の飢餓感からの幻影みたいなものがあるんじゃないですか」

「なるほど」

「だって、中国風の粥《かゆ》だって、十五年まえには、中華街でしか食べられなかったときいています。いまは、東京でも、わりにありますからねえ」

「きみは、ずいぶん、くわしいねえ」

「ききかじりですよ」

矢野は老酒を飲んだ。

「中華街でも、今の話のKなんてのは良心的な方でして、店をふやして、ナイトクラブ風にしたり、東京に進出したりしたやつは、てきめんに味が落ちるというか、ムチャクチャですな。……とくに、注意が要るのは、東京の〈名店〉で、名のみ同じで、実は経営者がまるで変ってしまっているのがあるのです。つまり、本店は良いコックを使っているけれども、支店は素人同様のが料理をしている。これが、いちばん、お客を混乱させます」

「ふーむ、きみは、味でそういう背景が分るか」

「味のまえに、雰囲気で分ります」

「この店は、どうかね?」

「飾ってないから、見込みはありますよ。……ちょっと失礼……」

矢野は立ち上ると、ボーイに手洗いはどこか、ときいた。

(調理場の奥か……昔風の店だな)

心の中で呟きながら、矢野は暗い調理場に入って行った。

(調理場の眺めだけで、汚いから中華料理を食わないという連中がいるそうだが……たしかに、そうした奴らからみたら、そういうものだろう)

湯葉を使って炸肉素捲《チアロウスウチアヌ》を作っていた老中国人が、ぱっと矢野を見た。

(むっ、できる)と矢野は感じた。

眼光鋭い老中国人は、両手をひろげた。

「アナタ、タレカ。ワタシノ技術、ヌスミニキタカ」

「失礼だが、それほどの腕とも思えない」

矢野は冷やかな笑みを浮べた。

「ソレナラ、ナゼ、ワタシヲミツメタ?」

「悪くはない、と思ったのだ。ただ、わたしなら、もう少し、手ぎわがよいだろう」

「アナタノ目ノ光、タダゴトデナイ。ドコデ修業サレタカ。

ワタシ、スベテヲ知ラレタノココロ」

「師の名も、修業の場所も言えぬ。それは同じ道に生きる者として分って頂けよう。ただ、いまの場合、欲を申せば、網杓子《あみじゃくし》で油を切るとき、もそっと早う……〇・五秒ほど……」

「ソ、ソコマデ見ラレタカ!」

老中国人は蒼ざめた。

「味の分らぬ客、味の分らぬ日本人相手の商売……是非もない。わたしとて、同じ悩みから旅に出た。あなたの心にゆるみが出たのも当然です。……それに、わたしは手洗いにきたまで。ごめん……」

老中国人は土間に手をついた。

「アナタノ全身カラ発スルノ動物的電気、ワタシニハ、ワカル。アナタ、若イケド、長イ長イ旅ヲシテ、悟リヲヒライタ……」

「ささ、お手をあげられい」

矢野は中国人の腕をつかんだ。

「実は、わたしも、あなたに見つめられた瞬間、自分に欠けていたものが分った。……わたしには腕がある。……だが、心が欠けていた。わたしの料理にあったのは、慢心だけ……」

「シカシ、アナタノ若サデハ、アタリマエヨ……」

「いやいや、長い虚空遍歴の果てが、これではお恥ずかしい。わたしにも、ようやく見えてきた……」

矢野は土間にひざをついた。

「あなたの動きの鈍りは、としのせい……人間の生理で致し方ない。しかし、その心のあり方は、道をきわめた方でなければ、あり得ぬもの……」

「ジョーダンデナイ。……シカシ、ジツヲ申セバ、ムカシハ高学林《こうがくりん》トイエバ、少シハ、ヒトニ知ラレタ身……」

「えっ、高先生ですか」

矢野は崩れるように両手をついた。

「……この慢心小僧を打擲《ちょうちゃく》下されい。……私は多くの師に出会ったが、初めて一人の主を得た。高先生、私をお傍にお置き下され」

「何トオッシャル、若者ヨ。アナタハ成都ノツバメデス。

コンナトコロニ、イルベキ人デハナイ……」

二人の料理人は土間から動かなかった。

……やがて、南洋一は狐につままれたような面持でその飯店を出た。

――変な奴だなあ、あいつは、あそこに居つくって言ってやがる。……まあ、勘定がタダっていうのが、いいけれども。とにかく、こんな妙なことは初めてだ……。それから、南は雑貨屋に入って、愛人に贈るためのカゴをえらび始めた。

多くの雑魚《ざこ》どもが、おのれの利益、虚栄のために群れ集うこの物語の中で、高学林と矢野は求道者《ぐどうしゃ》として生き始めたようだ。

嗚呼《ああ》、誰か知ろう、百尺下の水の心を！

第六章　混戦地帯

格調高いグランド・ホテルの入口に、タメ女史が姿を現したのは、夕刻であった。

「港が見える方の部屋をとっておくれ」

女史は昂然と言った。

フロント係りは顔をあげると、

「あの……外人の団体客が立て込んでまして、裏の方しかあいてないのですが……」

「じゃ、それでいいよ」

さすがに疲れた声で答えた。

中華街の裏手——小学校の辺りで見かけたときかされて、さんざん歩きまわったのだが、ムダであった。いるのは安っぽい猫ばかり。

（それにしても、猫をつれていたという若い男は何者だろう？）

山岸邸から、猫をつれ出したのは、二人組の泥棒だという。その片割れであろうか。

老女史には理解できぬことばかりであった。

夕食だけはゆっくりとろうと、電話で、グリルのテーブルをリザーヴした。

（ほんとに、あじけない世の中だよ……）

バス・ルームでシャワーを浴びてから、ベッドに腰かけて呟いた。

大震災……戦災……東京オリンピック……万博……と世の中は悪くなる一方だった。

（そういえば、大震災のまえに、たしか、この隣に、オリエンタル・ホテルとかいうのがあったっけ。……そう、あそこのクリスマス・パーティーで、あたしは宵待草をうたって拍手かっさいだったねえ。死んだ主人は、パイノパイノパイかなんかで、色気も何も、ありゃしない……）

久しぶりに泊ったこのホテルが、妙に新式になっているのが、女史は気に入らなかった。どのスイッチでどのライトがつくのか、よく分らない。エレヴェーターで五階のグリルに出ると、客の姿はまばらであった。

窓ぎわの席に案内された女史は、ムール貝のポタージュと伊勢えびのテルミドール、パリ風うずら煮込み、それにどういうわけか、オムレツを注文した。彼女は少食であった。従って食後にも、クレープ・シュゼットと、アーモンド・ケーキと、プディング、アイスクリーム、コーヒーしか貰わなかった。

やがて、バンド演奏が始まった。かつらを忘れたシナトラのような初老の男が、けっこうなヴェルヴェット・ヴォイスで一九四〇年代のヒット曲をうたった。

（新しい歌は、どうも好きにはなれないねえ……）

タメ女史は思った。

（せめて「コロッケの唄」でもやればいいのに……）

彼女は田谷力三の「ボッカチオ」や、木村時子と杉寛の「カフェーの夜」の舞台を想い浮べた。

「なんだい、ありゃ……」

女史の横のテーブルの若者が言った。

「ぐっとくる夜景、見ててよ。あんなジジイの歌じゃ、気分をこわすぜ」

「『オンリイ・ファイヴ・ミニッツ・モア』って、何だい。せかされているみてえだ。にゃろめ」

「にゃろめは、古いぜ」

女史の眼が光った。

（ひとさまが、いっしょうけんめいに歌っているのに、何だえ。しかもにゃろめとは許せませんよ。ええ、許せるものですか）

二人の若者が席を立つと、同時に、女史も立ち上った。レジでサインをすませて、あとを追う。

いっしょにエレヴェーターに乗ると同時に鉄扉が閃いた。

……やがて、二階にとまったエレヴェーターから転り出た二人は、何が起ったのか分らなかった。

老女史はベッドに正座してテレビを見ていた。

悪い番組や、猫を苛めている番組を見つけて、投書するのが女史の趣味であった。そして、いま、眼のまえに展開しているのは、まさに、この二つを兼ねそなえた番組である。

題して、「びっくりカメラ」――

――さて、本日、撮ってきました分は……

と司会者が言った。

――これぞ、びっくり中のびっくり……高価なすて猫を見て、盗もうかどうしようかと戸惑う人たちの姿ですよ……はい、フィルム、スタート!……

画面に(遠くからではあるが)写っているのが山岸家の猫らしいので、タメ女史は仰天した。

ベッドを転りおりると、ジャパン・テレビに電話を入れた。

――はい、芸能局です……

タメ女史は、いま写っている猫は誰のものか、と叫んだ。

――いま?……おい、何やってる……ああ、新番組か……猫だってよ……分んねえよな……

「監督はいないのかえ!」

――ディレクターは、スタジオに入ってますよ、本番中ですから。……そういうことなら、もう一時間位してから、かけてくれませんか、はい……

「うつけ者!」女史は誰にともなく言った。

次の瞬間、画面にあらわれたのは、マリン・タワーのようであった。

(……こりゃ、どういうことじゃ?……)

元町のあいまいホテル「開化」の一室では、ニコライとニコラスが、やけビールを飲んでいた。

ヤスヒコ
ワタシノ耳ハ
ジゴク耳
ワルイ
ウワサヲ
ナツカシム

「おい、そっちの旦那、一杯、いこう」

ニコラスが叫んだ。

造りつけの洋服ダンスの戸をあけて、腰かけたハイエナは、

「いいかげんにしろ」

と言った。

「言いたかねえが、もう少し、いいホテルに泊りたかったね。ここは、むかしのGI相手のパンパン宿だろ」

ニコライはピーナッツをつまんだ。

「そいつを、少し、日本風にしたんで、何だか分らなくなっちまったんだな」

「男が三人で入ってきたんで、女中が変な顔をしてましたよ」

「怪しまれるわな」

「むかし、このすぐ裏に、黒人兵専門のフェラチオの女がいましてね」

ニコライが下らない知識を披露した。

「いまは、しれっとして、人妻にでもなっているんでしょうな」

「まじめにやれ！」

ハイエナが怒鳴った。

「なんだ、なんだてえんだよ」

ニコラスが振り向いた。

「何を、まじめにやるんだ？」

「猫を探すんだ」

「冗談じゃねえ。……この暗い中で、どうしようってんだい。猫なんてのは、ぼやっといるもんじゃないんだよ」

「よせよ、おまえ」

「いや、言わしてくれよ。……猫がなんでえ、オヨヨ大統領が、なんだてえのよ。猫だ？……冗談じゃねえ、こちとら、猫を探しに生れてきたんじゃねえんだ……」

「およしよ」

「猫なんてものはね、明日、探せばいいんだ。今夜は、もう、ダメ。あれだけ、うろうろして見つからないんだからね」

「飲んだくれめ」

ハイエナは沈黙した。

「明日は、中華街の右側の方を、ずっと行ってみようじゃないか。シラミつぶしにさ」

ニコライがとりなすように言う。

「……ただねえ、猫をつれたコックがおりませんかってきくのは、いかにも間が抜けてみえるんでな」

「大統領は、二日間でやれとおっしゃっている」

ハイエナはロボットのように呟いた。

「それが出来なかったら、おまえらを殺《ばら》していいという約束だ」


旦那刑事は壁に聴診器を当てたまま、頷いた。

（猫をつれたコック……つまり、失踪した矢野を追っているんだな）

そこまでは分った。

（だが、なぜ、奴らが矢野を追うのだ？　そこのところが分らんぞ。……ここが勝負のしどころだて。……そう、おれが、先に矢野を見つけて、注意しとけばいいわけだ。おまえはオヨヨ大統領に狙われとる、と……。はっ、やっぱり、おれは冴えているな。今夜のうちに矢野を探し出してやろう……）

隣室の三人は喧嘩を始めたらしい。旦那は、ひとり、頷いている。


そこから程遠からぬ中華街、二階の三畳で矢野は端座していた。

高学林に惚れたあまり、住み込んだとはいえ、部屋はあまりに汚く、暗かった。ベニヤ板一枚へだてた隣からは、高学林のいびきがきこえてくる。

（おれは、料理の鬼だった……しかし、人間の心については……）

人間の心はともかく、彼はこのとしまで異性に興味をもたなかった。そのために、しばしば、奇妙な疑いすら受けたものである。

自分は成熟が遅れているのに過ぎないのだろうか。深間事務所につとめていたころ、彼は自分のアパートで騒ぎを起したことがあった。

ある夜、彼の部屋の下から女の苦しむ声がきこえてきたのである。彼は直ちに畳をあげて（ここらが彼のユニークな点である）、下の様子をもっとよく窺おうとした。彼の勘では、これはまぎれもなく殺人であった。天井板に近づこうとしてヤカンをひっくりかえしたことなど、矢野にとっては問題ではない。

覗《のぞ》いてみると、裸の女がぐったりしていた。彼は直ちに一一〇番に電話したのである。

やがて現れた警官は、不当なまでに矢野を叱った。おまけに、ヤカンの水が落ちてきたことで、階下の女（彼女はなぜか生きていた）に文句をいわれた。

矢野は自分が大いに失礼をしたとは思ったが、だからといって、自分が〈異常〉だという、警官の言葉には同意できなかった。

彼はスナック・バーで知り合った花形モデルとも、女優とも、すぐに友達になれた。彼ほど〈純粋に〉女の悩みをきき、親身になる青年はいなかった。それだけに、〈女らしさを利用した甘え〉に対しては、きびしかった。酔って、彼の身体に触れたために、絶交を言いわたされた人気タレントもいた。「何だってんだ。女だてらに、人の身体にさわりやがって、不潔ったら、ありゃしない」

――あの方、芸術家のセンスなのね！

女たちは感嘆した。

ホモでも、不能でもないらしいだけに、この人物は女たちにとって（男たちにとってもだが）謎であった。

怪しい下心の男たちに狙われている派手な女たちは、彼の聖者のようなきびしさに打たれたくなるらしく、つねに数人がつきまとい、それでも矢野は視線を動かさなかった。そして、スナックのスパゲッティというのはこんなにまずいままに放置されていいのかと考えるのだった。

「矢野さん、セックスに興味がないの？」

「ふ、ふ」

矢野は寛大に笑った。

「ねえ、あなた、知らないんじゃない」

「ふ、ふ」

「ね、教えたげようか」

「そのうちな……ふ、ふ」

まるで相手にならないのである。

ある作詞家（美女でした）は、ようやく、彼を自分のマンションに連れ込むことに成功した。

彼女は、少し酔った彼をベッドに入れて、バスルームに入った。やがて、バスタオルをまいて現れた彼女は、矢野がキッチンで、イタリアン・サラダを作っているのを見て、びっくりした。

「ぼくは、きみが変な気持をもつ人ではないと信じている」

そう呟いた矢野は、上着を抱えて去って行った。作詞家は、このときの気持を書いた「とりのこされて」という歌で、その年の作詞賞をとってしまった。

矢野の危機は、これだけではない。

ガール・フレンドに料理を作るのをたのまれて、浮き浮き出かけると、相手はベッドの中にいるなどというのはざらであった。彼は裸の相手が風邪をひかぬように注意しながら、とくいの腕をふるった。冬でも裸になりたがる女の習性を彼はフシギに思った。

彼は、スナックでは自分の職業を、あいまいにしていたので、いつの間にか、〈イラストレーター〉だということになった。〈芸能マネージャー〉よと噂する女もいた。

彼がもっとも迷惑なのは、「お料理してあげる」といって、彼のアパートにのり込んでくる女たちであった。

アパートは、あくまで、ネグラである。そこでカレーだのロール・キャベツなどを作られ、食べさせられるのは苦痛であった。

「あなたは、ジャック・ペランに似ている」

と、彼はしばしば言われる。

それがフランスの俳優だということは知っていたが、彼にとっては、どうでもいいことであった。

彼の眼からみると、ほとんどの女は料理に熱心ではなかった。

たまに、おや、という家庭料理に出会うが、それを作ったのは、どれも友人の奥さんであった。その料理の作り手と、そう親しくするわけにはいかない。

（……こいつは、おかしいぞ……）

矢野は三畳の真中に立ち上ると、ゆっくり窓ぎわに行った。

そこから、若い娘の寝室が見える。主人のひとり娘であることは、夕刻に紹介されて知っていた。

……中国娘……二十一か二だろう、英語の塾に通っているとか言っていた……

（どうも、おかしい……）

娘は全裸になって鏡を眺めている……

（ちっとも珍しくないのにな。ハダカなんてな……）

今夜は、ちがうのである。妙に、おちつかない。

（おれは、異常になったのだろうか？）

三畳の中を往復し、もう一度、覗いてみた。

いきなり、冷たいものが彼の眼に貼りついた。

はがしてみると、春巻の皮である。

（むっ……高学林先生……）

同時に、戸があいて、老人が入ってきた。

「イズコニアリヤ、求道《ぐどう》ノココロ」

「はっ」

「アナタ、ソンナ人ト見エナカッタ。ドシタノ？」

「いや、わたしも、こんな気持は初めてで……でも、どうして？」

「汚レタココロ、ピリピリト伝ワルノヨ」

「ははっ」

「料理ト女ト、ドッチ大事カ、考エナサレ」

「はい」

「外デ、アタマ、ヒヤス。コレマデ……」

老人は去って行った。

「うーむ、しんどいのこころ」

矢野は呟くと、廊下に出て、狭い階段を下りた。

なんとも疚《やま》しく、奇妙に、うずくようでもあった。

（ひょっとしたら、あれらの女たちも、こういう気持で自分に近づいてきたのでは……）

彼は店の外に立って、道をゆくアベックを眺めた。

（これで、おれの料理に、一段とふくらみが出るかも知れ

ん）

　なんでも料理に結びつけたがる男である。

　そのとき、一人の男が近寄ってきた。眼つきの悪い中年男だ。

「警察の者ですが……」

　ちらりと手帖を示した。

「ちょっと伺いたいのですが……」

「どうぞ」

「白いペルシャ猫をつれた若いコックをご存じないですか。今日あたり、おたくにでも……」

　矢野はわれに返った。

「いや……そんな猫は……」

「ご存じない？」

「ええ」

「めっぽう腕のいいコックが、この辺の店にやとわれたという噂はききませんか？」

「さあ」

「そうですか……もう、ムリだな。どこの店も閉めちまったし……」

「でしょうね」

「失礼しました」

　刑事らしい男は去って行った。

　タメ女史は、ホテルのバーから、なおも電話をかけていた。

「そう、ペルシャ猫。白いのよ。……どこにいるか知りたいの」

——細井さん、教えていいスか？

——かまわねえ。

細井《ほそい》忠邦《ただくに》の声がした。

——局長、責任とって下さいよ……

——大丈夫だってばよ。

——もしもし、お答えします。南洋一さんという放送作家のお宅ですがね……電話番号を申し上げます……

　タメ女史は、すばやく、ボールペンを出して、バーのマッチに数字を書きとめた。

「ここにいるんですね、まちがいなく?……」

念を押してから電話を切った。

「あなた、猫、好きですか?」

白髪の外人が声をかけてきた。

タメ女史は警戒的な眼つきになる。

「オオ、ノウ……心配しないで……。わたし、ドイツの、猫の研究家……というよりマニアですね。猫ときくと、とてもクレージーになりますね」

「おや……」

「どうです。シェリーでも、一杯……」

鷲鼻の老外人は眼を光らすと、松葉杖を突きながら、大きな体をゆっくりバーの奥へ運んだ……。

第七章　ばら色の人生

　青年老い易く、学成りがたし、という古い言葉が身に泌みる南洋一の昨今である。

　二人の弟子が、いつの間にか独立して、会社を設立していた。話し相手だった少年は、どこかに去って行った。気のおけない相手だった細井忠邦は芸能局長になってしまった。

　南のようなテレビ作家は、また、もっとも老い易いのである。かすかに持っていた才能はとっくに使い果し、弟子たちから吸い上げようとしたところが、弟子どもは仕事ごと逃げてしまった。

　彼は、例の〝猛獣狩の夢〟からも、さめていた。さめざるを得なかったのかもしれない。

　……いったい、四十年近い歳月を、何のために生きてきたのか、というのが、南の最近の疑問であった。

　彼の少年時代に「バラ色の人生」というフランス映画があった。記憶が定かではないのだが、一本の映画の中に、二つの人生があって、片方では主人公は大変なプレイボーイなのである。これがバラ色の人生。

　ところが、これは、主人公（高校の教師か何かだ）の夢想であり、後半でその男の、灰色の人生（ホントウの方）がくりかえされ、同一のエピソードが全部、逆になる――という、当時としては奇抜な構成であった。

同じ題名の有名なシャンソンが、ここから出たのかどうか、よく憶えていない。二十年以上も昔のことである……。

あいもかわらず、ショウ番組の構成を手伝っているものの、それはまあ、夢の中みたいなもので、横浜から帰った夜、南はひそかに自伝を書いてみようと思い立った。

ところが、日記はおろか、メモ一つつけないので、あわてて昭和史の本を買ってきた。

おどろいたことに、彼は過去の自分の姿を殆どおぼえていないし、安保とかオリンピックなどといった項目を見ても、何かが浮んでくるということはなかった。

これで、自伝の計画は、おしまいである。

彼は昭和史の本を投げ出し、親の代からの籐椅子にもたれて、わずかに残っている記憶をひろい上げてみる。

昭和三十二、三年には……新しくできたばかりのテレビという世界に憧れる若者の一人だった、と思う。すでに功成り名とげた三木鶏郎氏が、南の憧れの人物であった。

それから、ミュージカルというものにも憧れていたと思う。日本でミュージカルを作れる人は、鶏郎氏だと考えていたので、憧れは二重焼きになる。

昭和三十五年ごろからは、ずっとラジオの仕事をしてきた。そのころ、マスメディアの王者はテレビで、ラジオの仕事をするのは冴えない男であった。

やがて、世間は、あまり、ミュージカルとかなんとかいわなくなり、気がついたときには、南自身の熱もさめていた。

そのうちに、テレビの仕事が、ほんの少し、彼のところにもくるようになった。才能のあるテレビ作家が、どんどん、タレントになって、空席ができたためである。

南は、それでも、なんとなく人生をバラ色に眺めていた。

まだまだ、色んなこと（どういうことだったろう?）がデキる可能性を自分は秘めていると考えたものである。

ああ、可能性！　これこそ、バラ色の源泉であり、発売元みたいなものである。

昭和四十一年には、何をしていたろう?　やはり、ラジオの台本やら、テレビのコントを書いていたように思う……

そういえば、「ハムレット」全部を五分半でやるという台本を書いたことがあったな……こわいディレクターの命令で……思えば、ムチャをしたものだ……

南は、製本されたテレビ台本がおさめてある書棚のまえに立って、二、三冊、改めてみた。……「ハムレット」は、すぐにみつかった。

「ハムレット5分半」

第一景（エルシノア城の外）

吟遊詩人（牧伸二）、ウクレレをひきながら、舞台上手《うわて》台上に現れて歌う。番兵（伊東四朗）は板付《いたつき》。

城はシルエット風にみえる。

牧　〽むかしむかしの
　　そのまたむかし
　　海の向うに
　　王子がいたよ
　　王子の名前はハムレット
　　牧伸二より
　　いい男
　　ああ　やんなっちゃった
　　ああ　おどろいた

ライト、やや明るくなると荒涼とそびえ立つ城――

風がはげしく吹いている。下手《しもて》から出たハムレット（坂本九）、番兵のところにくる。

城を見上げて、

九　父の幽霊が出るというのは、あの城壁の上か？

伊東　はっ、時計が二時を打ちますてえと……。

九　久しぶりに父上にあえるってわけか。なつかしいなあ。

日本風の鐘、ゴーンと鳴る。

伊東　そろそろお出ましの時刻です。

九　父上！

二人の向うに井戸が見える。その井戸から、柳の木をかついだ父の亡霊（三波伸介）があらわれる。

三波は、ひたいに三角の紙をつけて、手をダラリとたらしている。柳の木を井戸の脇において、その下に立つ。

伊東　出ませんね。

九　出かかっているのかしら？

亡霊、首をかしげて二人の方に歩み寄り、うしろに立って九の肩を叩く。九、うるさがる身振り。

三波　あの……

九　は？

三波　あのう……なにか、あるんですか？

九　あるのよ、あんた。

三波　あんた？

伊東　珍しいものが、あそこに、出るんですよ。

三波　それは、たのしみですねえ。何ですか？

伊東　亡くなった王様の幽霊。

三波、ずっこける。

三波　やいやい、てめえら、おれの面《つら》ア、とっくりとみやがれ。

伊東　ゲボッ！

九　お父上でありしか。

三波　うらめしやあ（と、おどかして急に下世話になる）……いいか、てのひらを、こう上向きにするとオチョウダイ、乞食だ。幽霊になると、こう、下を向けるの。分る？……うらめしやあ。

二人がおびえると、亡霊、うれしがって、いよいよおどかす。

九　おい、何とかしてくれ。
伊東　そうだ、幽霊ってやつは、ニワトリの声をきくと、消えるとか……
九　早く、それをやれ。

伊東、走って行って城壁のかげにかくれ、

伊東　コケコッコー！

亡霊、ソワソワし始める。

伊東　コケコッコー！

亡霊、あわてて井戸のところに行き、柳の木をまたかついで井戸に消える。煙とヒュードロドロという音。

九　やあ、けっこう、けっこう、消えちゃったね。
伊東　バカですね。
九　ねえ……コケコッコーでスッと。
伊東　むっひっひ、あたしがコケコッコーってやったら、真蒼になって……。
九　それそれ。

二人、浮かれているところに、三波の亡霊、再び井戸から出てきて、二人のうしろに立つ。

伊東　むっひっひ、コケコッコーで。

九　ブルっちゃってさ。

二人、三波に気づいて沈黙する。

三波　（大声で）いいかげんにしろ！

ど突かれた二人、大ずっこけ。（暗転）

第二景（城の廊下）

牧　〽ハムレット王子にゃ
フィアンセがいて
その名もゆかし
オフェリア姫よ
これが美人で
愛らしく
うちの女房と
大ちがい
ああ　やんなっちゃった
ああ　おどろいた

（以下のシーン、略……）

第三景（再び城の外）

牧　〽もつれもつれる
運命の糸
ああしてこうなり
そうなっちゃって
ハムレット王子は
オフェリアの
じつの兄貴と決闘だ！
ああ　どうなっちゃうの
ああ　みものだね

剣をかまえたレイアーティーズ（戸塚睦夫）、下手《しもて》に向い、

戸塚　おのれ、父の仇、ハムレット！

戸塚が下ると、九、剣をかまえて進み出る。

九　何を言う。私の苦しみを知ってのことか。

刃がふれ合い、派手な音がする。

戸塚が身をかわすと、九の剣、城壁に突き刺さる。

グサリ、という効果音。

九、刀を抜こうとするが、抜けない。

戸塚　あの……お手伝いしましょうか。

九　ええ、すいませんねえ。

戸塚　大変ですねえ。

二人、剣をひっぱるが抜けない。

番兵（伊東）、出てきて、

伊東　王子様、お手伝いします。

九　むっ。

三人、剣のつかに手をかけて、

三人　せーの！

剣が抜けたとたん、巨大な城は屋台崩しで崩れ落ち、その割れ目から亡霊（三波）と牧伸二、とび出してくる。

牧　〽ひああ、あンがあンがおどろいた！

三波　びっくりしたな、もう！

全員、ひっくりかえる。

（音楽大エンディング）

なんと莫迦莫迦しいことをやっていたものだろう、と呟きながら、南はザラ紙の台本を閉じた。

もっと有意義なことはできなかったものか。

……一時間後、どういうわけか、ライフル銃の銃口をのぞき込んでいた。

ライフルをかかえ込むようにして、右足の親指を引金にかけてみる。

（これで、いい……）と南は思った。（これで、ヘミングウェイと同じだ……）

とたんに……これまた、どういうわけか、籐椅子の足の一本が折れたのだ。倒れざま、彼の右足指は引金をひいていた。

凄まじい音がして、天井の一角に穴があく。同時に近くの天井板が割れて、人間らしき塊りが落ちてきた。

うまいことに、ソファの上に落ちた男は、はね上り、床に転がった。

「誰だ？」

南は呆然としている。

「おそれいりました……」

片腕に血を滲ませた男は、平伏した。

「噂にまさるお腕前で……」

「きみは何者かね」

「いや、何者ってほどの者じゃありませんや」

「じゃ、何しにきた」

「いや、何しにきたっていわれても困るんです」

「はっきりしろ。ここは、ぼくの家だぞ」

「そういうカタいことを言われると困っちゃうんだなあ」

「なんだ、馴れ馴れしい」

南は若い男の顔を眺めながら言った。

「職業は、何だね」

「こちら、洒落《しゃれ》がお上手で。職業なんぞは、おそれいります」

「いいから、言えよ」

「四文字ですよ」

男は、しゃあしゃあと言ってのける。

「四文字ねえ……ヤネヤ――これは三文字だな。サカン――これも、三つだな。あと、屋根へ登るっていうと、何だろう。ショウボウ――五文字だな」

「こちら、また、お上手で」

と男は言った。

「そのトボケ方、こんち、憎いよ」

「いちばん上だけ、言ってみろ」

「いやだねえ、旦那……洒落がキツいですよ〝」

「いいから、言ってみなさい」

「ドですよ。決ってるじゃありませんか」

「ドを頭に、四文字の……分った！」

「でしョ」

「ドケンヤだ」

男はずっこけると、

「ドロボウですよ！」と怒ったように言った。

「泥棒が……何しにきた」

「泥棒が何しに、なんぞは、おそれいります」

「いちいち、おそれいるな」

「分ってるでしょ。……例の、ほれ、猫ですよ」

「猫？」

「旦那、きょう、良い猫を手に入れたっていう話じゃないですか」

「それが、どうした？」

「……そこですよ。あたしゃ、その猫を手に入れてこいという命令で、きたんです。どうです。買いとってもいいんですぜ」

「そんなこと、誰が、命じた？」

「そいつは、ごかんべんを。首が、文字通り、とびます」

「命がけだな。……しかし、きみの口調は、おかしいな。落語家か？」

「へへ、せんにはね。馬可楽《ばからく》てえ名で、前座をつとめたこともあります。……芽が出ませんで、こう、ずっと遠いところで、幇間をやっておりました」

「タイコモチか。一八《いっぱち》とか、そういう名の手合だな」

「あたしの名は、二八《にっぱち》」

「不景気な名前だな」

「ええ、もう、不景気の国から不景気をひろめにきたような男で……あたしが行くところ、学校、工場、町、なんでも、すたれたり、つぶれたりします。……あたしがきたからには、おたくもこれで、ご安泰で……」

「冗談じゃない——といいたいところだが、実は、まあ、どうでもいいところだ。だが……猫は、いないぞ」

　男はびっくりした。

「また、どうして？」

「わけありでな。うちの動物は、あちこちにあげたりなんかして、いない。今日の猫も、実は、脇にあずけた」

「困りましたな。……日本一のハンターなんておだてれば、のる人だときいて、忍んできたのですが……」

「莫迦な……そりゃ、人と話してると、いまでも、すぐ口に出るが、自分では、あまり、信じていない」

「そうか。大分、話とちがうな」

「ぼくのホラは、条件反射的に出るのでな」

「でも、南さん、いまの腕前は、只事じゃなかったですぜ」

「そりゃ、まあ」

　南は腕を組んだ。

「あのくらいは、いくさ」

　南の心は、リトマス試験紙みたいに灰色からバラ色に変り始めた。

「おのぞみなら、ウガンダでの大冒険を話すとしようか……」

第八章　なんか変だな？

同じ頃、ジャック・ペランに似た若い料理人は、夜中の街をさまよい歩いていた。

セックスとかいうものを週刊誌がとりあげる意味が、ようやく矢野にも分ってきたのである。

（……遅いめざめだな……）

彼は自嘲した。そして、早くこのような煩悩《ぼんのう》を捨てなければ、高学林に対して恥ずかしいと考えた。

（この淫《みだ》らな心を、こうして持ちつづけているのは、体によくない）

料理道をすすむ上に、心の乱れは禁物であった。

（どうしたら煩悩の鬼をふり払えるか？……）


それが問題である。

（いっそ女体に接してみるのも、一つの方法かも知れない）

コワく、気味が悪いが、試みてみる価値はあるような気がした。

もっとも、ココロみようとしても、ココロみられる相手がいなければ、仕方がない。

（そういえば、ずいぶん、誘われたり、迫られたりしたものだが、おれは、まったく拒《こば》み通した。……あれは、大分、ソンをしたな。……いざってとき、相手は、みつからんしな……）

彼は元町とのあいだの運河ぞいに歩きながら、ぶつぶつ呟いた。

(三十になって、女体を知らないというのは、少しおくれてるかな……)

橋の近くに女が立っていた。彼の方を見つめているところをみると、夜の女であろう。

それでも、彼の肉体は女に向って動き始めていた。

(悪い病気を持っているかも知れない。……どうしよう?)

「ええ、ちょっと、おたずねしますが……」

と彼は言った。

「あなた、妙な病気をお持ちですか」

女は、いきなり麵棒を出すと、矢野の頭を音高く殴った。

「何をする!」と矢野は怒鳴った。

女はヘアピースをとると、叫んだ。

「イズコニアリヤ、求道ノココロ!」

老師、高学林であった。

「せ、せんせい……こういう趣味をお持ちだったんですか!」

「パカタレ!」

高学林は叱咤《しった》した。

「アナタヲタメスタメノコトヨ!」

ありがたいことであった。……自分の汚れた心を叱るために、先まわりして待っていてくれる師——これこそ先達である。真の師というものである。

「申しわけありません」

矢野はうなだれた。

「打つなり、蹴るなりして下さい」

「アナタ、ソウイウ趣味ナノ!?」

老師は、なにか勘違いしたらしく、そう叫んだ。

「修業中ハ、女ノコトナド、考エテハイケナイ。ワタシハ、自分ノ料理ノ味ヲ乱サヌタメ、一生不犯《ふぼん》——コレナノヨ」

「むむ、一生不犯……」

春にめざめたとたんに不犯というテーゼを出されたのである。矢野の心はゆらいだ。

「すると、先生は、ずっと……その年まで……女を知らず

ヤスヒコ

に……」

老師は頷いた。

「このような、もやもやっとした宵にも?……」

「色即是空、コレ、ジョーシキ」

自分はそのような境地に至れるであろうか、と若い料理人はみずからに問うた。

「どうしたら煩悩を捨てられますでしょうか」

「春ハ、ナンダカ、くれーじーデスネ」

師はある種のCMのように答えた。

「男ノ子ハ、ミンナ、鳥ニ、ナリマス」

「そうです。私の心は、みにくい鳥のようです」

矢野は息をつめた。

「そういうときは、どうしましょう」

老師は、麺棒で青年の頭を二つ殴った。

「痛っ。……先生、そのココロは?」

「カン、カン、デ、ゴザイマース」

矢野はがばと大地にひれ伏した。


すぐ近くのホテル「開花」の一室では、殺し屋のハイエナが居睡《いねむ》りをし始めていた。

「いい按配だぜ」

ニコラスが呟いた。

「やっちまおう」

「おまえ、何を考えてるんだ?」

ニコライは心配そうに訊いた。

「あいつは、気違いだぞ。下手に手を出すな」

「だってよ」ニコラスは言った。「まともなホテルに泊れる程度の金は、貰ってきてるんだろ、兄貴?」

「ああ」

「それが、こんなうす汚ねえところに閉じこめられる羽目になったのは、そいつのおかげだ。ホテルってのは、こういうものだと思ってるんだ」

「分った、分った……今夜は、おとなしく寝よう」

「いやだ。もう少し雰囲気のいいところで飲み直そうよ」

「でも……奴が……」

「奴は、そこの洋服ダンスに放り込んで、鍵をかけちゃおう」

「鍵なんかないよ」

「冗談じゃない」

ニコラスは上着の内ポケットから大きな鍵束を出して、じゃらつかせた。

「こっちは、専門ですからね」


旦那刑事（くどいようだが、これは本名である）は、喉が乾いていた。

猫をつれたコックは、どうやら宙に消えたらしかった。腕時計をみると、午前一時。どこかでジュースでも飲みたかった。あのあいまいホテルに戻る気はなかった。

もう、あいている店は、なかった。この辺はスナックもないのだろうか。

気がついたときは、海岸通りに出ていた。（そうだ、グランド・ホテルのどこかがあいているだろう）

旦那は、少々くたびれてはいるが、上着を着ているし、Gパンもはいていない。入口で拒否されることはあるまいと考えた。

……ホテルは、グリルも、コーヒー・ハウスもしまっていた。営業しているのは、バーだけであった。

少し気遅れしたが、背に腹はかえられず、旦那は薄暗いバーに入って行った。

（高そうだな……）

と彼は思った。

いざとなると、大の男がジュースをくれというわけにもいかず、彼はビールとビーフ・サンドイッチを注文した。

メニュをみると、値段はそう高くないので、安心した。

ビールを一口飲んだとき、鬼面《おにつら》警部に電話をしなければと思った。

（どうもかけにくいな、猫が見つからんからな）

彼には鬼面が何を考えているか、よく分らなかった。

（とにかく、一種の天才だな、あの人は……。〈五重密室事件〉も、あの人でなければ解決できなかったろうからな……）

〈五重密室事件〉というのは、ある高利貸が、豪邸の一室で死んで発見された事件である。殺されていた部屋に鍵が内側からかけられ、さらに家のどの戸口にも錠がおろされていた。たまたま雪が降った庭には人の足あとがなく、さらにどうやって塀をのり越えたかも明らかではない。おまけに、別な事件のために、この屋敷のまわりには非常線が張られていた――これで〈五重〉である。

しかも、犯人（外部から侵入していた）の使ったトリックたるや、犯罪史上、空前といってもいいものであった。外から糸をあやつって鍵をかけた、などというケチな方法ではないのである。

犯人は、巨大な消音器《サイレンサー》つきのヘリコプターにのってきて、屋根を持ち上げ、死体をそこから投げ込んだのである。ヘリコプターは黒く塗ってあり、闇夜をえらんで、おこなった犯罪であった。

（非常線と降雪は、偶然である。そのために、よけい、分らなくなったのだ。）

「あの人は、肚《はら》を読ませないからな。何を考えているのか、さっぱり、分らん……」

今度の事件でも、そうである。鬼面のやっていることは、どうも旦那には〈読み〉きれないところが多い。

ビーフ・サンドはうまかった。ビーフがいいのである。

（今日は、このホテルに泊るかな。ぜいたくだと言われるかな）

動くのがイヤになってきた。

（……〈五重密室〉は、屋根のすみの5センチほどの傷から、犯行方法を推理したのだな。……やっぱり、あいつは天才かな）

旦那も、なにか大きな手柄を立てて、上司をあっといわせてやりたかった。たとえば……たとえば、オヨヨ大統領に手錠をかけるとか、そういうことで……。

彼はビールを、もう一本貰うことにした。それから、ポテト・チップスとプレッツェルとウィンナ・ソーセージを注文した。

自分の三畳に戻った矢野は、しずかにズボンを脱ぐと、庖丁を片手に握りしめた。

庖丁といっても、華奢《きゃしゃ》なものではない。片刀《ピンタオ》という、鉈《なた》のようにがっしりしたものである。これで、おのれの煩悩の根源であるところの肉体の一部を切断しようというのだ。

矢野は自分の外科医的手腕に、少しの疑いも持たなかった。眼をひらいたまま、片刀《ピンタオ》をふりあげる。

（これがなくなると、小便をするのに困らないだろうか？）

という疑問が彼の頭をかすめた。

（なんの……料理道のためだ）

片刀《ピンタオ》が閃いた——

一瞬、その手首を切ったものがある。

片刀《ピンタオ》より〇・三秒ほど遅れて、黒い鉄べらが床に落ちた。

（何奴？……）

「フツツカモノ！」

老師の声がした。日本語をまちがえたようである。

高学林の痩軀が窓に現れた。

「羅切《らせつ》デ煩悩ヲ断チ切レルト思ウカ！」

「はっ」

矢野はあわててズボンをたくしあげた。

「これしか考えられなかったもので……」

「オロカ、マタ、オロカ……アナタ、ソレヲヤル。スルト、トテモ女性的ニナル。ヒゲ、ハエナクナル。コトバ、女ニナル。……コレ、料理ニイケナイヨ。女ニナルノ、イケナイノコト……」

「では、どうしたら？」

「……ソンナニシテマデ、苦シムノナラ、色即是空ノ見本、見セテヤルヨ。来ナサイ……」

老師は先に立って歩き出した。矢野は、あとから追うように、ズボンのベルトを締めにかかる。

「オカネ、アルカ？」

老師が言った。

矢野のポケットには、今日、肥った男に貰った一万円札がある。

「アルカ？　アレバ、イイノダ」

……どこだろう。中華街の門をまっすぐに出た道が、運河につき当る……橋を渡って、暗い街に入ると、ビルの蔭に一人の男が立っていた。

いかに、そっちに疎い矢野でも、これがポン引きと称するものであろうことぐらいは見当がつく。

（だが……一生不犯をモットーとされる老師が、なにゆえに、かかるルートを知っておられるのだろうか？）

疑問が矢野の心にひっかかった。

（なんか変だな？　変じゃないかな？　やっぱり、変だな？）

男は黙って歩き出した。

すぐに、小さなマンションに入り、階段を登る。

「オカマヲ、ツカマセルノデハ、ナイダロウナ」

老師はきびしく問うた。

「そんなことは、タクシーの窓から、チラシを投げ込む連中のやることでさ」

男がブザーを鳴らすと、おかみさん風の女が中からドアをひらいた。

「さ、どうぞ。いま、お茶を出します。……とにかく、例の〈お電話下さい〉というチラシは、のらない方が賢明ですね。もしそういう所にいらっしゃったら、女に外で出迎えるようにさせられたらいい。外に出てこなかったら、オカマですな」

「オカマなら、一見して分るでしょう？」

「これが、また、色々でね。……大笑いなのは、あたしがオカマと寝てるんです」

「でも、胸とか……」

「冗談じゃない。これがボインボインでして……まあ、暗くて、デラックスで、香なんか焚いてますから、あれにひっかかったんですな。うまいもんですよ」

何が〈うまい〉のか、矢野には分らない。

……女がきた。若いの、中年、とりまぜて数人いる。

「よろしいの、おっしゃって下さい」

男はそっぽを向きながら、短いタバコを吸っている。

「あの……」

「三人目ノ若イ子」

老師が即決した。

「では、もう一人のかたは？……」と男が言った。

「イヤ、ヒトリデイイノダ」

「それは、かんべんして下さい。二人がかりは、うちは、やらないことにしています」

「チガウノ……コチラノ一人ハ、見学ヲスル」

「覗きですか。ヤバいな」

「チガウ……メイワク、カケナイ。黙ッテイナサイ」

老師は、指で丸を作って見せた。矢野は急いで一万円札を出した。

「とにかく……奥に、ベッドがありますから……」

男は狐につままれたような顔をすると、一万円札を蛍光灯に向けてひろげ、「こんなの、初めてだな」と呟いた。

奥の部屋に入ると、老師は小スタンドをつけた。四畳半の天井から壁にかけてピンク色にそまる。

若い娘は白けた顔でセーターを脱ぎ始めた。

「見ヨ。色欲ナドトイウモノガ、イカニ虚シイカ」

老師はベッドにすばやく滑り込みながら言った。

「モウ少シ、ソッチ、イケ。ワタシ、ベッドカラ、落チル」

「いやらしいわね。人が見てるなんて……」

「アレハ、メクラダ」

「まさか？」

「コレカラ、ダンダン、モノガ見エテクルノダ」

「そう……ちょっと、そこはやめて」

「実ニ、ツマラン。コンナコトニ、何ノイミガアロウ」

「あたしだって、つまんないのよ」

「見ナサイ。実ニ、虚シク、タノシクモナイコトダカラ」

老師は毛布をはいだ。

「ドウダ……コノ虚シサガ、ワカルカ？」

矢野には、よく分らない。

「よく……分りませんが……」

「ナラバ、好マシクナイコトダガ、ツヅケヨウ。アア、退屈ダ」

「ああ……」と女。

矢野の目には、老師はさほど退屈でもなく、不熱心でもないように見えた。しかし、それは自分が、まだ〈出来〉

ていないためかも知れないと思った。

「ドウダ、タノシイカ?」

「たのしくありません」

矢野の頭に血がのぼり、眼に花火が上っていた。

「ソウダロウ、ソレガ本当ダ」

「ねえ、ねえ……」

「コノ女ノ顔ヲ見ンシャイ。コレガ真ノ姿ナノダ」

「はっ……」

矢野は、こらえた。何という苦しみであろう。女もまた、苦しんでいるようだ、と彼は思った。


……女はベッドに倒れたままである。

老師は、すでに身づくろいして、茶を啜っている。

「高先生」

「何カ?」

「先生、たしか、一生不犯とおっしゃいましたね?」

「ソウイウコト」

「でも、いまのは、俗にいう……」

「アレハ、アナタノ教育ノタメニ、シタコト。シカモ、接スレド、漏ラサズ——即チ、不犯」

「そういうことになりましょうか」

矢野は納得がいかなかった。なんとなく変であった。

「ドウダ、虚シサガ分ッタカ」

「とにかく、大変なショックです。気持が悪くなった位で……」

「ソウダロウ。アンナコトハ、考エタダケデ、吐キ気ガスルノガ正常ダ」

「そうでしょうか。でも、先生、なにか、ヨイ、ヨイ、とおっしゃったような……」

「アアシタコトヲ長クツヅケルト、ヨイヨイニナルト申シタマデジャ」

老師は立ち上った。

「サテ、帰ルカ。アタマ、スッキリ、妄念退散ジャナ」

矢野の方は、そういうわけでもなかった。

(なんか変だな?)

第九章　大統領兇状旅

オオヨヨ大統領にとって悲しむべきことは、部下の層が薄いという事実であった。信頼できる数名の腹心がいなくなると、とたんに組織の動きが停滞し、いらいらした彼は、神経性の胃炎になった。

ニコライやハイエナもアテにならぬ、と考えたとき、彼は松葉杖にすがって立ち上っていた。なんとか歩行できないでもない。横浜までなら行けるだろうと考えた。

とりあえず、グランド・ホテルに身を休めようとして、バーで、狂ったように猫の居場所を電話でたずねている老婦人にぶつかったのは幸いであった。

——そう、ペルシャ猫、白いのよ……

大統領は、はっとした。しかも、その猫が、彼にとって忘れがたい南洋一郎（「大統領の密使」事件、参照）にいるときいては、いよいよ、すてておけない。

「猫が、いなくなったのですか？」

「ええ……」

タメ女史は吐息する。

「そんな貴重な猫だったのですか。さぞ、きれいな顔だったのでしょうな」

それからきかされた人相——いや猫相は、大統領のイメージにあるペルに、ぴったりだった。

（なんという偶然だろう！）

これでこそ、わざわざアジトから出てきた甲斐があったというものである。

(たしかに、わしは、ラッキーであった。……それにしても、ハイエナたちは、どこで、何をしておるのか……)

老婦人に一杯のワインを注文した彼は、ゆっくり電話のところへ行き、本部に電話して南の家から猫をとってこいと命じた。若い新入りしか手があいていないというので、そいつを行かせろと答えた。もと落語家で、空巣専門というから、かえっていいかも知れない。


三杯のワインでご機嫌になったタメ女史が、疲れたからと、部屋に引揚げたあと、大統領はシェリー酒を飲み、急に空腹をおぼえた。バーテンに食べ物をきいてみると、ピッツァなら、閉めたグリルの方から、とり寄せられるという。

「よくある、お好み焼きみたいのじゃないだろうな」

大統領は念を押した。

「もちろん、ここのことだから、まちがいはないだろうが……」

「オリーヴ油が、ふんだんに使ってあると褒める方が多いようですがね」とバーテン。「さらにご注文がありましたら、コックの方にどうぞ」

そう言って、送受器をさし出した。

「いや、別に……それほどのことでもない」

「どうぞ」とバーテンは、やや皮肉に笑った。「外国のお客様の注文のやかましいのには、馴れておりますから……」

——何でしょうか?

電話の向うで声がした。

「いま注文したピッツァだがね、こんな時間だから具《ぐ》は何でもいい。ただ、上にのせるチーズを、ふつうのじゃなくして欲しい。日本にはめったにないが、水牛の乳からとれる豆腐みたいなチーズでな」

——モッツァレラでしょう。うちでは、お望みの方にだけ使います。

「そうだ。それを、たのむ。直径十二センチくらいのものでいい」

「具はアンチョビイ、サラミ、生ハムといったところですが」

「アンチョビイと白身の魚がいい……」

大統領は満足であった。護衛の者がロビイにいるのを確かめると、ゆっくり自分のボックスに戻った。

（猫は手に入るだろう。……そうしたら、どこかへ休養に行こう）

あまり遠くへは行かれない。オアフ島辺が理想的だが、ひどく俗化しているという部下の報告が気になった。

（京都は、どうだろう？　奈良の奥の方なら、いまだにユーゲンなのではあるまいか？）

「……オヨヨ大統領をつかまえてやる！」

大統領は驚いた。すぐ前の止り木に乗っている冴えない中年男が、不意にそう言った——いや呟いたのである。

（何者だろう？　逃げた方が、いいかも知れんぞ。……いや、ピッツァがきたとき、わしがおらんと、かえって怪しまれる……）

彼は変装用の眼鏡のふちをおさえ、つけひげをおさえた。

そのとき、

「大統領をぶっとばせ！」

と叫びながら、彼の部下であるはずの二人の白系ロシア人が肩を組んで入ってきたので、彼はいよいよ仰天した。


「もう一杯、いけ」

南は徳利を手にした。

「……いえ、もう、おつもりで。……こんなうまい酒、初めてぶつかりましたな。このせつは、どれも甘口ばかりで」

二八《にっぱち》は片手をふった。

「そろそろ、きみをさし向けた奴の名前を言ったら、どうかね。え」

「それぱっかりは、ごかんべんを」

「分ってるんだ」と南洋一は笑った。「オヨヨ大統領だろう」

「え？　どうして？」

「はは、自白したも同じだ。カマをかけてみただけさ。……ところで、オヨヨが、あの猫に何の用があるというのだろう」

「さて、それは手前にも、とんと」

「猫だがな……ぼくは飼うつもりで持って帰ってきた。ところが、今夜、ちょっとした心境の変化があってな。ぼくの愛人というか、そういった女の手で友人の家にとどけさせにやっている」

「こんなに遅くですか？」

南は答えなかった。

「失礼ですが……よろしかったら、何とおっしゃるお宅かうかがえると」

「よせよせ。ジャパン・テレビ芸能局長の細井忠邦という男の家だが、これは空手の名人だ。半殺しにされるのが落ちだな」

「……では、いろいろ、ゴチ（ごちそう）になりましたが、あたしは、ここいらで……」

「待て。きみは家宅侵入罪になるのだぞ」

南はライフル銃を構えた。

「ぼくの考え一つで警察につき出せる。すぐ釈放されるだろうが、大統領はきみを放っとかんだろう。気の毒だが、あの世行きだな」

「でしょうか？」

「まず、そういう羽目になる」

「どうしましょう？」

「ぼくにきく奴があるか。自分で考えろ」

「つまり……そちらに味方しろ、とこうおっしゃるんで？」

「そう。先刻からの会話はテープにとってある。逃げようとしても駄目だ」

「テープなんかこわかねえや」

二八は居直った。

「それが、どうしたってんだ」

「テレビのニュース・ショウか深夜放送の電波にのせる。題して、ある泥棒の衝撃の告白……」

「弟子になりましょう。あたし、水汲み、洗濯、針仕事、肩もみ、背中流し、何でもやります。ですから、ひとつ、ここのところは、ご内聞に」

「ころっと変ったな」

「へえ、もう、あっという間に変るのが、手前の特徴で」

「まず細井忠邦に連絡しよう」

と南は言った。

「あのオヨヨとかいう化物、また出おったか……」

深間頑三事務所を抜け出て、夜中の街路に立ったのは、日夜、大企業の陰謀と闘いつづけるナンバー2とナンバー3であった。

「あのコックがいなくなって、まったく助かりましたな」

若いナンバー2が言った。

「夜中に、安っぽい食べ物を探すたのしみがふえましたからな」

「どこへ行きますか」

とナンバー3は見まわした。

「まだ仕事が残ってるから、前のスナックで済ませましょう」

二人は船のランプが弱い光をひろげている店内に入った。

「食べる物、まだ、できるかな」

「できます」とバーテンは答える。

「なるべく下世話なものが食べたいんだけど……あのコックの反動でな」

「青ノリのかかっている焼ソバなんか、できないかね。浅草で、ほら、鉄板の上を転がしてるやつ」

「どういうわけか、皿の脇に紅《べに》ショウガがついてるやつね」

「できますよ」

バーテンは挑戦するように答えた。

「あたしも、スパゲッティとかピザより、そういうものの方が得意でね。焼ソバは、ソースをかけるやつでしょう」

「そうそう、なつかしいなあ」

「正統派タンメン、くたばれ」

ナンバー2が言った。

「あたしは、また、メシにオツケをぶっかけたのが好きでね。自分でたべて、残りを猫にくわせてるところです。ほれ」

バーテンは白いペルシャ猫をぶら下げてみせた。

「あっ」

「うちの猫が、こんなところに……」

ふたりの客は唖然とした。

「おたく、大統領とかのお知り合いですか……」

酔っている旦那刑事は、隣のニコライに話しかけた。

「知り合いってなもんじゃありませんがね」

ニコライはさすがに警戒した。

「分った……あとは私に言わせて下さい……つまり、その大統領って奴に恨みがあるんでしょう」

「まあね……」

旦那は隣の男の声を、比較的最近に、どこかできいているような気がした。顔すら見たようであった。

もし、向うが三人連れなら（いかに酔っているとはいえ）旦那も直ちに気づいたにちがいない。敵は三人であるはずという固定観念——これが彼の出世をはばむものであった。こういうコチコチ頭では、とうてい、あの難解な〈五重密室事件〉などは解けないであろう。

「大統領をぶっとばせ！」

ニコラスが関係なく叫んだ。

「そちら、ビール、いかがです？」

旦那はニコラスにすすめた。

「いえ、こいつは飲みすぎてるんです。放っといて下さい」

ニコライがとめると、

「何ィ！」

ニコラスは、バー中の人が振り向くような大声を出した。

「頂きますよ。もう、こうなりゃ、がんがん頂きます。……さ、ずーっとついで下さい。もっともっと。まだ、入ります」

「大丈夫ですか」

「大丈夫だよ。てめえ、なんか、心の中で、ああ、ビールがもったいない——なんて思ってやんだろ、畜生め」

「そんなこと、思やしません」

「分ってんだよ、ケチ！」

「かなり、出来上ってますな」

真赤になった旦那は、息を吐いた。

「そうです。（小声で）狂犬みたいなものですから、構わないで下さい」

「はあ、はあ」

「何を、こそこそ話してやがんだよ」

ニコラスは眼を据えた。

「そっちの旦那よ……（刑事は名前を呼ばれて、ぎくっとした）……おたく、しかし、いい人よ。ご商売、なに？何屋さん？」

「私はケイ……ケイリンの予想屋です」

旦那は自分でもびっくりするような答えを返した。

「ギャンブル関係かい。これから、しんどくなるね」

「ええ、おかげさまで」

「なに言ってやがる。じゃ、あれだね。サツが色々うるせえだろ」

「へ？……ええ」

「おれは、ポリ公、嫌いだね。吐き気がするね、見ただけで。ぱっと見ると、私服でも、分るものね」

「ははあ」

（莫迦者めが……）

大統領は舌打ちした。彼には男が私服刑事であることが、すぐに分っていた。匂いがぷんぷんしているし、それが感じられないのがおかしいのである。あんなヨレヨレで眼つきの鋭い中年男が、ここにいるのが怪しいと感じないのか、奴らは。

（ピッツァは、当分きそうもないな。……といって、あの二人をわしの護衛につまみ出させるのも好ましくないし……）

「おれの夢だけどよ」とニコラスは続けた。

「飲んだくれて、立ち小便してるポリ公を川の中に突き落してみたいね。え、そう思わねえかい」

「は？……」

「どういうわけか、職務中に酔っぱらっているポリ公に出くわしたことがねえんだよ。ねえ?……」

旦那は酔いが少しさめてきた様子であった。少くとも、さまそうと努力しているようにみえた。

「……あなた方、大統領とかいう奴と、どういうご関係ですか?」

「ご関係、ときたね……へっ、おかしくって」

「強いていえば、無関係ですよ」

ニコライがビールの泡を吹きながら言った。

「だめ、だめ……無駄だよ、兄貴」

「何だ、ニコラス」

「大スターがCMの中でビールの泡を吹くと、ざーっとお金が入ってくるの。兄貴が吹いても、まわりが迷惑するだけ」

「つまらんこと、いうな。そろそろ出よう……」

「いいってことよ。……ねえ、競輪屋さん、大統領って呼び方も、ケネディが死んでから、だんだん、落ちる感じだね。うちの傍なんか、〈大統領〉って名前のラーメン屋が出来ちゃってね」

大統領の顔は怒りに赤くなった。もう我慢できない。ピッツァがきた。その香りも感じられないほど彼は怒っていた。赤いタバスコ・ソースをやたらにふりかける。

「大統領の話は、やめよう。……ねえ、競輪屋さん、上役ってものの話をしようよ」

「上役?……よろしい、やりましょう」

旦那が頷いたとき、バーテンが、戸坂様、いらっしゃいますか、と大声をあげた。

戸坂というのは、旦那刑事の変名である。彼は反射的に止り木を降りていた。

「お電話です。あちらの黒いのを、おとり下さい」

……誰だろう……眼の前がゆっくり揺れている……まっすぐ歩いているつもりでも曲ってしまうのだ……

「はい……」

——何をしている。

鬼面《おにつら》警部の声であった。

——バーの中を、よくよく見ろ。

「いま、どちらですか?」

――ロビイの赤電話だが、おれの方を見るな。笑いながら、バーの中を見ろ。

「でも……どうして、ここに……」

――そんなことは、あとの話だ。見たか？

「はあ。……あっ、あいつら、ぼくが追いかけていた連中だ」

――何を呟いとる。きみの大胆な行動は認めるが、少々、度が過ぎた。……しかし、遂に出てきたぞ。きみのいた席のまうしろにいる初老の紳士が、オヨヨ大統領だ。……いま、私が急に入ってゆくと、混乱が起る。奴は私の顔を知っているからな。……きみは酔っぱらい演技をつづけろ。そして、よろけたふりをして、あいつの手に手錠をかけろ。

「では、横の二人は？」

――放っとけ。雑魚だ。

電話が切れた。

……しゃんとしなければ――彼は首を振った。

「何だよ、仕事かよ」

ニコラスが言った。

「いや……ちょっと、女のことで……」

ニコライの横の止り木にのりかけて、彼はタイミングをはかった。

（今、やった方がいい……）

そう判断したとたんに彼は倒れかかり、紳士の手首に手錠をはめ得た。

（やった、やったぞ！）

「何をする！」

禿げ頭の肥った男が怒鳴った。

「わしは、当市商工会議所の……」

旦那には、何が何だか、分らなかった。

大統領には、分っていた。私服が電話に立ったあいだに、止り木の連中が二つずつ奥に詰めたのである。従って、戻ってきた私服は彼の傍を離れて、やや奥の止り木へ行った――と思ったら、この始末である。

危機が感じられた。全身が神経になる。彼は松葉杖をひき寄せて、立ち上りかけた。

バーの外で人の争う声、どさっという音がした。たぶん、護衛がやられたのだ。

（猫の件については電話がこなかったな……）と彼は考えた。（どいつもこいつもビジネスライクではない）

「ニコライとニコラス……」

彼は鋭く言った。ニコライは眼玉がとび出しそうになっている。

「ニコライ、その男は刑事だ。おまえのベルトで手をしばれ。早くしろ」

戸惑っている旦那をニコライが殴り倒した。旦那がふらついていたのが幸いだ。

「そこまでだ。オヨヨ大統領……」

ドアの方で声がした。

「おれの手には拳銃、外は警官隊がとり囲んでいる」

大統領はドアの方向に眼をやった。鬼面の視線が彼を射た。

第十章　追う者と追われる者

さすがのオヨヨ大統領も、もはや、これまでと思われた。怯えたニコライ、一挙に酔いがさめたニコラス、ともに大統領の頰の削《そ》げた横顔を見つめている。

が、驚いたことに、大統領は少しも動じた気配がないのである。

「なんという大時代かね、鬼面《おにつら》警部……」

大統領は冷やかな笑いを浮べた。

「むろん、大時代な台詞《せりふ》にも、それなりの良さを認めるにやぶさかではないが」

「何を言っている」

無駄の嫌いな鬼面は、うるさそうに答えた。

「どう智恵をめぐらしても、逃げられる余地はない。黙って手を挙げなさい。ぼくの拳銃の腕は、きいているだろう」

「しかし何のために、わしを逮捕するのかな」

「きみときみの組織を叩き潰すためだ」

「待ってくれ」と大統領は言った。

「きみにそんな権利があるのか？」

「権利？」

鬼面は眼を白黒させた。

「そう、権利だ。……いったい、きみは、わしが何をしたというのかね？　それを伺いたいねえ」

「……うむ……きみは、いつか、日銀を襲撃しようとした。それから、例の深夜放送DJ事件では、ペンタゴンを恐喝して金をまき上げている」

「そのどこが、いけないのかね」

大統領は平然として言った。

「どうも、あなたの主張は一方的すぎる」

「時間を引きのばそうとしても無駄だぞ、オヨヨ大統領」

「そんなチャチな真似はしない。助けなんかこないよ。孤立無援の思想というのは、このわしそのものだ」

「恰好いいことをほざくな」

「まあ、ききなさい。……そりゃ日銀を襲ったこともある。コトバに気をつけてくれたまえ。しようとしたのじゃなくて、正に〈した〉のさ。失敗もしたがね。しかし、失敗は成功のもと、失敗は人にあり・寛恕は神にありと、わがオヨヨ語録にある。また、かりに成功したとしても、別にきみに迷惑をかけるわけじゃなかろう。きみの金じゃない、国家の金だ」

「詭弁だ！」と鬼面は叫んだ。「盗っ人にも三分の理というが、一・五分の理もない」

「それから、ペンタゴンの件だが……あそこから金を奪ってどうしていけないのかね。そのために、アメリカの軍備が、ほんの僅《わず》か弱まったかも知れない。……お断りしておくが、わしは、別にヴェトナム戦争反対などと叫ぶ気はない。しかし、きみらのヒューマニズムとやらに照し合せても、別に悪いことじゃないと思う」

「莫迦な！　貴様は、過去に人を殺している！」

「さよう。これまた、成行きでね。……しかし、人を殺した量は、きみに代表される国家の方が、はるかに多かろう。死刑という名の、合法的な殺人もあるしね。わしの組織など、まだまだ小企業にすぎん」

「うむ、またしても詭弁！　それに、貴様は世界を制覇して、独裁国家を作ろうとしているのだろう」

「……ねえ、棒ほど願って針ほどかなう、って言葉、知ってるだろう。そのくらいの夢をもっていて、丁度いいのだよ。ガンバラナクッチャ、という気持になる……」

「またまた詭弁だ！　とにかく、逮捕する」

「逮捕状は？」

「むろん、ある」

鬼面は内ポケットから出した書類をひらいて見せた。

「ふむ、そこらの餓鬼のような泣言はならべたくないが、横暴だな。何の証拠もないのに」

「ある。無銭飲食だ」

「ここでの勘定なら、これから払うところだが」

「まだ、払っていない。こんな書類はどうでもいい、とりあえず無銭飲食で逮捕する」

「おや、いつからハードボイルド探偵になったのかね」

大統領は皮肉った。

「きみは、本格派だとばかり思っていたが……」

「ケース・バイ・ケース。一寸でも動くと、ぶっ放すぞ」

鬼面のうしろにいた蒼ざめた警官が、外の者全員に発砲の準備をさせますか、と訊いた。

「そうしてくれ。こういう奴のことだ。万全の策を講じておかなきゃ」

「名探偵か……」と大統領は嗤《わら》った。

「しかし、鬼面君……わしのようなすぐれた犯罪者がいなくなってしまったら、きみは、どうするのかね？」

「どうもせん。次の悪い奴をつかまえるだけだ」

「やれやれ、きみは、探偵が善であり、犯人が悪である、という推理小説の古典的図式をまだ信じているらしいね」

「なに⁉」

「ねえ、きみ。わしは、きみのごとき若いのをライヴァル視したことは一度もないが、まあ、何かの御縁があったのだから忠告しておこう。探偵、まして、きみのような国家の手先である警官が善であるという保証は、まったくないのだよ」

「すると、貴様が正義の味方と、いいたいのか」

「正義は、月光仮面にしかないさ。わしは、そんなことを言ってはいない。どっちが、善か悪か、分らない状況にあるといいたいのさ」

「貴様が善とは、誰も思うまい」

「さよう。イメージが悪いしね。……ただ、追う者と追われる者が逆転するときも、くる、と言いたいのだ」

「危険な思想だな」

鬼面はにやりとした。「若い学生どもの台詞に似ている」

「ひとを見て、ものを言え」

大統領は自尊心を傷つけられたような顔をした。

「なるほどねえ……」

旦那刑事がふらふらと立ち上りかけて、唸《うな》った。

「この悪党のいうことにも、一理あるじゃありませんか」

「莫迦もん！」

鬼面は、その名の通り、満面朱を注いだようになった。

「しかし、国家という問題について、少しディスカッションする必要はありませんか、警部？」

「そんなことは大島渚の映画に任せておけばいい。きみは、まず、そちらの方《かた》の手錠を外して、ていねいに詫びるんだ。それから、その変な二人組の外人を手錠で、つないでしまえ」

「はい」

「鬼面君、大分、あせっとるな」と大統領が言う。「是が非でも、このわしをつかまえたい。そのためには、別件逮捕のでっち上げも辞さない。……ふ、ふ、証拠がないのだな。わしが、一人でも殺したという証拠があるか」

鬼面は、うっ、と詰った。

「どうせ逃れられないのなら、せめて証拠を見せて貰おう。……おそらく、きみは、古風な勘でわしを追っているのだと思うが、せっかくなら、無銭飲食などでなく、正当な理由で逮捕して欲しいものだな。どうだな、鬼面君……」

「日銀事件のときに、ぼくは、貴様の、その長い顔を確認している」

「ふむ、それから……」

「あの、お話し中ですが……」とニコラスが口をはさんだ。

「大統領の悪事を喋ったら、あたしと、ここにいる兄貴分のニコライの罪を軽くしてくれますか」

大統領は顔色を変えた。

「おい、その二人の手錠はやめだ」と鬼面は言った。

「……すると、きみたち、こいつのやったことを色々知ってて、証言するというわけだな」

「おら、知らねえ、おら、知らねえ！」

ヤスヒコ

ニコライが恐怖から叫んだ。

「おら、知っちょる」

ニコラスが大きく頷いた。

「さあ、これで問題はなさそうだ。おい、旦那、オヨヨが凶器を持ってないかどうか調べろ。二人は、こっちへおいで。罪は、すごーく軽くして上げるからね」

二人は喜びのあまり、セッセッセ、パラリコセを始めた。

「早くあっちへ行けよ」と旦那は苦い顔をする。「警部、凶器は持っていません」

「よし、手錠をかけろ」

鬼面は、にこにこした。

「警部、外をうろついていた怪しい男を逮捕しました」

別な若い警官が、変質的な眼つきの青年をつれて現れた。

「拳銃、スイッチナイフ、登山ナイフ、アイスピック、ブラックジャック、それにネズミ花火などを不法所持していましたので、手錠をはめました」

「れれっ、ハイエナ！」

ニコライが叫んだ。

「そいつ、殺人狂です。非常に危険です！」

ニコラスが叫んだ。

「てめえら、裏切ったな！」

ハイエナは、腹の底から絞り出すような声を出した。

「ほら、自白しました。ね、いまのひとことで、オヨヨの部下だということを白状したようなもんですよねえ」

ニコラスが言った。

「これで、オヨヨの組織は大打撃です」

「きみは、どっち側の人だい？」

鬼面は不思議そうにきいた。

「けっ……いまに吠えづらかくな」

ハイエナは忌々《いまいま》しげに呟き、ニコラスの顔に唾《つば》をかけた。

「あっ、こんなひどいことしました。これで、もう絶対に有罪ですよねえ」

ニコラスが叫んでいるところに、タメ女史が入ってきた。

「なんだねえ、このホテルは。外には邏卒《らそつ》がうようよいるし……あれっ、この二人、ひるまの猫泥棒だ！　さあ、あんた、邏卒の代表でしょ、こいつらをとらまえておくれ！」

鬼面は、眼をぱちぱちさせた。

「この二人、泥棒ですか？」

「そうですよ、渋谷の山岸さん、ご存じでしょ」

「いえ、知りませんが……そうですか。そうだったんですか。こいつら……」

「おら、知らねえ！　おら、知らねえ！」

二人は合唱した。

「わしゃ、知っちょる！」

タメ女史の一喝に、旦那は、大統領にかけようとしていた手錠を二人組の手に音高くかけた。

「旦那！　オヨヨから眼を離すな！」

警部が鋭く叫んだ。

バーの奥で怯えている人々の中に大統領は逃げ込んでいた。

「無駄な抵抗は、やめろ。どっちみち、逃げられん！」

「そう……分っとる」

大統領は、十二、三歳の外人の少女の肩に手をかけて現れた。

「しかし、わしは、こ、ここから出てゆく」

「どういうことだ、それは？」

鬼面は狐につままれたようであった。

「わしの手にしている松葉杖じゃが……この中に時限爆弾が仕掛けてある。もう、タイム・スイッチを入れたから、このままだと、あと十分で、ホテル全体が吹っとぶ」

鬼面は蒼白になった。

「単なるおどしだと思ったら、傍にきて、セコンドの音をきけ。ただし、杖を奪おうなどとすると、全員が、あの世行きだ」

旦那がおそるおそる近づいてきて、耳を傾けた。

「ほ、ほんものです、警部……」

「条件をきこう、大統領……」

鬼面が怒りを抑えながら言った。

「市民の安全が、第一だ」

「よろしい。さすがに物分りがいいな」

大統領はこわばった表情のまま頷いた。

「まず、部下に手出しさせないようにしろ。囲みを解け。……わしは、ごらんの通り、足がまだ完全に直っとらん。そこで、この少女を人質にして——いや、もう一人、商工会議所のでぶも連れていこう……二人をつれて、そこのマリン・タワーに入る。いいか。下手な小細工をするな」

何か叫んでつかみかかってきた父親らしい外人を、大統領は空手で宙に泳がせた。娘は唇まで蒼くなっている。

「妙な真似をすると、この二人と、タワーの宿直の者が、肉塊になる。さあ、早いところ、命令を出して道をあけろ」

「ボス！」

「ハイエナ。しずかにしてろ。おまえたちが頼りにならんので、こういう羽目になったのだ。ニコライとニコラスは、いずれ、処分する。それまでは鬼面君にあずけておく」

「……命令は、出した」と鬼面が息を弾ませた。「しかし、大統領、きみの真の狙いは何だ。この世に騒乱をつくり出すことなのか」

「騒乱——そうかも知れん」

大統領が言った。

「悪いものではない。……ボルジア家の圧政はルネッサンスの芸術を生んだが、スイス五百年の平和が残したものは何だ。鳩時計にすぎん」

「盗作だ。そいつは『第三の男』のハリー・ライムの台詞だ！」

鬼面がわめいた。大統領は肥った男をまえにして、左手を少女の肩にかけ、右手に松葉杖を握りしめて、歩き出した。

「少女の涙ほど美しいものはない」

大統領が呟く。

「サディスト！　沼正三！」

かっとなった旦那は、まちがった罵言を吐いた。

「いい外人さんだと思ってたのに……」

タメ女史が呟いた。

三人がフロント・ドアを出ると、強烈なライトが当てられた。

「ライトを消せ！」

鬼面が叫んだ。

「みんな、口惜《くや》しいだろうが、指を銃把から離してくれ。二人の人質の生命がかかっている。彼らがマリン・タワーに入るまで黙って見守ってくれ」

一同は凍りついたようになっている。

「警部、タワーの入口はあいてるんですか」

旦那が訊いた。

「成算があるのだろう。とにかく、もう少し見ていよう」

「残念ですな」

「なに、奴があそこにいるあいだは逆転のチャンスがある。人質の問題さえ片づけたら、ぼくがこの手で奴を絞め殺してやる」

「なぜ、車で逃げないのでしょう」

「あそこに立てこもった方が有利だからだ。車だと、奴自身、どうなるか計算が立たんのだろう……」

三人は闇の中に消えていた。

「入ったのか」

と呟くうちに、タワー下で小さな光が三度点滅した。


「近くの署に連絡してくれ。それから、市内のパト・カーを集めて、タワーを包囲して貰う。ホテルの中に、本部を設置することにする……」

「例の子分どもは、どうします?」

「殺し屋は東京に送れ。あとの二人は、ここに残しておけ。利用できるかも知れん」

「了解しました」

鬼面は煙草をくわえた。……えらいことになったぞ!

とにかく、人質をとり戻すことである。それから、オヨヨと連絡をとる方法を考えるのだ。場合によっては、電話局にホット・ラインを一本つくらせる必要があるかも知れない。

土地っ子の警部が現れた。

「おお、なんか、ミスがあったというじゃんか」

「警視庁の鬼面《おにつら》です」

「ああ、あの〈ペトロフ事件〉で有名な……」

「あれは、鬼貫《おにつら》さんでしょう。鮎川哲也氏の小説で知られた……。ぼくは、あれほど、有名じゃありません」

「そうね。めった、きかんじゃ」

なんという言葉づかいだ！

「でも、ユウは、もう一寸のところで、オヨヨを逃がしたってのは、ベリー・ソリーよ。アイム・トゥ・レイトね。でもよ、タワーに入ったってのは、かえって、都合いいじゃん。ここの署には有能なのが、多いからね。まあ、不良外人の本場だし……」

「三階に灯がついたみたいだな。マリン・タワーの三階は、何ですか」

「蠟人形館ですよ」

「えっ」

思わず、訊き返した。

「マダム・タッソーの店の支店があるじゃ。東京には、ないでしょ」

「東京タワーに、ありますよ」

鬼面は、この土地っ子のナショナリズムの強さに当てられて、反射的に言い返した。

第十一章　変化蠟人形

埃《ほこり》だらけの窓ガラスを通して、大統領ははるか下にむらがる人々の狂態を眺めていた。大きなライトがついたり消えたりし、パト・カーの赤い灯があちこちに息づいている。

大統領の服は血塗れになっている。何が起ったのか？

二人の人質は、どうなったのだろうか？

壁の懐中電灯を外して、大統領は、蠟人形を眺め始めた。

チャーチル……吉田茂……三島由紀夫……ビートルズ……

エルヴィス・プレスリイ……毛沢東……

（ない？　わしの姿の蠟人形がない！）

素顔を見せないくせに、自分の姿がないというのが無理である。

「くそっ、こんな人形、ぶっこわしてやる！　くそっ！」

大統領は片足をひきずりながら、松葉杖で人形を殴り、こわし始めた。ポール・マッカートニーの首が、床に転がった。

「ざまみろ。ふ、ふ……もっと、やってやるぞ。もっとな！」

和服姿の吉田茂が倒れてくる。

その背後に、一人の警官がうずくまっていた。銃口が正確に大統領の胸を狙っている。

「だ……だれだ？」

「さっき、会ったばかりじゃないか」

蠟人形とも見紛《みまが》う蒼ざめた警官が言った。

（……想い出した！　外の警官隊に発砲準備をさせますか、と鬼面《おにつら》めに訊いて、出て行った奴だ！）

「少し冷静になったら、どうかね」

警官は嘲笑の色を浮べた。

「このくらいのことで騒ぎ立てるなよ。おかしいぞ……」

「おまえは誰だ？」

大統領の声はふるえている。

「ごらんの通りの木っ端役人だ」

「わしをつかまえる気か」

「興味ないね」

警官は無表情に言った。

「Same old story……」

「なに？」

警官は、やおら、かたわらの洗面器をとり上げると、自分の顔を入れた。

たった五秒――というと、テレビのCMみたいだが、ぱっとあげた顔は中国人……。この物語の登場人物の一人がみたら〈高学林先生！〉と叫んだにちがいない。

「ま……まさか……」

大統領の舌がひきつった。

「あなたは……怪人二十面相先生では……」

「美しいバラの花を頂いたらしいが、あいにくと留守をしておってな。……は、は……それに、わしは、もう、二十面相ではない。怪人千面鬼とぞいう……」

「……先生！　お恥ずかしい……」

「青いぞ、言うことが……オヨヨ君」

千面鬼は声もなく笑った。

「さっきのお巡りとのやりとりなど、まだまだ、青いのう。有望な後輩として、ひそかに注目しておったが、理窟が多すぎる。失望したよ」

「先生も、お人が悪い……」

大統領は柄《がら》にもなく赤くなった。

「ごらんになっていらっしゃるのでしたら、もう少し演技を抑えたのですが」

「は、は……若いうちは、そんなものさ。六十を過ぎんと、本当の味は出ないな」

「そんなものでしょうか」

「きみなど、まだ、悪いことをしよう、悪人として有名になろう——そういう邪《よこしま》な気持があるだろう」

「いえ……」

「嘘つけ！」

飛鳥のように宙を飛んだ怪人は、洗面器で大統領のひたいを一撃した。

「ははーっ」

「わしなど、とうに、すてておる。いうなれば、枯淡の境地とでも、呼べるかな」

「はっ……」

「むしろ、悪事を考えまい、考えまいとしている。すると、おのずから、透明な悪の世界がひらけるのだな」

「ひらけますか」

「ひらけるな。むみょーっと、ひらける」

「いまは、何をお考えで……」

「きみになら話してもよかろう」

怪人は、細い眼でちらと下界を見て、

「この近くの中華料理店に住み込んで、バンク・オブ・アメリカを襲うことを計画しておる。目下、研究中じゃ」

「おひとりでですか」

「もはや、徒党を組む年齢ではない。ひとりで、趣味として、こつこつやっている。盆栽いじりのようなものかな」

「おそれ入りました……」

「変装も、このようにさりげない」

「ははあ」

「高学林という名コックに化けている。本物は、いま、高学麺《こうがくめん》という即席麺をつくるために香港に行っとるのでな」

「なるほど」

「ところで、きみ、人質は、どうした」

「縛って、廊下に転がしてあります。男の方は逃げようとしたので、少し、痛めつけてやりました」

「若いな」

と怪人は評した。

「暴力は、いかんよ。返り血が、ひどいじゃないか」

「女の子には手を出しておりません」

「当り前だ。わしなど、人をあやめたことがない」

「先生は、少年少女向きの悪党ですから……」

洗面器が大統領のひたいで派手な音を立てた。

「もう一度、言うてみい！」

「失言でした……」

大統領は最敬礼をした。

「どうも、ひとこと多いな。その癖を直しなさい。大成をさまたげる。せっかく才能があるのだから」

「お叱り、身にしみます」

「ところでオヨヨ君、きみは、どうやって脱出するつもりかな。それを伺うとしようか」

「それですが……」

大統領は伏眼がちに言った。

「実は、よく考えてないのです」

「ああ？」

「とにかく、立てこもればなんとかなるだろうと考えまして……まことに、お恥ずかしい次第で……」


「フーむ、これはまた、大胆というか、呆《あき》れた話だな」

「……は、子分に命じて、ヘリコプターでもと……」

「たわけ！」

怪人の声が、がらんとした部屋に響き渡った。

「ここの電話は、すべて盗聴されておる。さっき、盗聴器をとりつけていたのが見えなかったのか」

「わたくし、やや鳥目でして……」

「やれやれ」

怪人は苦笑した。

「いつも、こんな調子ではありません。足の具合が悪いので、神経がその方にばかり行っておりまして、冴えないのです。……本当にまずいときに、大先生にお目にかかりました」

大統領はひたいの汗を拭《ぬぐ》った。

「驚いたのう。……で、考えとしては、どうなのじゃ。まさか、ここに居すわるつもりではあるまい」

「はい、死中に活を求めると申しましょうか……鋭意考えております」

「役人みたいなことを言うな」

「お願いです……」

大統領は急に、床に手をついた。

「大先達、大先輩として、わたしめが、どう振舞ったらいいか、お教え下さい。欠点を指摘して下さい」

「むむ……」

千面鬼――実は二十面相は、虚無的な笑いを浮べた。

「まず、あの程度の子分をもったことが管理者として大きなミスだな。それに、たとえ、ああいう連中を動かしたにしても、きみが、いちいち出てくる必要はない」

「ところが心配でして……」

「ききなさい。その〈任せられない〉性格が、第二のミスだな。結局、向うの罠にはまることになったじゃろ。部下を信頼しなさい――いや、信頼しているふりをしなさい。きみの組織の弱点は、そういうきみの性格に発しておるぞ！」

「はっ」

「それが不可能なら、わしの如く、孤狼の道を辿ることじゃ。わしは、ある日、組織が厭《いや》になってな、解散式を行なったのじゃ」

「でも、わたくしの場合は……」

「無理じゃろう。それは、分っとる。つまり、人間的に、もっと大きくなれということじゃよ」

「お言葉、ぴしりと感じました」

「む、そうじゃろうて。……徳川家康は、こうも言うておる」

「……あの、いまは、脱出方法のほうを先にしていただきたいので……」

「分っとるよ。そう焦《あせ》るな。この千面鬼の後継者が、きみだということは、みんなが認めておる。じっくり、じっくり、ゆけ。これがわしの会得《えとく》した道じゃ」

「でも、脱出が……」

「分っとる！」

千面鬼は鋭く言った。

「そこの若僧な（これはプレスリイの人形のことであった）、そのうしろに風呂敷包みがある。あけてみんしゃい」

大統領は唐草の風呂敷に手をかけた。

「どうだ、似合いそうか」

中から出てきたのは、道化師の真赤な衣裳である。ところどころ、銀糸で縫いとりがしてあり、〈新高《にいたか》ドロップ〉と書いてある。

「こりゃ、少々、派手ですな」

「わしが、むかし、使ったものじゃ。早く着なさい。ズボンはラッパ型だから、痛い方の足も入るじゃろ」

「そりゃまあ入りますが……これを着て、どうするんです。チンドン屋みたいじゃありませんか」

「まあ、そう思っとれ。向うの部屋においで」

大統領は松葉杖片手について行った。

……暗い部屋の中に立った怪人は、け、け、け、と笑うと、窓の外を指さした。

「そのハンモックみたいなものにつかまるのじゃ」

「まさか、例の手じゃないでしょうね」

大統領は窓に顔を寄せて上を見ると、

「やっぱり、例の手だ！」

と叫んだ。

「不満かな？」

「でも、アドバルーンにつかまるっていうのは、ちょっと、古いんじゃないでしょうか」

しかも、〈御買物は丸越デパートで〉という文字が黒く染め出された飛行船型の気球である。

「これは、古いものでしょう」

「一九三〇年に、江戸川乱歩の〈吸血鬼〉の犯人が利用したものじゃ。ちと古いが、由緒ある品じゃからな」

「冗談じゃない。どこから持ってきたのです？」

「いくらわしでも、そう、手まわしはよくないよ。この蠟人形館で、近く〈恐怖幻想フェスティヴァル〉というのがあるでな。どこからか出品されたのじゃ」

「恰好悪いなあ」

「早くせい。それから、きみの服をよこせ」

間もなく、人質の二人が走り出てくるのを鬼面は認めた。

「オヨヨは、どこだ？ ライト、ライトで照らし出せ」

あらゆるライトがタワーの真中辺に集中する。

「警部、蠟人形館に男がいます」

「奴だと確認できたら、ぶっ放せ」

「動いてます。窓の外に這い出てきます」

マリン・タワーのまわりは恐ろしい人だかりであった。この深夜に、どこから集ってきたのだろう。

「オヨヨです。松葉杖を持っています」

「よし、撃ってもいいぞ！」

一斉射撃が始まった。男は痙攣《けいれん》し、すぐ動かなくなった。

「けっこう」

鬼面はメガフォンに向って叫んだ。

「ライトを消せ。人質にされた二人を、つれてこい」

「警部……」

旦那が言った。

「その二人が一人しかいないんで。女の子は泣きじゃくっています」

「もう一人は商工会議所の人だったな」

「そうです」

「待てよ」

鬼面は血相を変えた。

「あの死体を早く確認しろ。まさか……女の子といっしょに走り出てきたのが、オヨヨということはないな。あいつは、走れんはずだ」

「でも、あの怪我も、ひょっとしたら、インチキかも……」

「そ、そ、そんなことは絶対にない、ない」

鬼面は自信をもって断言した。

「えらいことだあ！」

土地っ子の警部がメガフォンで怒鳴ってきた。

「死んでいるのは、商工会議所のお偉方だあ。オヨヨとかいう奴の上着をひっかけて、手に松葉杖が縛りつけてああ」

「……やっぱり……」

鬼面は独語した。

（しかし、そうすると、少女といっしょに走ってきたのは、誰だろう？　おそらく、少女にきいても分るまいが……）

「警部、アドバルーンが動き出しました！」

旦那が叫んだ。

「あそこに男がぶら下っています。あれこそ、オヨヨ大統領です」

「よし、高く上らぬうちに撃ってしまえ。腕を狙え。生けどりにするんだ！」

マリン・タワーに駈け登った数人が拳銃を撃ち始めた。

「ライト、ちゃんと追え。港の方へ流れてゆくぞ」

――ぎゃーあっ！

という叫び声とともに、男が海に落ちた。

「よし、みんな、海の上を探せ。まだ、生きてるぞ！」

鬼面はそう叫ぶと、みずから拳銃を握りしめた。


……東京湾の上を赤い気球が流れてゆく。

よくみると、その脇に、赤い服を着たオヨヨ大統領がずっこけそうになって、しがみついているのであった。

（さすが、二十面相だ。この服で、こうしがみついていると、保護色で見えないからな。……叫び声をあげて、カストロの蠟人形を落すなんて、ルーティーンだが、とっさに考えつかんからなあ。……あの肥った男だってそうだ。あと十五秒で松葉杖が爆発するっていえば、窓から杖を投げ出そうとして暴れるさ。とたんに、撃ってきやがった。あれだけは計算外だった……）


「小林君……」

夜明けの海に糸を垂れている老いたる釣師が言った。

「いま、飛行船みたいなものが見えなかったかい？」

「え？」

中年のやせた男が立ち上った。

「何も見えませんよ。明智先生の眼の錯覚ですよ」

「なんか、血みたいな色のものが海の上を通ったような気がしたがな」

「まさか。……ＵＦＯでしょうか」

「ＵＦＯって何だい？」

「空とぶ円盤ですよ」

「そんなものじゃない。もっと、なつかしい、そう、やっぱり人間の血みたいな色をしていたよ」

「舟を戻しましょうか。先生、冷えたんじゃないですか」

「いや、ちがう。……ぼくの考えでは、あれは怪人二十面相じゃないかと思うんだ」

「二十面相？」

「そう……丁度、青銅の魔人が暴れ出したときみたいな夜明けだからね。東京湾て、こんな色をしていたのかと思うくらい、きれいだねえ」

「でも、先生……二十面相は、もう死んだんじゃありませんか。ぼくは、そう信じていますが」

「それは、きみが信じ易くて、心が優しいからだ。そのくせ、きみは勇敢だったし……」

「ぼくは優しくなんかありませんよ。たぶん、ぼくは先生が考えているより残酷な人間だと思いますよ」

「同じことだよ、きみ……」

釣師は帽子をずらせて、もじゃもじゃの白髪頭を掻《か》いた。

「明智先生、ぼくらは、もう何年ぐらい、こうやって二十面相を待っているのでしょう……」

「十年……ひょっとしたら、もっとかな」

「ゴドオがくることはあっても、二十面相が現れることはないような気がしてくるなあ」

「いや、必ず、奴は生きていて現れるよ。しかも、もっともみにくい、おそろしい姿でね……」

「先生、ぼくも赤い気球に、二十面相がしがみついているような気がしてきましたよ。ただ、ぼくは、もう夢の世界に生きるのは、やめようと考えているんです」

中年男は、胸につけたＢＤ（少年探偵団）のバッジを外して、海に投げた。

「駄目だよ、小林君……」

と老釣師は言った。

「きみは一生、怪人二十面相の幻影から逃れることは、できないんだよ」

「どうしてです、先生……」

「だって、きみは、怪人二十面相が好きだからさ。奴が死ねば、きみは、別な二十面相を創り上げるにちがいない。

それで、夜も昼も、赤い夢を見て暮すんじゃないかな……」

第十二章　Someone to Watch Over Me

青山墓地にある、乃木将軍の墓石のかげで、大統領は溜息をついた。

道路一つへだてた向う側にある三階建てのオフィスのまわりは警官隊がかためていた。オフィスのありかを白状したのは、たぶん、ニコラスであろう。そこで、敏腕な鬼面《おにつら》は、あっという間にあのオフィスを襲ったのだ。

（これで、スイス銀行襲撃の方も、パアだな……）

大統領は呟いた。

暗号になっているとはいえ、あらゆるデータが持ち去られたにちがいない。両手をもがれたようなものである。

（まだ行き場所はあるが……しかし、おかしいな？）

どうしても理解できないことがあった。

鬼面が、大統領のオフィスを知らなかったことは確かであろう。

旦那とかいう刑事を横浜にやっていたのも、おそらく自分の居場所をさがし求めるためであろう。そして、自分は、心配のあまり、横浜へ行ってしまった。

ここまでは変ではない。

変なのは、鬼面が、どうして、あのバーに、しかも警官隊をひきつれて現れたのかということである。

刑事は大統領の存在に気づいていなかった。それも確かである。

……では、どうして自分があそこにいることが分ったのか？

大統領の心を占めている謎は、これであった。二八《にっぱち》とともにペルシャ猫の行方が分らぬことなど、いまはどうでも、よくなっていた。

ジャパン・テレビの局長室の豪華な安楽椅子に埋《うも》れた細井忠邦は、イタリア製の靴をテーブルにのせていた。

「豪勢なものだな。太平の身だねえ」

南洋一が言った。

「冗談じゃねえ。社長にのべつ文句を言われてる」

細井は長い葉巻をくわえた。

「物質的には、いくらか、恵まれるようになったかも知れねえな。そこの戸棚の中に、ジョニ黒が詰っている。帰りに、二、三本持ってかえってよ。別に、おれのふところが痛むわけじゃねえし」

「へっ！」

二八が揉み手をした。

「一本頂けるなら、何でもいたします。——指圧、マッサージ、鍼《はり》、あんま、上下《かみしも》もんで、なお、裸踊りでも……」

「よしてくれ」

細井は顔をしかめた。

「ジョニ黒が余って仕様がねえんだよ。この部屋でボーリングをやってピンの代りに使ってるんだ」

「ところで、例の大統領だが、あのペルシャ猫を狙ってるっていうんだよ」

「あれか」

細井は横眼で、絨毯《じゅうたん》の上で居睡りしている白い猫を見た。

「そういえば、ゆうべ、局に変な電話をかけたのは、おたくか」

「めっそうもない」

三白眼に睨《にら》まれて、二八はちぢみ上った。

「そうだ。バアさんの声だって言っていたな。……でも、おたく、大統領の事務所のありかを教えてくれるって？」

「分ったんだよ。今朝、見に行ったんだ。……ところが、もう、警察が手入れしているんだよ……」

南洋一がオン・ザ・ロックスを飲みながら説明する。

「サツか。ヤバいな」

何が〈ヤバい〉のか分らない。

「タレ込んだのは、おたくか」

「いいえ、あたしは、そんな、法に外れた真似はいたしません」

「この人のいうことは、いちいち、おかしいな。どこか、からだが悪いのかな」

「いいえ、因果と丈夫で……」

「ここのことだよ！」

短気な細井は頭を指さした。

——局長、お食事は？

ドアをあけて、おそるおそる声をかけた者がいた。

「うむ……冷し中華三つだ」

細井が重々しく答える。

「おれも、要職にある身だからよ。あんまり、軽挙妄動するなって、上役に言われてんだよ。……オヨヨ大統領ってのは、まあ、おれにとっては、先々週の視聴率って感じなんだな」

「え？　そのココロは？」

「もう関心ねえ——ってこと」

「そういうもんかね」

南はいささか憤然とする。

「だってよ……このまえの事件では、明らかに、おれたちが手玉にとられた。命がヤバいって男もいたよな。……だけど、今度は、ちがうぜ」

細井は息を吸い込んだ。

「おれたちは、別に、何もされちゃいねえ。なら、もう少し、静観してようじゃねえか、ええ。こっちの領分に踏み込んできたら、がん！　とやってやる」

「でも……猫は？」

「おれがあずかっとくよ。誰にも手出しさせねえ」

「それで安心した」

「あたしゃ安心じゃないですねえ」

二八が口をとがらせた。

「どうしたら、いいんです？　えっ？　どうしてくれるんだ？」

「きみは、ぼくの助手になれ」と南洋一が言った。「落語家の弟子だったなら、大喜利《おおぎり》の台本ぐらい、かけるだろう」

“Someone to Watch Over Me”というスタンダード・ナンバーがある。

一般には〈誰かが私を見つめている〉と訳されている……

大統領の心理も、また、これに近いのであった。

（誰かが、おれを追っている。……いや、まつわりついている……）

怪人千面鬼は、じっくりゆけ、と教えを垂れたものである。しかし――

（あれは、功成り名とげた人だから言える台詞だ。いまのおれは、そのようなゆとりのある状態にはない……）

それどころか――

（組織が危くなっている。……千面鬼は、孤狼の道をゆくと称していた。だが、おれは無理だ。徒党を組まなくては、やってゆけない……）

大統領は、和服姿に頭巾をかぶり、俳句の宗匠みたいな恰好をしていた。これだと、少々びっこを引いても目立たない。

都心のホテルに部屋をとると、十六階の和食の店に入った。

大統領は、京都に本店があるというこの店のオイル焼きが好きなのである。

鉄板は使わない。陶器の平べったいのを使う。

油は、ラードとバターを、店の娘が適当に混ぜてくれる。これで、鳥、エビ、あわび、季節の野菜を焼くのである。

白いエプロンをかけた大統領は、やや元気なく箸を動かした。

（千面鬼のような枯淡の境地に到達できるだろうか）

彼は焙茶《ほうじちゃ》を飲んだ。

（やはり、趣味をもつといったゆとりが必要なのだな。……しかし、おれに何ができるだろう。油絵――これはま

ずい。女の子にモデルになってくれと頼んだだけで、つかまりそうだ）

彼は、あわびを口に入れた。信じがたいほど柔かい。

（映画、観劇……これも通俗だな）

少し焦げたピーマンを口に入れる。

（……そうだ、料理だ！）

大統領は眼を輝かした。

（わしが、何よりも好きなのは、うまいものだ。料理をつくるのを趣味にしよう。これで決った）

大統領は女中を呼んで、早速、オイル焼きのこつをきき始めた。

「そんなん、とくに、おへん」

「おへんなんて言わずに教えてくれ」

彼はメモとパーカー・ボールペンを出した。

「愚か、また、愚か……」

背後で嗄《しゃが》れ声がした。

成り金風の老人が、総金歯を輝かせて、にたにたと笑っている。


「これは！」

「しっ、声が高い」

「ゆうべは、お世話になりまして……」

「はて、何のことかな」

千面鬼はとぼけてみせた。

「わたしのあとを、つけていらっしゃいましたか」

「そんなヒマはない。そこのチェース・マンハッタン銀行を覗いた帰りに、きみの姿を見かけたのだ」

「分りますか！」

「わしの眼はレントゲン光線じゃ。昼間じゃが、一杯いこうか」

「こちらにどうぞ」

大統領は直立不動の姿勢をとった。

千面鬼は、金のカマボコ指輪をはめた指で、杯をとった。

五反田辺で小さなマンションを経営していて、その集金のあとの散歩といった感じである。

「……きのうは、うまくいったな」

「人死《ひとじ》にがでましたが」と大統領は意地悪く言った。

「あれは、先生のモットーに反するのではないですか」

「仕方ないこった」

千面鬼は、なめるように飲んでから、

「向うが悪いんだもの」

「先生、さっきから、わたしをつけてたでしょう」

大統領がひらき直った。

「きみに、嘘をついても仕様がない。青山墓地から、つけてきた」

怪人は声もなく笑った。

「きみの事務所が手入れを受けたという情報をきいて、とんできた。なるほど、本当だった。そこで、きみが近くにひそんでいるかも知れないと考えたのだ。黙ってつけたのは失礼したな」

「つけられている感じがしましたよ」

大統領はひとり頷いた。

「松葉杖がなくても、歩けるのかい?」

「少々、つらいですがねえ。実際、不便なものです」

ああ、この二人が、どうして世紀の悪党同士に見えるであろうか。日舞か俳句の先生と高利貸しが昼食をともにしているという感じである。値段が高いのと、昼のために、店の中は空いていた。

「鰺《あじ》のたたきでも貰うかな」と怪人は声高に言った。

「へい」

板前が応じた。

「わたしにも、くれ。わたしの方は、ピーマンを細かく刻んで混ぜておくれ」

大統領は注文をつける。

「このとしになると、食い物しか、たのしみがのうなってな」

「枯淡の境地で、バンク・オブ・アメリカを襲うのでしょう?」

「厭味な言い方をするじゃないか」

「ちょっと考えていることがありましてねえ……」

大統領は酌をしながら、うっすらと笑った。

「意味ありげな言い方は、やめんか」

「あの鬼面という警部がどうしてグランド・ホテルに現れ

たのかを考えているだけですよ」

「ふむ、それで？」

「こんなことはないと思いますが……わたくしの悪名高いのに嫉妬して、密告する、そんな同業者がいるという可能性も考えられるわけで……」

「それが、わしだというのか？」

「可能性の問題ですよ。わたくし、このごろ、疑い深くなっておりましてね」

「それはお互い様じゃが……しかし、きみは、考えが青いな。信じがたいくらいにな」

「そうでしょうか」

「さよう。……わしは、まさに、きみが、いま指摘した点について、一つの推測をもっておるのじゃ。ここまでつけてきたのも、それを話したかったからじゃよ。しかし、どうも、話しても通じぬようじゃの」

「お待ち下さい」

大統領は声を低めた。

「言葉が過ぎました。オフィスをやられて、柄にもなく心に乱れが生じているのです。……お話し下さい、先生の透徹した推理を……愛の鞭を……」

「どうして、そう極端に変るのじゃ。これ、オヨヨ、自尊心を持て！」

「はい……」

大統領はうなだれた。

「もうちょっと、しゃんとせい。わしを見ろ。わしの悪事が、明智小五郎という一介の私立探偵によって、何度、挫折させられたか分るか。その挫折の軌跡を思えば、きみなど、まだまだ恵まれた方じゃ。鬼面とやらと本格的に戦うのは、今回が初めてじゃろ」

「はあ……まあ……」

「男らしくせい。まだ試合開始のゴングが鳴ったばかりじゃないか。あんなことで、へこたれていては、アルセーヌ・ルパンからわしにいたる怪人の系譜をつぐことは出来んぞ」

「分りました。原点からの出発とやらをいたすことにします」

「むむ……自立の思想的拠点を明確にして、怨念とともに、われわれが沈鬱なる党派につらなるという意味合いにおいて、情況に対峙するのじゃ」

よく分らないながら、大統領は、

「はっ」

と頭《こうべ》を垂れた。

「ところでオヨヨ君、きみはいつかの骨折事故のとき、どこの病院に入った?」

「T病院です……」

「あそこは警視庁に関係があるぞ」

「……分っております。しかし、あそこの外科がもっとも優秀ということで……」

「いかん!」

怪人は立ち上っていた。

「わしが、ある病院に案内する」

……水洗いしたレントゲン写真を光にかざしながら、医師は、

「たしかに気になりますが、手術をしてみないと、なんとも申せませんな」

と言った。

「しかし、T病院ともあろうものが、こんな初歩的なミスをやるとは、信じがたいです」

「そこじゃよ」

怪人はカマボコ指輪をした指を突き出した。

「きみ、思いきって再手術を受けてみんか。わしは心からすすめるね」

「はい……先輩のお言葉ですから、スイスの方から帰国する連中への指示や、若干の用を足してから、直ちに、執刀して頂きたいと思います」

大統領は脂汗《あぶらあせ》をかいていた。

「あさってが空いてますな」

医師は黒板のスケジュール表を見ながら言った。

……何かが、起りかけているのだ。誰かが、わしをつけ狙っとる。……手術に立ち会った者の中に、どこかの組織

のスパイは、おらんか。あるいは、警視庁の鬼面警部の配下とか……

白いもやのカーテンをあける。また、カーテンがひるがえっている。また、あける……また、次のカーテンがなびいている……

……大統領は眼をあけた。

最初に眼に入ったのは、白髪の老婆の姿である。

「気がついたか」

きき覚えのある声であった。

「丁度、いい。看護婦が出て行ったところだ……」

大統領は眼を閉じ、また、あけた。

「オヨヨ君、きみの居場所がばれたのは、当り前だよ。接骨した部分に超小型の発信機が植えつけてあったのだ。ほら、これだ……」

老婆は小さな黒い粒をつまんでみせた。

「きみは、入院のとき、もっと警戒すべきだった」

大統領は、自分を悩ませていた予感や幻想が、ノイローゼのためではなかったのを知った。

「……でも、わたくしは、変名で、入院したのですが……」

「鬼面の眼を逃れられなかったわけだ」

「しかし、わたくしの事務所の壁には、電波や音を通さないような装置が、仕掛けてあったのですよ」

「さよう」

老婆は腰を伸ばして歩き出した。

「だから、奴は、きみの出てくるのを、しぶとく待っていた。……きみの事務所は、表面はデザイン研究所だし、奴も気づかなかったのだろう。また、怪しんでいたとしても踏み込むわけにはいかん。……が、きみが外に出たとたん、やつはきみの現在地をほぼ、つきとめられるはずだ。急速に動いていても、方向次第で、乗物をつきとめるのは可能なはずだ。おそらく、途中からパト・カーにつけられていたのじゃ。それも、偽装したやつでな」

「じゃ、今のわたくしも……」

「慌てるな。おととい、急いで、きみに会ったのは、こんなことではないかと直感したからじゃ。……ここの医師は、もと、わしの部下でな、あのとき、レントゲン撮影のあとでつけた仮のギプスが、発信機を攪乱するようになっておったのさ」

大統領は、先輩の読みの深さに驚いた。と同時に、鬼面が予想以上にしたたかな相手であるのを意識した。

あのペルシャ猫——あれを何とかしないと、また、してやられるぞ……

「さらばじゃ、後輩」

怪人はふわりと動いた。

「あとは、ひとりでやるのじゃ……」

第十三章　料理の道

老師・高学林が蒸発してから、すでに三か月になるであろう。

ときは盛夏——

矢野の心は暗かった。

老師は、なにゆえに姿を消したのか？　それが分らぬために、若い料理人は闇のなかを彷徨《さまよ》う思いであった。

ある日、店の奥にある油じみた古テレビを眺めていた矢野は、臨時ニュースに驚かされた。

シカゴ・ギャングの一人のような米大統領の顔がクローズ・アップされ、アナウンサーが〈ニクソン訪中〉の発表を伝えたのである。

矢野の受けたショックは、およそ、他に例のないものであろう。

（これで、中華料理の味が落ちるのではないか……）

彼は顔色を変えた。周恩来が、コカコーラを飲んでいる姿が頭をかすめた。

香港で矢野が知ったことは、超一流の料理人が、中華人民共和国に去ってしまっているという事実である。

その蘊奥《うんのう》、秘道をきわめた料理に接したいという彼の希望、それに価いする人間は自分をおいていない、という彼の自信は、国際政治のテクニックのまえに、もろくも、崩れた。

五十種類に近いという、外国要人向けのメニュ——それを、あのキッシンジャーとかいう、大統領の密使が食べたのではないか、と彼は思った。

（いずれ、ニクソンめも、それを食べるだろう……）

あらゆる現象をクック・ブックの角度からしか読みとらぬ矢野は、米中接近の第一原因を、ニクソンやキッシンジャーが本場の中華料理を食べたいための焦りからだ、という風に解した。

（ニクソンが知っているのは、せいぜい、チャプスイだろうからな……）

彼は端正な容貌に虚無的な笑いを浮べた。

（だんだん、アメリカ流の味つけになるのではないか。尊敬すべき人民がコカコーラを飲む……）

考えただけで、ぞっとする。八億の人民がコカコーラを飲む！

このニュースを暗い気持で受けとめたのは、ソ連政府首脳部、佐藤栄作、宮本顕治、台湾政府要人……そして、この若いコックであろう。

（わが道の危機です！　老師よ、出てきて下さい！　そして、わたくしめの歩むべき道を教えて下さい！）

翌日、明るい店先をのぞいた矢野は、あっけにとられた。

テーブルを占領しているヤンキー娘たちが、いずれも胸に毛沢東バッジをつけているのである。

（なんたるケイハク！　なんたる単純さ！）

やだね！――と彼は感じた。

料理を作るのが莫迦莫迦しくなってきた。ヤンキー娘風情が……

なかに一人だけ、バッジをつけていない娘がいた。胸の盛り上った、だが、清純そのもののような顔をしたハイティーンである。

（ん？）

というのが、矢野の気持であった。

（東洋人の血が混っているな……）

なにしろ三十にして思春期を迎えた男である。興味津々、女を見つめている。

少女はフルートをとり出して吹き始めた。ソプラノの音

ヤスヒコ

域の楽器であるにも拘《かかわ》らず、矢野の耳には嫋々《じょうじょう》たる余韻を残した。

矢野の心は、波立ち始めた。

（いかん……修業のさまたげ……）

台所に戻ろうとすると、

「アノ……」

と声をかけられた。

ふり返ると、フルートの少女が立っている。

「なにか……」

矢野の声はふるえている。もう、恋なのか。

「コウイウ名前ノヒト、知リマセンカ?」

さし出されたノートには、〈高学林〉とあった。

「むっ……」

矢野は言葉に窮した。

「この人、あなたと、どういう関係ですか?」

「知ッテルノデスネ?」

少女の顔が輝いた。

「知らないとは言えぬが……」

「ワタシノ父デス。ワタシノ母、アメリカ人。父ハ……ナントイウカ……くっきんぐノタメニ、母ヲステテ、日本ニイルラシイ……」

「お母さんは、どちらに?」

「カンサス・シティ、カンサス」

矢野は求道者のきびしさを思った。

（しかし、老師は、一生不犯と言っていた。話がちがうぞ）

「知っています。しかし、いま、姿を消しているのです」

「オオ!」

少女は失望の色を見せた。

「チャイナ・タウンニ居ルトキイテ、本土《ステーツ》カラ来タノデスガ……」

「待って下さい。希望はあります」

矢野は力強く言った。

「どこに連絡したら、いいでしょう?」

「ソコノ、ナイトクラブ〈ハーバーライト〉デ、ワタシ、働イテイマス。コノ横笛デ……」

「分りました。見つかり次第、お電話します」

矢野ははやる心を抑えた。

「アナタノオ名前ハ？」

「矢野です。いま、書いてあげます」

彼は少女のノートにローマ字で名前を記した。

「矢野サン……デスネ」

「矢野源三郎と申します。では、いずれ」

「矢野サン……」

「は？」

「イエ、ナンデモ……」

少女は去っていくと、他の娘たちと店を出て行った。

ビールと揚げワンタンだけ、である。

（これが時代だ……）

矢野は淋しく呟いた。

（高学林やおれは、もはや、世の中にとり残されているのだ）

フルートの音が心にしみた。

（料理道は、一生を賭けるに価いするものか。道をすてて、あの娘をえらんだら、どうか？）

ふと彼は、少女のつぶらな瞳に魅せられたあまり、名前をきくのを忘れたのに気づいた。

同じ日の夕刻、乞食のような男が店先に立った。

「源さん、変な年寄り、きた。追っぱらってくれ」

主人が小声で言う。

矢野は、あわてて、店に出た。

「おい、ここは食い物屋だぜ。そんなところに立っちゃ……」

矢野は、乞食男の指先の動きに気づいた。無意識のうちに片刀《ピンタオ》を握ろうとする動きである。

「高学林という男は、いるか？」

老人はかすれた声で言った。

「あいたい。ここにいるという噂をきいてきた」

「あの男なら姿を消しました」

矢野は落ちついた声で答えた。

「嘘だ。いるのだろう」

「いませんよ」

「本当か」

「信じて下さい。高学林先生……」

老人はよろけた。

「ど、どうして、分った？」

「あなたが本当の高学林先生だ。私にも眼があります。……もっとも、このあいだまで、あなたの贋者にだまされていたのですがね。たったいま、すべてが分りました。あの男と先生では格段の差……」

「それが、分るのか？」

「私がそうした眼の持主とは、見えませぬか」

矢野は腰をかがめて、濡れたドタ靴の旅人を迎え入れた。

「おい、この人、ウィスキーのCMみたいだな」

脇から主人が口をはさむ。

「こちらが本物の高学林先生です」

矢野はしずかに紹介した。

「え？　あの先生？　じゃ、こないだのは……」

「わしの贋者は多い……」


高学林は冷たい眼で主人を見た。

「休ませて貰えるかの？」

矢野は黙って、汚れた椅子を指さした。

「先生……長い旅をなさいましたな」

「ふ、ふ」

自嘲のかげが老人の顔にさす。

「この歳で、コマーシャリズムのとりことなったおかげさ」

「先生が？　コマーシャリズムの？」

「うむ」

意外に優しい眼差しが矢野の心に触れた。

「この歳でな……」

「まさか！」

「きみには、人生が分っとらん。野心に燃える眼……それだけだ。そのうちに、挫折がくる」

「でも……」

「わしとて、うまい話には乗るさ。……高学麺《こうがくめん》というインスタント・ラーメンを作らんかと言われて、香港へ飛んだ」

「先生が……インスタント・ラーメンを！」

矢野は蒼ざめた。

「……信じられません。嘘だとおっしゃって下さい……」

「あなた、インスタント・ラーメンも、このごろ、いいのよ」

主人が言った。

「〈生活の手帖〉でホメてたよ。とくに、柳昌麺ていうのが、いいって。わたし、食べた。うまいよ」

「けがらわしい！」

矢野は怒りに燃えた。

「この店、辞めさせて貰います」

「まあ、待て……」

高学林は嗤った。

「その柳昌というコックに先を越されたのじゃ。資本家は、PRに利用できる名ならば、誰でもよい。ところが、ライヴァル会社に先手を打たれて、わしは、すてられたのじゃ」

「先生が……」

「うまい話というのは、こんなものよの」

高学林は、主人のついだビールをいっきに飲み干した。

「この歳になって、まだ、愚行を繰り返す。人間とは、なんと哀れなものじゃろうな……」

「先生……」

矢野は声を低めた。

「先生を探している女の子がひとり……」

「みにくい修羅《しゅら》が、まだ、わしを追ってくるのか」

溜息とともに呟かれた。

「漁色もやまぬ身じゃ」

「ちがいます」

矢野はしずかに言った。

「カンサス・シティ、カンサス——憶えがありませんか」

「え？」

高学林は顔を上げた。

「フルートを吹く女か」

「娘さんです」

「……もう、そんなに、なったか。フルートは母親ゆずりだな」

「まちがい、ありませんな」

「む……カンサス市のクリーニング屋で働いていたころ、起ったことじゃ。わしが、中年すぎてこの道に目ざめたために、母子を不幸にした」

「先生……」

「正式に結婚もせんでな。ミス・ストリートと言わなかったか」

「……ミス・ストリート……通り……お通《つう》さん……横笛――デキすぎているな」

「なにを呟いとる」

「いえ、別に……先生、すぐに電話して下さい。そこのナイトクラブで……」

「いかん……」

高学林は首を振った。

「肉親のしがらみこそ、道の達成をさまたげる」

「だって、あなた、道にも何にも、メロメロじゃありませんか」

「求道の心に変りはない。それに、この姿で、どうして娘にあいまみえよう」

「でも……」

「察してくれ。少くとも、年内に、わしは、わしのクック・ブックを完成したいのじゃ。二十年のあいだにわしの極めたすべてをそこに投げ入れる。俗世のことは、それからじゃ」

「待って下さい。しかし、カンサスからきた、あんな美しい娘さんが……」

「娘は、そんなに成長したか」

高学林は呟いた。

「いかん。いよいよ動けなくなる。……さらばじゃ、若者。きみが料理人として大成することを祈る」

老人はすっくと立ち上ると、店を出てゆく。矢野は金縛りされたようだった。

「……父ハ……ドコヘ行ッタノデショウ」

ミス・ストリートは矢野に訴えかけるように言った。

「あの人は、私のような若輩に分るような行動はしないでしょう」

霧笛が遠くで鳴った。どういうわけか、港に濃い霧がたちこめている。

色彩の変る噴水を背にした料理人は、少女の肩に手をかけた。

「実は、私も、この街を離れることにしたのです。あなたのお父さんのきびしい生き方に、ムチ打たれる思いでした」

「マサカ……」

「とめないで下さい」

「マダ、トメテマセンヨ」

矢野は思わずよろけた。

「でも、これから、とめるのでしょう?　心の中では、とめたいなあ、なんて思ってるでしょう」

「イエ、仕事ノタメナラ、仕方アリマセン。行ッテ下サイ」

「いちおう、そう言ってから、止めるのでしょうね」

矢野は自信なさそうに言った。

「さあ、とめてみて下さい」

「ベツニ」

矢野は、再び、よろけた。

「あの……このまま、行けというんじゃないでしょうね」

「アナタハ、ドッチ、シタイノデスカ」

「私は、この街を出てゆくのです」

「デハ、ドウゾ」

「そこが、ちょっと、感覚が違うんだなあ。日本だと、いちおう、そこで、とめるのですね」

「ソレハ、エチケットデスカ?」

「まあ、ね」

「デハ、ソウシマス」

「私、お別れします」

「行カナイデー!」

矢野は草むらにぶっ倒れた。

「あなた、どうして、そうフシをつけるのですか。終りをあげると、ＣＭ風になっちゃうんですよ」

「ハ？」

「もっと、感情をこめて、ささやくように、ぐっと……」

「行カナイデ……」

「それで、いいです。はなから、そうやりゃいいんだ」

霧笛がむせぶように鳴った。

「……私、行きます」

「行カナイデ」

「でも……」

「行カナイデ」

「いや……」

「行カナイデ」

「それだけ言や、いいってもんじゃねえんだよ！」

矢野は叫んだ。

「ゴメンナサイ。コレ、私ノホントノココロナノ」

「ん？」

片刀《ピンタオ》を腰の革サックに入れた青年は、少女の眼を見た。

「じゃ、さよなら。はかない縁《えにし》でした」


「矢野サン、待ッテ」

そのとき、矢野のあたまに閃いたのは最大の理解者、深間頑三の姿であった。けっきょく、自分の腕を分ってくれたのは、あの人だけだった……。

「矢野サーン」

霧が濃くなり、歩み始めた矢野のまわりで渦を巻いた。

（さらばです、お嬢さん……）

彼は心の中で呟いた。

（いつか、あうときまでお達者で）

少女の声はきこえなくなった。

やがて、フルートの調べが流れ始めた。

その音色は、少女の、父親と、矢野への思慕のあらわれのように感じられた。

（あの音に耳を澄ましちゃいけねえんだ……）

矢野は足早になる。フルートの調べは霧の中で一段と高くなった。

第十四章　大統領の再起

この三か月は、また、オヨヨ大統領の足が治癒するまでの期間でもあった。

宿敵・鬼面《おにつら》への憎悪に燃えた彼は、歩行練習を始めると同時に、報復手段をも考え始めていた。

（第一ラウンドは、わしの負けといってもよい。しかし、これしきで、へたばるわしだと思ったら、大間違いだぞ……）

東京の西の盛り場に出来た新しい超高層ホテルを仮の宿にした彼は、そこから八方に電話して、混乱している組織の収拾にかかった。

……大統領が死んだものと決め込んでサボっていた部下たちは大慌てだった。スイス銀行襲撃をあきらめていない幹部たちは大統領の両側につづく部屋に陣どって、盗聴を防いでいた。この幹部たちすら、作戦にあたっては悪魔のごとき知恵を働かす大統領が、個室で何をしているかを知らなかった。

大統領が熱中しているのは、インスタント・ラーメンを手づくりの味にまで高めるという偉大なる作業であった。

ホテルの部屋で出来る料理には限度がある。大統領がインスタント・ラーメンに着目したのは、バスルームのお湯と登山用の料理道具で、なんとか作れると考えたからである。煮たり、焼いたりするものは、部屋の外に匂いがもれる恐れがあった。

（……あの猫は、どうしたろう?）

大統領の心は乱れる。みずから二八《にっぱち》を問いたださねばならない、と考える。

そうしたとき、〈手づくりの味〉を考えると、心のもやもやが晴れるのであった。千面鬼こと二十面相の言葉は、どうやら正しかったようである。

大統領が使うのは、化学調味料、ホワイト・ペッパー、辣油《ラユウ》、片《ピエヌ》に切ったネギ、肉、大きなホチキスみたいな道具でつぶしたニンニク等である。別に珍しいものではないのだが、当人は、大したものだと思っている。

（こんなにうまく出来たのに、ひとりで独占していいものだろうか?）

大統領は呟いた。

（せめて、幹部連中には、この味をためさせてみたいものだ。うむ、そうでなくてはいかん）

十人分となると、鍋も丼もない。

大統領はバス・タブにラーメンの玉を幾つも投げ入れ、熱湯を出した。

すさまじい湯気の中で、バスタオルを腰に巻いたきりの大統領は、ニンニクの汁をバス・タブに投げ入れ、ゴムマットを丸めたやつでかきまわした。

（みよ、この親心……）

大統領は洗面台の隅でネギを刻みながら涙を流した。

やがて、正装のまま、入ってきた幹部たちは、部屋にたちこめる異臭に呆然とした。

「換気がよくないぞ」

一人が言った。

「エア・コンを〈強〉にしろ」

「諸君……」

大統領はタオル・ジャケットのポケットに手を突っ込んだまま、言った。

「諸君の絶えざる努力に感謝するために、わしの手づくりの味を、こころみて貰いたいと、こう考えている」

「手づくり?」

一人がおそるおそる言った。

「さよう……愛情のこもった料理とでもいおうか」

「まさか……」

「まさか、とは何だ。苦心して作ったのじゃ。箸を用意してある。各自、バスルームに入って、よろしく味わって欲しい」

「毒殺されるのだ……」

小さな声がした。

「誰だ、そんなこと、言うのは……」

大統領は色をなした。

「わしのあたたかい心が、分らんのか」

「はっ」

「おふくろの味――いや、おやじの味といおうか」

「あんまり、うまそうじゃないな」

「やかましい！」

「ははっ」

「みんな、箸を持ちなさい」

一同は、大統領につづいて、バスルームに向う。


「これじゃ」

大統領はバス・タブを示した。人間一人が入れる浴槽が、ラーメンでいっぱいになり、表面がぎらぎらしている。

「これを……どうやって？」

「これ全体を丼と思って食べろ」

「おつゆは、どうやって啜るんです？」

「唇をつけて、ぴちゃぴちゃやれ」

大統領は嬉しそうに言った。

「うまいものを食べるには、それなりの苦労が要る」

「では、おそれながら……」

一人が左手でバス・タブのふちにつかまりながら、箸をのばした。

「ふちが油でヌルヌルしています」

「手は、こっちの洗面台で洗えばいい」

大統領は慈悲深く呟いた。

「このソバは、すくいにくいですな」

「夜店の金魚すくいよりむずかしそうだな」

「おれ、ニンニクがきらいだ」

そのとき、バス・タブにかけていた手がすべり、男はあたまからラーメンの海に飛び込んだ。

「こんなに喜んでくれるとは思わなかったな」

と大統領は言った。


生れつき調子のいい二八に意外な才能があるのを発見したのは、細井忠邦である。

二八は器用な男で、南洋一に命じられた三十分ドラマの台本など二時間もあれば、書いてしまう。ヴァラエティなら三十分、ギャグでもジョークでも、とどまるところを知らぬ。作詞また、けっこう——ついに訳詞にまで手を伸ばした。

(えらい奴を、弟子にしちまった)

というのが南洋一の正直な感想である。軒を貸して母屋《おもや》をとられる、という事態になりかねない。

二八は、指圧もうまい。南が少し仕事をして肩が凝るなどというと、本格的に押し始める。

「あたし、料理なんて、面倒よ。二八さん、なんかカンタンなもの、作ってよ」

超ビキニで軀《からだ》を灼いている南の愛人ムーンフラワー(「大統領の密使」事件、参照)が声をかけると、「へいへーい!」

二八は走ってくる。

「和洋中華、いずれにいたしましょう。てまえの得意は中華ですが……」

「なんでもいいわよ。あたし、夏はダルくて……」

「さいざんしょ。ご婦人は、夏は横になっているのがよろしいようで」

「二八さん、あなた、あたしを見て、何も感じない?」

「へへ、感じない? なんぞは、おそれいります」

「どう? 感じてるの?」

「そりゃあ、ああた、……男子でございますからね、志《こころざし》やら色んなものが立ちます。ピョコ、マカニキマカニキで」

「なに、それ?」

「今様《いまよう》に申せば、スキャットざんしょうか。どうぞ、おたわむれは、ごかんべんを」

「どうなの?」

ムーンフラワーは、二八の腕に手をかけた。

「あなたの二の腕の竜の刺青、この青さが感じさせるわ」

「くすぐったいです。どうぞ、ごかんべんを……」

ダボシャツ一つの二八は閉口している。ムーンフラワーは、ボタンを外して、二八の胸毛に唇を押しつけた。

「旦那に叱られます。あたし、こういうコトは自分に禁じてるんで……」

「どうして?」

「ずいぶん、しくじってますんで。こちらの方は休んでおります。ほかのことなら、よろず、うけたまわりますが」

「勝手にしやがれ!」

ムーンフラワーは地金を出した。

「唐変木!」

「へ、なんと言われましても、お休みはお休みで。……では、中華料理を作りましょう。涼しいところで五香鯉魚《ウシヤンリユイ》を中心に菜単《ツアイタン》、それから大菜《タツアイ》の方は……」

「分り易く言ってよ……」

「へ……おつまみは鯉の五《ご》香揚《こうあげ》ほか四品ぐらい、おかずは、車えびの煮込み、うずらの五香揚とえび・鶏肉の網脂巻揚《あみあぶらまきあげ》の盛合せ……」

「ちょっと、五香揚って何よ。ゴコウはスリキレてるんじゃないの」

「いえ……これは五香粉てえもので味つけした肉を、百六十度ぐらいの油で、濃いキツネ色になるまで、かりかりに揚げるんです。ものを見れば、おなじみでげしょう」

「なんでもいいわ。やってちょうだい」

「へ、なるべく涼やかなるものにいたします。暑っ苦しいものは避けましょう」

「あんまりカンタンじゃないわね」

「なんのなんの」

二八は走り去った。

その夜の食卓に、細井芸能局長が現れたのが、二八出世のきっかけであった。

……細井は野人であるから、料理の名前とか、由来とか、そういうことには興味がない。箸をつけて、うまいか、まずいか、ソレしかないのである。

料理人の側からみると、もっともらしいリクツをこね、知ったかぶり半分の〈通〉ぐらいチョロイものはないという。いちばんこわいのは、黙って食べてから、「うまい」とか「まずい」とか、あるいは何もいわない、舌の利く客――これである。

この夜の細井は、仕事の上の悩みをかかえていないせいか、快調の一語に尽き、舌も冴えていた。

「これ、凄《すげ》えや」

と細井は大きな声を出した。

「おたくは、えれえコックをかかえたようだね」

「まあな」

南はあいまいに笑った。

「ナニが、こんな料理、作れるとは思えねえ」

「ナニじゃないよ」

「そうだろう。この豚肉の酒蒸《さかむし》、ちょっと、金を出しても、食えねえぜ」

「そんなものかね」

「ああ」

「それじゃ、大したもんだ」

「なんだ。頼りねえな」

「居るんだよ。変なのが。コックだけじゃなくて、何でもやっちゃうのが転がり込んできているの」

「そりゃ、男か、女か」

「男……」

「なんだ」

細井はがっかりしたようにみえた。

「しかし、いまどき、調法だねえ。逃げようとしたら、構わねえ、向うずね、かっぱらっちまえ」

「逃げないよ。だいいち、あんたの知ってる男だもの」

「だれ?」

「あの二八だよ」

「あの二八か」

細井は驚いた。

「やるねえ。……どうだろう。うちのニュース・ショウで、素人コックが欲しくて困ってるんだけど、二、三日、貸して貰えないか」

「そりゃ、いいけど」

　南は不安げに言った。

「ずーっとは困るよ。うちが、お手上げになっちまう」

「なに、三日から五日ぐらいだ」

「だんだん、長くなるじゃないの。それが困るんだよ」

「まあ、いいじゃないの。あの男なら、わりに要領よく、やると思うよ」

「だから困るんだよ。テレビは料理番組ブームだからねえ。ひょっとすると、ひょっとしちゃう御時世だってのが、こわいんだよ」

　南洋一は腕を組んで、頭をふり、溜息をついた。


　二八のテレビ出演は大騒ぎであった。

「ギャラの方は、あれこれ申しませんよ」

と二八は、係りのプロデューサーに言った。

「あたしゃ、プロじゃないんだから。でもね、衣裳と出囃《でばや》子《し》は、ちゃんと準備してくれないと困ります」

「お囃子《はやし》がいるんですか」

　係りは唖然とした。

「テープでいいでしょうね」

「ええ。そりゃ、まあ」

「師匠の場合、なんという曲を準備すればいいんでしょう？」

「ひゃあ、師匠なんぞは、おそれ入ります。二八さん、ぐらいで、ごかんべんを」

「曲は、何が、よろしゅうございましょう」

「ニューロックで賑《にぎ》やかなものなら、何でも結構です」

「ニューロックで、出るんですか」

「そんな、ああた、お化けみたいな言い方しちゃいけません」

「衣裳は、コックさんの、ふつうの白い上っ張りじゃいけないのですか」

「へえ。一日目は、それでも、よござんす。二日目からは、赤い上着……」

「赤い上着で、ずっと、やるんですか」

「ああた、七味唐辛子売りじゃないんですよ。カラー放送だから、衣裳を、毎日、変えようてえッ」

「すると、三日目は?」

「こりゃまた、北島三郎が着るみたいな、ギンギラギンに光った背広ね、銀色の……」

「これは大変だ」

プロデューサーは慌てて、ノートをひらいた。

「料理の道具なんて、背中にしょって出ますからね。ずっとまえに、高倉健の佐々木小次郎を映画で見てね、シビれてるのよ、ずっと。あの、ケバケバしい、派手っぽい感じで出ましょうよ、28なんて金糸で縫いとりしちゃってさ……」

二八の派手好みがタダゴトでないことが分ったのは、ホステス役を選ぶときであった。

彼のような素人《とうしろう》の場合、相手は、テレビ局の中をチョロチョロして、演出アルバイトの男とデキていたりする、生きのいい女の子が一人いれば足りるのである。

「一流が、よござんすね。あたしゃ、マリリン・モンローが、いいと思うんですがね」

ふだんなら、この狂人め、という一語で終りである。だが、さすがは細井忠邦、眼を細めて、

「面白え。やらせろ」

そのひとことで、舞台の下手《しもて》、二八のコーナーに、「彼女は二挺拳銃」に始まり、「アスファルト・ジャングル」「イヴの総て」「ノックは無用」「ナイアガラ」「紳士は金髪がお好き」「百万長者と結婚する方法」「帰らざる河」「ショウほど素敵な商売はない」「七年目の浮気」「バス停留所」「王子と踊子」「お熱いのがお好き」「恋をしましょう」「荒馬と女」……そして、中絶した遺作"Something's Got to Give"におけるプール・サイドの、濡れた全裸写真まで、十年間のマリリン・モンローがずらりとならんだ。

さて——

定刻三十分まえにホールに入った二八、これらの写真パネルに眼をやって、

「日本に入った映画《しゃしん》だけですな」

と、コワい言葉をもらす。

「それにしても、一九五二年の『人生模様』が抜けてますね」

この呟き、フロア・マネージャーの胸に、ぐさりと突き刺さった。

この野郎、と思うよりも、淀川長治はんの映画解説の対抗馬にかつぎ出したら、どないやろか、と、職業意識が先に働く。

午後のニュース・ショウ——各コーナーを無事に終えて、いよいよ〈ぼくの料理教室〉となった。料理は辣汁芹菜《ラチイチエヌツアイ》——セロリの辛子和《からしあ》えである。

番組が終るやいなや、芸能局の電話がいっせいに鳴り出した。曰く「タレント性抜群」「住所を教えて欲しい」「妻子はいるのか」「軽薄見るに耐えず」……

この反響を黙視する細井ではなかった。

次の月から〈二八クッキング〉という名の三十分番組が大々的に開始されることになった。


「困る! 約束とちがう!」

わめくのは、南洋一ただひとりである。

時間帯は午後二時から三十分……第一日目は、五色の電飾、〈28 on stage〉のネオンの点滅をバックに、ゴオゴオ・ガールたちの踊り。

ニューロックの鳴り響く中を、三波春夫も三舎を避けるきらびやかな和服姿、背中に片刀《ピンタオ》を斜めに背負った二八、踊りながら現れてくる。テレビ局おやといの老婆たちがテープを投げる。これぞ、泥臭さを身上《しんじょう》とする細井流悪趣味のエッセンスであった。


場末の朝鮮料理屋——

コムタンをまずそうにスプーンですくっていた矢野は、店の女の子にカラーテレビを消すように命じた。

「あら、この二八っていう人、すごく、面白いのにさ」

女の子はふくれっつらで、テレビを消した。

〈面白い? 料理は面白いものとでもいうのか。いな、それは苦しいものでなければならぬ〉

矢野の心に、尾羽うち枯らした高学林の姿と、あのフルートの音色がよみがえった。

(いかに才気ありげにふるまおうとも、所詮は邪道料理人……打ち倒さねばならぬ。それも、公衆の面前でな)

矢野は技癢《ぎよう》をおぼえた。あきらかに料理道の危機であった。

(料理をたのしいものとする風潮が、あのような形をとってあらわれたのだ)

彼にとって、才人二八との対決は避け得ぬものとみえた。

第十五章　Red Roses for A Blue Lady

人気者になっても、二八《につぱち》は、少しも心おごったところを見せぬ。

外に出ると、派手でハッタリを好むが、南洋一邸に帰ってくるやいなや、直ちに一介の弟子に変化する。

「二八、おまえ、あんな料理を、どこでおぼえたのだ？」

南が訊いた。

「へ、へ、生れつき好きなもので、本やなにかで」

「それだけかな？」

南は怪しんだ。

「しかし、おまえ、オヨヨ大統領の方は、大丈夫か。あれだけテレビに出て、向うが気づかぬということはないぞ」

「その点は、注意しております」

二八は頷いた。

「しかし、きのうの料理は、ちょっと冴えなかったぞ。……いや、その、スタイルの問題だがな。なんか、キョロキョロしとったぞ」

「分りましたか」

二八は声を落した。

「なんぞ悩みでもあるのか」

「客席に、めっぽうきれいな外人の女の子がいましてな。あたくし、お恥ずかしいことですが、ホの字でございます」

「おまえも、スレたような、ウブなような、変な男だな」

「こんな気持になったのは、生れて初めてで」

「ふーむ。その子は、初めて見たのか」

「いえ、この二、三日、じっと、あたしの手元を見てるんでございます。といって、同業者とも見えねえし」

「あした、おれが声をかけてやろうか」

「やめて下さい」

二八は顔をあからめた。

「それっきりになると困ります」

「やれやれ」

南は呆れ顔になる。

「おまえ、不景気の神様みたいなことを言っていたが、まるで正反対じゃないか」

「運といいましょうか、つきが変ったんですな」

「ふむ……」

南は考える顔つきになる。

「いま、おまえに出て行かれると困るのでな。こんな話は、したくないのだが……実は、細井からたのまれた……」

「へいへい」

「深間頑三さんという食道楽がいてな……おまえの腕をテレビで見て、週のうち二日、無理なら一日でもいいから、きて欲しいと頼んできたのだな。……いうまでもないが、破格のギャラを支払うという条件つきだ」

二八は答えなかった。顔が蒼ざめてきている。

「どうした？　気を悪くしたか？」

「いえ……ありがたいお言葉ですが、深間さんというのが、少々、具合が悪いので」

「どうして？」

「ちょっと、まずいので……」

「知り合いかね？」

「いえ、直接は知らないんですが、なんやかや、ややっこしいことになりそうな予感がするんです」

「そうか……それじゃ、なんとか断ってみよう……」


〈二八クッキング〉では、他流試合を始めた。

素人・玄人とりまぜて、二八にチャレンジさせ、審査員

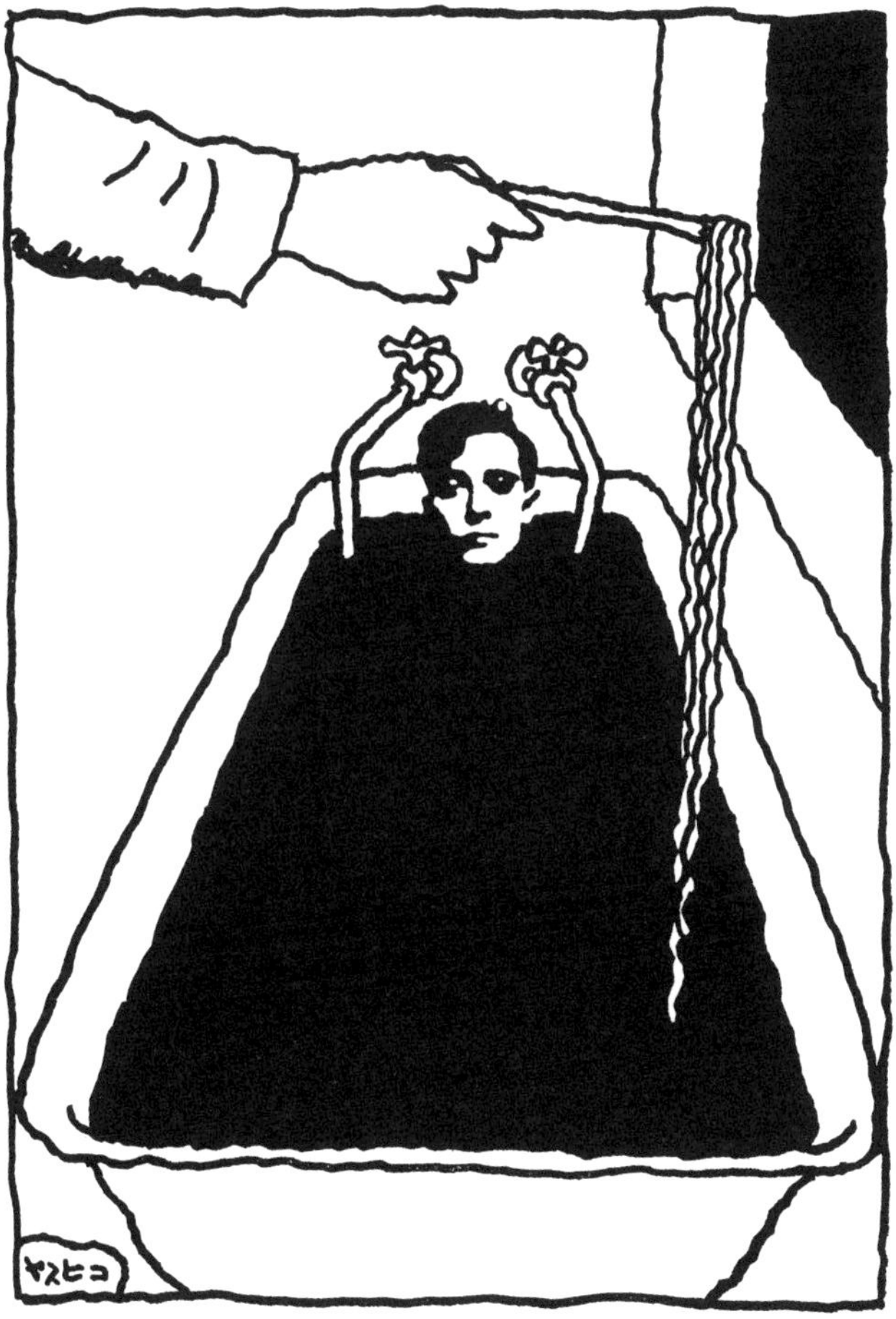
ヤスヒコ

がタイムと味で採点するのである。

……が、二八を破るだけの者はいなかった。別に審査員が手加減しているわけではない。

細井忠邦の肚《はら》は、むしろ、二八のキリキリ舞いする姿をカメラで写しとりたかったのだが、なかなか、うまくいかない。

「あいつ、化けもんだ」

ホールの楽屋に姿を見せた細井は吐き出すように言った。

……それでも失敗がないわけではない。

鰺《あじ》の空揚《からあげ》の終ったあとで、

「失敗したら、猫にでもやって下さい」

と、うっかり、カメラに向って言ったとたん、全国の愛猫家からの怒号が局に殺到した。

世の中に、このテの人間ぐらい、うるさいものはない。局では、菊印、鶴印、映画「橋のない川」に抗議する連中、身体障害者、犬猫愛好家——これだけは少くとも避けるのが常識である。

「変な婆さんが抗議にきました」

部下の一人が局長室にやってきた。

「なんでえ」

冷房のきいた部屋で、ジョニ黒を紅茶に入れている細井が、うるさそうに言った。

「そんなもの、きみひとりで処理できんのか」

「は……そうしようとしたのですが、局長さんに会わせろって叫んでるんです」

「おれのこと、知ってんのか」

「はい。例の猫云々のことらしいです」

「やだね！　あれは、二八の放言じゃないか。二八は、帰ったか」

「ホールからこっちにきて、いま、他の番組に出ています」

「おい、人気タレントは、少し大事に使えよ。コント55号の二の舞になるぞ」

「はい……」

「分ってねえんだろ。……不況を知らねえ奴は、いやだね。とにかく、婆さんを通せ」

「通らいでか！」

鉄扇を振り上げた小柄な老婆が入ってきた。

「やいやい、ひとの部屋に入るときぐらい、挨拶の一つもしろい」

「黙れ、昭和ひとけた。われは、明治の児なり。われらが日頃の抱負を知るや？」

「知るもんか、くそ婆あ」

細井は三白眼で睨みかえした。

「日清・日露の戦いにぃ！」

「歌うな、婆あ」

「わが名をきいて驚くな。一生を猫族解放運動に捧げてきた根古野《ねこの》タメとぞいう」

「家族合せみたいな名前だな」

「それは、いま、言おうとしていたところじゃ。……おのれには、言いたいことが、二つあるわ。一つは、先だって、ペルシャ猫の居所について嘘をついたこと……」

「なにい」

細井は歯をむいた。

「初対面のおれが、なんで嘘をつける？」

「じゃーかしい！」

タメ女史は急に下品になった。

「このまえ、おのれの部下が、ペルシャ猫は、南洋一たらいう若僧の家にいるちゅうたんで、電話してみたわ。まるで、ちがっとったわい」

「ああ、いつかの電話は、あんたか」

細井はやっと想い出した。

「こいつは、失礼したな。猫なら、ここにいるがね」

細井は安楽椅子のかげに小さくなっている猫をつまみ上げて、

「すると、あんた、オヨヨ大統領の手先かい？」

老婆は、きょとんとした。

「やだよ。……あたしゃ、あいつに、ワインを三杯、ごちそうになっただけ」

「へえ、あんた、ワイン三杯でやとわれたってわけか」

「うつけ者！」

老婆の鉄扇が閃くや否や、猫を抱えた細井は宙をとんで、壁に貼りついていた。

「ん?……できるね、かなり」

「けっ、おれを、そこらのサラリーマンと思ってたのか」

細井は乾いた声で笑った。

「こう見えても、二、三年まえまでは、腹に晒《さらし》を巻いて会社にきてた身だ。なめて貰いますまい」

「その猫だよ。よく見せておくれ」

細井は猫をテーブルに投げた。

「勝手にしねえ。見るだけなら只だ」

タメ女史は、猫の眼をじっと見つめていたが——

「ちがう!　これは、ちがう!」

と叫んだ。

「あんたは、そういう猫を探しているのかい?」

細井は興味深げに言った。

「どうやら、オヨヨ大統領の手先じゃないようだな。おれはまた、靴の爪先から毒を塗ったナイフがとび出したり、針を吹いたりする婆さんかと思ったよ」

「冗談じゃない。刀自《とじ》と呼ばれる身ですよ」

「そうだ……おれは、そいつとよく似た猫を見たぜ」

細井の眼が光った。

「このあいだ、ある男が、おれに会いにきてな。そいつの自動車に、そっくりなペルシャ猫が乗っていたっけ」

「教えておくれ、ね……」

「急に態度が変ったな。でも、おたく、言いたいことが、もう一つ、あるんじゃないの?」

「ああ、二八というコックの放言のことだがね。もう、いいの。探してる猫さえ見つかればね」

「現金だねえ。待ってくれよ。ここに奴の名刺が入ってたはずだ」

細井は大きなデスクの抽斗をあけた。


恋が二八を変えていた。

その少女は毎日、客席にいた。

だが、顔色が悪く、しかも二八を見にきているのでもなさそうなところが不可解ともいえた。

ある日、彼は、両手に溢れるほどの赤いバラを客席にとどけさせた。少女は、不審そうな顔をし、バラの花を抱いた。

二八は、バラの花に言葉をそえたかったのである。しかし、彼の教養体系から生れてくる文句といえば、〽どどいつぁ、野暮でも……とか、〽おまえ、待ち待ち、蚊帳《かや》の外にて蚊に食われ……

などと無学な文句ばかり。

二八の夢みていたのは、たとえば、「私の方では友達になりたいとしきりにねがっていたのだが、相手はほんの少し話をすることすら承知してくれなかった。その女《ひと》の持ものが売りにでたので、私はそれをみんな買いとった」(プルースト「愉しみと日日」)といった、西欧的かつ詩的な言葉の群れであった。

料理の上では、一人の敵もいない強者である。だが、たったひとりの少女をどうすることも出来ぬ。

「だめだよ、もう一か月ぐらい、挑戦者はすしづめなんだ」

局の若者の声がした。

真赤な上着を着た二八は、振り向いた。

蓬髪、眼光鋭い青年が、彼を睨んでいた。殺気が身辺に立ちこめている。

(……おれは、いつか、あの男とやらねばならぬな……)

二八は直感した。

そのようなときが必ずくるとしても、かくも早いとは思わなんだ。

(只の放浪者ではない……)

二八は、去ってゆく男の後姿を凝視した。

(かなりの修業を重ねている。……おれは敗れるかも知れぬ……)

「源三郎サマ!」

少女が男を追ってゆくのを二八は見た。バラの花は場内通路にすてられていた。

やがて、悲しげなフルートの音がきこえてくる……

一方、旦那刑事(三たびおことわりするが、これは本名である)は、グランド・ホテルで大統領の両腕に手錠をかけ損った責任を問われていた。

世間の眼が群馬県の連続殺人犯の方を向いているので、辛《かろ》うじて世論の非難は免《まぬが》れていたが、旦那は居たたまれなかった。

彼こそは、不運という星の下に生れてきた男であった。

小柄で、みるからにかげが薄いこの男は、月足らずでこの世に生れ、すぐに母親に逃げられていた。

子供のころから、歩いていると、ペンキの缶が頭に落ちてきて、電柱が倒れてくる。

つい最近も、団地内の野球チームに入ったとたん、ふられたバットをひたいに受けて失神、入院、五針縫うという惨状であった。

鬼面《おにつら》警部の弁護で、庁内での立場は救われたものの、そうなると、いっそう鬼面が憎いのである。あまりに上司を憎むあまり、オヨヨ大統領に親愛感を抱く、という、ヘンな状態にこの中年男はなっていた。

もちろん、彼は名誉回復を試みようとした。

あるときは、オヨヨらしき老人をつけて、防犯グループの袋叩きにあい、ようやく老人が〈警察友の会〉の会員であることを知ったのであった。

さらに怪しい男をつけ狙ったところ、相手は赤軍派の射撃の名手で、帽子を撃ちとばされ、ほうほうの態で逃げ帰った。

ついに、彼は、先手必勝、オヨヨに似た男の首を締めたところ、逆に投げとばされた。その相手の顔は、警視総監に似ていたようであった。

だが、鬼面の鼻をあかしてやりたいという彼の決意は変らない。

そして、いま、深夜——

2DKの団地に住む彼は、ひとり台所に閉じこもって、無念無想、料理に専念しているのであった。

これこそ、彼が孤独になれる唯一のときであり、固有時との対話をおこなえる空間を所有し得るところのものであった。彼が〈突出〉したこのキッチンこそ、彼の怨念の〈解放区〉であった。

もっとカンタンに申せば、料理でストレスを解消しようという算段である。

（どこへ行ったのか、オヨヨのやつ）

彼は中村屋のボルシチに、タバスコ・ソースを落しながら呟いた。

彼の手にかかると、缶詰のボルシチは、必ず、カレーになった。また、カレーは必ずボルシチになった。

では、ボルシチとカレーを混ぜると……やっぱり、カレーができるのであった。

ところが、初めからカレーをつくろうと考えると……ハヤシができてしまう。

この辺が、旦那のフシギな性格のあらわれであった。すべて、こと志と違ってくるのである。

（オヨヨめ……）

彼は、白ワインをそそぎながら、また、呟いた。

この辺から、料理が変化してくるのである。なぜ、白ワインが必要なのか。

しかし、彼にとって必要なのは、結果ではなく、プロセスであった。

（料理は、作ること自体に意義がある……）

という、五輪大会風の発想である。

（オヨヨの砦が、どこかにあるはずだ。それを、このおれが粉砕する……）

彼はカレー粉を入れ始めた。もう、手遅れである。

（このおれの手でな……）

あちこちで小さな出来事が起っていた。

ある民間航空のジェット機が九州南方洋上で消息を絶っていた。団体の乗客が英国情報部員であることを知っているのは、オヨヨ大統領だけであった。

福井では銀行が襲われていた。犯人は赤軍派の服装をしていたと伝えられる。

北海道では、国家公安庁のスパイが熊に惨殺されるという事故が起っていた。このニュースを、テレビより早く知った大統領は、小さく頷いたのみである。

あらゆる事件は、一つの方向をさしていた。

赤坂に新しい中華料理屋が出来たが、実は地下の広いカジノが客の金を吸い込んでいた。

新宿に作られた小劇場の地下は、あらゆる麻薬のデパートであった。何も知らぬ青年男女が造反芝居を眺めているとき、その下ではとんでもない造反が行なわれていた。

ひまになったテレビ局の貸スタジオが、仮本部になっていたこともある。サブ・コンの多くのテレビが使えるので、何かと便利でもあった。

巨大な蛭《ひる》のように組織は成長しつつある。

大統領は東京の西南部にあるマンションの最上階を買い、そこをアジトとした。

「次の狙いは何ですか?」

という問いは禁句であった。

大統領は完全に、調子を取戻していた。足の骨折いらいの不調は嘘みたいである。

米中の国交回復によって、東洋の麻薬はよりスムーズに米国に運ばれるはずである。また、両国間の情報をソ連に売りながら、その逆の作業もしなければならぬ。

そして、最後に、地球上で最初の一大帝国をつくり、月を占領しなければならぬ。その方の技術も、ソ連の宇宙飛行士暗殺によってテストずみであった。

一方、警視庁でも異変が起っていた。取調べ中の、ハイエナと呼ばれる殺し屋が奔馬性スモン病で死んだのである。

鬼面は慌てて、ニコライとニコラスを特別室に入れた。何も知らぬ二人は、群馬の殺人犯が少女を何人殺しているかを賭けていた。

鬼面の恐怖は、情報屋が次々に姿を消すことで、つのっていった。

彼は、オヨヨ大統領相手の特別班をつくり、旦那を交通安全運動の方にまわした。だが、その日のうちに、都内の高速道路の信号が半分狂ってしまい、旦那は送り返されてきた。鬼面の恐怖は、いよいよ、つのった。

「オヨヨが何をしているか、より、今どこにいるかが、問題である」

と鬼面は言った。

「ただ、分っていることは、奴はきっと、近日中に姿を現すということだ。南洋一の家とジャパン・テレビから眼を離すな。おれの情報ルートからいって、そういう見当になっている」
……それは外れてはいなかった。
同じころ、三人の紳士が大統領を訪れていた。

第十六章　大統領独歩行

三人の紳士の風態について、一応、筆を弄しておかねばなるまい。

長い廊下を歩きつつある、いちばん左端の男は、四角い顔で、縮れかげんの髪をひたいに垂らしていた。眼が異様に輝いている。

真中の紳士は、小肥りで、ロイド眼鏡をかけている。三人の中では、小柄である。

右端の男は、細長い顔で、あごひげを生やし、背が高い。

前後を、黒い制服の男たちにはさまれて、この三人は、大統領の謁見室に近づきつつあった。

三人はオヨヨ大統領について恐ろしい噂しかきいていないので、すでに足がふるえていた。伝聞というやつは、かくも、ひとを怯えさせるのである。

先頭の制服の男が、ドアの前に立った。ドアは自動的に開く。

部屋の正面に、顔の部分だけを白く塗り潰した大統領の肖像画が掛かっている。

ほかにはテーブル一つ——いや、椅子一つ、ない。

三人は顔を見合せた。

「そのお姿に向ってお話し下さい」

と制服の男が言った。

「これで、通じるのですか?」

四角い顔の男が訊いた。

「向うからは、見えるんやないけ?」

ロイド眼鏡が言った。

「では、申し上げます」

四角い顔の男は咳払いした。

「ニクソン訪中やドル防衛問題で、世間の眼は、公害からそれております。いまこそ、公害を云々する連中を叩き伏せるときだ、というのが、わが木下電機の考えであります」

「だいたい、公害、公害といいますが、これは、日本のGNP発展に伴う当然のもので、これあってこそ、わが国の経済はドン底から立ち上れたのであります」

とロイド眼鏡。

「排気ガス、けっこう。チッソ、ヘドロ、また、けっこう。だいたい、マスコミが急に公害を攻撃し始めたのが、おかしいのです。たとえ小児ゼンソクが多くなろうと、……極論すれば、日本人の半分が死のうと、産業が栄えさえすれば、いいのではないでしょうか。まあ、テレビや新聞の操作は、われわれの仕事でしてな。……しかし……」

とあごひげ。

「これからはア!!」と四角い顔が叫んだ。「公害に反対する連中を、一人一人、叩きつぶすことです」

「反対運動の拠点を、一つ、一つ、つぶしてゆくことです」

あごひげが無表情に言った。

「目標!」とロイド眼鏡。

「427点!!」

三人は両手をあげて叫んだ。

「それで?……」

大統領の声らしきものが、天井の一隅からきこえてきた。

「わしに、何をしろというのかな?」

「お忘れですか? 猫ですよ」

「木下電機特製の盗聴器が、植えてあるという猫ですよ」

「そいつを取戻さんと、わたしら、公害反対対策委員の立場が、なくなりますがな」

「大統領ともあろう方が、あんなん、放置しといたら、あかんがな……」

「別に放っておいたわけではない」

不機嫌そうな声がきこえてきた。

「こちらの手違いということも、ある。足が直ったら、みずから乗り出そうと考えておったのじゃ」

「ほな、話をすすめますわ」

ロイド限鏡が言った。

「もう少し礼儀正しく……」

制服の監視役が注意する。

「へ、すんまへん。……大統領、実は、うちの社——いや部に、内通者がいるらしくて、猫の一件をかぎつけたゴロツキ業界紙の記者が、あのことで、恐喝に来よりましたのです」

「こら、どうしても、猫を……少くとも、盗聴器だけでも、とり戻さんと、えらいことになります」

「……つきましては、この際、オヨヨ組織に、ほんの五千万ほど寄附をさせて頂きます。これで、木下電機の盗聴器をとり戻せいうのが、木下会長の命令でございます」

三人は固唾《かたず》をのんで、壁の絵を見つめている。

「……わが組織は、まさに伸びつつあるときじゃ。五千万は頂いておこう」

大統領は、ためらいがちに言った。

「盗聴器は、必ず、とり戻すか、処分する。処分した場合には、その証拠となるものをお見せしよう」

矢野源三郎は、深間事務所の附近をうろついていた。

(あさましい。……いちど、辞めた男が、ふたたび、雇って貰いたがるなど……)

矢野は自己嫌悪をおぼえた。

すでに夜である。矢野は空腹もおぼえていた。

おでん屋の屋台が出ている。

深間事務所の窓の灯を気にしながら、おでん屋に声をかけようとして、驚いた。彼が辞めるきっかけとなったナンバー2と、ナンバー3が、冷や酒で、おでんを突ついているではないか。

「残暑はきびしいが、夜になると、おでんなんか食べたくなりますなあ」

「このロールキャベツ、イケますよ」

「ハンペンも、うまい。親父さん、ロールキャベツ、くれないか」

「まだ少々、固《かと》うございますが」

「いいよ、くれよ」

「とにかく、勝手なものが食えるのが、うれしい。……どうです、明日の昼食は、車をとばして、神田連雀町の籔へ行きますか」

「ふむ」

「門構えがあって、粋なものです。空襲で焼けなかったんですな」

「あたし、そばは駄目なんです」

「うなぎは、どうです。近いところで外苑前の佐阿徳、少し足をのばして麻布の野田岩……」

「その方が、うれしいですな。思いきって、カレーなんかは?」

「いいですね。九段のアジャンタですか」

「あすこは、サーヴィスが、よくない。味も評判ほどじゃないですな。あとは、銀座のナイルですか、久しく行ってないな」

「渋谷百軒店のムルギーは、どうです?」

「なつかしいな。昭和三十年ごろ、七十円でしたな。皿の半分にメシが日本本土みたいな形にあって、カレーが海みたいになっている」

「赤坂のサクソンは、どうです。サーヴィスも味も、いいでしょう」

「あそこもいいですが、銀座のアショカ——少々高いが、決定的にうまいですな」

「ナンも、あそこのが、うまい」

「は、は……こんな自由を味わえるのも、コックがいないおかげだ」

ナンバー2は笑った。

「しかし……黒い噂があるのを、ご存じないですか」

ナンバー3が声をひそめる。

「え?」

「新しいコックが、くるんですよ」

「ええ!」

「しーっ……」

矢野は屋台の横にしゃがみ込んだ。

「うちの所長のくせが始まったんですよ。第一級の料理人をやといたがる。あれです」

「じゃ、また、あのコックが……」

「矢野じゃないですよ」

ナンバー3はコップ酒をがぶりとやって、

「もう少し、ましでしょうがね」

「誰ですか?」

「テレビの料理の時間で有名な、あの二八《につぱち》って男ですよ」

「ふむ、ふむ」

ナンバー2は頷いた。

「料理をたのしく、ってのが合言葉というか、キャッチフレーズの男ですな。あんな売れっ子が、うちにくるんですかね」

「なかなか首をふらんそうですが。……うちの所長も、粘る方だから」

「あれなら、いいじゃないですか。べったり、事務所にひっついているわけにいかんでしょうからな」

二八めが仕官を……と、矢野は口の中で呟いた。

ほかならぬあの深間頑三が、二八を……。

無常――

そんな想いが矢野の心を吹き抜ける。

(いかぬ。深間頑三の料理を作るのは、このわたしでなければ……)

――えらい不況になりそうだぜ。

――暮のボーナスは危《やば》いな。

そういった会話が耳に入っていたが、ふと気がつくと、客席にも舞台にも、人影は、見当らなかった。局の連中も、引揚げたとみえる。

公開録画が終って、客の最後の一人が出て行くや否や、幕をあけ、セットをこわし、ときには床に張った、セルロイドの下敷きの化物みたいなやつまで、めくってしまうことがある。

架空の極楽、一瞬にして、地獄に転ずるの感がある。

ドルの防衛のためのニクソン声明――それによるドル・ショック……株の暴落……

世間は茫然自失のようである。ようである――というのは、二八にとっては、不景気こそ常態であり、〈景気がいい〉なんてのはマヤカシ、眉ツバ、正札つきのガセネタだからである。

不景気の国から不景気をひろめにきたと称する彼は、自分が物語の中に登場するや否や、日本中に不景気風が吹き始めたことを必然と見たのであった。

しかも、彼自身、ひょんなことからテレビの人気者になったものの、観ると出るとは大ちがい、タレント間の嫉妬、見当ちがいのテレビ評、そして、あらゆるタレントの落ち目の材料を探し、ネタがなければデッチ上げてしまう週刊誌記者の出没にイヤ気がさして、こいつは早いところ、足を洗わないとエライことになる――と、考えているのだった。

そして、なによりも、フルート吹きの少女のことがあった。

ようやく現れたツキは、彼女の出現とともに、がたがたと音を立てて崩れ去った。

(肌に触れなくても、みろ。女ってな、これだから、いけねえ……)

二八は呟いた。

――二八、いるか。いたら奈落まできてくれ……

細井忠邦の声であった。

(芸能局長も、大分、しんどそうだな。社内人事のゴタゴタに加えて、この不況じゃな。スポンサーがいよいよ、シブチンになるだろうし……)

二八は奈落への暗い階段を降りて行った。

……古風な裸電灯の光の中に、細井忠邦が立っていた。

「二八、きみに話がある」

「へい」

「週刊誌がな……〈タレントが自殺するとき〉ってグラビアを撮りにきた。カメラマンはそこに待っているが、きみは、ここで首を吊ってもらうことになっている」

「待って下さい。……そりゃ、タレントにはプライヴァシイはないそうですから、何でもやりますが、型ぐらい、てまえに考えさせて下さい。……ええ、たとえば、ガス・オーヴンに首を突っ込むとか」

「駄目だ。時間がない。ロープも、この通り、用意してある」

「さすが、手まわしの良いこって」

「早くしろ」

「このロープを首にかけますか」

「そうそう。……天井のパイプから吊ってあるから、おれが、こっちのはじを引くと、自然に首が吊れる……」

二八の身体は、たちまち、宙に浮いた。

「く、く……ご冗談を……」

「二八、猫は、どこだ?」

男はロープをゆるめると訊いた。

「猫?……猫って?」

「白いペルシャ猫だ」

「あれは、あなたの……ああ、ああた、細井さんじゃない！」

「そういうわけさ。もう呑み込めたろう」

「……じゃ、オヨヨ大統領……閣下ですか?……」

「なんでもいい。猫は、どこだ?」

「勘忍して下さい。これには深い事情が……」

「もう一回、苦しみたいか。ロープを引くぞ」

「……でも……」

「若い奴らに、南洋一の家のまわりを張らせたが分らん。それに、あそこには刑事《でか》が、うろうろしている。……もう一回だけ、訊く。猫は、どこだ?」

「それは……細井さんのいる局長室です」

「え?　細井の部屋か……」

細井忠邦は大統領にとって手強い相手であった。かつて彼の変相を見破った唯一の男だからである。

「よし、分った」

「じゃ、このロープは……」

「いかん。おまえは、このまま、天井からブランコするのだ」

「畜生！　人殺し！」

「この期《ご》に及んで、じたばたするな。完全な自殺に見えるようにしてやるからな。自殺の理由は、マスコミが考えてくれる」

大統領はロープを引き、二八の身体は、はげしく宙に戻った。

「く、く……」

「すぐ楽になる。さらばだ」

大統領は、二八の足の下にわざわざ椅子を倒すと、いかなる方法を用いていたのか、すっくと背を伸ばし、階段を登って行った。

二八は海老のように踠《もが》いた。もはや、どうなるはずもない。不景気の〈原点〉に立ち戻るしかあるまい。

一瞬、飛来したものが、天井と床のパイプの間に張られているロープを断ち切った。二八の身体は、もろに床にバウンドする。

闇の中から姿を現したのは、矢野源三郎その人であった。

眼は落ち凹み、苦悩のはげしさが全身に現れている。異常な精気にみちた眼光で床を一瞥し、片刀《ピンタオ》をひろい上げた。

腕をさすりながら、二八は身をおこした。

「どうして……どこから、きたのです？」

「貴公に、いま死なれては、困る。わたしがやるときまで、生かしておく」

矢野は人なつこい笑いを浮べた。

「貴公との手合せの機会を狙い、あとをつけたところが、この始末。……ささ、いっしょに、あの殺人犯を追おう」

「いけません。あれは、煮ても焼いてもくえない悪党です」

「オヨヨ……とか申しておったな」

「あいつの話は、やめましょう。このことを、細井さんに知らせないと、えらいことになる」

「では、貴公との勝負、あずけたぞ」

「クラシックな言い方ですな。とにかく、早く、ここを出ましょう」

「待て待て。首にロープをつけたままで、行くのか」

「切って下さい」

矢野は眼にも止まらぬ早業で、ロープを切り、二八は仰天した。

「ああたは、料理人じゃなくて、侍みたいですな」

「料理の道も、根本は変らぬ」

「大分、ちがうと思いますがね」

二八は挑戦的に言った。

「ああた、ちょっと、吉川英治の『宮本武蔵』の読み過ぎでしょう。さいきん、吉川英治はかくれたブームですが、あれは、危険なものですよ。戦争中の吉川英治の言動を、上林暁が『文士』という短編に書いてますぜ。なんでも、『宮本武蔵』は、戦争中の版と、いまのと、一部分、ちがうそうで、みなさん、その辺には口をとざしているそうです」

「そんなものは、わたしには関係ない」

矢野は言いきった。

「とにかく、貴公のレジャー風料理法と、わたしの方法は、一致しない」

「そりゃそうでしょう。あたしは、軽薄ですよ。……でも、それが、いけないんですか。みんな、あんたみたいに、しゃっちょこばらなきゃ、いけないんですかい」

「どちらかが倒れるまで……」

「それが、おかしい。そいつを両立させるのが、戦後民主主義のはずですがねえ」

「とにかく、一つの料理を作り、その味で争う。これなら、どうだ?」

「けっこう毛だらけと言いてえが、誰が判定するんで?」

「……む、高学林先生では、どうかな。在日の中華料理人としては最高の存在だ」

「お名前は存じてます。すると、中華料理で争うわけで?」

「当然……」

「よござんす。それなら、あたしも、負けちゃいられねえ」

「時と場所は、追って知らせよう。高学林先生の居所も、探さねばならぬ」

そのとき、どういうわけか、むせび泣くようなフルートの音が流れてきた。

「いかん。彼女がきた。行かねばならない」

「どうして、あなたが、ここにいるのが、分ったので？」

と二八。

「それが分れば、苦労はない」

第十七章　不況を待ちながら

ジャパン・テレビの建物は、〈黄金の一九六〇年代〉の遺品みたいに麴町の真中にそそり立っている。

その賑《にぎわ》いは一時ほどではないが、玄関は、けっこう、人の出入りが夥《おびただ》しい。

今しも、もみ上げを長くした人気男性歌手が純白の外車から降り立った横を、信玄袋を下げた老婆がひょこひょこ出てきた。

タメ女史は、先日の詫びを言いに細井を訪れたのである。

用件をすませて出てはきたものの、タクシーがつかまらず、タメ女史、仕方なく、四谷駅への道を歩き出した。

「雲助め……」

タメ女史は呟いた。

「もうたのまれたって、円タクなぞに乗ってやるものか。乗車拒否ばかりしおって……」

市電が次々になくなるのが、タメ女史には迷惑このうえない。女史は市バス（世間では都バスという）が嫌いなのである。昭和十年代に、運転ミスから横転した市バスを見ていらい、警戒するようになっている。

「もしもし……」

ベレエをかぶった中年男が声をかけてきた。

「なんだえ」

「……ジャパン・テレビから出ておいでになったでしょ

う」

「ああ」

「わたし、警察の者ですが……」

「ほう、そうかい」

「横浜のホテルでお目にかかったと思いますが……あの、猫をお探しでしたね」

「はいはい」

「そうですよ……その猫なら、このジャパン・テレビにいるんです。偶然というのは、おそろしいもので」

「だから、何だい」

「……そこの、芸能局長室にいるんですよ、例の猫が……」

「ははん」

タメ女史は笑った。

「おまえは、例の大統領とやらの子分だろう。あたしに猫を盗ませよう、とこういう寸法。その手は、くわないよ。あたしの探している猫なら、ちゃんと持主のところに帰りましたからね」

「へ？」

中年男は問い返した。

「すると、局長室には……」

「ちゃんといますよ。白いペルシャ猫が……」

タメ女史のひと睨みに、男は横っとびに逃げ去った。


「二八《にっぱち》は、殺されそこなったぞ」

細井は独特の三白眼で一同を見た。

「おっつけ、大統領は、ここにくるだろう」

「いや、ご協力、感謝する」

鬼面《おにつら》は自分の拳銃を改めながら言った。

「旦那刑事、汚名をそそぐ日がきたぞよ」

旦那は、スティーヴ・マックィーン扮する刑事《ブリット》のように片腕をのばし、拳銃を構えてみせた。

「こう、いきましょう」

「あのね、銃口というのは、やたらに人に向けるものじゃないですよ！」

南洋一が安楽椅子に埋れたまま叫んだ。

「ハンターの掟ですぞ」

「それでなくても、この男は弾丸が横にそれるくせがあるのだからな」

鬼面は嗤った。

小柄な刑事は、次に、拳銃を両手で構えてみせた。

「これが『荒野の七人』のスティーヴ・マックィーン」

次に、背中から投げ上げて、落ちてくるのを片手に構え、

『用心棒稼業』のタイトル・バックの宍戸錠」

「いいかげんにしろ」

鬼面は苦い顔をした。

「あの……オヨヨ大統領が、ここにくるのですか」

部屋の奥で、おそるおそる声を出したのは、深夜放送DJで、細井の番組の一つの司会者でもある今似見手郎《いまにみてろう》であった。

「ああ、ほんとだよ」

細井は歯をむいた。

「帰らして頂きます」

今似は立ち上った。

「諦めな。この部屋に寄ったのが、運の尽きだ。おれたちが大統領をつかまえるまで、見物してくんだな」

小柄な刑事は、拳銃を頰に当てた。

「歯でも痛むのですか」と今似。

「これ、赤木圭一郎。哀愁のムード」と刑事は言った。

『紅の拳銃』を見たかね?」

「いえ。……ぼくは、高倉健の方で」

「やれやれ。十年、ちがうね」

「いかに大統領といえども、煙のように入ってくるわけにはいかん」

と細井が言った。

「鬼面さんの部下も、外を固めていることだし……。まだ、時間がある。焦りなさんな」

そう言って、煙草をくわえ、自分用の安楽椅子にかけた。

「ドル・ショックの影響は、テレビの方にもくるかねえ」

緊張した空気をゆるめようとして南が話しかける。

「大ありよ。とっくに来てらあね」

細井は眼をほそめた。

ヤスヒコ

「ところが、このおれって男は、不況がくるのを、待ちに待ってたんだ。去年から噂は色々あったが、なかなか姿が見えねえ。じりじりしていたんだ。……やっと、おいでなすったよ。この気持、分らんだろうねえ」

「分りますな」

と鬼面が言った。

「あなたが?」

「さよう」

鬼面は頷いた。

「古い奴だとお思いでしょうが、日本中が、やれマイカー、大型レジャー、別荘、と浮かれているのを、この十年、じっと見ていたのです。自分の家さえないのに、なにがグァム島、香港、パリでございましょう。……朝鮮戦争で景気が良くなり、スターリン暴落で、戦争成金がスッテンテンになるのを見てきた私です。不況こそ真のあり方です」

「よくぞ言った」

南洋一が重々しく呟いた。

「テレビなんて、日本人には、いらないんだ。自動車だって、いりゃしない。自転車でいいんだ。暮しは低く、思いは高く——このアテネ文庫の精神こそ、戦後の出発点だったはずじゃないか。ぼくは不況、大歓迎だね。提灯行列したいぐらいだ」

「南京陥落のときも、提灯行列しましたね」

小柄な刑事は関係のないことを言った。

「〈暮しの手帖〉の初期に、花森安治が、もし、無地の白い西洋皿を売ってたら、必ず買いましょうって書いてたろ。あれを、実行したものよ」

南洋一は椅子の袖《そで》を叩いた。

「あれで、良かったんだ。誰が、日本をこんな経済大国なんかにしちまったんだ! まるで、約束がちがうぜ! 日本は、文化国家になるはずだったんだ! どうして、こんな、でかい軍隊を作っちまったんだ? 共産党は、どうして、あんなに物分りがよくなっちまったんだ? 若者は、なんで、アメリカの反戦フォーク・ソングを歌うだけで満足してるんだ? なぜ、真の支配者を撃たないんだ? いや、少くとも、なぜ、そういう志を、心に秘めていないのだ？」

「そうなると、警察の人間として賛成できかねますが……」

鬼面はにやにやした。

「しかし、アテネ文庫の精神というのは、大賛成ですな」

「ぼくは、少々、異論があります」

今似が口をはさんだ。

「戦争を知らない子供たちってのが、現実に、ぞろぞろ居るんです。ぼくは、お三方の考えには、ついていけません」

「フォーク・ソングなんか歌っているモヤシみたいな奴らには、精神棒が必要なんだ！」

南洋一が叫んだ。

「ぼくは戦争も軍隊も絶対反対だが、若い奴をみると、足にゲートルを巻かして、暑い草っぱらを駆け足させたくなる！」

「分裂症だ！　あなたは！」

今似がびっくりして叫んだ。

「だいいち、テレビがなくなったら、あなた、どうやって食べるんです？」

「テレビなんか犬に食われちまえ」

細井が低く言った。

「身過ぎ世過ぎで、こんなところに入り込んだんだ。昭和三十年ごろは、ひでえ就職難だったから、仕方がねえ。……だいいち、おれは、S堂のコンサイス英和の校正係りになるはずだったのさ。どたんばで、先方の都合で断られ、こんな水商売に入ったんだ。あとは、しっちゃか、めっちゃかの世渡りで、ここまできた。マスコミに虚名も売った。あとは、どうなと、なりゃあがれだ。何やったって、おれは、食ってみせるぜ」

「そういう就職難を水割りした位のやつが、もうじき、くるはずだ。暮のボーナスが減る？　甘えちゃいけないよ。そんなものが、あると思うのが、大まちがい。もっと、落ちるんだ。ナベ底を越して、もっともっと、落ちる。それで、ようやく、おちつくのさ、ぼくは」

南洋一は顔を紅潮させていた。

「幻想かも知れないが、いくらか息をつける時代がくるような気がする」

「あなた方、育ちがいいんですねえ」

刑事は肩を落とした。

「私も、気分としてはよく分るんですが、ひどい貧乏してましたからねえ。不況ってのは、やっぱり、困りますよ」

「きみは大正生れじゃないのか」

と鬼面。

「冗談じゃない、昭和八年です」

「ふーむ」

「困るけれども、浮かれている日本人に、ガンと一発くらわせる必要がある。それは、同感なんです。……わたしだって、刑事になるために生れてきたわけじゃない。リチャード・ウィドマークやフランク・シナトラみたいな刑事なら、いいです。こんな上司では……」

「なに?」

「いいえ、こんな良い上司の下にいても、辛いんです。わたしにも、色んな可能性があったと思う。戦後の日本に多くの可能性があったみたいにね。でも、もう、ほかの道は、ぜんぶ、ふさがれちゃった。無能な刑事として生きてゆくしかないのですよ」

「きみは黙っていろ」

鬼面が苦々しげに言った。

「どうも、きみは、反体制的な一面があるようだな」

「今似くん以外は、全員、不況を迎える気分のようですな」と南。

「ぼくは若いから……」

今似は笑った。

「少くとも、若いつもりでいないと、やっていけない商売だからな、深夜放送は……」

南が応じた。

「あれは、一九七〇年までの商売だったな。地下にいたのが、陽の目を浴びると、それで終り。風化したな」

「ひどいことを言う!」

「マスコミの法則だよ、きみ。去年、深夜放送、今年、前衛演劇——そういうものさ。しかし、本物なら風化を拒否して、表面に出てこないはずだ」

「ぼくを引張り出したのは、あなた方じゃないですか」

「その通り」と細井が言った。

「しかし、きみは、出てきた。きみには拒否する権利があったのにね。きみの心の底に、マスコミで浮かれたい気持があったからさ。それを、われわれは利用した。五分五分じゃないかね」

「………」

今似は鼻白んだ。

細井は葉巻をくわえると、

「いずれにしろ、昭和元禄花見踊りは終ったな。来年の番組は、がらっと変えねえと、いかんぞ。南さん、考えていてくれよ」

「不況向き番組か」

南は腕を組んだ。

「こいつは、むずかしいな」

「ターザンも、南洋一郎も、駄目だ。月光仮面、スーパーマンのたぐいがいい。むかし、不況だったころ、当ってた番組をしらべてくれよ」

「脱線トリオの〈たそがれシリーズ〉……」

と、自分の方がよほど、たそがれている刑事が言った。

「昭和三十一年でしたな。わたしは、ああいうのが、好きですね」

「テレビ結婚式とか、テレビ旧婚式とかいうのがあって、なぜ、テレビ葬式というのがないのだろう」

細井は急に眼を輝かした。

「数々の不幸の報道で名を売ったNHKのもとアナウンサー、今福祝《いまふくしゅく》をひっこ抜いてくる。名前が、逆説的でいいじゃないか。彼の司会で、テレビ葬式をやろう」

「今週のヒット不幸ベストテン、というのは、どうでしょう」

旦那が浮かれ出した。

「もっとも派手な死に方をした人の遺族に、賞品が出るんです」

「うむ。オープニングは、無縁仏をバックに、ニューロック風御詠歌でゆくか。化野《あだしの》の無数の石仏をカメラがなめるのもいい」

細井は嬉しそうに言った。

「……それにW《だぶ》って、忌中の札が出る。今福の挨拶——今晩は。またしても、不幸なことが起ってしまいました。では、まず、生々しい事故の模様をスロー・ヴィデオで再現してみましょう……」

「自動車事故はミニチュアでないと、駄目だな。死体はリアルな方がいい。カラーだと、血の色が空々しくなるぞ」

と南が言う。

「この部分は、演出、中川信夫だな。あの人だと、水死体専門になりそうだが……」

「その日のホトケの過去を、関係者に語らせるのだな」細井は悪《わる》のりしてきた。

「女性関係、人間的ないやらしさ、家族の評価——そういったものをひっくるめて、会場のお客さんに、地獄行きか、極楽行きか、決めてもらうんだ。そこで、セットを二通り、用意しておく。大体、まあ、地獄行きになるだろう。……そこで、セット、スタンバイ——三角の紙をひたいにつけた亡者タレントが、地獄めぐりを始める。血の池、針の山、餓鬼道、賽《さい》の河原、三途の川、浄玻璃《じょうはり》の鏡、ときて、閻魔《えんま》王庁前で舌を抜かれる」

「いよいよ、中川信夫だな」

「そこで今福アナとしては、われわれは、人間の悪について真剣に考えてみる必要があるのではないでしょうか、と必ずひとこと言う」

「そんなものが必要かね」

「これをひとこと言っておくと、あとは、なんでも出来るもの」

「今週の無残絵というのは、いかがですか」

と旦那。

「血みどろ、失神ものの絵や写真を、ずばっ、と出すんです。それから、ミスター隠亡《おんぼう》を全国から募集しましょう。さらに、霊柩車のサファリ・ラリー」

「葬儀予報というのは、どうだろうね」と細井が言った。「近々、亡くなりそうな人々の予報をするのだ。死亡予定時刻、参会者数なんかも、言っちまう」

「外れたら、どうする？」

「天気予報を見ろ。のべつ、外れてて、平気じゃないか」

「クイズも、やりませんか」

今似が、ぽつんと、言った。

「来週の自動車事故死亡者数をあてさせるんです」

「なるほど」と細井が言った。「一等は、家紋入り極上白木の寝棺。二等、仏壇一式、三等、お線香……。たまに海外旅行で、ガンジス河のほとりに招待するか。……最後は、今福祝が涙をふいて、御詠歌とともにエンディングかね」

「〽あだし野の露きゆる時なく、鳥部《とりべ》山《やま》の烟《けむり》立ちさらで……という一節が必要だろう。人骨《じんこつ》野ざらしが、ラストの写真だね」

「出来たじゃないか！」

細井が叫んだ。

「あと、タイトルだな。〈今週の葬式〉じゃ、しようがねえ。何か、ねえか」

「フューネラル・トゥデイ」と南。

「高級すぎる」

「死にざまをみろ」と旦那。

「露骨すぎる」

「みんなで死にまショウ」と今似。

「なんだ、それは？」

「失礼だが、きみたち、不謹慎ではないか」

鬼面がさえぎった。

「旦那君、きみは、こういうときだけ、ハツラツとするのは、どういうわけだ？」

「はっ」

旦那は直立不動になる。

「こともあろうに、今週のヒット不幸ベストテンとは、なにごとだ。きみは、交通安全の仕事を、わずか一日でも、やったのではないか」

「はっ」

「きみは、この鬼面に反抗するつもりか」

「まあまあ、こんなときに、仲間割れはやめなさい」

細井が止めに入った。

「どうやってくるつもりか知らんが、オヨヨ大統領は猫をとり戻しにくる。手順は、鬼面さんに言われた通りにしよう」

「ここにくるまでに、われわれの網にひっかかるはずですがねえ」

鬼面は、白いペルシャ猫をデスクにのせた。

インターフォンが鳴った。

「おう、細井だ」

「オヨヨ大統領がご面会です。お通ししないと……（恐怖にみちた声に変った）……よろしいですか」

「よし、通せ」

細井はスイッチを切ると、立ち上り、傘立てから仕込み杖を出した。

「きみ、それは、警察の許可を得ているのか」

鬼面が訊いた。

「野暮なこと言いなさんな。いよいよ、きたんですぜ」

旦那は、リヴォルヴァーの弾丸をチェックしている。

南は、細井から木刀を受けとった。

……ノックの音がした。

第十八章　さまざまなる対決

細井がゆっくり、ドアをひらく。

真先に現れたのは、一糸まとわぬ美女であった。

「お、おめえは、地下の売店の……」

細井は息をのんだ。

なにしろ、無修正、マジック・インキでなにを消していない裸女である。売店の売り子の中では、もっとも色っぽいと自他ともに認めている娘だから、一同、呆然の態だ。

「警部、こういうのは、もう、解禁になったのでしょうか？」

旦那刑事がよけいな質問をした。

「駐車場で服を脱いで貰ったのだがね」

よく光るナイフの刃を乳首にあてがって、オヨヨ大統領が顔を出した。

「刑事《でか》が多すぎて、こうでもしなけりゃ、入ってこられなかった」

「オヨヨ大統領、きみは、よくよく人質が好きだな。ほかの手はないのか？」

「単身、乗り込んでくるには、こうするしかない」

「望みは、何だね？」

「……そこのペルシャ猫だ」

「この猫か？」

鬼面《おにつら》はデスク上で香箱《こうばこ》を作っている猫を指さした。

「猫なら、くれてやる。ただし、その女を離してやれ。冷房で風邪をひく」

「女は、わしが脱出できたら離してやる。……きみの部下は、何をしてるんだ」

旦那刑事は床にすわって、とんでもない一点を凝視している。

その尻を、鬼面は蹴飛ばした。

「もう一人、すわっているのが、いるな」

大統領は嗤った。

今似がしゃがみ込んでいるのだ。

「やいやい、あんなものが珍しいのかい」

「温劇《おんげき》いらいの感激」

今似は、細井に向って答えた。

「まあ、そのドアをしめて、ゆっくり話そう」

鬼面はオヨヨに椅子をすすめた。

「女の子に、せめて、コートでも着させてやってくれ。細井さん、レインコートを借りていいかな?」

「ああ……」

鬼面は、レインコートを投げた。娘はすばやく、それを着込む。

「動くと、コートの上から、ぶすりだぞ」

「掃除の婆さんにでも化けてくるかと思ったら、地できたな。もっとも、そのひげは贋物だろうが……」

細井が白い眼でじろりと睨んだ。

「変相しても、おまえ相手では、無駄だろう」

「これはこれは、お褒めにあずかって……」

「猫は持っていっていいぞ」

鬼面が言う。

「どうぞ、お持ちなさい」

「なにか、怪しいぞ」

大統領は、きっと、辺りを見まわした。

「自分の方が、よっぽど怪しいのに」

鬼面は呟いた。

大統領は娘を抱えながら、片手を猫にのばした。ペルシャ猫をつかみ上げると、猫の顔を改め、上着の内側の大型ポケットにおさめる。

「それが欲しいために、この騒ぎか」

鬼面は嗤った。

「たかが猫一匹、電話をくれれば、届けてやるのに」

「何を言っとるか」

大統領が冷たい眼で睨み返した。

「さあ、用がすんだら帰って貰おう」

細井が言った。

「ここは、おれの部屋だ。斬った張ったなしで、女を置いて帰ってくれ」

「細井氏の言う通りだ。ただし、外へ出られるかな?」

「ええい、出てみせるわ」

「では、どうぞ」

鬼面は言った。

「ただし、その猫には、盗聴器なんかないよ」

大統領は蒼白になった。

「なに?」

「盗聴器は、こっちに頂いてあるというわけさ」

「貴様……どうして、それを?」

「その猫は深間の事務所から持ち出されたときから、盗聴器など、つけていなかったのだ。初めから、きみを呼び寄せるための小道具だったのさ」

「本当ですか?」

旦那刑事も蒼ざめた。

「じゃ、私は、何のために、猫をつれて行った矢野を探したりしたんだ?」

「そんなことを頼んだ覚えはない」

と鬼面は小声で言った。

「私は、こう言ったろう。〝あの三人を游《およ》がせておいて、奴らが何を企んでいるのか見届けるのだ。たぶん、大統領がのり出してくるだろう〟と。それだけだ」

「うむ、罠を張りおったな」

大統領は眼を鋭く光らせた。

「さよう。……これは深間頑三氏と私との共謀だ。……いいかね。愛猫が一晩行方不明になっていても平気な愛猫家なんてものは、世の中にいないんだぜ。猫が帰ってきて、様子がおかしけりゃ、すぐ医者に見せにゆく。深間さんから連絡を受けた交番から、私のところに事件が持ち込まれてきたのは、すぐだった」

「私は知らなかった！　私まで騙《だま》されていた！」

刑事がわめいた。

「そこで、深間氏は、あくまで私に会うのを拒否しているという設定を作りあげた。私たちは盗聴器を調べ、木下電機の製品であることも洗い上げた。当然のことながら、盗聴器は猫の耳からとり外され、しかし、疑われぬように適当に、贋の情報を流しておいた。盗聴器を片手に深間氏が部屋の中をぶらぶら歩けばいいのだからな。……しかし、深間氏は、これを企業側の手先の仕事と考えていた。私はもちろん、きみ——オヨヨ大統領の仕業と考えていた。こんな莫迦げた方法を考えるのは、きみぐらいだからな。……ところが、たまたま、コックが腹いせに猫をつれて逐電するという事故が生じた。私は、これを利用して、きみをおびき出してやろうと考えた。ここにいる刑事ではない——もう一人の私の部下が、盗聴器を桜木町まで持ち運んだ。案の定、きみの部下たちが動き始めるのが見えた……」

「ところが、コックは、本当に横浜へ行っていたのさ」

と南洋一が口をはさんだ。

「その猫を買いとったのは、ぼくだからな。コックのその後は知らんがね」

「やられたな」

大統領が呟いた。

「愚問だが、盗聴器は、どこにある？」

「警視庁の奥にある。目下、検討中だ」

「私の知らないことばかり……」

刑事は眼を三角にした。

「きみは黙っていればいい」

鬼面は傲然と言い放った。

「やれ！」

スチル製ロッカーから飛び出した男が、サイレンサーつきの拳銃を大統領に向け、立てつづけに撃った。

大統領はその場に倒れた。女の子はふるえているだけで、動けない。

「ああ、びっくりした」

今似が妙な声をあげた。

「月光仮面かと思った……」

「私の部下です。撃ったのは麻酔銃ですから、ご心配なく」

鬼面は凄味のある笑いを浮べた。

「大統領も、これで、おしまいだ。おい、旦那、手錠をはめてくれ。……いや、私にはめるんじゃない。どうして私にはめるのかね。……そこに倒れている……おい、女性じゃないよ、大統領にはめるんだよ、そうそう、ちゃんと、はまってるかね？　じっさい、世話の焼ける男だ……」


大統領を警視庁に運び込んだあと、旦那刑事は面白くなかった。

上司の鬼面は、記者会見などというスタンド・プレイを好まない。発表は抑えることにして、さっさと自分の部屋に入ってしまった。

旦那は、いよいよ、面白くなかった。

細井の部屋のロッカーに、刑事が隠れているなんて、彼は全然、きかされていなかったのである。そして、彼が面白くないのは、あの月光仮面みたいな役をやれなかったからでもあった。

（いっそ、警視庁全部を爆破してしまいたい……）

ヒステリックになった彼は、そんなことまで考えた。

「旦那君……」

翌朝、鬼面が彼を呼んだ。

「はい」

「これを見てみ給え」

旦那は、大統領の独房を覗き込んだ。

あっ——

中にいるのは、薄汚れた顔の青年であった。どうやら、巧妙な変相をしていたものらしい。

「こいつのポケットに、小型の盗聴マイクがあった」

鬼面は苦虫をかみつぶした顔で言った。

「本物のオヨヨは外ですべてをきいていて、今頃、嗤っていることだろう」

「はあ」

「裏をかかれた。やり直しといくより仕様がない」

「冴えてますな」

「なに？」

「いえ……あの……オヨヨがです」

「何を言う！」


大統領が近く、なんらかの形で警視庁に攻撃を加える、という噂が流れていた。予告の電話がかかってきたと、まことしやかに言いふらす者もある。いずれにせよ、一波瀾はまぬがれない形勢であった。

一方、南洋一邸では――


珍しく休暇のとれた二八《にっぱち》が、どことなく、ふさぎ込んでいるのに、南は気づいた。

「どうした、二八……」

「へえ」

「オヨヨ大統領が健在だったことが心配か」

「……まあ、それも、ないとは申しませんが……」

「無理もない。殺されそこなったんだからな」

「へ、へえ……」

「元気を出せ。なに、鬼面警部がなんとかしてくれるよ」

南は、二八の気を浮き立たせようとして、

「おまえ、日活映画が製作をやめる記事を見たか」

「いえ」

「終りだよ。何年も前から危ないといわれていたが、とうとう、きたな」

「ははあ」

「このあいだの間抜けな刑事も、ファンだったらしいが、いまや、潜在的な日活映画ブームなのだがなあ。おまえは若いから、分るまいが……」

「いや、深夜テレビで沢山見て、知ってますよ。渡り鳥シリーズとか、そういうのでしょう」

「おまえは、東映の方じゃないのか」

「これも、ずいぶん見ましたが、もう飽きました。それに、なんでげしょう、『網走番外地』ってな、渡り鳥シリーズにヒントを得たものでしょう」

ヤスヒコ

「おまえ、よく知ってるな。これは噂だが、渡り鳥シリーズの脚本を東映がまとめて借りていったという話は有名だな」

「ははあ」

「面白いコトがある。ここに、渡辺武信という詩人がつくった〈任俠映画総目録〉があるんだが、これによると、高倉健の『網走番外地』が初めて作られたのは、昭和四十年だな」

「そんなものでしょう。あたしが前座のころでしたから」

「ところが、だ。昭和三十四年の二月に、日活で『網走番外地』という映画が作られているのだな。原作・伊藤一、監督・松尾昭典で、小高雄二と浅丘ルリ子が出ている。この知識は別なルートで得たのじゃが……」

「へえ！　すると、『網走番外地』という題名の映画は、健さんが初めてじゃないんですね」

「そういうことになる。……これ一つみても、日活のアクション映画が、いかに東映に影響をあたえたかが、分る……」


「なるほど。このあいだ、東映の『やくざ刑事《でか》』という映画を、仕事の合間に見たのですが、内田良平扮するボスが、やたらに大きなライターでタバコに火をつけるくすぐりがございましたが……」

「それだ！」

南は指さした。

「それが、日活の作ったアクション・コメディの一つのタイプなのだな。ラーメンを食いながら指令を下すボスとか、野菜サラダを食いながら怒る悪玉とか、そういう系譜があったのだよ」

「その……なんですか、幻の日活映画ブームというのは、どういうことですか？」

「具体例をあげれば、渡り鳥シリーズがその一つだがな。小林旭の『渡り鳥』シリーズは全部で八本、『流れ者』シリーズは五本あったのだ。ところが、どっちのシリーズも売り物は、小林旭と、謎の殺し屋・宍戸錠との友情と対決だったのだよ」

「へえ、あたしも見てます」

「ところが、宍戸錠が主演スターに昇格したために、渡り鳥の最後の二本、『大海原を行く渡り鳥』と『渡り鳥北へ帰る』では、宍戸の役が、宍戸の実弟の郷鍈治に代えられている。一方、流れ者の最後の一本『風に逆う流れ者』でも、当然、宍戸のやるべき役が、なんと神山繁《こうやましげる》になっている。背丈《たっぱ》はあるが、迫力に欠けること、おびただしいな」

「そりゃ、まずいですな」

「つまりだ。ある種のスター・システムのために、小林旭と宍戸錠の対決というのは、永遠のおあずけになっているのさ。そこが、われわれファンを、いらいらさせるところだ。丁度、『大菩薩峠』の机竜之助と、彼をつけ狙う宇津木兵馬が永遠にすれちがったまま、終ったみたいにさ」

「すると、その後、二人の対決する映画ってのは、ないんですか」

「いや、『関東遊侠伝』というやくざ映画が、昭和三十八年ごろあって、これで対決しているが、どうも、見ていて、精神的オルガスムスに達しないのだな。やはり、渡り鳥なら『ギターを持った渡り鳥』、流れ者なら『さすらい』――といった主題曲がブアーッと流れて、どこかの港町が出てこないと、のらないのだよ、こっちは……」

「気難しいものですな、ファンというのは……」

「……そのうちに、日活が落ち目になってきた。それでも、ぼくは、二人の対決は、いつか必ず再現されると考えて生きてきたのだ。赤い夕陽をバックにしてね」

「もう無理でしょうな」

「そこだよ、おまえ。深夜テレビで、渡り鳥シリーズをさんざん見せられてさ。それで、いよいよ幻想はふくらむ一方だ。ぼくだけかと思っていたら、友人が、みんな、そうなのだな。幻の日活映画ブームというのは、これだよ。もう、テレビドラマでもいいから、十年後の対決を見たいと、いらいらしているのさ。……十年……十年、待ったのだぞ。三島由紀夫じゃないが、あと三十分待つ！――と叫びたい心境だ」

「しかし、日活はパアでしょ」

「しかり。これで、幻想は、ついに永遠に幻想のまま、とどまることになった。ぼくも、諦めた。猛獣狩とちがって、これは実現可能な夢だから、口惜しいのだ」

「このあいだから、小林旭のＬＰばかり、かけているのは、そのせいですか」

「そう……〈マイトガイ・ゴールデン・ヒット〉なんて、軽薄なタイトルからして、泣けてくるじゃないか。小林旭は、いいなあ。小林って苗字のつく奴は、みんな、いい」

「例外もあるでしょうねえ」

「小林旭が、脳天にぶち抜けるような声で、『ダンチョネ節』、うたったりすると、涙が出るよ。あの親不孝な声でな」

「あなたが泣くこたあ、ないでしょ」

「放っといてくれ。生きる望みが失われてきた」

「……そうですか」

二八は急に改まった口調で言った。

「〈対決〉ってものは、そんなに、すばらしいことですか」

「そりゃそうさ。アキラが眼を細める。ジョーが、せせら笑う。これが対決の醍醐味だな」

「そうか。こりゃ、考えんと、いかんな」

「オヨヨ大統領か。あれは、相手がデカすぎる。細井や鬼面が力を合せて五分五分なんだから、おまえは手を出さん方がいい」

「いえ、ちがいます」

二八は、きっとなった。

「あたしの相手は、矢野源三郎って男です」

いきなり、浴衣のふところから、巻紙を取り出すと、

「この通り、果し状がきたのです」

（やる、おれは、やるぞ……）

物騒なことを呟いているのは、旦那刑事であった。

（大統領のアジトを粉砕して、一躍、ヒーローになってみせる……）

彼の心は、さながら巨大な竜に立ち向う若き騎士のそれであった。

（鬼面はおろか、全世界を、あっといわせてやるぞ。そして、三流の女優とスキャンダルを起してみせる……）

理想が、がくっと低くなるのが興味深い。だが、このよ

うな人物は、ひょっとすると、ひょっとなってしまう可能性があるのだ。

　彼はニコライとニコラスをおどかして、大統領の素顔らしきものを吐かせたのであった。そして、それをもとにして、自分一人のための、モンタージュ写真を作り上げたのである。

（おれは天才だ。雨よ、風よ、わが道をさえぎれ！　この風雲児の行手は、茨《いばら》の道でなければならぬ……）

　彼は上司には黙って、単身、敵をさがし始めたのである。

だが、彼は、これほど早く、大統領と〈対決〉する羽目になろうとは、ゆめ考えなかった……。

第十九章　わが名は風雲児

旦那《だんな》刑事は、自分を〈風雲児〉と呼ぶことに決めた。

いかに先祖代々の苗字とはいえ、旦那などという名はイヤなのであった。そこに、この〈風雲児〉である。

思いついたことを直ちに実行することこそ大切だ、と彼は思った。

「実は、話がある」

「……分っております」

旦那の美しい妻は、へたへたと畳に崩れた。どこからともなく、悲しい音楽がきこえてくる。

「わたくしと、ホーラ化粧品のセールスマンとのことでしたら、覚悟ができております」

「ホーラ化粧品のセールスマンがきたのか？」

「………」

「化粧品を買ったのか？」

「……いえ……」

「買わなければ、それでいいのだ」

旦那は気むずかしげに言った。

「そんなことを話したいのではない。もっと二人にとって、重要なことだ」

「……この団地でおこった売春事件のことですね。あれも、わたくし……」

「なに？　ここに売春組織があるのか！　すぐ、おまわりさんを呼べ。いや、それはおれでいいんだ。その組織は誰にたのめば入れてくれるのだ？　おれ、入りたい。クレジット・カードは利くか？」

「あなた」

夫人は泣き伏した。

「ばかなことを口走って、すまん」

旦那は頭を下げた。

「許してくれ。大事な話のときに……。おれの言いたいのは、これから、おれを〈あなた〉と呼ばないで欲しいということ……」

「やっぱり、ね……」

夫人は涙をふいて、無理に笑った。

「花屋の若い青年のことでしょう」

「青年は、みな、若いのだ」

旦那はむっとして言った。

「花を買ったのか？」

「いえ……でも、あの人が、むりやり、わたくしを押し倒して、それで……」

「花をくれたのだな。買わなければ、それでいいのだ」

「要するに、どの話をしたいのですか？」

「これから、家の中で、おれを呼ぶときに、風雲児と呼んでもらいたいんだ」

「え？」

旦那は、紙に書いてみせた。

「こう呼んで欲しい」

「へえ？……」

夫人は呆然とした。

「これで、あなた、興奮するんですか？」

「なに？」

「だって……ほら……ベッドの中で……」

「ベッドの中は、関係ない」

旦那は冷然と言い放った。

「ごく、ふつうに……あなた、行ってらっしゃい、と言うときに、風雲児、行ってらっしゃい、と言いかえるのだ」

「ばかばかしくって……」

夫人は嗤った。

「じゃ、風雲児、お豆腐、買ってきて……」

旦那は風の如く消え去り、すぐに豆腐を買って帰ってきた。

「これで、いいのだ」

「あら、便利だこと。いままでは、こんなに早くなかったわ」

「さあ、何でも言え」

「そうね、じゃ、風雲児、お紅茶、買ってきて」

旦那は消え去ったが、ぱっと現れた。

「紅茶には、トワイニングとかジャクソンズ・オブ・ピカデリイとか、色々あるな」

「日東紅茶でいいの」

「そうか」

旦那は胸を叩いた。

「おれは、日東の風雲児なのだ」

「あいつを游《およ》がせるしかあるまい」

鬼面《おにつら》は苦々しげに呟いた。

「いちおう、釈放してみるのだな」

「はい」

「二人で、あとをつけてくれ」

「あの旦那刑事は……」

「あいつはダメだ。頼りにならん」

ドアの蔭で立ちぎきしていた風雲児は歯がみをした。

「しかし、あのかたは、われわれの先輩ですから」

「……しかし、物語も、もう結末に近づいている。ここで、オヨヨ大統領をつかまえないと、われわれの恥だ」

「はっ」

「旦那は無視してよい」

風雲児はひややかな笑いを浮べた。とたんにドアが強くあけられ、彼は壁とドアの間に強くはさまれた。

青年は警視庁を出ると、地下鉄で渋谷に出た。二人の刑事があとをつけていたのは、いうまでもない。

青年は辺りを見まわすと、バスに乗る。

そのバスは、延々かかって、大原交叉点の近くまで来た。

バスを降りた青年を二人は追う。その二人のあとを、小柄な男がさらに追っている。

青年は甲州街道を明大前の方へと歩く。明大前を少し過ぎた辺りに、古風なノッカーをつけた扉をもつ三階建てのスナックがある。一階はふつうのスナック、二階はアングラ歌手のリサイタルや小公演に使われている。

ゆっくり辺りを見まわした青年は、重そうなノッカーを鳴らした。

ぎ、ぎっ、ときしんで扉がひらく。青年は、するりと入り込んだ。

「どうする?」と片方の刑事が言った。

「踏み込もう」

もう一人は答えると、夏上着のボタンを外し、ホルスターにすぐ手がゆくようにした。

ノッカーを鳴らすと、「ビバ、オヨヨ……」という小さい声がした。

刑事たちは答えなかった。ドアが細くあき、急いでしまりかけたとき、一人が片足をはさみ、もう一人が体当りした。

光のかすかな室内で、二人は拳銃をかまえていた。人影はなく、二階でニューロックらしい音楽が鳴っている。

地下室につづくドアが揺れているのに気づいた。

「……あっちだ!」

地下は三階ぐらいあるようだ。どうやらスナックは、巨大な地下壕のカムフラージュのためのようでもあった。まるで、もぐら穴のようにくねっていて、ひょっとすると、どこかに抜けているのかも知れない。

「あいつが、いる……」

穴の奥に、人工の明りをつけた部屋があり、例の青年が、にやにやしている。

「ようこそ……」

青年は笑った。

「芝居は、やめましょう。……ぼくが、オヨヨ大統領です。……なんだ、そんなこわい顔をして。本当ですよ。はは、しかし、ここにきたからには生きて帰れませんよ」

「でも……おまえは、若いじゃないか」

「整形手術の発達は日進月歩じゃからな」

青年の声が変った。

「テレビ局にとび込んだときは、イチかバチかじゃった。

勝ち目がないと思ったとき、わしは、贋者らしくふるまう
ことにした。似ているが、どこかちがう――鬼面も細井も、
そう感じたはずじゃ。いわば……迫力に欠けるとでもいう
か……」

乾いた笑い声が響いた。

「そんなこともあろうと思って、小型の盗聴マイクまで持
って行った。デパートで売っとる、オモチャ同然のしろも
のだ。……見ろ。鬼面は、ひっかかって、わしを釈放した。

自分の手でこのわしをつかまえておきながらじゃ」

「そうは、ゆかぬ!」

廊下で声がした。

「風雲児、只今参上!」

仮面ライダーの銀色のお面をかぶり、色あせた唐草の風
呂敷をマント代りにひるがえした小男が拳銃を片手に入っ
てきた。

「ほほう、珍客だな」

大統領は笑った。

「わしの新しい砦が、どうして、分った?」

「わっはっは!」

その笑い声で、刑事たちは、ようやく正体に気づいた。

「旦那刑事!……」

「しーっ、おれを呼ぶなら風雲児と呼んでくれ」

「……困ったな。あの……この青年は気違いだと思うので
すが……」

「いな!」

風雲児は叫んだ。

「おれはテレビ局の、あの部屋にいた。こいつの言ったこ
とは、全部、本当だ」

「れれっ、では、こいつは……」

「オヨヨ大統領、まちがいなし」

「とんだ証人だ」

大統領は苦笑した。

「先輩、ぶっ放して下さい」

「肩を撃って下さい。奴を動けなくしておかないと、危険です」

「よし、胸を撃とう」

「しかし、死んでしまっては……」

「では、やっぱし、肩かな」

凄まじい音が地下室に炸裂した。（オーバーなのではない。地下だと、こうなるのだ。）

大統領は立っている。しかも、笑っているではないか！

「当った……当ったのにな」

「莫迦。一九二〇年代から防弾チョッキというものがあるのだ」

大統領は言い、ポケットから、およそ見たことのない銀色の拳銃を出した。

緑色の細い光が走り、三人の刑事はその場に倒れた。

……水の流れる音で、旦那は気づいた。

「きみ、大丈夫か？」

どこかできいた声であった。眼をひらくと、鬼面の顔がそこにあった。

「気がついたな。よかった」

「二人は、どうしました？」

旦那は悲痛な声を出した。

「脳を撃ち抜かれて死んだ。きみは仮面のおかげで助かったのだ」

旦那は仮面を外してみた。眉間に黒焦げができている。

「怪我の功名です」

彼はしみじみ言った。

「警部は、どうして、ここに？」

「きみのあとをつけてきたのだ。正確にいえば、あの若者のあとを二人がつけ、そのあとをきみがつけていた……」

「すみません」

「その問題は、あとにしよう。私は、きみをつけてきたんだ」

「あいつ、やっぱり、オヨヨでした」

「それは、分っている。部下の一人がすべてを吐いた」

「オヨヨは逃げましたか」

「外出した。……つかまえた手下は、二人の遺体といっしょに警視庁に運んだ。というのは、その手下というのが、きみを含めた三つの遺体を処分することを命じられていたのだ」

「はあ?」

「つまり……えい、じれったいな……ひとくちにいうと、オヨヨは、われわれがここに目をつけているのに気づいていないということだ。分るか?」

「はあ、なんとか」

「もうすぐ夜明けだ。……この上のスナックで、夕方から、反体制浪曲大会というのがある。その人混みにまぎれて、オヨヨの部下が集ってくる。浪曲大会は八時に終る。そのころから、オヨヨは何か会議を始めるらしい。日本に進出したスイス銀行がどうとかいうのだが、私にはよく分らぬ。とにかく、手下の話では、九時には外部の人はいなくなり、オヨヨとそのシンジケートの者だけになる」

「では、わたしが……」

「いや、そう乗り出さなくてもいい。会議室を床下から爆破してしまうのだ」

「ええ!?」

「きみのいるここが、その床下だ。じめじめして、せまいトンネルの中だ。ここに十二時間以上いるのは、つらいことだから、いやなら、ことわってもいい」

「やります!」

土の壁によりかかって、旦那は言った。

「命もすてます」

「命は大丈夫だ。このタイム・スイッチは十分前に始動する。九時——きみは、まちがえるといかんな——つまり、二十一時十分前になったら、スイッチを入れて、向うへ逃げろ」

「それはいいですが……」

と刑事は言った。

「となり近所は、大丈夫ですか?」

「この火薬は小規模なものさ」

「よござんす。タバコでも吸ってりゃ、夜になるでしょう」

「タバコは、いかん！　火のつくものは、いかんよ」

「分りました。なにしろ風雲児ですから」

「なに？」

「いえいえ……お気になさらないで」

旦那はうす笑いした。

「横浜での失点を一挙に回復してみせます。腕時計を合せましょう」

「うむ。……しかし、きみのお面は、どうしても、分らんなあ。どういう意味があったのだ？」


そのころ――

矢野源三郎は、ようやく高学林の居所を探し当てた。

料理学校、高級中華料理店、料理人仲間を次々に訪れて、ついに分ったのは、明大前駅に近いあるスナックの三階――すなわち、屋根裏部屋である。

かすかな虫の音をききながら、その地下室が、極悪人のアジトになっていたとは知らぬ高は呟いた。

「完成したぞ。狂ったように書きつづけたクック・ブックが……」

「では、明朝の試合には……」

「……試合、腕まえ……虚しいのう。……そんなことをして、何になろう……」

「お言葉ですが、料理が道であることを示すために、ある男を倒さねばならないのです」

「わしに立ち会えというのか」

「それが条件だったのです。わたしは、先生を見つけたという果し状を送ったのです」

「無茶だ。そんな嘘を……」

「先生が見つからぬ場合には、陳俤々《ちんていてい》先生にお願いするつもりでしたが、こうなっては……」

「場所は、どこだ？」

「深大寺、狂気ヶ原……」

「む……」

高学林は考え込んだ。

「……しかし、先生……こんな騒々しいところで、よく、お仕事が……」

「なに、夕方、ちょいと、店を手伝ってやればいいのだ。スパゲッティでも、ホットドッグでも、やってやる。ただ、この下の音が少々うるさい」

「ははあ」

「なんだか、レコードをかけたり、演奏したりして、うるさい。グレート・ファック・レインコートとかいうグループを知っとるか」

「存じませぬ」

「そんなレコードばかりで、うるさい。今夜は、また、反体制甲州浪曲大会とやらがある」

「甲州街道の騒音はいかがですか」

「そんなものは、頭の上を素通りしてしまうよ」

「おそれ入りました」

「床下のドガチャカだけは、仕方がない。サイモンとガーファックというのを知っとるか」

「先生のは、どれも、ファックがつきますな」

「いいじゃないか。……はて、試合を、どうしよう」

「お願いします」


矢野は平伏した。

「相手は、二八《にっぱち》とかいったな」

「軽薄才子、テレビで料理をやっておる奴です」

「ああ、見た。……いいではないか。あれは、あれで」

「え?」

「さまざまな人が、さまざまに生きている。あんただけが正しいのではないよ。そういう煩悩を超えるために、わしはクック・ブックを完成したのじゃ」

「はっ」

「あんたは女を知らんな。人生について、何も知らぬ片輪らしい。ぎらぎらした眼は、みにくい自我のみを示している」

矢野は再び平伏した。いつかの贋の高学林とは、だいぶ、ちがうようだ。

フルートの音が流れてきた。

高学林は、ぎょっとしたようである。

「あれは……」

「さっき、あのひとに別れをつげたのです。試合に敗けたら、わたしめは死ぬつもり」

「いかん！」

高学林は、急に、元気の出たロバート・ライアンみたいな顔つきになった。

「狂気ヶ原……行こう。娘が、からんでいるとは知らなんだ」

「それでは、先生」

「むっ」

形の決ったとき、自動車事故らしいサイレンがきこえてきた。

第二十章　人さまざまに

武蔵野の名残りをとどめる狂気ヶ原。

人影が一つだけあった。渋染《しぶぞめ》の鉢巻をした二八《にっぱち》である。

「みんな、いいか」

木蔭にカメラを据えた細井忠邦が言った。

「男が二人くるはずだ。そうしたら、ズームインしろ」

「かくしマイクの具合、大丈夫か。音、入ってるか」

南洋一が囁いた。

「向うは、まさか、これが、スポンサーつきの番組になるとは、知るまい。二八は、抜け目ないよ」

「勝った方がグァム島行きだ。しかも、アベックでだぜ」

細井忠邦は葉巻をくわえた。

「あいつは、なんでも見世物にしちまう。おれより、ひでえ。勝てる自信があるんだろうな」

「そうでもないらしい」

南が暗い声で言った。

「そりゃ、どういうことだ」

「あいつ、引退したいのだよ、テレビから」

「ええ?」

細井は思わず葉巻をのみこんだ。

「しかし、負けるところを大衆に見られるのだぜ」

「そこだよ」

南は人差指をつき出した。

「われわれとちがうのは。……あいつは、恰好にこだわるのだ。いまの人気がつづくはずがない。ところが、ずるずる消えてゆくのはイヤなのだな。……そこで、恰好よく負ける。挫折者、というイメージを植えつけて、姿を消す。これが、やつの狙いだ」

「けっ」

細井は唾《つば》を吐いた。

「きみは、奴が負かされるところを眺めたかったのじゃないかね」

「そりゃそうよ。見世物になるのは人の不幸しかねえってなあ、おれの主張だもの」

「じゃ、いいじゃないか」

「当人が負けることまで意識してたんじゃ、つまらねえや。あわてふためく絵にならんからな」

「このごろの人間は、素人でも、見世物にならなくなったねえ」と南は嘆《なげ》いた。「大事故の中に咲く喪服の美女ひとり、泣き崩れるのを撮ろうとしても、ライトがあたると、にっこり笑うのは、どういうわけだろう?」

「馴れだろうねえ。もう、よっぽどの不幸でないと、見世物としては、駄目かも知れない」

「そうだ……」南は言いよどんだ。

「あんた、芸能局長じゃなくなったんだって?」

「ああ」

細井は両手をひらくゼスチュアをした。

「世の中は三日みぬ間の桜かな。パアよ」

「社に残るのかい」

「チーフ・プロデューサーに格下げだ。おれは、どうも、管理職としては不向きらしいや」

「大不向きだ」

南はやさしく笑った。

「あんなに汚ない言葉で怒鳴っちゃ、だめに決ってる。きみは、スケジュールをたてられないタイプだろ。コンピュータ時代には向かないんだよ」

「まあ、所詮は狂い咲きのこの身、ってところだが、このごろは、おれ式の台詞を吐くと、妙にインテリに見られていけねえ」

「やくざぶるのが流行ってるんだよ。インテリってのは、判断がつかなくなると、すぐ時代劇や、やくざ映画に逃げ込むんだ」

「やだねえ」

「さしあたって、どうするつもりかね」

南は相手の傷心を気づかっているようであった。

「何か、考えがあるのか」

「そうだねえ。ヌード入りの天気予報でもつくりに外国に行くことになるだろう。コート・ダジュール、ワイキキ、えとせとら」

「ヌード入り天気予報？」

「そう。いままでの天気図入りのやつじゃダメよ。ありゃ、新制高校で地学をやった者じゃなきゃ分らねえ」

「ふーむ」

「それで、お天気ママさんが〈ハレム・ノクターン〉に合せて、脱いでゆくポルノ予報ってやつを企画した。もちろん、全部脱ぐんじゃないよ。Gストはつけてるんだ」

「あたりまえだ」

「これがいけねえって重役がヌカすんでね、映像主義にふみ切った」

「映像主義？」

南は笑いをこらえた。

「そうよ。若《わけ》えカメラマンが、やれ、レスターだとか、ルルーシュとか、いうだろ。あれで、天気予報をやることにした」

「美女のヌードを、短くつないでいくのか」

「うむ。〈悩殺天気〉ってタイトルを考えたが、長いから〈悩天気《のうてんき》〉にした。まあ、刹那的なものよ」

「自分で言ってりゃ、まちがいない」

「しっ、きたらしいぞ」

二人は草むらに伏せた。

さて——

クリント・イーストウッドのごとき汚れ方の矢野源三郎と、背は低いが安定感のある高学林が朝の光の中を歩いてくる。この二人には、エンニオ・モリコーネの音楽がよく似合う。かげろうのせいか、二人の姿はふるえ、ゆらぐの

I LOVE NEKO
ヤスヒコ

であった。

「待ったか、二八……」

源三郎が言った。

「芝居じみているのは、あんたじゃないか」

二八は叫んだ。

「わざと遅れてきて……汚ないぞ」

「タクシーがつかまらなかったのだ。許せ。わしが高学林じゃ」

「こりゃどうも……」

二八は頭を下げた。

「鶏でやるとかいったな」

高学林は言った。

「はい、鍋やなにかを使うわけにはいきませんから、生きた鶏、二羽——そこの木に吊るしてあります」

と二八。

「それでよし」

高学林はアタッシェ・ケースをひらいた。

「新品の庖丁が二つある。好きな方をとれ」

二八と源三郎は、じっと見つめ合ってから、一つずつ、手にした。

「五歩ずつ、うしろへ」

高学林は呟いた。

両者、五歩ずつ、後ずさりする。

「二八、やぶれたり!」源三郎が鋭く言った。

「え?」

二八はあわててズボンの尻に手をやった。

「ズボンではない。試合だ。汝の負けと見えたぞ」

「ええ?」

「勝つつもりならば、なんで鞘をすてた。——汝は運命をすてたのだ」

「けっ、宮本武蔵気どり」

「惜しや。二八。散るか。はや散るをいそぐかっ」

「言わせておけば、古い台詞ばかり」

二八は、庖丁を宙に投げ上げ、落ちてくるのを左手で受けると、背中越しにまえへ、それを右手で受け、指先でくるくるとまわした。

「見たか、源三郎」

「かっ、星のない男め！」

「いいかげんにせい」

高学林は、かたわらの木の枝であばれていた二羽の鶏をつかむと、はらわたをふり絞るような声で言った。

「では、作法通りにゆくぞ。鶏の内臓抜きだ」

鶏が二つの抛物線を描くのと、その頭と胴体が離れたのは、殆ど、同時だった。

「むむっ」

高学林はおそれをおびた眼差しで、二八を見た。

――できる男だ……。

その眼はあきらかに、そう、語っていた。

鶏の内臓を抜くのは、いわば、基本である。

まず、背側の頸《くび》すじに、皮目だけ庖丁を入れる。

つぎに、頸すじの皮をむく。

頸のつけ根の下にある、えさ袋を破かぬようにして引き出し、頸と一緒に切りとる。

尾を持って、直腸を傷つけないように、産卵腔のまわりを切り離す。

こうしてから、指をさし込み、腸の内壁をぐるっとまわして、内臓をはずし、なお頸の方からも指を入れ、肋骨の内側についている肺（どり）を完全に外しておく。俗に、とりを食っても、どり食うな、という、あのどりである。

さて、上《あが》りは、左手で肋骨の下を押えて腸をおし出すようにし、右手で腸をしずかに引き出す。このとき、固い砂ぎもをつかんで引き出すと、内臓が途中で切れる失敗がない。

二人の男は、しずかに立ち上った……。

「おい、ありゃ、何をやったんだい。早過ぎてまるで分らねえ」

細井がぼやいた。

「スロー・ヴィデオで見ないと、なんだか分らんな。それに血も流れんし」

「分りました」

部下の一人が言った。

「なにが分りましただい」

細井は次の葉巻に火をつけながら言った。

「名人芸ってな困ったもんだ」

「とにかく、鶏をどうにかしたんだよ」

南はひとりで頷いた。

高学林は呟いた。

「みごとだ……これ以上のものは、わしの生涯に見られまいて」

「いいえ、あたしの敗けです」

不意に二八が言った。

「矢野さんの言った通りだ。あたしはダメな男です」

「なぜ?」

「よく、見て下さい。内臓がほんの少し、切れています
……ごめん」

二八は長袖の色シャツを脱ぐと、庖丁を腹に当てた。

「矢野さん、なんとかの情けだ。手伝って下さい」

「ハラキリは、いかん!」

高学林が叫んだ。

「二八……待て。これには何か、仔細があるな」

矢野が言った。

「わざと敗けたな。いや、おれの目は、ごまかせん」

「訊かないで下さい」

「いや、あえて訊く。……どうなんだ、彼女のためだろう。彼女とおれを結びつけるためだろう?」

「ど、どうして、それが……」

「ミス・ストリートは感じていたのだ。そなたの気持をな……」

「そうですか」

二八はおだやかな笑いを浮べた。

「では、心おきなく死ねます。首がとんでも動いてみせるあたしだが、恋のやまいにゃ勝てません……」

「二八とやら……」

高学林がしずかに言った。

「おまえ、神戸の生れか?」

「ど、どうして、それを」

「いかぬ!」

高学林は庖丁をうばった。

「神戸の中華街辺の生れだろう」

「へえ、まあ……」

「おまえの二の腕の竜の刺青、それが証拠だ。二八、おまえはわしの子だぞ」

「なんか変だな？」

と矢野は言った。

「先生は、カンサス・シティで……」

「うむ、あの娘を作った。しかし、渡米するまえに、神戸で、あやまちを犯した。……実をいうと、わしは、神戸のある有名な中華料理屋の長男だった。それが家をつぎたくないために家出、極道の限りを尽した。その中には、まことの恋もあった。生れた子供に、二人の名を刺青しようとした。じゃが、のんだくれの刺青師め、支那ソバの丼の模様を刻んでしまったのだ」

「それでは、先生はあたしのお父さん！」

「倅《せがれ》よ！」

二人はひしと抱き合った。

「なんか安易《イージー》なような気もするなあ」

矢野は呟いた。

「二八さん、死ぬ必要はなくなったよ。あなたと、ミス・ストリートは、きょうだいなんだ。どっちみち、結婚はできない。それに、もうすぐ、あんたと私もきょうだいになる」

「つまり、結婚じゃ」

高学林は叫んだ。

「娘よ、出ておいで」

フルートがきこえてきた。

「あっ、"Red Roses for A Blue Lady" だ！」

と二八。

「あれが、彼女の新しいテーマなのだ」

と高学林。

ニュー・シネマ風の感覚で（どういうわけか、スロー・モーションで）、ミス・ストリートが草原を走ってきた。

「わしのクック・ブックは完成し、子供が一度に三人になった。こんなめでたいことはないぞ！」

四人はスクラムを組んだ。

「ばんざーい！」

「おい、おれたちはCMを撮ってるのか？」

細井忠邦は首をふった。

「マイクが故障したんで、何が起ってんのか、さっぱり、分らねえ」

「分るよ」

南洋一が言った。

「ポルノ・ブームをとり入れてるんだよ。……あの老人と二八は同性愛なんだ」

「それで抱き合ったのか！」

「決ってるじゃないか。それで、もう一人の若い男は口惜しいんで、女を呼んだ」

「あのナオンは打合せになかったぞ」

「いいかい。見てろよ。男と女は抱き合うよ」

「あっ、本当だ。朝から、いかんなあ」

「朝だ、朝だよ、朝日が昇る、日本国中、日が昇る……」

と南は古い歌をうたった。「みんな元気で、元気で立てよ！」

「それで〈立つ〉わけだな。四人で始めるわけだな」

「細井さん、テレビ・コードに触れませんか？」

カメラマンが言った。

「まわせ、まわせ。かまわん」

「老人がはなれて、若い三人が抱き合った」

「爺さんは不能で、仲間外れにされてるんだ。あのナオン、早く、脱がねえかな」

「細井君……」

深間頑三が這ってきた。

「事情は、きいたろう。ここは、私の出る番だ」

深間は走って行った。

「なんだい。せっかく、つれてきてやったのに……こういうコンタンがあったのか」

「あの男も、いっしょに始めたいのだ」

南が説明した。

「おれのヘッドホーンだけが故障したのかなあ？」

細井は狐につまれたようだった。「しかし、深間さんも、好きだなあ」

野原では――

「矢野君、帰ってきてくれ！」

「あっ、深間さん。申しわけありません、あなたの猫を……」

「いや、あれなら、もう、帰ってきた。天才よ、私のところでよかったら戻ってきてくれ！」

「は、はい」

深間と矢野は手を取り合った。

「深間さんも、ホモだったのだ」と細井はうんざりして言った。

「初対面の若い男に、あんなこと、なかなかできないぜ」

「このあとの場面は、もう、見なくても分る。いやだなあ」

南はぼやいた。

またもや、野原――

「諸君、今夜、大晩餐会をやろうではないか」

と深間が言った。

「金に糸目はつけない。めでたい日だ！」

「しかし、どこでやります？」

矢野が言った。

「よその店で、われわれが腕をふるうわけにもいかんからなあ」

「わしの部屋はどうだ。天井は低いが、十畳はある。スナックの台所が使える」

高学林が言った。

「けっこうですな」

深間が賛成した。

「わたしの関係で呼びたいのは、細井と南という二人の人だ。細井という人は、味が分る」

「さいです！」

二八が叫んだ。

「それから、タメさんというお婆さんがいる。この人も、呼んであげたい」

「鬼面《おにつら》警部は、どうでしょう」

二八が言った。

「オヨヨ大統領のために苦労してるから、呼んであげたいな」

「声をかけてみよう」

深間が答えた。

「ただ、彼はいま、追い込みに入っているからな。……とにかく、公害関係の証拠品はおさえたのだ。あとは、オヨヨをつかまえるだけでな」

そのとき——

細井と南が走ってきた。

「おい、どうしたんだ？」

「お二人にきいて貰いたい。今夜、大パーティをやる」

深間が言った。

「この顔ぶれで、ですか？」

南が訊いた。

「うむ、場所は明大前近くの、あるスナックじゃ」と高学林。「八時からにしようか。夜中まで、やろう」

「女の人は、ほかにくるのですか」

南が訊いた。

「真夜中までのパーティじゃ、女ひとりじゃ、かわいそうです。マリファナ、いりますか」

「そんなものは、いらない」

「こりゃ、ホモのパーティだぜ」

細井が小声で言った。

「そうそう。女がもうひとり、くる」

深間がつけ加えた。

「ご存じのタメ女史だ」

「げっ」

細井は眼を白くした。

終章　ダイナマイトが１５０噸

〽ダイナマイトがよーォおお
ダイナマイトが１５０噸《トン》
畜生　恋なんて　ぶっとばせえ！

小林旭の古い歌をうたっているのは仮面ライダーのお面をつけた風雲児である。腕時計は九時二十分まえだ。

風雲児としては、悪《わる》のりもいいところである。こういうときは、えてして手違いが起り易い——と読者も、思われるであろう。

だが、今回は、風雲児としては手堅いのである。仕事にミスはあるまい。

〽ホーラの野郎　どいていな
花屋の若僧　気をつけろ
しゃくなこの世のカンシャク玉だ
ダイナマイトがよーォおお……

一方——

例のスナックの三階には、この奇妙な物語の主なメンバーが集まりつつあった。

深間は、鬼面《おにつら》への連絡をとりそこなっていた。鬼面は大統領を、ぎりぎりのところまで追いつめているらしい。

細井忠邦が遅れたために、パーティの始まりも遅れた。

細井は、通訳兼構成者と、カメラマンと三人だけで渡航するので、その忙しさはひどいものであった。予防注射で熱が出たりして、かなり、へばっている。

「おや、こないだは失礼したねえ」

根古野《ねこの》タメ女史が声をかけた。

「まあ、いいってことさ」

細井は答えた。

三人の料理人の示したメニュは、きわめて正統的なものであった。

菜《ツァイ》単《タン》（献立）

四冷葷《スロヌフオヌ》　松花皮蛋《ソンホアピイタヌ》（ピータン）
涼拌海蜇《リャンパヌハイチオ》（くらげの酢の物）
如意蝦捲《ルイエシヤチアヌ》（えびの卵巻）
五香麻雀《ウシヤンマチヤオ》（すずめの五香揚）

二熱盆《アルロヌペヌ》　清炸肝胗《チンチアカヌリィ》（鶏もつの揚物）
合桃鶏丁《ホウタオチィティン》（鶏肉と胡桃の炒め煮）

大《タ》件《チエヌ》（主要料理）

清湯燕窩《チイタンイエヌウオ》（燕の巣のすまし）
蟹粉魚翅《シエイフエヌユイチイ》（かに入りのふかのヒレ）
紅焼海参《ホンシヨウハイシエヌ》（なまこの煮物）
高麗明蝦《カオリイミンシヤ》（車えびの卵白揚）
菜花鶏片《ツアイホアチイピエヌ》（鶏とカリフラワーの炒め煮）
東坡扣肉《トオンプオクオロウ》（豚の角煮）
八宝果飯《パパオクオフアヌ》（八宝飯）
紅焼鯛魚《ホンシヨウテイヤオユイ》（鯛の煮込み）
二点心《アルテヌシヌ》　北京焼麦《ペイチエヌシユウマイ》
鶏蛋糕《チイタヌカオ》（蒸カステラ）

二水果《アルシエイクオ》（果物二種）

中華のメニュは、なぜか偶数が好まれる。料理は、ごらんのように、初めは、うす味、あとにゆくに従って濃厚なものにかわるのである。宴会料理には三段階あるが、高学林のつくった献立は、燕席《イエヌシイ》と呼ばれる（燕の巣料理、ふかのヒレ、なまこが入っている）、いちおう上等なものといえる。

「けっこう！　いくか！」

細井が叫んだ。

「あの……」南が訊いた。「中国の南の方で、猫をたべるってのは、本当ですか？」

タメ女史の鉄扇が鳴った。

「いてっ、何をする？」

ミス・ストリートの運んでくる料理に細井は眼をほそめた。

「これ、これ、これだ！」

まるで欠食児童である。

（……今夜、食っとかねえと、いつ、食えなくなるか、分らねえぞ。不況も近いことだし。食おう、食おう……そのうち、ラーメンも食えなくなるかも……）

「まあ、ひとつ、味わってみて下さい」

高学林がにこにこしながら現れた。

「若い二人が、台所で頑張ってます」

「うめえ、うめえ」

「ぼくは、うまいもの、食うとき、いつも、これで、おしまいだと考えるくせがある」

南が言った。

「貧乏性かね？」

「おれも同じよ。子供のときから、ずーっとそうだ」

「鬼面さんは気の毒だな。あれも欠食児童のくちだぜ」

「大統領を追いつめたそうです」

深間頑三が言った。

「なに、どうせ、逃げられるよ。怪人二十面相と同じだもの。悪役は必ず逃げて、つぎにつづく。そういう話はイヤだね」

「少年探偵団物は、われわれ、初期の五冊ぐらいしか読んでいないんだよ」

ピータンを箸ではさみながら南が言った。

「あの中に、怪人二十面相の出てこないのが一冊あるんだ」

「そうだっけ」

「四冊目の『大金塊』がそうだよ。あれだけ、二十面相が出てこないんだ」

「ふーむ」と細井は言った。「あんまり、こういう話をすると、〈昭和ひとけた世代の心情〉なんて、ひとに言われるぜ」


〽ぼ、ぼ、ぼ、ぼくらは少年探偵団！

爆破時刻が近づくにつれて、風雲児はさらにエキサイトしてきたようである。

（やるぞ、みていろ、鬼面め！　ああ、新聞のヘッドラインが目に浮ぶぞ。——〈勇敢な一刑事、大統領の隠れ家を爆破！〉……）


タメ女史は凄まじい勢いで食べていた。


「これしか、たのしみがないんだからね……さあ、ビールをついでおくれ。もっと、ぐーっと」

「どうでもいいけど、おたく、よく食うね」

細井が言った。

「悪かったね、テレビ屋」

「おっ、パラヨってる（酔っ払うの意）ぞ。やべえ、やべえ」

「もう、セックスには興味がないからねえ」

「アタボウよ。気味が悪い」

「人生、いかに生くべきかということを考えると、やはり、食が大切ですな」

深間頑三が言った。

「公害がなくなると、日本の魚がうまくなりますぜ」

「ワタシモ、ソウ、思イマスノヨ」

ミス・ストリートが頷いた。

「あんた、きれいだね。お酌してよ」

と南が言った。

「ああた。先生。これは、あたしの妹でございますよ」

二八《にっぱち》が出てきた。

「そういう風に気易くして頂きたくないもので」

「やれやれ」

南はくさった。

「おれだけ、また売れ残ったか」

「しゃアねえ。食おう、食おう。明日はリヴィエラで行き倒れになるかも知れねえ。せめて、一晩、心ゆくまで食おう」

「おれ、山芋の餡だきが食いてえんだが……」

「女の子みたいなもの、欲しがるなよ——と、おれは言いたいね」

「二八には出て行かれるし、おれときたら、お先まっくら」

「小林旭のLPでもきいて我慢しろ」

「悩んでることが、あるんだがね」

と南は言った。

「なんだ。いよいよ、あの女と別れるのか?」

「ちがうよ。……小林旭の〈渡り鳥〉シリーズだがね。あれは、全部で八本、あるということになっていた」

「ふむふむ」

「ところが、昭和三十七年の八月に、『渡り鳥故郷へ帰る』ってのが封切られているんだな」

「へえ」

「高松市を舞台にしたアキラ映画なんだが、こいつを入れると九本になる。八本という定説がこわれる」

「それが、どうした?」

「ところが、この映画は、主人公が〈渡り鳥〉物のヒーロー、滝伸次《たきしんじ》じゃないんだな。別な男なんだ。しかも、監督は、他の八本の斎藤武市とちがって、牛原陽一なんだ。……つまり、ほかのヒーローの話に、商業政策上、〈渡り鳥〉って題をくっつけたんだ」

「映画屋もセコいから、その位のことはやるだろう」

「ぼくの悩みというのは、それだ」

「どれだ?」

「つまり、〈渡り鳥〉シリーズを、八本と計算すべきか、九本と計算すべきか……そこで悩んでいる」

「あんたは永生きするよ」

細井は五香揚をほおばった。

風雲児は、ふるえる手で、タイム・スイッチをセットした。

カチ……カチ……と動き出す。

彼は急いで逃げ出した……

「お気に召しましたか」

矢野が平伏した。

「カタいこと言うな。うまいにきまっとる。さ、やりたまえ」

深間はビール瓶をさし出した。

「これなら、ナンバー2やナンバー3も、つれてくるんだったよ。料理が残って、もったいない」

「ナンバー2は、困ります」

「ほら、また、そういう目つきをする。こだわるな、こだわるな」


宴席の雰囲気は盛り上っていた。

どこまで逃げても、出口がない。

風雲児は慌てた。せまい、もぐら穴である。

時計をみると、あと、二分……

「このお席をお借りして、娘と矢野源三郎の婚約発表をさせて頂きます」

高学林が言った……

……オヨヨ大統領は国立劇場の屋根の上から丸の内の方を眺めていた。

今回は、悪戦苦闘であった、と思う。

しかし、それだけ報いも大きかった。

鬼面に一泡吹かせてやれるし。

丸の内周辺の空だけが明るくなっている。

大統領は腕時計を見た。

5……4……3……2……1……

はるかな闇を火柱が突き裂いた。轟音とともに辺りが揺れる。凄まじい爆発であった。

……やがて、警視庁は影も形もなくなっていった。

「見通しがよくなったぞ」

大統領は呟いた。

「これで、例の証拠品も吹っとんだ。……あの刑事め。失神しているうちに、警視庁の真下に運ばれたことも、わしが鬼面に化けたことも知るまい。初めから、奴を利用しようとしていたことも……。警察官の手で警視庁を吹っとばす。これが、わしのやり方じゃ……」

大内山の松の緑――

といっても、闇の中である。小柄な男がひっかかって、うわごとを言っている。

「……ダイナマイトがよ、ダイナマイトが１５０噸……」

大統領は立ち上った。

（さて、次の仕事か……）

「やってくれたな、オヨヨ大統領……」

背後で声がした。

「鬼面だな」

オヨヨは嗤った。

「もう手遅れだぞ。いまのを見たか」

「見た。おまえのあとをつけてきたが、ここにくる理由が分らなかった」

「もう、分ったろう」

「そうだ。おれは、文句なしに、おまえに死んで貰う」

「では、次に、明日、リヴィエラ・ロケに向う細井忠邦氏の前途を祝して……」

南洋一が言った。

「二八が、プレスリイの『オール・シュック・アップ』をうたいます」

「どっちのスタイルでいきますか」

と二八は訊いた。

「むかしのはアクどいんです。いまは、サラッと歌っています」

「アクどい方がいい」

細井がリクエストした。

「テレビの臨時ニュースですよ！」

階下から声がする。

「警視庁が爆破されたそうです……」

一瞬、部屋の空気が緊張した。


鬼面は拳銃を構えた。

とたんに——

足が滑ったのである。

拳銃が宙にとび、彼の身体はモロに大統領にぶつかった。

二人の身体は屋根のはしまで転がった。

瞬間、そこに両手をかけたのは大統領である。

だが、鬼面が彼にしがみついたために、大統領は屋根にぶら下った。

「離せ！　離せ！」

「いやだ！」

鬼面は大統領の腰にぶら下っている。

「手が千切れそうだ。わしは年寄りだ。年寄りをいたわれ！」

「いやだ。死ぬのは真平だ」

「きみは若い。ジャンプしろ。生きる可能性はある」

「その手をくうものか」

鬼面は、大統領の胸のところまで上ってきた。

「おれが生き残るんだ」

「悪党！」

「悪党は、おまえじゃないか」

「ジャンケンで決めよう」

「ジャン……あっ、片手を離させようとする企みだな」

「早くしろ。もう、おれの手は、もたない」

「死ぬなら、いっしょだ」

「あっ、あっ！」

妙に長い影がはげしく揺れた。そして、ずずっ、とずれた。

＊

消防車と救急車のサイレンの響きがけたたましい桜田通りを、虎の門の方に向って歩く二人と一匹の影があった。

「おれたちと、この警察犬だけが生き残ったってのは奇蹟ですね」

と、真黒な顔のニコラスが言った。

「この犬、どうしましょう。びっこひいているから、すてちゃえば」

「おまえ、アンドロクレスの話を知らないのか?」

ニコライがおごそかに言った。

「ああ、宇宙からくる病原体でしょう」

「あれは、アンドロメダ。アンドロクレスというのは、むかしの人だ。この人がライオンのてのひらに刺さったトゲを抜いてやった。これが、あとになって自分の身を救うことになるという話——情《なさけ》はひとのためならず、という教えだな」

「へえ」

「生き物を大事にすると、あとで、いいことがある」

「なるほど。……じゃ、オヨヨ大統領のところに、この犬、つれてきますか?」

「オヨヨ?……」

「だってさ……猫をつれてこいって、言ってたじゃない。そっちは失敗したけど、せめて犬でも」

「莫迦だね、おまえ!」

ニコライは、かっとなった。

「猫が駄目なら犬ってもんじゃないんだよ。おれたちは、大統領を怒らせた。警察もヤバい。……そういう状態にあるんだよ。まともにお天道さまを拝めない身なんだよ」

「分りました。兄貴」

「分りゃいいんだ」

ニコライは頷いた。

「すると旅烏《たびがらす》ですね。風が哭《な》いている甲州街道ってやつですね」

「そうよ」

「よござんす。さっき、あちこちの死体から、拳銃、万年筆、財布、ライター、弁当、色々かっぱらって袋に入れてきましたから」

「死人の弁当なんか、とるんじゃないよ！」

ニコライが叫んだ。

「生きていたってことは、もう、それだけで、ありがたいことなのよ。それなのに……ちょっと、弁当、みせろ」

「ほらきた」

ニコラスは唐草の風呂敷をひろげた。

「こんな風呂敷、どこに、あったんだ？」

「コンクリートの破片にひっかかってたの。こんな変なお面も、ありましたがねえ」

「なんかの証拠物件かな？……おや、ダイナマイトじゃないか」

ニコライは太い棒を握りしめた。

「ちがうでしょう。ダイナマイトだったら、こうやれば（とライターをつけて）……おや、導火線に火がついた」

「危《やば》い！」

ニコライはダイナマイトを外務省の庭に投げ込んで、身を伏せた。ニコラスも同時に伏せる。

「不発の一本だよ、危《やば》いなあ」

「爆発しませんね」

二人が顔を上げると、ダイナマイトをくわえた警察犬が眼のまえで、ちんちんをしている。

「しっ、あっち、行け！」

二人は必死で走り出した。

「兄貴、これが、動物の恩返しですか」

「このさい、そんなこた、いいんだよ」

狂ったように走るニコライとニコラスのあとを、火のついたダイナマイトをくわえた犬が嬉しげに追って行った
…………。

『大統領の密使』――「ミステリ・マガジン」（早川書房）一九七〇年十月号〜一九七一年四月号に連載
『大統領の晩餐』――「ミステリ・マガジン」（早川書房）一九七一年六月号〜十二月号に連載

『大統領の密使』あとがき

この長篇は「ミステリ・マガジン」一九七〇年（昭和四十五年）十月号から、翌年の四月号にかけて連載された。七回で、四百二十枚になる。

と、これだけ書いてしまえば、もう言うことはないようなものだが、今回は、――ぼくの信条に反して――自作について、いささかのお喋りをつけ加えたい誘惑にかられている。

昭和三十年ごろ、ぼくはまことに鬱屈した日日を送っていて、貸本屋で古い大衆小説を借りてきては耽読する生活が一年半ほど、つづいた。

昭和初期の平凡社の「現代大衆文学全集」や、昭和二十年代に出た仙花紙本が貸本屋の棚の隅にまだあった。国枝史郎の一部の作品を除いて、主な伝奇小説は、このとき、あらかた読んでしまったようである。お断りしておくが、ぼくは失業していたわけではない。就職試験に落ちつづけた時期から、社会人になりかけた時期にわたっている。

山本周五郎が傍系の小さな存在であったその当時、すでに伝奇小説は大衆小説の主流ではなかった。しかし、吉川英治、野村胡堂から林不忘に至るまで、あらゆる伝奇小説作家が試みた、あの〈宝の奪い合い〉の無意味さほど、当時の空虚なぼくを魅了したものはなかった。

とくに林不忘の描いた〈こけ猿の壺〉(「丹下左膳」)は、のちに山田風太郎氏が指摘しているように、プロットを作らずに書いたのであろう、壺の正体が知れぬまま、未完に終っている。……そのころ、週刊誌連載の始まった「柳生武芸帳」も、また、肝心の武芸帳の正体が、分らぬままに終ってしまった。

こうした〈終らざる奪い合い〉を現代において完結させてやろうというのが、ぼくのおとなげない思いであり、同時に、それは、ぼくの読書遍歴の中の一つの時代への訣別ともなるはずであった。

伝奇小説の読者なら、このパロディ風の物語の中に、無敵の剣豪、勇敢な浮浪児、謎の怪人といったお決りの人物配置を直ちに読みとり得るはずである。二枚目のヒーローと、相手役の美女を除いては。

だが、こうした子供っぽい夢想は、たいてい、それにふさわしいしっぺ返しを食うわけで、伝奇小説というジャンルを知らず、伝記小説、もしくはデンキ小説がんばれ、などという若い読者の葉書がしばしば舞い込むに及んで、ぼくは自分の愚をさとらざるを得なかった。もはや、伝奇小説とは、サイレント喜劇などとともに、無限に遠ざかってゆく古ぼけた夢に過ぎない。

もっとも、ぼくは、ジェームズ・ボンドの遺児や、かのドーヴァー警部らしき英国情報部員を出すことによって、すでに充分にたのしんでいる。あとの楽屋落ちをさがすのは、読者のたのしみであろう。

実は、こうした仕事は、「ミステリ・マガジン」一九六九年九月号にのった短いパロディ「中年探偵団」に端を発している。この主謀者は、編集長の太田博氏であり、「大統領の密使」、また、しかりである。そして、単行本になるまで、太田氏に面倒をおかけしてしまった。オヨヨ大統領に代って、心からお礼申し上げる次第である。

なお、マフィアに関するデータは綾部恒雄氏著「アメリカの秘密結社」(中公新書)を参照した。

——July 1971

(早川書房『大統領の密使』、一九七一年七月発行より)

『大統領の晩餐』あとがき

本作「大統領の晩餐」は、「大統領の密使」につづいて、「ミステリ・マガジン」一九七一年（昭和四十六年）六月号から、同年十二月号にかけて連載された。

編集部は、今度は〈料理への偏執〉をテーマにしませんか、と提案し、私はそれを受けて、〈料理道〉をめぐる、求道者小説（「宮本武蔵」「姿三四郎」）のパロディというものを考えた。そういうことは不謹慎であると怒る人は、この物語には無縁であるだろう。

ここで、私がしばしば受ける質問について記しておきたい。（同じような質問が編集部に寄せられて、いちいち答えるのに大変だという話なので、やはり、その必要があるかと思う。）

まず〈オヨヨ大統領〉という存在であるが、これは作者が、少年少女向きの物語（『オヨヨ島の冒険』）のために考えた人物で、それを、大人向きに直して、「ミステリ・マガジン」にスピン・オフさせたわけである。

オヨヨという名前は、十数年まえのフランス映画に、ちらっと出てきた狂人からとったものである。それは「おれは、オヨヨ大統領だぞ！」と叫ぶ若者であったはずだが、子供向きに、丁度いい語感だと思って借用したのであった。

なお、野暮を承知でつけ加えると、鬼面警部＝旦那刑事というコンビは、鮎川哲也氏のミステリに登場する、天才的な鬼貫警部＝丹那刑事というコンビをイメージにおいている。これに関しては、鮎川氏の許可を得ていることも記しておく必要があろう。

編集部の太田氏は、三部作にしなければいけない、という意見をもっており、私も、もう一つ書いて、そこでこの〈大統領〉を殺してしまおう、と考えていたのだが、ちょっと、そういかなくなってきた。いずれにせよ、「ミステリ・マガジン」に、もう一つ書くという予定は変らない。

「晩餐」篇を終えても、私の中華料理への異常な興味と憧れは、少しも、うすらぐ気配がない。私は世界中の料理に興味があるが、中華料理こそ最上ではないかという考えは、いまのところ、変っていない。東京では、かなり良質の中華料理がたべられ、横浜では衰退の一途を辿っている。ただ、日本では、あの独特の匂いの菜が手に入らないし、黒豚が入手できなくて料理ができなかったりする。（このあとがきを書き終えてから、私は、神戸の中華料理を味わいに出かけるつもりだ。）

物語の中の料理法の知識の一部は、「中華料理の基礎」（主婦の友社）という古い本を参考にしている。これは、クック・ブックとしてかなりすぐれたものである。

この単行本化については、「密使」篇と同様、太田博氏の手をわずらわせた。改めて、感謝の意を表したい。

——February 1972

（早川書房『大統領の晩餐』、一九七二年三月発行より）

二〇一九年の註

一九七〇年に書き始められた「大統領の密使」については、何だかわからない当時のファッション、流行について、いっさい解説は必要がないという態度をとってきた。

さすがに今度、全体を読みかえしてみると、これは少し説明がいるかも……という気持になってきた。どうにでもなれという風に生きてきた私が、生きているのがフシギという大病で倒れて（その間の記憶はまるでないのだが）、さすがに〈解説〉というものも必要なんじゃないかという風に考え始めたのである。

とはいえ、お読み頂く方のために、最小限の説明にとどめておきたいと思う。これは私の意地である。

まず、深夜放送の黄金時代というものがあった、ということをわかって頂きたい。タモリ、ビートたけし（高田文夫の相《あい》の手《て》つき）、ユーミン、中島みゆきたちが居ならぶのが〈ニッポン放送のオールナイトニッポン〉だった。その一つ前の時代、局員によっておこなわれる〈オールナイトニッポン〉があった。ディスク・ジョッキーはディスク・ジョークではないというきびしい糸居五郎氏を中心に局員のアナ氏による番組があった。私の考えでは、中でももっとも笑わせたのが今仁哲夫による〈オールナイトニッポン〉であり、身体をふるわせながらきいていた。

レスリー・ゴーアというアメリカの人気女性歌手の「イッツ・マイ・パーティー」という歌を焼き直した「今日は哲ちゃん誕生日」という歌があり、〈青木の奥さん〉などというコトバはその歌の中に出てくるのである。作者はたしか亀渕昭信氏であったと思う。

このころの狂ったようなユーモアの空気をたっぷりとり入れたのが「大統領の密使」であり、いいかげんな気持で書かれたと思う読者がいても仕方がない、終りの方まで読んで、そうじゃないと思う方がいたのも仕方がないと思う。

ついでに申せば、レスリー・ゴーアがゴーゴー・ガールの一人で出ていたアメリカのテレビ番組「ラーフ・イン」（NBC）は、日本テレビの井原高忠氏の手によって日本化され、「巨泉×前武ゲバゲバ90分！」となった。この邦題を作った私が十万円もらったのが、なんとなくおかしい。「ゲバゲバ大行進」というタイトルは下品だと広告代理店におどかされて、こうなったのです。

小林信彦

解説

法月綸太郎

小林信彦の〈オヨヨ大統領シリーズ〉は、朝日ソノラマのジュブナイル（サンヤング・シリーズ）としてスタートした。第一作『オヨヨ島の冒険』（一九七〇年三月刊）は当初『いたずら少女の冒険』と題されていたというから、ルイス・キャロルのアリス物語が念頭にあったにちがいない。同じ版元から第二作『怪人オヨヨ大統領』（七〇年十二月刊）を出すまでに、作者は大人向けのシリーズ展開を構想し、「ハヤカワ・ミステリ・マガジン」の太田博（後の各務三郎）編集長にその腹案を告げる。

『はじめて話すけど… 小森収インタビュー集』（フリースタイル）の各務三郎へのインタビュー「ミステリがオシャレだったころ」によれば、当時大人向けのユーモア小説を載せる媒体はなく、翻訳主体の「ミステリ・マガジン」が一番都合がよかったということらしい。「そのころは、まだ、ユーモアの小説は売れないと言われてた時代だし、映画も、笑いがあると軽んじられるということがあるわけです」と各務は述懐している。「そうすると、みんな笑いを避ける。受け入れる側のキャパシティが小さいわけね。まだ、日本がアメリカの植民地政策に抵抗する姿勢を見せていたころだしね。ユーモアがあるものは過小評価されるというのが、そのへんまでは、ずっとあったね」

太田編集長と意気投合して、七〇年十月号から七一年四月号まで連載されたのが、大人向け第一作『大統領の密使』(七一年七月刊)である。さらに七一年六月号から十二月号まで連載された大人向け第二作『大統領の晩餐』(七二年三月刊)が料理人の話になったのは、当時の太田編集長の嗜好も入っていたようだ。

『密使』には『アリス註釈』と『キャッチ＝22』が出てくるが、これは作者が舞台裏を明かしたものだろう(後者については、『小説世界のロビンソン』の「附章　メイキング・オブ・『ぼくたちの好きな戦争』」を参照)。よく知られているように、ルイス・キャロルは『不思議の国のアリス』を出版する前、原型となる『地下の国のアリス』を書いている。ジュブナイルの二作を試作品と見なせば、『密使』は『不思議の国のアリス』に、『晩餐』は『鏡の国のアリス』に対応するわけだ(『晩餐』が猫の話で始まるのはそのせいかもしれない)。この伝で行くと、連載誌を「週刊朝日」に移した大人向け第三作『合言葉はオヨヨ』(七三年二月刊)と第四作『秘密指令オヨヨ』(七三年六月刊)は、二巻本で出版された『シルヴィーとブルーノ』に、刊行順は前後するが、大人向けの四作にリンクするジュブナイル完結編『オヨヨ城の秘密』(「中二時代」連載、七四年三月刊)は、長編詩『スナーク狩り』に相当する……というのは半分冗談だけれど、シリーズの見取り図としてそんなに外れていないのではないか（異論は認める）。

一口に〈オヨヨ大統領シリーズ〉といっても、その作風は一様でなく、特に『密使』と『晩餐』は単体のユーモア小説として高い完成度を誇っている。だから初めて本書を手に取る若い読者も、あまりむずかしいことは考えず、ルイス・キャロルのアリス二部作を読むような心持ちで、気楽にページをめくればいいと思う。古今東西の小説や映画、あるいは作者の知人をモデルにパロディ化された登場人物は、滑稽で残酷なマザーグースのキャラクターみたいなものだ。時代がかったギャグや流行語についていけなくても、ナンセンスな語呂合わせとオフビートな文体、荒唐無稽なイメージと抱腹絶倒のアクションの面白さで、自然と物語に引き込まれるはずである。


ところで作者の回想によれば、「『大統領の密使』は、『ミステリ・マガジン』を読んでいるような、すれっからしの推理小説愛好家に〈いっぱいくわせる〉のをたのしみの一つとして書かれた奇妙な小説である」という。アレン・スミスの『いたずらの天才』をもじった第六章など、まさにそうした態度の表明だろうし、作中人物として「中原弓彦」という「ヒッチコック・マガジン」編集長時代の筆名を復活させたのも、かつてのライバル誌に殴り込みをかけるような意気込みがあったにちがいない。

ミステリ・パロディという面では、『地獄の読書録』の第二部「スパイ小説とSFの洪水」（六〇年代後半「平凡パンチ・デラックス」に連載）との連続性が強く感じられる。中でも注目すべきは北杜夫『怪盗ジバコ』を「大人向きの童話である」と評した回（六七年七月号）で、おそらくこれは〈オヨヨ大統領シリーズ〉のルーツのひとつだろう。ちなみに神出鬼没の怪盗ジバコは、ボリス・パステルナークの世界的ベストセラー『ドクトル・ジバゴ』をもじったネーミングだが、オヨヨ大統領という一度聞いたら絶対に忘れない名前は、一九五六年に製作された仏・伊合作のロマンティック・コメディ映画『幸福への招待』（アンリ・ヴェルヌイユ監督、原題 Paris, Palace Hôtel の登場人物——ダリー・コール演じる狂人Hoyoyo——に由来するという。

この『密使』と『晩餐』の連載は、同じ「ミステリ・マガジン」に発表された都筑道夫の本格ミステリ評論「黄色い部屋はいかに改装されたか？」の連載期間（七〇年十月号〜七一年十月号）とほぼ重なっている。『密使』のエピローグで、ある登場人物が「うーむ、その、必然性の問題だがなあ……」と呟いているのは、誌上でのキャッチボールみたいなものだろう。孫引きになるけれど、小森収によれば「当時の小林信彦は、本格ミステリに関しては、鮎川哲也を評価する保守的なトリック小説好きの読者で、自ら都筑道夫の考えを『ぼくのような旧派の理解をはるかに超えていた』と書いている」（『黄色い部屋はいかに改装されたか？増補版』編集後記）。『密使』はミステリマニアが集う〈ＳＲの会〉の投票で一九七一年度の第一位に選ばれたが、そこで評価された〈いっぱいくわせる〉手口もアガサ・クリスティーより、鮎川哲也の犯人当てから多くを学んだように見える。この時期、小林信彦は鮎川ミステリの再評価をもくろんで啓蒙活動にいそしんでいたからである。

作者の「鮎哲愛」は、鬼貫警部と丹那刑事をパロディ化した『晩餐』の鬼面・旦那コンビに結実する。鬼面警部はすでに『怪人オヨヨ大統領』に登場しているが、日本のサラリーマンのカリカチュアである旦那刑事こそ、シリーズ屈指の名ワキ役といえる存在だ。作者は『晩餐』以降の作品でも旦那をいじめ抜いているけれど、それだけ愛着のあるキャラクターなのだろう（一種のスピンオフ作品といえる『神野推理氏の華麗な冒険』『超人探偵』の二作では、主役の名探偵が霞んでしまうぐらい目立っているし、グルメ連作集『ドジリーヌ姫の優雅な冒険』の最終話にもゲスト出演して、あふれんばかりの「日活アクション愛」を披露している）。ただ、『晩餐』の旦那刑事が抱えるやり場のない鬱屈感みたいなものには、もっと別の位相が隠れているような気がする。

以下は蛇足を承知で書くのだが、同じ荒唐無稽なユーモア小説でも『密使』と『晩餐』の間には、明らかな温度差が感じられる。大まかにいえば、前者に横溢する能天気で無国籍なムードが後者ではやや影をひそめ、内向きなサタイア（風刺）の色が濃くなっているようだ。一人称で語られる『虹を摑む男』風の冒険ファンタジーと、三人称で綴られた伝奇仕立てのピカレスク群像劇の違いといったらそれまでだが、だからといって『晩餐』の後半に忍び込む「暗さ」を笑って見過ごすことはできない。ドルショックによる先行き不透明感や日活アクション映画の終焉、中川信夫調のテレビ葬式企画等、だんだんお通夜みたいになってきて、終章の爆発オチなんか、ほとんど自棄っぱちである。

あらためて振り返ると、『密使』の連載が始まった七〇年秋は、大阪万博の閉幕後に三島由紀夫の自決事件があり、さらに『晩餐』の単行本が出る直前には、連合赤軍のあさま山荘事件が起こっている。つまりこの二作は、戦後日本社会の「相転移」のまっただ中で書かれているということだ。アメリカの植民地政策と骨がらみになった戦後のサブカルチャーが、ここで大きな転換を強いられたといってもいい。本書には時代のターニング・ポイントが、作中の「気圧」の変化として記録されているように思う。

（作家）

『大統領の晩餐』文庫版解説（再録）

稲葉明雄

もう二年近くになるでしょうか、私が散歩がてら、駅前の本屋にはいって、新刊書の棚を、とくに買うつもりもなく漠然とながめていますと、すぐ後ろで話し声がきこえました。

「なんていう題名だった？」

「『合言葉はオヨヨ』……というんだよ」

親しい友人の著書で、私も最近読んだばかりの本なので、ふり返ってみると、近くの小学校のたぶん五、六年ぐらいの男の子が二人、棚を探していました。

「オヨヨならこっちだよ」

と私は、自分の側の棚を教えてやりましたが、こっちを見た二人の小学生の表情に、私のほうがびっく

りさせられてしまいました。その少年たちの表情の奥にひそむ心理を、小林さんが好んでもちいる江戸川乱歩調で描写すると、

〝ああ、この世の中に、こんな恐ろしい生き物がいるでしょうか。身の丈二メートルはゆうにあろうか、真っ黒な釣鐘マントにすっぽり身体をつつみ、そのてっぺんから猩々《しょうじょう》みたいな毛だらけの顔がのぞいている。そして、その顔の下半分が急にぱっくり割れ、毛の中から赤い口のようなものが開いて、『オヽヨヽヨヽないヽこヽっヽちヽだヽよヽ』というのです。では、これがあの恐ろしいオヨヨ大統領なのでしょうか。きっと、それにちがいありません。少年たちは、冷たい風がゾーッと背筋を走りぬけるのをおぼえました……〟

ということになるでしょう。次に私の眼にうつったのは、出口のほうへあたふたと走っていく少年たちの後ろ姿でした。自分の友人の著書がこれほどの迫真力をもっているのを知ったのは、私にとって初めての経験でした。私の言い方もよくなかったのでしょうが、そのときの私は、医者だった祖父の形見である二重廻し（和服用のラシャの大マント）を着物の上から羽織り、雪解け道なので高足駄《たかあしだ》をはいて、無精ひげを伸ばせるだけのばしていたのでした。今度、この解説を書くについて、「大統領の晩餐」を読み返してみると、もうすでにこの中に、〝和服姿に頭巾をかぶり、俳句の宗匠みたいな恰好〟をしたオヨヨ大統領が出現しているのですから、小学生が私を疑ったのも、あながち私の風体《ふうてい》のせいばかりではなかったのでしょう。

あとで、小林さんに電話をかけてこの話をしたら、大統領の生みの親はただ笑っているだけでした。

「大統領の晩餐」は、これまでの解説にもあるように、推理小説専門誌『ハヤカワ・ミステリ・マガジン』に半年にわたって連載され、SRの会から、一九七二年度傑作ベスト・テンの中に挙げられた作品です。私個人としてはこれをオヨヨ物の最傑作と思っていますが、すくなくとも、最も好きな作品と断言することにはばかりはありません。

この作を一言で表現すれば、求道《ぐどう》小説のパロディ、ということになるでしょう。〝求道小説〟なんてジャンルは初めて聞く、とおっしゃる読者のために、すこし説明しておきます。これは字面《じづら》から見てもわかる通り、仏教からきた言葉で、西欧でいう〝教養小説《ビルドゥングス・ロマン》〟とやや似ていますが、ゲーテの「ヴィルヘルム・マイスターの修業時代」に代表される教養小説が、西欧的自我の形成・発展をテーマとしているのに対し、求道小説は、〝現世の煩悩のいっさいを断って、隠忍刻苦、無我の悟りに達しようと、非人間的な努力をかさねる過程をえがいた小説〟というほどの意味です。代表的な作品というと、吉川英治の「宮本武蔵」あるいは富田常雄の「姿三四郎」あたりの武道ものになりますが、見方によっては夏目漱石の「こころ」、「草枕」なども、純文学分野におけるその一変型と考えられなくもないでしょう。この作品中では、中国料理の泰斗《たいと》である高学林先生と、若き矢野源三郎との蒟蒻《こんにゃく》問答や、おなじみ怪人二十面相が後輩にあたるオヨヨ大統領の悪業修業を批評するあたりに、（パロディ化されているだけに一層）その精髄がうかがえます（高学林はもちろんのこと矢野源三郎などという命名法からしても、著者の意図は明白です。矢野は、講道館長として有名な嘉納治五郎氏の小説や映画のなかでの人物名だし、源三郎とくると、挫折求道者小説「丹下左膳」にでてくる柳生源三郎を、いやでも想い出させるではありませんか)。

英文科の学生だった頃の小林さんは、図書館で、スペインの悪漢小説《ピカレスク》「ラサリーリョ・デ・トルメスの生涯」に夢中で読みふけっていたそうです。そういう人が、もともと戦前から、精神主義を誇張したものとして、とかく愚弄《ぐろう》の種になりがちだったこういう求道者小説をあつかえば、当然、このような強烈なパロディになることははじめから判りきったことでしょう。

「大統領の晩餐」のもう一つの特徴は、他のオヨヨ物にくらべて、著者の文学的素養がほとんど各ページごとに、色濃く滲みでている点であります。そもそも書き出しの部分から、いろいろな東西の文学作品の、〝書き出し〟のもじりで始まっていることなど、はなはだ象徴的であります。わたしは飜訳をやりますが、この作品を外国の小説におきかえると、〝絶対飜訳不可能〟なものの筆頭に挙げられるでしょう。T・S・エリオットの詩をだれかが評して、「彼の作品にもっと、時代とともに古びてしまう部分があれば、逆に作品はもっと長生きしただろう」と言っているのを記憶しますが、この作品にはまた、一見、時代とともに古びやすい要素が、ぎっしり詰めこまれています。テレビ・コマーシャルから新鋭作家ジョルジュ・ペレックの著書の引用にいたるまで、この本を飜訳するとなると、別巻として註釈本を一冊つけなくてはならないくらいです。たとえば、著者がオヨヨ語録にあると書いている「失敗は人にあり・寛恕《かんじょ》は神にあり」という句は、アレグザンダー・ポープのものだし、「暮らしは低く、思いは高く」はワーズワースのものであるというふうで、こういう多岐にわたる引用やもじりが、さりげなく、ペダントリーなどという言葉など到底およばないところまで消化されて、物語を楽しむための薬味となっているのです。

おわりに「大統領の晩餐」が最初に単行本として出版されたとき、本の帯につけられた主題歌（?）がなかなか愉快なものなので、引用しておきましょう。

〽さってもならんだ菜単《ツアイタン》に
舌鼓うつ武勇の騎士よ
清湯燕窩《チイタンイエヌウオ》　蟹粉魚翅《シエイフエヌユイチイ》　紅焼海参《ホンシヨウハイシエヌ》　八宝果飯《パパオクオフアヌ》
おまけに　ダイナマイトが150トン！
いざ来い　オヨヨ大統領！
ビバ　ビバ　オヨヨ！　ビバ　オヨヨ！

（角川文庫『大統領の晩餐』、一九七四年十月発行より）

NOBUHIKO KOBAYASHI COLLECTION

小《こ》林《ばやし》信《のぶ》彦《ひこ》

昭和7年東京生

主著　「虚栄の市」
「オヨヨ大統領シリーズ」
「唐獅子株式会社」
「夢の砦」
「東京少年」三部作
「日本の喜劇人」(1972年芸術選奨新人賞)
「うらなり」(2006年菊池寛賞)
他多数

〔大統領の密使／大統領の晩餐〕

2019年7月12日印刷　2019年8月10日発行

著者　小林信彦

発行者　吉田保

印刷・製本　株式会社シナノ

発行所　株式会社フリースタイル

東京都世田谷区北沢2ノ10ノ18

電話　東京6416局8518（大代表）

振替　東京・00150-0-181077

〔定価はカヴァーに表記してあります。乱丁・落丁本は本社またはお買求めの書店にてお取替えいたします。〕

ISBN978-4-939138-85-0